金 學 叢 書
第一輯 10

吳 敢
胡衍南 霍現俊
主編

《金瓶梅》飲食男女

胡衍南 著

臺灣 學生書局 印行

胡衍南

清華大學文學博士，臺灣師範大學國文系教授，東亞漢學研究學會、
中國金瓶梅研究會（籌）理事。學術專長為明清小說，研究重心集
中於《金瓶梅》、《紅樓夢》等明清長篇世情小說，著有專書《知
識的推手》、《飲食情色金瓶梅》、《金瓶梅到紅樓夢——明清長
篇世情小說研究》、《現代文學》（合著）。在臺灣師大國文系所
開設明清小說、紅學、中國文學史、文學社會學等課程。

本書簡介

二十世紀末，臺灣文壇興起一股飲食書寫和情欲書寫之風，學界也
逐漸蘊釀物質研究、文化研究的熱潮。本書直視《金瓶梅》文本最
凸出的兩大元素——飲食和男女，既探索各自的文化意涵又思考相
互的辯證關係，誠為兩岸金學之先。2004年，作者據博士論文修改
後以《飲食情色金瓶梅》題名出版；2014年，列入「金學叢書」第
一輯，另收兩篇涉及《金瓶梅》飲食及情色書寫論文以為附錄，改
名《金瓶梅飲食男女》出版。

金學叢書第一輯序

2012 年 8 月下旬，「2012 臺灣《金瓶梅》國際學術研討會」在臺北、嘉義、臺南三個場地隆重召開，大會同時紀念辭世七年、在海峽兩岸備受推崇的「金學」先驅魏子雲先生。

會議落幕之後，臺灣學生書局基於「辨彰學術，考鏡源流」的信念，認為很有必要出版一套「金學叢書」，將 1980 年以後逐漸豐饒起來的《金瓶梅》成果一次性展現出來，於是找了胡衍南商議此事。經過協商，臺灣學生書局接受胡衍南的兩點提議：一，此一事業理當結合海峽兩岸金學專家共同合作；二，為了紀念魏子雲先生，擬將先生在臺灣學生書局的版權書，搭配臺灣近來年輕研究者的金學著作，先以「金學叢書」第一輯的名義出版，藉此向先生獻上敬禮。因此，2013 年 5 月「第九屆（五蓮）國際《金瓶梅》學術研討會」期間，霍現俊答應共襄盛舉；同年 7 月，胡衍南代表書局親赴徐州邀請吳敢加入主編行列，確定此套叢書由吳敢、胡衍南、霍現俊共同主編。在此同時，胡衍南開始蒐集「金學叢書」第一輯的書稿，吳敢、霍現俊逐步展開「金學叢書」第二輯的規劃。

不同於「金學叢書」第二輯，主要為中國大陸 20 世紀 80 年代以來學人的《金瓶梅》研究精選集；「金學叢書」第一輯由魏子雲領軍，麾下俱是臺灣年輕學者專書性質的金學著作。

第一輯共收十六本書，魏子雲在臺灣學生書局的三本版權書《小說金瓶梅》、《金瓶梅原貌探索》、《金瓶梅的幽隱探照》，足以反映魏先生治學精神及金學見解；且因魏先生後人及學生刻正籌劃全集出版，本套叢書也就不另外爭取先生其他專著。至於其他青年學者專書，如果把金學事業分成文獻研究、文本研究、文化研究，文獻研究明顯最為匱乏，事實上臺灣除魏子雲外興趣多不在作者、成書、版本等考證方面。叢書中具綜述性質的李梁淑《金瓶梅詮評史研究》權屈於此。

文本研究稍好，其中又以借鑒西方敘事學理論者較有成績，鄭媛元《金瓶梅敘事藝術》可視為全面性初探，林偉淑《金瓶梅的時間敘事與空間隱喻》意在時空設計的隱喻性格，李志宏《金瓶梅演義——儒學視野下的寓言闡釋》則從敘事特色探討「奇書體」小說之政治寄託。此外，關於《金瓶梅》詩詞的研究也頗見特色，傅想容《金瓶梅詞話

之詩詞研究》、林玉惠《崇禎本金瓶梅回首詩詞功能研究》,一從詞話本、一據崇禎本,前者宏大、後者聚焦,都是考慮詩詞在小說中的美學任務。另外值得一提的是曾鈺婷《說圖——崇禎本金瓶梅繡像研究》,近年頗時興圖像與文字的辯證研究,此書透過對小說插圖的考察,從側面支持了崇禎本《金瓶梅》的文人化、藝術化傾向。

至於文化研究,不可免地都集中在性/別文化研究,此係因為臺灣極易取得未經刪節的全本《金瓶梅》,加上 20 世紀 90 年代中期以來對性/別議題特別熱衷,故影響了《金瓶梅》文化研究的「挑食」傾向。收在叢書中的此類著作,有胡衍南《金瓶梅飲食男女》、李欣倫《金瓶梅之身體感知與性別辯證:一個漢字閱讀觀點的建構》、李曉萍《金瓶梅鞋腳情色與文化研究》、張金蘭《金瓶梅女性服飾文化研究》、沈心潔《金瓶梅詞話女性身體書寫析論——以西門慶妻妾為論述中心》等五部,其中胡衍南、張金蘭的著作都曾公開出版,此次收入叢書都作了程度不一的增添及修改。尤需一提的是,臺灣近年來對於小說的續書研究很感興趣,特別是從解構主義的後設立場重新反思續衍現象,嚴格來講也是一種文化批評,叢書中鄭淑梅《後設現象:金瓶梅續書書寫研究》即為個中佳作。

「金學叢書」第一輯集結近年臺灣青年學者《金瓶梅》研究專著,有意宣示「哲人日已遠,典型在宿昔」——魏子雲先生逝世十週年前夕,金學事業薪火相傳,生生不息。綜上所述,本輯作者胡衍南、李志宏的著述較為金學界所熟識,其他多數則嶄露頭角,正見其成長茁壯。相較之下,稍晚亦將問世之「金學叢書」第二輯,收入了徐朔方、甯宗一、劉輝、王汝梅、黃霖、吳敢、周中明、張遠芬、周鈞韜等三十一位名家之《金瓶梅》研究精選集,收錄純熟之作,代表當代金學最高成就,敬請拭目以待。

吳敢、胡衍南、霍現俊(胡衍南執筆)
2014 年元旦

序

　　2001 年 1 月，我的博士論文《食、色交歡的文本——《金瓶梅》飲食文化與性愛文化研究》通過答辯，取得（新竹）清華大學博士學位。經過兩年多的修改，2004 年 4 月以新題《飲食情色金瓶梅》，交由臺灣里仁書局出版。或許是印量不多的緣故，這本小書很快就絕版了，近年來雖然一直有大陸出版社洽詢簡體字版權，里仁書局也有意重刷或再版，都因我不夠積極而作罷。

　　所以不很積極，是因我近年的研究，已轉為下探《金瓶梅》以降明清世情小說的發展，同時也覺得前一階段的成績其實有限。不過，我畢竟在《飲食情色金瓶梅》出版後被視為臺灣少數的「金學」家，2008 年開始也固定出席「中國《金瓶梅》研究學會（籌）」舉辦的國際學術研討會並發表論文，所以在現實上一直留在這個陣營裡。於是，當臺灣學生書局決定以專書形式（而非論文集）推出一套臺灣金學叢書，十年前這本「少作」便被納入叢書的編選名單內。

　　重新出版之後，對內容沒有太大的改動，只把原先據以引文的本子，改為著名金學家梅節先生的《夢梅館校本金瓶梅詞話》，除了因為這是近年來最受好評的校本，也有意藉此向梅先生致敬。此外，原書附有「參考書目」，然因十年來金學成果頗為不少，有些過去引用的材料顯得不盡合宜，幾經考慮還是把它整個刪掉了，反正徵引文獻仍可以透過註釋呈現。再則，新書收了兩篇新的文章作為附錄，它們都是我為《金瓶梅》國際學術研討會而寫，因為和飲食、男女兩大方向相關而一併收了進來。基於以上這些變化，這本「改頭換面」的書就取了新的名字——「金瓶梅飲食男女」。

　　博士畢業以來，我先後在慈濟大學東語系、淡江大學中文系、臺灣師大國文系任教，陸續指導出不少以《金瓶梅》為研究對象的學位論文，但至今仍然感謝當初引我入行的胡萬川老師，以及胡老師特別請來的論文口試委員柯慶明老師、陳萬益老師、康來新老師、胡曉真老師。沒有他們的指導和批評，我恐怕沒有機會踏進更高深的學術殿堂，並且帶領學生走進金學的世界。我知道自己非常、非常不足，但我會持續抱持戒慎恐懼的心情，讓自己一點、一點地進步。

· 《金瓶梅》飲食男女 ·

原　序

　　自從面世以來，《金瓶梅》就是一部倍受爭議的作品，爭議的重點主要在於書中大篇幅的男女性事描寫。也因為這些情色書寫，所以一直都被當做禁書。

　　1920-30 年代一些較為開明的學界人士開始以學術的眼光來看待它，算是開啟了近代研究的先河。但是較大規模的研究，不論海峽兩岸的那端，都大約直到 1980 年代以後，才真正的開始。這當然和政治情勢的演變有關。政治不再那麼僵化，一些屬於古代的東西，可以不涉敏感話題的，就漸漸往開放的方向發展。《金瓶梅》的研究的大量展開，就是如此而來。

　　但是研究的開始，大部分重點還是在作者的考證，作品反映的時代現實，也就是文學與社會等方面，然後才逐漸的有文學藝術的研究。但對於情色部分，大部分的學者還是有所趨避的。這不只是因為傳統的學術研究，重要問題總是傾向作者及社會，以及稍後才被注意的文學性。更因為「情色」、「情慾」等話題，對大部分學者來說，都還是不大願意碰觸的問題。也就是說，對許多學者來說，「情色」還是有些犯忌的。

　　胡衍南從本人研習古代小說，其博士論文方向為《金瓶梅》研究，最後論題重點為飲食情色方面，雖然不能說是前所未有的嘗試，但無論如何，卻也是一個頗為大膽的作為。因為博士論文而寫情色，對傳統的研究者來說，總是有點「不可思議」的。然而，大家都知道，情色與飲食其實是人類文化、文明發展的基礎，研究人類文化而忽略這些部分，是很不可思議的。不論胡衍南的研究貢獻如何，重要的是在這方面他踏出了一個大步，希望這一大步是以後更多更深，以及踏向世界性情色文化比較研究的開始。這本有關《金瓶梅》研究的博士論文經二年的修訂，即將出版，謹以此序預祝其更上層樓。

胡萬川

《金瓶梅》飲食男女

目　次

金學叢書第一輯序 ……………………………… 吳敢、胡衍南、霍現俊　Ⅰ

序 ……………………………………………………………………………… Ⅲ

原　序 ………………………………………………………………………… Ⅴ

第一章　緒　論 ……………………………………………………………… 1

第二章　世風以侈靡相高──《金瓶梅》的飲食排場 …………………… 7

　一、晚明富豪的飲食用度 ………………………………………………… 8

　二、《金瓶梅》的飲食內容 ……………………………………………… 14

　　(一)主食、菜餚 ………………………………………………………… 14

　　(二)點心菓品 …………………………………………………………… 22

　　(三)酒、茶 ……………………………………………………………… 28

　　(四)饋贈什物 …………………………………………………………… 37

　三、《金瓶梅》的飲食情境與文學藝術 ………………………………… 39

　　(一)家皇帝──西門慶 ………………………………………………… 39

　　(二)妻妾粉頭 …………………………………………………………… 43

　　(三)幫閒無賴 …………………………………………………………… 48

第三章　人情以放蕩為快──《金瓶梅》的性愛饗宴 …………………… 51

一、晚明社會的性享樂趨向……………………………………… 52

  (一)宮中宣淫………………………………………………… 52

  (二)性產業及性商品………………………………………… 56

  (三)禁欲主義的反動………………………………………… 61

二、西門慶的風流帳簿…………………………………………… 64

  (一)初試啼聲………………………………………………… 64

  (二)性的冒險………………………………………………… 68

三、西門慶的性癖好……………………………………………… 73

  (一)常態性心理……………………………………………… 73

  (二)變態性心理……………………………………………… 80

  (三)男風……………………………………………………… 86

四、《金瓶梅》的性愛描寫與文學藝術………………………… 90

  (一)「嫖客」西門慶………………………………………… 91

  (二)妻妾……………………………………………………… 96

  (三)姘婦、妓女…………………………………………… 104

第四章 食色性也──《金瓶梅》飲食／男女的互動描寫……… 109

一、飲食與性交的互動………………………………………… 110

  (一)風流的媒介…………………………………………… 110

  (二)且幹且食……………………………………………… 116

  (三)婦人手藝……………………………………………… 119

二、最美的食物：肉體………………………………………… 122

  (一)以食物喻肉體………………………………………… 122

  (二)視男女若飲食………………………………………… 128

三、口的功能及其隱喻………………………………………… 134

  (一)性愛前戲三部曲……………………………………… 134

  (二)口的包容與攻擊……………………………………… 139

  (三)「前戲」之外………………………………………… 142

第五章 無盡的放縱與耗損──西門慶與晚明商人的享樂「美學」？…… 151

一、晚明文人的精緻生活情調………………………………… 152

  (一)古來之飲食觀………………………………………… 152

(二)晚明文人的生活主張……………………………………… 156

(三)餚饌在精不在豐………………………………………… 160

二、晚明文人的房中養生實踐…………………………………… 163

(一)古來之房中見解……………………………………… 163

(二)明代文人的房事養生主張…………………………… 170

(三)陰陽交合禁忌………………………………………… 175

三、《金瓶梅》食、色情調的「模擬」與「變形」………………… 180

(一)西門慶：自命風雅的小丑…………………………… 180

(二)放縱飲饌，何來精美？……………………………… 188

(三)耗損精神，不顧養生………………………………… 194

第六章　結　語…………………………………………………… 201

附　錄

論《金瓶梅》及其續書之「鞦韆」意象運用…………………… 203

《金瓶梅》詞話本、崇禎本性交描寫比較研究——以第 72 回到 79 回為中心…… 215

第一章 緒 論

作為明代小說「四大奇書」之一的《金瓶梅》，和其他經典如《三國演義》、《水滸傳》、《西遊記》比較起來，其藝術成就自是等量齊觀，然而回顧它的接受史，較諸他者卻是有幸有不幸。幸運的是，我們對於《金瓶梅》整個成書過程的掌握，遠勝其他三部奇書。因為除了明人留下的零星抄本流傳資料，1934 年於山西發現的「詞話」本子，更使長期流傳的「崇禎本」有了勘校察照的對象，我們進而得以理出一脈清楚的演進軌跡。不幸的是，關於《金瓶梅》的作者，晚明文人從來沒有留下任何清楚的交待，甚至連一個人名都不曾吐露，所以即使歷經近一個世紀的考證，至今仍沒有一個令人信服的定論。

所謂「詞話本」，指的是《新刻金瓶梅詞話》，既是「新刻」，書內又有萬曆丁巳年東吳弄珠客作的序，所以這個版本應在萬曆丁巳年（四十五年）以前誕生。至於所謂的「崇禎本」，是針對詞話本大加刪削而來，這個系統種類亦多，唯孫楷第《中國通俗小說書目提要》記錄三種、鳥居久靖〈金瓶梅版本考〉稱有四種、韓南〈金瓶梅版本及素材研究〉則聲稱有九種[1]，其中最廣為人知者，乃馬廉舊藏、現存北京大學圖書館的《新刻繡像批評金瓶梅》。鄭振鐸根據附圖署名的刻工，推斷此版出於崇禎年間[2]，不過這些刻工乃活躍於明末清初，鄭氏斷定為崇禎年間刻本其實沒有根據，只是學界後來就習慣這麼稱呼了。至於清代廣為流行、由張竹坡導讀評點的「第一奇書本」（或謂「張評本」），則是不折不扣的「崇禎本」。

根據晚明文人筆記所載，屠本畯《山林經濟籍》稱：「相傳嘉靖時，有人為陸都督炳誣奏，朝庭籍其家。其人沉冤，託之《金瓶梅》。」[3]沈德符亦道：「聞此為嘉靖間大名士

---

1. 孫楷第撰：《中國通俗小說書目（改訂稿）》（臺北：木鐸出版社，1983 年），頁 131。〔日〕鳥居久靖撰：〈金瓶梅版本考〉，黃霖、黃國安編：《日本研究金瓶梅論文集》（濟南：齊魯書社，1989 年），頁 15-54。韓南撰：〈金瓶梅版本及素材研究〉，包振南、寇曉偉、張小影編：《金瓶梅及其他》（長春：吉林文史出版社，1991 年），頁 14-141。

2. 鄭振鐸撰：〈談金瓶梅詞話〉，原載《文學》第 1 卷第 1 期（1993 年 7 月），周鈞韜編：《金瓶梅資料續編（1919-1949）》（北京：北京大學出版社，1991 年），頁 74-90。

3. 〔明〕屠本畯撰：《山林經濟籍》，卷 8，《北京圖書館古籍珍本叢刊》第 64 冊（北京：書目文

手筆,指斥時事。」[4]另外,謝肇淛在為某個《金瓶梅》版本寫的一篇跋語也提到:「相傳永陵(嘉靖)中,有金吾戚里,憑怙奢汰,淫縱無度,而其門客病之,採摭日逐行事,匯以成編,而托之西門慶也。」[5]於是長期以來,《金瓶梅》成書年代多採「嘉靖說」。然而屠、沈、謝諸人說法並不可靠,所謂的「相傳」、「聞」,表明他們也只是道聽塗說而已。到了二十世紀三○年代,鄭振鐸率先發難,他在〈談金瓶梅詞話〉一文提到,小說中引錄的大量曲詞,大多是流行於萬曆時期的作品,進而另提小說作於萬曆年間的主張[6]。接著,吳晗發表〈金瓶梅的著作時代及其社會背景〉,將書中敘述比對明代史事,具體斷言《金瓶梅》的成書時代大約為萬曆十年到三十年這二十年(公元 1582-1602)中,即便退一步說,最早也不能過隆慶二年、最晚也不能後於萬曆三十四年(公元 1568-1606)。[7]

鄭、吳兩人文章一出,雖有不少學者反對此說,但是「萬曆說」從未被真正駁倒。反倒是學界普遍以此說為基礎,先是排除作者傳言最廣的王世貞,繼而推敲出一長串的懷疑名單,包括李開先、賈三近、屠隆、盧楠、趙南星、湯顯祖、李卓吾、沈德符、徐渭、馮夢龍、袁吾涯、李先芳、王穉登……等等。此外,也有論者不以為此書成於一人之力,認為《金瓶梅》和明代幾部奇書一樣,都是屬於世代累積型的集體創作。

在一長串詞話本的作者名單中,賈三近和屠隆兩說,算是近二十年來較有迴響的。賈三近的說法最早由張遠芬所提出[8],他認為賈三近為山東嶧縣人,嶧縣即古之蘭陵,與欣欣子所言「蘭陵笑笑生」之說吻合。此外他也斷定,詞話本中的山東土白,就是嶧縣一帶方言,這項發現也支撐了他的推論[9]。至於作者屠隆說則先由黃霖提出[10],後有魏子雲隔海呼應[11]。黃霖指出,在詞話本第五十六回裏,應伯爵舉薦水秀才時引用的一詩一文——〈哀頭巾詩〉和〈祭頭巾文〉——出自笑話集《開卷一笑》(後改稱《山中一夕話》)。

獻出版社,1988 年),子部雜家類,頁 259-260。

4 〔明〕沈德符撰:《萬曆野獲編》(北京:中華書局,1959 年),頁 652。

5 〔明〕謝肇淛撰:《小草齋文集》(臺南:莊嚴文化事業公司,1997 年),頁 278。

6 鄭振鐸撰:〈談金瓶梅詞話〉,周鈞韜編:《金瓶梅資料續編(1919-1949)》,頁 74-90。

7 吳晗撰:〈金瓶梅的著作時代及其社會背景〉,原載《文學季刊》創刊號(1934 年 1 月),周鈞韜編:《金瓶梅資料續編(1919-1949)》,頁 94-129。

8 張遠芬撰:《金瓶梅新證》(濟南:齊魯書社,1984 年)。

9 此說一出,支持者有不少,尤其是高念卿的兩篇論文:〈賈三近是《金瓶梅》的作者〉,《徐州師範大學學報》(哲學社會科學版)第 24 卷第 1 期(1998 年 3 月),頁 93-95;〈「賈三近說」新證——兼評《金瓶梅》作者研究〉,《徐州師範大學學報》(哲學社會科學版)第 25 卷第 1 期(1999 年 3 月),頁 88-91。

10 黃霖撰:〈金瓶梅作者屠隆考〉,《金瓶梅考論》(瀋陽:遼寧人民出版社,1989 年),頁 199-217。

11 魏子雲關於屠隆的考證文章很多,較有系統的近作可見:魏子雲撰:《金瓶梅的作者是誰》(臺北:臺灣商務印書館,1998 年)。

由於此書卷一有題「卓吾先生編次，笑笑先生增訂，哈哈道士校閱」，卷三題作「卓吾先生編次，一衲道人屠隆參閱」，卷五〈別頭巾文〉更直署「一衲道人」，因此推論笑笑先生、哈哈道士、一衲道人、屠隆乃同一人，笑笑先生即為欣欣子所謂的「笑笑生」，屠隆就是《金瓶梅詞話》的作者。此外，經他考察屠隆的籍貫、生平事蹟、思想傾向及美學口味，此說儼然更具說服力。加上得到魏子雲的補充，屠隆說在近幾年來得到不少贊同。

不過，即便這些推論令人驚奇，但是也都有它的瑕疵，尚不足形成學界定論。事實上，至今一直有人堅持「集體創作」的說法，不以為《金瓶梅詞話》是個人獨作。

最早提出這個觀點的是潘開沛，1954 年 8 月 29 日他在《光明日報》發表一篇短文〈金瓶梅的產生和作者〉，宣稱詞話本作者是民間說書人。這個說法旋即引來反駁，此後消聲匿跡二十餘年，到了八○年代才又得到徐朔方和劉輝兩人的提倡。此論的出發點，正如徐朔方說的：「最後完成《三國演義》、《水滸》、《西遊記》、《封神演義》以及《東周列國志》、《楊家將》等話本小說的明代文學界不可能貢獻出一部個人創作的《金瓶梅》。」[12]以這個「合理的懷疑」為前提，劉輝也從書中存有太多的說唱韻文、採錄大量的他人著作、保留過多說話形式、又有明顯的訛誤、錯亂、破綻段落……等證據，判斷「它是一部未經文人作家寫定的民間藝人的說唱『底本』。」[13]

不過這個合理的懷疑畢竟只是「懷疑」，因為無論它的演唱痕跡如何如何，整部作品仍是散文敘事。更何況，完全沒有證據顯示「金瓶梅」故事曾在社會上以其它形式流傳。反過來講，這個懷疑亦有「合理」之處，因此從詞話本到說散本的刪補加工，徐朔方提出寫定者是李開先（或李開先的崇信者），劉輝則認為非李漁莫屬，兩說都有不失謹慎的推理過程[14]。有趣的是，向來主張明代四大奇書性質為「文人小說」的美國漢學家蒲安迪，雖然贊同《金瓶梅》經過一番文人加工的過程，不過他強調這個寫定任務在詞話本即已完成——詞話本一切的「底本疑跡」皆為文人有心之作——而非如徐、劉兩君所謂完成於說散本[15]。

---

12 徐朔方撰：〈金瓶梅成書新探〉，《論金瓶梅的成書及其它》（濟南：齊魯書社，1988 年），頁 101。

13 劉輝撰：〈從詞話本到說散本〉，《金瓶梅成書與版本研究》（瀋陽：遼寧人民出版社，1986 年），頁 19。

14 參前註徐、劉兩文。又，徐朔方的論點亦得到學界的呼應，例如卜鍵撰：《金瓶梅作者李開先考》（蘭州：甘肅人民出版社，1988 年）。

15 〔美〕浦安迪撰：〈金瓶梅非「集體創作」〉，中國金瓶梅學會（編）：《金瓶梅研究（第二輯）》（南京：江蘇古籍出版社，1991 年），頁 82-90。關於浦氏「文人小說」的說法，可參：〔美〕浦安迪（Andrew H. Plaks）撰，沈亨壽譯：《明代小說四大奇書》（北京：中國和平出版社，1993 年）。

　　無論如何，《金瓶梅》研究在版本歸屬、成書年代、作者考訂花了最多心血，也因此取得最高的成績。雖然學界對於作者及成書年代迄無共識，但是整個考證已經比較科學，不像從前完全流於「想當然爾」的臆想。至於評點家張竹坡的考證，吳敢的《金瓶梅評點家張竹坡年譜》一出，立刻成為學界定論；幾位「金學」名家對《金瓶梅》評點的研究，也充實了中國小說美學的內涵。

　　以上述這些外部研究為基礎，針對《金瓶梅》思想傾向及人物形象討論也非常普遍。《金瓶梅》思想價值的研究，基本上是深化了魯迅、鄭振鐸及同時代人的觀點，明、清時期那種偏執論調已很少見，公然目之為「淫書」的大概也還不多。對於小說裡目不暇給的飲饌排場和性交舖張，多半從資本主義社會「個人主義」的狂妄與放縱提出解釋；對於西門慶之流的新興商人，也能從資本主義「萌芽」本身的過渡色彩，掌握這類角色的反覆與矛盾[16]。至於人物形象分析，受到魏晉人物品評風潮、以及史部人物列傳書寫傳統的影響，晚明以降的小說評點家莫不在人物形象上著力，當代學者也保留了同樣的口味。尤其《金瓶梅》人物描寫跳脫了以往扁平化的窠臼，沒有純粹的惡人，也沒有純粹的善行，所以較諸其他奇書更有討論空間。張竹坡所謂「西門是混帳惡人，吳月娘是奸險好人，玉樓是乖人，金蓮不是人，瓶兒是痴人，春梅是狂人，敬濟是浮浪小人，嬌兒是死人，雪娥是蠢人，宋蕙蓮是不識高低的人」的講法[17]，到如今大抵上都被更細膩的分析取代[18]。

　　除了時代作者、思想藝術、版本評點、人物形象之外，語言研究在近二十年也有很高的成績。但是整個「金學」研究，正逐漸開啟一個新的轉變，以研究《金瓶梅》評點家張竹坡成名的吳敢說：

> 1979-1985 年間的「金學」專著，基本都是資料匯編、論文選集、作者考證，為其後十幾年「金學」的興旺繁榮鋪墊下厚實的基礎；1986-1994 年間的「金學」

---

[16] 晚明社會可否視為資本主義萌芽階段？臺灣和海外學者大多持保留態度，大陸學界也有爭論。不過無論如何，更加深刻豐富的歷史分析，確實為《金瓶梅》研究帶來明顯的助益。

[17] 〔清〕張竹坡撰：〈批評第一奇書金瓶梅讀法〉，第三十二。黃霖編：《金瓶梅資料彙編》（北京：中華書局，1987 年），頁 74。

[18] 此類研究成果很多，孫述宇撰：《金瓶梅的藝術》（臺北：時報文化出版公司，1978 年）堪稱開山之作。除開單篇論文不談，專書部分茲舉兩例：高越峰撰：《金瓶梅人物藝術論》（濟南：齊魯書社，1988 年）；田秉鍔撰：《金瓶梅人性論》（上海：學林出版社，1996 年）。由於《金瓶梅》人物形象豐富，也有不少普及性的專著問世，例如魏子雲的「金瓶梅的娘兒們」系列小說（臺北：皇冠出版社）；孔繁華撰：《金瓶梅的女性世界》（鄭州：中州古籍出版社，1991 年）；曾慶雨、許建平撰：《商風俗韻——金瓶梅中的女人們》（昆明：雲南大學出版社，2000 年）等等。

專著,除繼續進行資料匯編、作者考證以外,考證的範圍擴大到幾乎所有的領域,評析思想內容、藝術特色、文化影響的作品漸趨多數,其中尤以人物與語言研究出現批量性成果;1995-2000 年間的「金學」專著,匯編、考證已不多見,思想與藝術研究也已轉平,語言雖然仍有不少研究者留目,「金瓶文化」與「金學」傳播形成新的熱點,社會風俗、時代精神、文化層面、士子心態等越來越進入「金學」同人視野,而世紀之交令人產生難解的歷史情結,一些研究者試圖從不同角度對「金學」進行闡釋和總結⋯⋯。[19]

　　作為第一部描寫市井生活的長篇巨制,《金瓶梅》為後人提供的晚明市井風情,以及所呈現出來的城市生活及商賈文化,確實是最珍貴的財產,阿英早在 1930 年代就交出第一篇研究社會風俗的文章[20]。《金瓶梅》研究重回學術殿堂的 1980 年代,這些討論在《金瓶梅》的詮釋系統中所佔份量也許不多,但是對於掌握《金瓶梅》所反映的晚明市井生活及市民意識,卻起了非常重要的開疆闢土的作用,近十年的《金瓶梅》研究就很明顯地增加了社會史、風俗史的文章,這一點可以從近年相關的著作目錄看出軌跡[21]。

　　然而這一方興未艾的「金瓶文化」研究,學者若只思把《金瓶梅》當作歷史實錄,或者視為社會文本的補充,自然是一種不夠積極的態度。《孟子·告子》提到「食、色,性也。」飲食和性交作為《金瓶梅》著意描寫的兩大主題,雖然個別皆有不少研究論文及專著,但是更深刻而全面的研究仍舊值得期待。例如飲食行為本身的文化意涵,特別是晚明那種既精緻又鋪張的饗宴文化之所以產生的社會心理背景,深刻的析論是比較少見的。同樣的,在奇書、淫書的反覆爭辯中,針對性意識及性的社會文化心理所做的討論,目前看起來也猶有深入的空間。本書除了意在填補《金瓶梅》飲食文化及情色文化的研究侷限,更重要的企圖在於將看似分離的兩條路徑匯聚一處,畢竟食與色皆乃性也,飲食與性交既然同為人倫大欲,那麼兩方面的研究理應結合起來才有意義。尤其是在《金瓶梅》裏,幾乎每一個性愛場景都伴隨著相對應的飲食活動,每一次的饗宴都為下一場性交內容提供暗喻,顯然「食」與「色」在這裏是一種「交歡」的狀態!既然交歡,那

19　吳敢撰:〈20 世紀《金瓶梅》研究的回顧與思考〉,《徐州師範大學學報》(哲學社會科學版)第 27 卷第 2 期(2001 年 6 月),頁 22。吳敢另有一篇相關論文:〈新時期《金瓶梅》研究概述〉,《文教資料》2000 年第 5 期,頁 60-70。

20　阿英撰:〈燈市──金瓶梅詞話風俗考之一〉,原載《新小說》創刊號(1935 年 2 月),周鈞韜編:《金瓶梅資料續編(1919-1949)》,頁 158-163。

21　趙天為撰:〈新時期《金瓶梅》研究專著書目(1980-2000)〉,《文教資料》2000 年第 5 期,頁 74-84。趙天為撰:〈20 世紀《金瓶梅》研究專著目錄〉,《徐州教育學院學報》第 17 卷第 1 期(2002 年 3 月),頁 6-9、13。

麼飲食與性交之間於焉存在某種特殊的互動關係,那麼裡面深層的文化意蘊是什麼?此外,使《金瓶梅》成其風華的還包括晚明那個侈靡的社會,若將文學文本和現實世界作一個對照,是否又能發現我們從未理解的課題?

　　本書以下的討論,原則上將以詞話本《金瓶梅詞話》為基礎,原因有二:首先,詞話本關於飲食活動的描繪,在崇禎本系統遭到相當程度的刪節和省略,嚴重影響了研究所需的採樣。其次,《金瓶梅》作者的探秘到目前為止雖然莫衷一是,但基本上已少人堅持「大名士」的講法,大多相信作者是位熟悉市井生活、同時兼有南北生活經驗的文人。因此結構鬆散、文字粗鄙,但是細節交待具體而微的詞話本,更能反映晚明市民階層的食、色文化底蘊。至於小說引文部分,除非特別說明,否則悉依梅節先生《夢梅館校本金瓶梅詞話》(臺北:里仁書局,2013 年 2 月修正一版);旁徵崇禎本時,則據齊煙、汝梅校點之《新刻繡像批評金瓶梅》(香港:三聯書店,1990 年第一版)。

第二章　世風以侈靡相高
──《金瓶梅》的飲食排場

　　明代自嘉靖、隆慶朝以後，整個社會呈現劇烈的變動。變動的主因，在於商業經濟發展帶來了高度繁榮，提供「崇棟宇、豐庖廚、溺歌舞、嫁娶喪葬任情而逾禮」[1]的放肆條件。不過既言「任」情「逾」禮，正好反映花用的過度與浮濫，已然超越一般的享樂原則。而且，此番消費風尚儼然形成一股普遍的風潮，上自皇親國戚，下至販夫走卒，整個社會全部沉醉於奢侈靡華的綺麗色彩。見這則來自張瀚的感慨：

> 吾杭終有宋餘風，迨今侈靡日甚。……秦少游云：「杭俗工巧，羞質樸而尚靡麗，頗事佛。」今去少游世數百年，而服食器用月異而歲不同已。毋論富豪貴介，紈綺相望，即貧乏者，強飾華麗，揚揚矜詡，為富貴容。若事佛之謹，則齋供僧徒，裝塑神像，雖貧者不吝捐金，而富室祈禱懺悔，誦經說法，即千百金可以立致，不之計也。……人情以放蕩為快，世風日以侈靡相高。[2]

這則引文雖以事佛為例，卻有見微知著的效果。根據張瀚的講法，宋人秦觀雖然曾對時人侈靡之風提出批評，但是數百年下來──明初開國之際不論──晚明社會直可說是浮華更甚！而且不只是富豪貴室，「即貧乏者強飾華麗，揚揚矜詡，為富貴容」，難怪他發出「人情以放蕩為快，世風日以侈靡相高」的喟嘆。不過風尚自歸風尚，消費花用能否過度，主要還是取決於本身的消費實力。於是，在城市商品經濟凌駕農村自然經濟的情形下，消費重心當然是在城市；至於消費主力，撇開皇室不論，當然是城市裏的富豪鉅賈。

　　談到這些商人，《金瓶梅》裏的西門慶當然是個角色，雖然歷來對於他的階級定位一直未能形成共識，但他確實是個兼營高利貸、開店買賣、及長途販運的「暴發戶」。

1　《嘉靖常熟縣志》卷 4「風俗志」，《北京圖書館古籍珍本叢刊》（北京：書目文獻出版社，1988年），第 27 冊，史部地理類，頁 1051。

2　〔明〕張瀚撰：《松窗夢語》（北京：中華書局，1985 年），卷 7，「風俗紀」，頁 139。

本章將之視為晚明社會某種商人典型，一來藉著他的飲食享用，窺看晚明商人階層飲饌活動的箇中內涵；二來也要回到小說文本，察看各般飲食情境在烘托人物形象上的藝術效果。

一、晚明富豪的飲食用度

　　大明開朝初期，國力尚未恢復，社會生活猶處在戰後重整的階段，因此太祖朱元璋下令皇宮崇尚樸實，禁止一切無謂的奢華。誠然，在社會生產力不足的情況下，整個社會唯有遵守儉約原則，才能在最短的時間內振興經濟。可是，一旦客觀環境轉變，社會生產力發展到一定的程度，由儉入奢的趨勢就絕非主觀意志可以阻擋的了。

　　古謂：「民以食為天！」若從飲食用度來看，更可清楚發現普遍的奢華。皇宮飲饌內容的豪侈自不待言，例如《明史・食貨志》即載：單只英宗在位的天順八年，光祿寺為他準備的「果品物料凡百二十六萬八千餘斤，增舊額四之一。」導致連禮部尚書姚夔都看不下去，進言：「正統間，雞鵝羊豕歲費三四萬。天順以來增四倍，暴殄過多。請從前詔。」[3]此外，宮中出身的劉若愚，在他的《酌中志》也提及皇宮歲時飲饌的華麗排場[4]。皇宮既已如此，在朝為官的士大夫，也有令人瞠目結舌的侈靡習性。例如權傾一時的張居正，據說在他奉旨歸葬的時候，「所過州邑郵，牙盤上食，水陸過百品，居正猶以為無下箸處。」後來多虧真定太守趙普，特別準備了道地的吳饌，才讓張居正感到滿意，並聲稱：「吾至此僅得一飽耳！」[5]面對各級僚屬特別辦治的水陸嘉餚，居然沒有一樣引起他的食欲，足以想像他的日常飲食精美到什麼地步！

　　當然，張居正這個例子也許不具說服力，因為我們知道他是個表面節儉，私下卻極盡奢侈的人[6]。不過這可不是一個孤立的個案——看看夏言的例子：

> 夏言久貴用事，家富厚，高甍雕題，廣囿曲池之勝，媵侍便辟及音聲八部，皆選服御，膳羞如王公。故事，閣臣日給酒饌，當會食，言與嵩共事二載，言不食上官供，家所攜酒餚甚豐飫，什器皆用金，與嵩日對案，嵩自食大官供，寥寥草具，

3　〔清〕張廷玉等撰：《明史》（北京：中華書局，1974年），卷82，志第58，「食貨六」，頁1990。
4　〔明〕劉若愚撰：《酌中志》（臺北：偉文圖書出版公司，1976年），卷20，〈飲食風尚紀略〉，頁503-522。
5　〔明〕焦竑撰：《玉堂叢語》（北京：中華書局，1981年），卷8，「汰侈」條，頁276。
6　〔明〕王世貞撰：〈張公居正傳〉，焦竑撰：《國朝獻徵錄》（臺北：臺灣學生書局，1965年），卷17，頁642-666。

不以一匕及嵩也。[7]

和張居正一樣，夏言也是個「一人之下，萬人之上」的國家一級官僚。根據《明史》的記載，嘉靖皇帝「每作詩，輒賜言，悉酬和勒石以進，帝益喜。奏對應制，倚待立辦。數召見，諮政事，善窺帝旨，有所傅會。」[8]難怪是個位高權重的要臣。前面引文提到，他在和政敵嚴嵩共事的期間，從不食用宮中專為閣臣準備的「官供」，反而自備金銀食器，享受家中辦治的豐餚酒食。我們雖然不知官供的內容，但是以夏言和嚴嵩的政治地位，所用膳食絕對不差，夏言竟然還這樣自攜酒餚，無怪乎焦竑要說他「膳羞如王公」。

張居正、夏言對於食物的挑剔，反映了朝廷命官的奢華習性。至於他們飲食用度的鋪張細節，明人何良俊這番敘述提供了想像的空間：

> 余小時見人家請客，只是果五色、肴五品而已。惟大賓或新親過門，則添蝦蟹蜆蛤三四物，亦歲中不一二次也。今尋常燕會，動輒必用十肴，且水陸畢陳；或覓遠方珍品，求以相勝。前有一士夫請趙循齋，殺鵝三十餘頭，遂至形於奏牘。近一士夫請袁澤門，聞殺品計百餘樣，鴿子、斑鳩之類皆有。[9]

何良俊成長於嘉靖年間，毫無疑問，這又是一聲關於世道漸漓的詠嘆。根據他的說法，明初風俗醇厚，一般飲宴不過果五色、肴五品罷了；可是起碼在嘉靖以後，即使普通宴會也會備肴十品，而且非但水陸俱陳，甚至還有外地珍物。想想看，一頓飯要宰殺三十頭鵝，要不就端出鴿子、斑鳩之類的稀奇野味，足見飲食的侈靡情況！然而，這種暴殄浪費的風氣為什麼不斷漫延、以至乎愈演愈烈呢？何良俊說這完全是爭勝心理作祟：「然當此末世，孰無好勝之心？人人求勝，漸以成俗矣。」

若說奢侈的食風是由這些官僚打開，也許並不過分，倒是這股風俗的形成，恐怕還是要靠那些經濟能力更為雄厚的商人。以地區而論，明代商人最為著名的是徽商，其次是山西商人。所謂「富室之稱雄者，江南則推新安，江北則推山右。」這裏的新安即指徽州，山右即指山西。一般說來，「新安大賈，魚鹽為業，藏鏹有至百萬者，其他二、三十萬則中賈耳。山右或鹽、或絲、或轉販、或窖粟，其富甚於新安。」[10]這種講法其實只是大概，畢竟天下商賈無不都是操作賤買貴賣、互通有無的販運活動，差別只在買賣貨物各有所異而已。不過在各類商人中，經濟實力最為強大的還是鹽商，他們一直都

7　〔明〕焦竑撰：《玉堂叢語》，卷8，「汰侈」條，頁275。

8　〔清〕張廷玉等撰：《明史》，卷196，列傳第84，「夏言」，頁5193。

9　〔明〕何良俊撰：《四友齋叢說》（北京：中華書局，1959年），卷34，〈正俗一〉，頁314。

10　〔明〕謝肇淛撰：《五雜俎》（臺北：偉文圖書出版公司，1977年），卷4，〈地部二〉，頁96。

是明清兩朝最有實力的商人，挾著傲人的資本，鹽商的日常用度自然極盡奢侈之能。清初雍正皇帝就發出過這樣的不滿：

> 朕聞各省鹽商，內實空虛而外事奢侈。衣物屋宇，窮極華靡；飲食器具，備求工巧；俳優妓樂，恆舞酣歌；宴會嬉遊，殆無虛日；金錢珠貝，視為泥沙。甚至悍僕豪奴，服食起居，同于仕宦，越禮犯分，罔知自檢，驕奢淫佚，相習成風。[11]

雖然是清初的資料，不過晚明鹽商的情形，自當相去不遠。前面提到新安商人「藏鏹有至百萬者，其他二、三十萬則中賈耳」；也有人說「平陽、澤、潞豪商大賈甲天下，非數十萬不稱富。」[12]商人作為晚明商品經濟的新寵兒，有著這般暴得的豐沛財富，免不了要大肆揮霍以引人耳目：

> 今天下大馬頭，若荊州、樟樹、蕪湖、上新河、楓橋、南濠、湖州市、瓜州，正陽、臨清等處，最為商貨輳集之所，其牙行經紀主人，率賺客錢。架高擁美，乘肥衣輕，揮金如糞土，以炫耀人目，使之投之。[13]

其實不只是「架高擁美、乘肥衣輕」而已。《萬曆嘉定縣志》即載，明代自中葉以後，「富室召客，頗以飲饌相高，水陸之珍常至方丈。至于中人亦慕效之，一會之費，常耗數月之食。」[14]例如在嘉、隆年間，無錫有一巨富安百萬，頗豪於食。為了美味，他甚至在自宅旁邊另築一莊，豢養牲畜專供膳食。「子鵝常畜數千頭，日宰三、四頭充饌，他物稱是。」足見其飲食用度之奢。尤其令人不及的是，夜半時分要是他食興來了，廚子不暇宰殺，竟直接解下一支鵝腿以應命，「食畢，而鵝猶宛轉未絕。」[15]飲食的侈靡浪費到此境界，無怪乎這位富豪最終以奢華敗。

飲食內容既然如此豐厚，飲饌器皿想必也不含糊。前面提到夏言，說他飲食所需「什器皆用金」，就是一個很好的例子。另外根據記載，「（宋）徽宗以前，即天府內庭，未嘗以玉器為用。乃今士庶之家，初登仕版，即購犀玉酒器以華賓筵。」[16]酒注、酒盞

11 〔清〕曹仁虎纂修：《清朝文獻通考》（杭州：浙江古籍出版社，2000 年），卷 28，〈征榷考三〉，頁考 5103。

12 〔明〕王士性撰：《廣志繹》（北京：中華書局，1981 年），卷 3，〈江北四省〉，頁 61。

13 〔明〕葉權撰：《賢博編》（北京：中華書局，1987 年），頁 22。

14 〔明〕韓浚等撰：《萬曆嘉定縣志》（臺北：臺灣學生書局，1987 年），卷 2，〈疆域考下〉，「風俗」條，頁 150。

15 〔清〕王應奎撰：《柳南隨筆》（北京：中華書局，1983 年），卷 3，頁 52。

16 〔明〕于慎行撰：《穀山筆塵》（臺北：學海出版社，1969 年），卷 16，「論略」條，頁 556。

用金，在明初非公侯或一品官員不得僭，誰料後來連士庶之家都用犀玉酒器，可見奢華之風確乎太甚。

　　然而平心而論，我們雖然可以從明代的縣志、文人筆記中，證實晚明風俗澆漓、日常用度奢靡的情形，但是關於更詳細的內容，特別是飲饌活動的細節，這些資料交待的並不很清楚。例如談到宋代的飲食活動，耐得翁的《都城紀勝》展示了各類酒肆、食店、茶坊供應的各式酒食茶點；至於更具體的食單花樣，包括吳自牧的《夢粱錄》、無名氏的《西湖老人繁勝錄》、孟元老的《東京夢華錄》，分別羅列了數百種的菜式、酒色及果樣，同時介紹京城各處知名的食店、肉鋪、甚至「鮝鋪」[17]。所以光是這幾部筆記（再加上周密的《武林舊事》），幾乎即可掌握整個宋代（主要是城市）的飲食內容。相較之下，明人筆記就沒有這麼全面。不過，明代發展起來的通俗小說，卻大大彌補了這個缺憾，特別是作為箇中翹楚的《金瓶梅》。

　　《金瓶梅》故事乃是從《水滸傳》引來——這已經成為中國文化的基本常識。不過關於主角西門慶的身世，《金瓶梅》卻賦予他更為清晰的血肉。根據《水滸傳》第23回的說法，西門慶「原來只是陽穀縣一個破落戶財主，就縣前開著個生藥鋪，從小也是一個奸詐的人，近來暴發跡，專在縣裏管些公事，與人放刁把濫說事過錢，排陷官吏。」然而，《水滸傳》裏的西門慶，「壽命」僅止三回，不像《金瓶梅》，足足交待他六、七年的興衰。所以《金瓶梅》裏的西門慶，不再只是一個單純的土豪惡霸，就某種程度來講，他甚至還有新興商人的影子。看媒婆文嫂形容的西門慶：

> 縣門前西門大老爹，如今現在提刑院做掌刑千戶，家中放官吏債，開四五處鋪面：緞子鋪、生藥鋪、紬絹鋪、絨綫鋪，外邊江湖又走標船，揚州興販鹽引，東平府上納香蠟；夥計主管約有數十。東京蔡太師是他乾爺，朱太尉是他衛主，翟管家是他親家。巡撫、巡按都與他相交，知府、知縣是不消說。家中田連阡陌，米爛陳倉；赤的是金，白的是銀，圓的是珠，光的是寶。（第69回）

媒婆說話向來是信口開河，可是這裏除了「田連阡陌，米爛陳倉」，文嫂所言倒頗不假。所謂「放官吏債」，書中雖然沒有具體說明，不過應該和他經營的「解當鋪」一樣，都是某種高利貸形式。至於四、五家鋪子，其中的緞子鋪、絨綫鋪最為可貴，因為當時絲織已從農村手工業中分離出來，屬於高消費的明星產業。至於所謂江湖上走「標船」，指的正是長途販運，即直接赴產地採購，不經他手，因此貨物出脫後的利潤十分可觀。另外媒婆特別提到西門慶現居掌刑千戶，又說他和朝中及地方官吏交善，正好說明西門

17　〔宋〕吳自牧撰：《夢粱錄》（臺北：藝文印書館，1965年），卷16，「鮝鋪」條，頁14b-15b。

慶藉著自己建構起來的政商版圖,既能做朝廷買賣(「東平府上納香蠟」),復能買通官吏獲取暴利(「揚州興販鹽引」),因此他的財富才能愈滾愈大。

西門慶的商業經營眼光是很不錯的,別的不說,單就他罕於購置土地,懂得藉著投資增值錢財,就是個前朝少見的新觀念。例如他派夥計支鹽賣出之後,一面派韓道國赴杭州,織來十大箱、價值一萬兩銀的緞絹;一面又命來保到南京辦貨,批來二十大箱、價值推斷也有二萬銀兩的緞絹。到揚州支了鹽,在湖州等地賣出,其中獲利自然可觀;後來又從當地辦來絲綢什貨,直接在自己經營的店鋪賣出,箇中利益著實無法估算。西門慶的財產,到頭來之所以能夠迅速積累,主要依賴此類長途販運的收入。曾有學者分析,從事長途販運的商人,必須具備資本雄厚、信息靈通、熟悉官府、武裝保護等要件[18],以西門慶的政商版圖來看,他確實具備了這些條件。

至於西門慶的財富究竟有多少呢?我們可從他彌留之際對月娘的交待看出端倪:

> 我死後,緞子鋪是五萬銀子本錢,有你喬親家爹那邊多少本利,都找與他。教傅夥計把貨賣一宗交一宗,休要開了。賈四絨綫鋪,本銀六千五百兩;吳二舅紬絨鋪是五千兩,都賣盡了貨物,收了來家。又李三討了批來,也不消做了,教你應二叔拿了別人家做去罷。李三、黃四身上還欠五百兩本錢,一百五十兩利錢未算,討來發送我。你只和傅夥計,守著家門這兩個鋪子罷!印子鋪占用銀二萬兩,生藥鋪五千兩。韓夥計、來保松江船上四千兩。開了河,你早起身往下邊接船去,接了來家,賣了銀子,交進來你娘兒們盤纏。前邊劉學官還少我二百兩,華主簿少我五十兩,門外徐四鋪內,還本利欠我三百四十兩,都有合同見在,上緊使人催去。到日後,對門并獅子街兩處房子,都賣了罷,只怕你娘兒們顧攬不過來。
>
> (第79回)

根據這番交待,再配合各回述說過的各項成本及進帳,西門慶的總家產粗估起來應有十萬兩。十萬兩究竟算不算多?前面提到:「新安大賈,魚鹽為業,藏鏹有至百萬者,其他二、三十萬則中賈耳。」又:「平陽、澤、潞豪商大賈甲天下,非數十萬不稱富。」這麼來看,西門慶顯然稱不上「大賈」。但是短短六、七年間,財產可以快速累積到十萬兩,也算是一個狠角色了!何況,要不是他貪慾得病,再過幾年他的財富恐怕還只會暴增。因此持平而論,《水滸傳》裡的西門慶也許是個土豪、惡霸、流氓,但是到了《金瓶梅》那裡,他雖然仍具有地痞無賴的性格,可卻是一個不折不扣的商人。

像西門慶這樣一個商人,一般人只注意到他貪色成性,專營不法勾當,很少留意他

---

18 韓大成撰:《明代城市研究》(北京:中國人民大學出版社,1991年),頁162-163。

在飲食上的享樂情形。事實上，要說明代典籍為後人留下什麼飲饌記錄，《金瓶梅》可以說提供了最齊全豐富的食譜，作家在第 10 回寫西門慶置宴芙蓉庭的一段套語，既反映他的潑天富貴，也點出他的飲膳規模：

> 香焚寶鼎，花插金瓶。器列象州之古玩，簾開合浦之明珠。水晶盤內，高堆火棗交梨；碧玉杯中，滿泛瓊漿玉液。烹龍肝，炮鳳腑，果然下箸了萬錢；黑熊掌，紫駝蹄，酒後獻來香滿座。更有那軟炊紅蓮香稻，細膾通印子魚。伊魴洛鯉，誠然貴似牛羊；龍眼荔枝，信是東南佳味。碾破鳳團，白玉甌中翻碧浪；斟來瓊液，紫金壺內噴清香。畢竟壓賽孟嘗君，只此敢欺石崇富。（第 10 回）

舉個具體的例子，例如第 34 回寫韓道國央求應伯爵向西門慶關說，事罷，應伯爵留下來陪西門慶開扯——類似的場景在《金瓶梅》中十分常見，無論西門慶興致如何，總是命人治辦酒食。在這回裡，酒是磚廠劉太監送的「木樨荷花酒」。至於飲饌內容，先放了四碟菜菓，接下來是四碟案酒：「紅鄧鄧的泰州鴨蛋，曲彎彎王瓜拌遼東金蝦，香噴噴油煠的燒骨禿，肥腞腞乾蒸的劈鹹雞。」泰州鴨蛋也好，遼東金蝦也罷，對產地人民而言或許不算什麼，但是要像西門慶一樣吃遍天下美食，自然要有一定的消費實力。四碟案酒之後，接著是四碗嗄飯（下飯）：「一甌兒爐蒸的燒鴨，一甌兒水晶膀蹄，一甌兒白煠豬肉，一甌兒炮炒的腰子。」燒鴨、蹄膀、豬肉、腰子可能並不稀奇，可是作為下飯，四物分別是用爐蒸、白炖、油炸、爆炒等不同作法，可見西門家用饌之講究。最後，登場的主食是「裡外青花白地磁盤，盛着一盤紅馥馥柳蒸的糟鰣魚。」這條同樣是劉太監送來的珍物，據說乃是魚中最美味者，江南每到四月才出，而且離水即死，其肉鮮芳無比[19]。所以就質而言，這場宴饗確實是個享受。

或許有人認為，這樣的菜色不見燕窩魚翅，沒有烹龍炮鳳，談不上什麼豪奢。但是要注意，這不過是頓非午非晚、更餘即散、佐以聊天開扯的飲食遊戲，非但絕不樸素，也可見得安排的巧思。這個例子的意義，不在強調一般常人無法消受，而是就其飲食意識而言，它呈現的是刻意的雕琢與享用。

作為官僚、商人、土豪三位一體，西門慶雖然經常勾結朝中要臣，反過來講，市井商民也常有求於他。於是禮品的往來，在生活中自是常見的情節。在第 52 回裏，西門慶頭號兩名損友應伯爵、謝希大又來家中白嚼一餐，正吃得快活，商人黃四家送了四盒子禮來，分別是：「一盒鮮烏菱，一盒鮮荸薺、四尾冰湃的大鰣魚，一盒枇杷菓。」烏菱、荸薺不稀罕，小說前頭就已出現過一、兩次，倒是鮮鰣魚和枇杷菓就不能小覷了。關於

19　〔明〕顧起元撰：《客座贅語》（北京：中華書局，1987 年），卷 1，「珍物」條，頁 13。

鰣魚,方才說過,是個出水即死的珍品。應伯爵就說:「江南此魚,一年只過一遭兒!吃到牙縫兒裡,剔出來都是香的。好容易!公道說,就是朝廷還沒吃哩!不是哥這里,誰家有?」此話倒也不假,因為清初江寧織造曹寅向宮中進貢鰣魚二百尾,還只是醃漬的呢[20]!想要嚐鮮可不容易。至於枇杷,則是連應伯爵這等精於烹庖飲饌的幫閒,都忍不住驚呼:「還有活到老死,還不知此物甚麼東西兒哩!」由此可見,優渥的經濟條件固然提供了享用美食的基礎,但是身掌山東提刑的西門慶,也有機會享用各色人等進獻的奇珍異果。

講到這裡,西門慶的商人身分及奢華形象已無庸置疑。接著,便來看看《金瓶梅》具體的飲食內容。

二、《金瓶梅》的飲食內容

《金瓶梅》的飲食描寫,主要集中在第 20 回到第 80 回,然而頭、尾兩截的飲食活動並非沒有,只是寫來要不零零碎碎,要不就公式化的一筆帶過。這個現象毋須感到意外,因為《金瓶梅》的敘述乃是以西門慶為中心,所以要到第 19 回將李瓶兒娶進門,整個西門家族才算正式成形。就在西門慶「降伏」李瓶兒、兩人恩愛繾綣一夜之後,比較細節化的飲食描寫就出現了:

> 兩個睡到次日飯時,李瓶兒恰待起來臨鏡梳頭,只見迎春後邊拿將來四小碟甜醬瓜茄,細巧菜蔬,一甌炖爛鴿子雛兒,一甌黃韭乳餅,并醋燒白菜,一碟火薰肉,一碟紅糟鰣魚,兩銀鑲甌兒白生生軟香稻粳米飯兒,兩雙牙箸。婦人先漱了口,陪西門慶吃上半盞兒,就教迎春將昨日剩的銀壺裡金華酒篩來。(第 20 回)

同樣的道理,在西門慶於第 79 回死去以後,作者好似也氣力放盡,除了第 94 回出現一段春梅要「鷄尖兒湯」吃的說明,其他的飲食段落幾乎乏善可陳。小說在西門慶死後故事收煞太快,是許多讀者普遍的閱讀反應,《金瓶梅》評點家文龍在第 92 回回評也說:「九十回以後,筆墨生疏,語言顛倒。」[21]這個現象,在飲食場景更是明顯至極。

(一)主食、菜餚

《金瓶梅》的主食,主要指飯粥、粉麵、糕餅,至於其他雜糧製品十分少見。不過西

20 伊永文撰:《明清飲食研究》(臺北:洪葉文化事業公司,1997 年),頁 287。
21 黃霖編:《金瓶梅資料彙編》(北京:中華書局,1987 年),頁 504。

門慶一家的飲食活動，這些主食往往成為次要角色，原因很簡單：一來是其他菜餚太過豐富，美饌當前，匕箸自然遲疑不下；其次，西門慶進食向來配合飲酒，所以主食的攝取往往成為點綴之用。

以米飯來說，在《金瓶梅》只出現五、六次[22]，通常伴隨其他精巧美食出場，稻種則偏好「上新軟稻粳米飯」。除了剛才提到的第 20 回，看看第 45 回的菜單，先是四碟小菜：「精致一碟美甘甘十香瓜茄、一碟甜孜孜五方豆豉、一碟香噴噴的橘醬、一碟紅馥馥的糟笋」；再來是四大碗下飯：「一碗火燎羊頭、一碗鹵炖的炙鴨、一碗黃芽菜并汌的餛飩鷄蛋湯、一碗山藥燴的紅肉圓子。」然後配上「一盞上新白米飯兒」。第 76 回也是一樣，西門慶拉著春梅吃飯，菜蔬包括「一碗燒豬頭，一碗炖爛羊肉，一碗熬鷄，一碗煎煿鮮魚」，以及「海蜇、豆芽菜、肉鮓、蝦米」四色下酒小菜，外加一大碗鷄旦肉絲餛飩湯、一盒新烤的菓餡餅兒，以及——「白米飯」。

很顯然的，米飯在這裏已經不具主食的身分，作為西門慶家的菜餚，它往往需要更求精香。所以除了選用上好的稻種，像第 68 回那樣用「沙糖、榛、松、瓜仁」拌著的「純白上新軟稻粳飯」，正是飲食求精的表現。

米飯之外，粥也是基本稻食。不過在農村裏，吃粥往往反映飯食不足的無奈。看這則明代流傳的〈煮粥詩〉：

> 煮飯何如煮粥強，好同兒女熟商量。
> 一升可作三升用，兩日堪為六日糧。
> 有客只須添水火，無錢不必問羹湯。
> 莫言淡薄少滋味，淡薄之中滋味長。[23]

詩裏的情境，在《金瓶梅》是找不到的。相較於飯，西門慶似乎更偏好粥食（尤其是早膳）[24]，而且吃得十分精緻。除了在第 71 回，投宿寺廟吃的是「豆粥」，其他像第 22 回，吃的是甜美的「榛松栗子菓仁、玫瑰白糖粥兒」；第 45、61、67 回，吃的是香噴噴的「軟稻粳米粥兒」；第 52 回，吃的是醒酒解毒的「綠豆白米水飯」；第 79 回，則是「十香甜醬瓜茄，粳粟米粥兒」。除了家常食用，一般宴客也招待粥品，至於病痛的時候更是少不了它。前面提到的「十香甜醬瓜茄，粳粟米粥兒」，就是西門慶在病危之際，姧妓

22　見第 20、32、42、45、68、76 回。

23　〔明〕李詡撰：《戒庵老人漫筆》（北京：中華書局，1982 年），卷 7，「煮粥詩」條，頁 305。

24　例如第 63 回提到，西門慶和友朋在一起吃早餐，吳月娘特別吩咐小廝，到廚房拿甌粥兒給西門慶吃，因為他「清早晨不吃飯」。又如第 67 回，西門慶捨牛奶不用，反而吃粥。事實上許多地方都提到，當西門慶早上要到衙門辦公、或是另有要務時，常可見他匆匆吃了粥出門。

鄭愛月兒一口一口餵著吃的。同樣的情形,在第62回李瓶兒身上也看得到。

麥子是稻米以外的飲食大宗,可是麵食在《金瓶梅》並不多見。一個是在第42回,謝希大於西門家吃了一碗「炒肉粉湯」;一個是在第49回,西門慶招待胡僧的菜餚中出現一道「鱔魚麵」。不過兩個案例都只一筆交待。唯一花上篇幅的是在第52回,應伯爵、謝希大到西門慶家吃麵,先是四樣小菜兒:「一碟十香瓜茄,一碟五方豆豉,一碟醬油浸的鮮花椒,一碟糖蒜」,接著端上蒜汁和一大碗豬肉鹵,隨後白麵上來,「各人自取澆鹵,傾上蒜醋」。這道「醬汁鹵肉麵」顯然十分爽口,只見兩人拚命似地登時狠了七碗,「吃的熱上來,把衣服脫了,搭在椅子上。」

其他麵食,零星可見的還有饅頭(44、78)、包子(42、49、77)、水角(77)、扁食(16)、燒賣(42、68)等等。至於糕餅食品,在《金瓶梅》樣式很多,一般來說有時也作主食,不過以早餐居多[25]。此外,除了偶爾會以菜餚形式出現,例如「黃韭乳餅」(20)、「春不老蒸乳餅」(22),其他時候大半都是作為甜食或茶食,而且是《金瓶梅》各類女子鍾情的食品。是故糕餅部分留待後文再談。

主食之後接著來看菜餚。

《金瓶梅》飲食場景雖多,不過細節描寫多是家宴、小筵,反倒官筵描寫多用「烹龍庖鳳」、「瓊漿玉液」一類套語,要不就數語匆匆帶過,看不出什麼實際內容。

一般比較正式的家宴,第43回女眷間一場會親兼祝壽的宴會可以作為參考:首先,總是擺上各樣茶菓甜食、美口菜蔬、蒸酥點心。吃了茶、用了點心,接下來是上桌吃酒,這時就有各式佐酒用的「案酒」。暖身過後,各式「下飯」——指吃飯的菜餚——登場,所謂「五割三湯」,即指交替獻上五道盛饌、三道羹湯。第一道菜常常是鵝[26],接下來或是燒豬、或是燒鴨、或是炖蹄、乃至各色山珍海味。(就「割」字判斷,這些禽類牲畜恐怕都是整隻、整截的端上桌,然後才由專人切割分食。)割凡五道、湯陳三獻之後,主賓及部分客人或許將先離去,這時主人會重新安桌擺席,飲酒則供酒食,品茗備有茶點,總是要讓賓主盡歡。

不過比較有意味的還是尋常小筵,要不就在西門家,要不就在妓院。西門慶家的日常餐飲,通常都有一定的規模。看看這頓早飯:

　　說着,兩個小厮放桌兒,拿粥來吃。就是四個鹹食,十樣小菜兒,四碗炖爛下飯:

25　例如第11回提到,西門慶早起要吃荷花餅、銀絲鮓湯,惹來廚下抱怨:「預備下粥兒不吃,平白新生發起要餅和湯。」又如第21回提到西門慶早上「在房中吃餅。」

26　例如第20回瓶兒入門宴客:「然後到齊了,大廳上坐。席上都有桌面,某人居上,某人居下。先吃小割海青捲兒,八寶攢湯。頭一道割燒鵝大下飯。」

一碗蹄子，一碗鴿子雛兒，一碗春不老蒸乳餅，一碗餛飩雞兒。銀鑲甌兒粳米投着各樣榛松栗子菓仁、玫瑰白糖粥兒。西門慶陪應伯爵、陳經濟吃了，就拿小銀鍾篩金華酒，每人吃了三杯。（第22回）

就算外頭吃了來家，夜晚進了粉頭房裏，現成的酒菜也很豐富：

> 迎春連忙放桌兒，拿菜兒。如意兒道：「姐，你揭開盒子，等我揀兩樣兒與爹下酒。」於是燈下揀了一碟鴨子肉，一碟鴿子雛兒，一碟銀絲鮓、一碟掐的銀苗豆芽菜，一碟黃芽韭和的海蜇，一碟燒臟肉釀腸兒，一碟黃炒的銀魚，一碟春不老炒冬笋。（第75回）

這裏的西門慶，是已在外頭用過餐的，所以他先交待不必拿出下飯。然而一頓不及張羅的消夜酒食，下酒小菜隨手就可揀出七、八樣，的確也不簡單。由於這些下酒小菜悉自餐盒揀出，不是廚房另製，看來西門家隨時備有各式精美的佐酒美餚。（當然，也有可能是晚飯的部分內容。）作者在第34回說的更明白，那天小厮書童買了酒菜央李瓶兒關說；隨後西門慶來李瓶兒房裏吃酒，房中擺下「頭裡吃酒的一碟燒鴨子，一碟雞肉、一碟鮮魚」以及新切的「一碟火薰肉」——接著小說寫道：「西門慶更不問這嗄飯是哪裡的，可見平日家中受用、管待人家，這樣東西無日不吃。」作者這兒的插話，尤其是最好的證明。

西門慶家用餐，常常也會賞賜酒食給下人、樂工、小優兒，這些內容常常都很驚人，足以想像桌上菜餚的豐盛：

> 那李銘跪在地下，滿飲三杯。西門慶又在桌上拿了一碟鼓蓬蓬白麵蒸餅，一碗韭菜酸笋蛤蜊湯，一盤子肥肥的大片水晶鵝，一碟香噴噴曬乾的巴子肉，一碟子柳蒸的勒鮝魚，一碟奶罐子酪酥伴的鴿子雛兒，用盤子托着與李銘。（第21回）

前引三例，分別列舉早餐、下酒宵夜、賞人酒食等飲饌細節，為的是提供西門家奢華飲食的想像空間。前面說過，《金瓶梅》裏的菜色內容或許少見熊掌、駝蹄、龍肝、鳳腑（若有也多半是套語[27]），但這不代表飲食就不鋪張。前引何良俊的資料說到，晚明富豪宴

---

27 例如第10回，西門慶置宴芙蓉庭，筵席內容描寫全用套語：「香焚寶鼎，花插金瓶。器列象州之古玩，簾開合浦之明珠。水晶盤內，高堆火棗交梨；碧玉杯中，滿泛瓊漿玉液。烹龍肝，炮鳳腑，果然下箸了萬錢；黑熊掌，紫駝蹄，酒後獻來香滿座。更有那軟炊紅蓮香稻，細膾通印子魚。伊魴洛鯉，誠然貴似牛羊；龍眼荔枝，信是東南佳味。碾破鳳團，白玉甌中翻碧浪；斟來瓊液，紫金壺內噴清香。畢竟壓賽孟嘗君，只此敢欺石崇富。」

客的基本排場是水陸菜餚十品,像是第 68 回,安郎中帶著大批隨從拜訪西門慶,不一時擺桌放飯,菜色是:「春盛案酒,一色十六碗,都是炖爛下飯:雞蹄、鵝鴨、鮮魚、羊頭、肚肺、血臟、鮓湯之類;純白上新軟稻粳飯,用銀鑲甌兒盛着,裡面沙糖、榛、松、瓜仁拌着飯。」隨便一頓例行會晤(來客吃酒三鍾旋即離席),就擺出十六碗案酒下飯,這可不是普通的規模。又如第 47 回,西門慶邀主官夏提刑來家,雖然飲饌內容只用寥寥數語寫過,仍可看見類似的規模:「各樣雞、蹄、鵝、鴨、鮮魚下飯,就是十六碗。吃了飯,收了家伙去,就是吃酒的各樣菜蔬出來。」

不過,研判一戶人家是否執著於飲食排場,最好要看飲食活動在生活中所佔的分量。覽讀《金瓶梅》,即可發現小說中最頻繁的活動,莫過於飲食和性交。西門慶要不在家設席,就是受邀官場同僚宴會,而且無論在老婆房裡、在姘婦閨中、乃至於院中行走,也總是免不了吃吃喝喝,所以飲食堪稱西門慶的生活重心。難怪應伯爵要說:「你這胖大身子,日逐吃了這等厚味,豈無痰火?」(67)

難得賦閒在家,西門慶的作息也離不開美味,第 67 回是最好的例子。這天西門慶睡到日上三竿還猶未起,直到應伯爵來,才起來活動筋骨。這時,小廝拿了兩盞「酥油白糖熬的牛奶子」。梳頭之後,左右放桌拿粥上來,四個小菜是:「一碗炖爛蹄子,一碗黃芽韭炒驢肉,一碗鮓炒餛飩雞,一碗炖爛鴿子雛兒」。吃完早餐,杯盤羅列,篩上酒來。吃了一巡,黃四來家關說,事罷,西門慶另外打開一罈雙料麻姑酒,小廝端出八碗下飯:「一碗黃熬山藥雞,一碗腢子韭,一碗山藥肉圓子,一碗炖爛羊頭,一碗燒豬肉,一碗肚肺羹,一碗血臟湯,一碗牛肚兒,一碗爆炒豬腰子」;外加兩大盤「玫瑰鵝油燙麵蒸餅兒」。美食當前,大夥聽曲、行令、說笑。不一會兒,下人又拿了幾碟果實上來,包括:「一碟菓餡餅,一碟頂皮酥,一碟炒栗子,一碟曬乾棗,一碟榛仁,一碟瓜仁,一碟雪梨,一碟蘋婆,一碟風菱,一碟荸薺,一碟酥油泡螺,一碟黑黑的團兒,用橘葉裹着」。既有各式下飯案酒,又有各色點心菓品,在座無不開懷暢飲,幾人直吃至夜黑方散。

同樣的情形也在第 52 回。前面說過,應伯爵、謝希大到西門慶家吃「醬汁鹵肉麵」,兩人登時狠了七碗才停。這時謝希大說:「我只是剛纔家裡吃了飯來了,不然,我還禁一碗。」可見兩人都吃撐了。然而西門慶卻還叫人捲棚內放下八僊桌兒,桌上擺設許多佳餚:「兩大盤燒豬肉,兩盤燒鴨子,兩盤新蒸鮮鰣魚,四碟玫瑰點心,兩碟白燒筍雞,兩碟炖爛鴿子雛兒」;然後又是四碟「臟子:血皮、豬肚、釀腸之類」。三人和妓女桂姐調笑喝酒。歡愉滿足之際,小廝又奉出四碟鮮物兒來,分別是烏菱、荸薺、雪藕、枇杷,落後三人吃至掌燈時候,還等廚下拿出「綠豆白米水飯」來吃了才去。

像這般食物多到吃不完的情形很常見,例如第 46 回就描述:「先是伯爵與希大二人

整吃了一日，頂賴吃不下去。見西門慶在椅子上打盹，趕眼錯把菓碟兒帶減碟倒在袖子裡，都收拾了個净光。」不過，最足以展示西門家飲食水平的，要屬招待胡僧來家吃飯的一段描寫：

> 先綽邊兒放了四碟菓子，四碟小菜，又是四碟案酒：一碟頭魚，一碟糟鴨，一碟烏皮雞，一碟舞鱸公。又拿上四樣下飯來：一碟羊角葱炒的核桃肉，一碟細切的皆酥樣子肉，一碟肥肥的羊貫腸，一碟光溜溜的滑鰍。次又拿了一道湯飯出來，一個碗內兩個肉圓子，夾着一條花筋滾子肉，名喚一龍戲二珠湯；一大盤裂破頭高裝肉包子。西門慶讓胡僧吃了，教琴童拿過團靶鉤頭雞脖壺來，打開腰州精制的紅泥頭，一股一股邀出滋陰摔白酒來，傾在那倒垂蓮蓬高腳鍾內，遞與胡僧。那胡僧接放口內，一吸而飲之。隨即又是兩樣添換上來：一碟寸扎的騎馬腸兒，一碟子腌臘鵝脖子。又是兩樣艷物與胡僧下酒：一碟子癩葡萄，一碟流心紅李子。落後又是一大碗鱔魚麵，與菜卷兒一齊拿上來，與胡僧打散。（第49回）

酒且不論，這頓飯食也夠豐富的了。雖然小說提到，那時正是李嬌兒生日，所以廚下餚饌下飯不缺，但是這樣的排場仍很駭人。略做估算，先是四碟菓子、四碟小菜，接著四碟案酒、四樣下飯——這就已經十六樣了。落後又端出一道肉圓子湯、「一大盤」肉包，以及四碟下酒艷物；末了還有「一大碗」鱔魚麵與菜卷兒。這就是西門慶家飲食的排場，供應無度且又樣樣精細，直可說是鋪張奢靡太過！怪乎胡僧登時「吃的楞子眼兒」，趕忙表明已經酒醉飯飽，再也吃不下了。

離開了家，娼肆是西門慶行走的重心之一。至於他梳櫳過的粉頭，早期是李桂姐，真除提刑官後，雖然礙於官銜不便經常現身青樓，但也情鍾鄭愛月兒。西門慶出入李瓶兒家的場景，集中在《金瓶梅》第二個十回，前面說過，這一部分的酒食描寫都比較粗略，所以不妨以鄭愛月兒家為例。

先看第 59 回。賓客進門、妓家調笑之初，丫鬟進來安放桌面。四個小翠碟兒裝的是精製的「銀絲細菜，割切香芹，鱘絲、鰉鮓、鳳脯、鷺羹」，以及「賽團圓、如明月、薄如紙、白如雪、香甜可口」的「酥油和蜜餞麻椒鹽荷花細餅」。旁邊燒的是苦豔豔的「桂花木樨茶」。稍後擺上酒來，又是「十二碟菓仁減碟，細巧品類」。同樣的地點，到 68 回換作是黃四請西門慶、應伯爵、溫秀才、李三到院中。湯飯上來，端的是「黃芽韭燒賣，八寶攢湯，姜醋碟兒」；茶斟上來，每人一盞「瓜仁栗絲鹽筍芝麻玫瑰香茶」。說笑中間，廚下割獻「豕蹄」一頂，並四碗下飯：「羊蹄黃芽、腺子韭、肚肺羹、血臟之類」。又，第 77 回，西門慶隻身赴會，丫鬟擺上四碟細巧菜蔬，以及「黃芽韭菜肉包的一寸大的水角兒」。與粉頭調情說話中間，丫鬟又拿上幾樣細菓碟兒，「都是減碟，

菓仁、風菱、鮮柑、螳螂、雪梨、蘋婆、蚫螺、冰糖橙丁之類」。

　　妓家酒食貴不在多，而在於精；質不重新，而重在巧。尤其是西門慶一類的富戶，什麼山珍海味不曾嚐過？所以妓家吃食唯有從精細、巧思下手，方能收伏人心。例如鄭愛月兒拿手的「酥油泡螺兒」，就是西門慶相當喜歡的名點。第 67 回，鄭家托人送來一盒「菓餡頂皮酥」、一盒「酥油泡螺兒」、以及一包「親口嗑的瓜仁兒」，就讓西門慶心情愉快，「笑的兩眼沒縫兒」。

　　當然，妓院自有品味高低，來客亦有等級高下。與西門慶往來的李桂姐、吳銀兒、鄭愛月兒，都算是青樓中的佼佼者，院中飲饌也就有一定水平。像是第 50 回，西門慶家小廝玳安、琴童夜訪「蝴蝶巷」，妓家端出的食物就差了一級：「一面放了四碟乾菜，其餘幾碟都是鴨蛋、蝦米、熟鮓、鹹魚、豬頭肉、乾板腸兒之類。」雖說事出突然，果菜準備不及，但是這條小胡同裏的妓院，本來就不是為西門慶這類「貴客」而開的。

　　《金瓶梅》裏的菜餚很多，鵝、鴨、雞、豬等等各式主菜的變化也很大。以鵝來說，最常見的是燒鵝（20、31、42、43、67、68），另外還見水晶鵝（21）、薰臘鵝（46、78）、腌臘鵝脖子（49）、糟鵝胗掌（27）。鴨肉也很常見，多半的吃法是燒鴨（32、34、52、61、78），此外還有鹵炖的炙鴨（45）、糟鴨（49）、臘鴨（61）、熏鴨（67）。至於雞肉更為普遍，不過一般而言不做主菜，多半製成各式下飯案酒，花樣包括燒雞（42、68）、熬湯（67、76）、醃漬（44、77）、臘燒（50），或是其他特別的煮法，例如：劈曬雛雞脯翅兒（27）、乾蒸的劈鹹雞（34）、白燒笋雞（52）、餛飩雞兒（22、67）等等應有盡有。

　　豬肉的食法就更豐富了，出現次數最頻繁的是豬蹄，不論自家紅燒爛炖（22、23、67）、白炖水煮（34）、酒糟醃漬（44），還是上街買回頂好成品（32、34、67），豬蹄堪稱是最經濟實惠的美食。常見的還有紅燒豬頭肉（23、52、76）、火薰肉（20、56、95）、書臘肉絲（27）、油煠燒骨（34）、白煠豬肉（34）、乾巴子肉（21）、爆炒豬腰（34、67）並各式內臟（52、75）；或是家常小吃如豬肉韭菜盒（72、77、79）、山藥肉圓子（45、67）、以及罕有的蒜燒荔枝肉（54）等等。豬肉之外，羊亦不少，主要是炖爛羊頭（45、67）、羊蹄（68）、各色羊肉（16、46、54、76）。牛肉倒是少見，只有牛肚而已（50、67）。驢肉亦不很多（50、67）。

　　至於飛禽，清一色是鴿子，大半是炖爛鴿子雛兒（20、21、22、42、52、67、75、79），適合早餐或病中進食。第 77 回則有「煎炒鵪鴿」。水族世界也很熱鬧。最珍貴的鱘魚（20、34、52），前面已經介紹過了。常出現的還有螃蟹（11、23、35、58、61）、各式銀魚料理（24、42、75、78）、以及勒鯗魚（21、80）、鱸魚（49）、泥鰍（49）、金蝦（34）、蛤蜊（21），並各類鮮魚（34、49、56、76）、細鮓糟魚（78）。

　　蔬菜部分，除了豆芽、韭菜常和其他肉食搭配處理，其他多半以開胃小菜或佐酒小

菜的形式出現，最常見的是十香瓜茄。十香瓜茄又稱「食香瓜茄」，根據明人高濂《遵生八牋》的記載，它的作法是：

> 不拘多少，切作綦子，每斤用鹽八錢，食香同瓜拌勻於缸內。醃一、二日，取出控乾日晒，晚復入鹵水內，次日又取出晒。凡經三次，勿令太乾，裝入罈內用。[28]

另外，明刊《居家必用事類全集》的記載也無妨參考：

> 食香瓜兒：菜瓜不以多少薄切，使少鹽淹一宿漉起，用元鹵煎湯焯過，晾乾，用常醋煎滾，候冷，調砂糖、薑絲、紫蘇、蒔蘿、茴香拌勻，用磁器盛日中曝之，候乾收貯。
> 食香茄兒：新嫩者切三角塊沸湯焯過，稀布包榨乾，鹽淹一宿曬乾。用薑絲、橘絲、紫蘇拌勻，煎滾糖醋潑，曬乾收貯。[29]

從小說中很難判斷西門慶家的十香瓜茄是不是這麼製成的，不過看它出現那麼頻繁，確實有可能是預先曬乾貯好，待要食用的時候再行簡單加工。值得一提的是，《紅樓夢》有一道名菜「茄鯗」，它的製作原理竟和《居家必用事類全集》相當近似，這或許能提供我們某種聯想。看看鳳姐是怎麼介紹它的：

> 你把才下來的茄子，把皮刨了，只要凈肉，切成碎釘子，用雞油炸了，再用雞肉脯子合香菌、新筍、蘑菇、五香豆腐乾子、各色乾果子，都切成釘兒，拿雞湯煨乾，將香油一收，外加糟油一拌，盛在磁罐子裡，封嚴；要吃時拿出來，用炒的雞瓜子一拌，就是了。[30]

除了十香瓜茄（20、45、52、54、61、75、79），另外像是海蜇（44、75、76、78）、豆豉（45、52、54）也常出現；筍類也一樣，或糟（45、54）、或炒（75、78）；另外看到的還有醋燒白菜（20）、醬油花椒（52、54）、糖蒜（52、54）、苔菜（54）、辣菜（54）、薑醋兒（54、68）、香菌（54）、銀絲細菜（59）、銀苗豆芽菜（75）、天花菜（78）等等。

羹湯也很豐富，除了各式熬湯，出現最多的是八寶攢湯（20、42、68、78），其次是

28　〔明〕高濂撰：《遵生八牋》（臺北：臺灣商務印書館，1979 年），〈飲饌服食牋〉中卷，家蔬類，「食香瓜茄」條，頁 12a。

29　〔明〕佚名撰：《居家必用事類全集》，己集，「飲食類」，蔬食。《北京圖書館珍本叢刊》，第 61 冊，子部雜家類，頁 251。

30　〔清〕曹雪芹原著，啟功等校注：《紅樓夢校注本》（北京：中華書局，1998 年），第 41 卷「賈寶玉品茶櫳翠庵　劉姥姥醉臥怡紅院」，頁 610。

餛飩雞蛋湯（45、71、76）。另外還有酸筍蛤蜊湯（21）、合汁（23）、酸筍湯（40）、胡僧吃的「一龍戲二珠湯」（49）、肚肺羹（67、68）、肚肺乳綫湯（77）、血臟湯（67）、雞尖湯兒（94）、頭腦湯（71、76、98）。這些羹湯有許多都具有食補的效果，例如頭腦湯，包括西門慶在何公公家吃的「肉圓子餛飩雞蛋頭腦湯」、自家早上吃的「頭腦酒」、以及陳經濟吃的用「雞子肉圓子」做的「頭腦」，據說都有滋補壯陽的功用。至於始終不知為何物的「合汁」，是宋惠蓮在寒氣侵人的「藏春塢」和西門慶睡了一夜之後，央小廝到街上盪來的湯品，想來也是驅寒養身的街頭小吃。相較於合汁，雞尖湯兒的烹調細節倒是難得講得清楚：

> 原來這雞尖湯，是雛雞脯翅的尖兒，碎切的做成湯。這雪娥一面洗手剔甲，旋宰了兩隻小雞，退刷乾淨，剔選翅尖，用快刀碎切成絲，加上椒料、葱花、芫荽、酸筍、油醬之類揭成清湯。（第 94 回）

《金瓶梅》出現過的各類主食、菜餚、羹湯，這裏雖未完全列舉出來，不過應該足以掌握大概。接下來看看同樣是琳瑯滿目的點心鮮果。

(二)點心菓品

相較於下飯、案酒，小說中糕餅點心、蜜餞菓品擔負的角色非常多樣，而且現身的機會更多。這裏所指的點心，包括茶食、酒食和甜食，主要指糕、餅一類的米、麵食品，和一般糖製品及奶油製品。至於菓品，指的是各式乾菓（仁）、蜜餞和新鮮水果。

前面看到，在西門慶任何形式的飲饌活動中，酒菜之外絕對少不了這些點心菓品。至於它們出場的順序，要不在宴席的一開始，要不就在飯菜收去以後亮相。例如第 43 回，寫到女眷宴客。開宴之前先擺下茶來，接著便是各樣茶菓甜食、美口菜蔬、蒸酥點心、細巧油酥餅饊，然後才上桌正式用膳。相反的例子可見第 58 回，寫到西門慶做生日，只見當天宅裏貴客川流不息，自早至晚賓主飲食無度。但到入夜席散之際，西門慶留下自家親朋重新開宴，並差人添換盤碟、拿出點心菓品：「蜜餞減碟、榛松菓仁、紅菱雪藕、蓮子荸薺、酥油蚫螺、冰糖霜梅、玫瑰餅」──真個是齊齊整整。

宴會之後端上點心菓品，在《金瓶梅》幾乎成為一種固定儀式。只要席還未散，不論客人是否用酒，桌面自要擺上吃食。前面看到，西門家的宴會除了割燒大菜，還有各式下飯案酒，整吃一日也吃不完。為什麼要撤下大魚大肉，換上這些點心菓品？目的顯然在於調節飲食，重新刺激口腹慾望。不過對西門慶一類的富豪來說，點心菓品撑起的排場，自有展現消費實力的用意在。

說到吃飯喝酒，有人認為，下酒宜用鹹食。甚至也有人說：「果者酒之讎，茶者酒

之敵；嗜酒之人，必不嗜茶與果。」[31]可是在《金瓶梅》裏，點心菓品卻常是下酒必需。例如第 42 回寫歡慶元宵，西門慶和幾個朋友在樓上喝酒玩耍，落後吳月娘咐咐小廝和排軍抬來了四個攢盒，多是美口糖食細巧菓品，包括：「黃烘烘金橙，紅馥馥石榴，甜磂磂橄欖，青翠翠蘋婆，香噴噴水梨；又有純蜜蓋柿，透糖大棗，酥油松餅，芝麻象眼，骨牌減煤、蜜潤縧環；也有柳葉糖，牛皮纏。」仔細一看，不外鮮果、蜜餞、甜食。同樣的情形在第 44 回，李瓶兒、吳銀兒一對假母女在房中用酒。桌上除了擺上「一碟糟蹄子筋，一碟鹹雞，一碟爛雞蛋，一碟炒的豆芽菜拌海蜇」諸等下酒小菜，另外也準備了一盒細巧菓仁，以及一盒菓餡餅。下人也是一樣，在第 31 回，就見到玉簫拿了一銀執壺酒，「并四個梨，一個柑子」，逕來廂房送與書童兒。由此可知，除了作為正式宴會的配角，點心菓品也可以是下酒美味；而且有趣的是，《金瓶梅》中的女眷似乎比男人更喜愛這類精品。例如第 78 回，吳大舅來西門慶家作客，吃飯的時候，桌面明明已經擺上「春盛菓盒，各樣熱碗嗄飯，大饅頭、點心，八寶攢湯」；可是吳月娘還嫌不足，「又往裡間房內，拿出數樣配酒的菓菜來，都是冬筍、銀魚、黃鼠、鱘鮓、海蜇、天花菜、蘋婆、螳螂、鮮柑、石榴、風菱、雪梨之類。」顯然月娘更鍾情以點心菓品下酒。

不過必須注意的是，《金瓶梅》中雖然也用點心菓品下酒，但是一般來講仍忌甜食。最好的例子在第 54 回，應伯爵做東道主請十兄弟，結果應伯爵打賭輸了，得罰吃三碗酒，只見他慌著嚷道：「不好了，嘔出來了。拿些小菜我過過便好。」不料白來創倒取甜東西去，惹得應伯爵嗔罵：「賊短命，不把酸的，倒把甜的來，混帳！」由此可見，席上雖然有些甜點，但若真要飲起酒來，甜品和酒仍是相沖得多。

此外，女眷房中似乎總有些點心巧菓。例如在第 18 回，陳經濟到潘金蓮房裏討茶吃。金蓮見經濟沒吃什麼，就叫春梅：「揀妝裡拿我吃的那蒸酥菓餡餅兒來，與你姐夫吃。」再者，彼此間的餽贈賞賜，也多半偏好此類物品。例如第 62 回，吳月娘來李瓶兒房中探病，親自拿著一小盒「鮮蘋婆」進來；第 45 回，月娘賞賜給吳銀兒的物品，是「一盒元宵，一盒細茶食」；第 78 回，賁四老婆和西門慶貼身小廝玳安因有首尾，怕人背後說長道短，玳安便建議她：「俺大娘別的不稀罕，他平昔好吃蒸酥，你買一錢銀子菓餡蒸酥、一盒好大壯瓜子送進去。」由此想見，女眷間的聚會交誼飲茶，端上來的多半也是這些美食。第 41 回，寫西門慶家眷赴喬大娘子家，結果「放桌兒擺茶，無非是蒸煠細巧茶食，菓餡點心，酥菓甜食，諸般菜蔬。擺設甚是整齊。」也是一例。

點心菓品往往也是素饌的大宗。小說寫到，吳月娘篤信佛教，常和女尼、道姑往來，

31　〔清〕李漁撰：《閒情偶寄》（臺北：長安出版社，1979 年），卷 12，〈飲饌部〉，「肉食第三」，頁 274。

因此不乏有人來房中說經、宣卷，這時用餐當然是選擇素饌。例如第 39 回，眾女眷在家聽兩個姑子講因果，月娘備下的素饌是：「四碟素菜兒，兩碟鹹食兒，四碟兒糖薄脆、蒸酥、菊花餅、扳搭饊子。」在 73 回也是一樣，玉樓房中，準備了兩方盒「細巧素菜菓碟，茶食點心」和一壺茶；眾人陪三個師父吃了，才又拿葷下飯出來。素饌如此，素供更不待言。例如第 78 回，透過潘姥姥的視角，我們看到李瓶兒靈前供奉的是：「樹菓柑子，石榴蘋婆，雪梨鮮菓，蒸酥點心，饊子麻花。」全是點心菓品。第 39 回，西門慶玉皇廟打醮，到了午朝拜表畢，吳道官預備了一張大插桌，「簇盤定勝，高頂方糖菓品；各樣托葷蒸煠、鹹食素饌、點心湯飯又有四十碟碗；又是一罈金華酒。」而玉皇廟把祭供過的齋品送回西門家，「又是許多羹菓插桌禮物，擺了四張桌子還擺不下。」

為了打這場醮，並為兒子官哥兒討個外名，西門慶花了十五兩經錢、一兩節禮，且備好一石白米、一擔阡張、十斤官燭、五斤沉檀馬牙香、十二疋生眼布做襯施，又送了一對京緞、兩罈南酒、四隻鮮鵝、四隻鮮雞、一對豚蹄、一脚羊肉、十兩銀子與官哥兒寄名之禮，足見他出手的闊綽。做醮尚且如是，齋食花費更不消說。第 63 回寫西門慶為李瓶兒做「頭七」，叫了一起海鹽子弟搬演戲文，晚夕便在大棚內放了十五張桌席。包括親友、夥計、鄰居在內，「都是十菜五菓」，開桌兒點起十數枝高燒大燭來，眾人（連同堂客）自在觀戲。

這個場景，不免讓人憶及張岱這則筆記：

> 客店至泰安州，不敢復以客店目之。余進香泰山，未至店里許，見騾馬槽房二三十間；再近有戲子寓二十餘處；再近則密戶曲房，皆妓女妖冶其中。余謂是一州之事，不知其為一店之事也。投店者，先至一廳事，上簿掛號，人納店例銀三錢八分，又人納稅山銀一錢八分。店房三等。下客夜素，早亦素，午在山上用素酒果核勞之，謂之「接頂」。夜至店，設席賀。謂燒香後，求官得官，求子得子，求利得利，故曰賀也。賀亦三等：上者專席，糖餅、五果、十餚、果核、演戲；次者二人一席，亦糖餅、亦餚核、亦演戲；下者三四人一席，亦糖餅、餚核，不演戲，用彈唱。計其店中，演戲者二十餘處，彈唱者不勝計。庖廚炊爨亦二十餘所，奔走服役者一二百人。下山後，葷酒狎妓惟所欲，此皆一日事也。[32]

這個場景和李瓶兒頭七齋宴雖然不同，卻有異曲同工之妙。張岱所記的是，晚明富人至泰山進香後，於周圍客店投宿休憩的情形。最上等的香客，在店獨享專席，桌上備有五

---

32 〔明〕張岱撰：《陶庵夢憶》（臺北：漢京文化事業有限公司，1984 年），卷 4，「泰安州客店」條，頁 39-40。

菓十餚，並且還有戲看，山下則有葷酒妓女引頸盼望。至於笑笑生所摹的，是土豪商人的浮華齋宴。為著無甚干係的親友夥計鄰居，西門慶竟然也準備了一班戲子，每人桌上是豐盛的「十菜五菓」，喝的是麻姑酒，而且另有李瓶兒、吳銀兒、鄭愛月兒三個妓女陪酒調笑（雖然她們是來上紙祭奠的）。同樣是驕奢放肆，同樣的飲食規模，《金瓶梅》這一幕的裝腔做勢更為明顯，與人一股滑稽之感。

回頭看看《金瓶梅》出現過的點心菓品花樣。

關於點心，《金瓶梅》裏以糕餅為多（餅所佔分量猶重），糖製品及奶油製品較少。提到糕餅，晚明著名的美食家李漁說得很好：「穀食之有糕餅，猶肉食之有脯膾。魯論云：『食不厭精，膾不厭細。』製糕餅者於此二句當兼而有之。」至於糕餅精細的標準，笠翁也說得很明白，即：「糕貴乎鬆，餅利於薄。」[33]糕餅在中國的發展，根據研究，自從漢代石臼和木杵技術突破，增強了粉碎米、麥和豆類的能力以後，點心麵食大量增加。漢代通稱麵食為「餅」，把調好味的麵團壓平、放在烤爐頸邊烘烤酥脆的是為「燒餅」；放在平底鐵鍋上加油煎熟的稱為「烙餅」；用甑鍋蒸熟的稱之為「蒸餅」；用水煮的麵條或水餃稱「湯餅」。至於「糕」，指的是用米粉加糖及其他原料後，放在蒸鍋蒸成鬆軟厚塊的米食[34]。

《金瓶梅》裡的糕餅樣式，最難忘的當是武大郎的炊餅，不過小說裏出現過的糕餅花樣很多，滋味和價格也遠超過武大郎的炊餅。這些糕餅可以依其飲食功用區分成兩類，一類是作為主食或下飯、下酒菜餚，包括前面提到過的饅頭（44、78）、水餃扁食（8、16、77）、包子（42、77）、燒賣（42、68）、肉兜子（59）、烙餅（37、77），以及各式蒸餅、捲餅、菜肉盒子（餅）等等。這邊除了饅頭和烙餅，其他多半是鹹食。肉兜子就是油煎餡餅。水餃、包子和燒賣裏著肉餡，裏面常見黃芽韭菜（68、77）。蒸餅出現很多，包括陽春的「白麪蒸餅」（21）、「蒸的黃霜霜乳餅」（62），加味的「玉米麪鵝油蒸餅兒」（35）、「玫瑰鵝油燙麪蒸餅兒」（67）、以及帶餡兒的「黃韭乳餅」（20）、「春不老蒸乳餅」（22）。至於捲餅（13），指的乃是捲著菜吃的餅品，例如「酥油和蜜餞麻椒鹽荷花細餅」（59），即是用來「揀攢各樣菜蔬肉絲」；「肉絲細菜兒裹捲（烙）餅」（37）也是一樣。此外菜肉盒子（餅）則在小說中出現了三次（72、77、79），裏面包著黃芽韭、豬肉餡兒。[35]

附帶一提的是，第 11 回寫到西門慶早上起床，等著要吃「荷花餅、銀絲鮓湯」。這

33　〔清〕李漁撰：《閒情偶寄》，卷 12，〈飲饌部〉，「穀食第二」，頁 262。

34　林乃燊撰：《中國飲食文化》（上海：上海人民出版社，1989 年），頁 87-88。

35　第 7 回出現過的「艾窩窩」是糯米品，故未列出。

道引來春梅和孫雪娥一陣風波的「烙餅，做湯」，在小說中是一個特別的吃法。它是把烙好的荷花餅切絲，煮熟後置入銀絲鮓湯裏，因此看上去很像一般湯麵。

無論是作為主食、下飯、案酒，這類餅品在小說中往往伴隨其他食物現身，甚至淪為點綴作用，因此在小說中不易引人注意。不像另一類扮演茶食、甜食角色的餅品，不但有著相對的獨立性格，而且出現頻繁、花樣繽紛。

例如在第 10 回，就出現「朝廷上用的菓餡椒鹽金餅」。因為是朝廷吃的餅，自然質精貴重。不過在小說中，這些餅品一般是向店裏購買，除了家用備下，遇到節慶或是送禮的時候更不可少。例如第 42 回寫到慶元宵，就見西門慶分付小廝拿銀子往糖餅舖，買了「四盤蒸餅：兩盤菓餡團圓餅，兩盤玫瑰元宵餅」。《金瓶梅》常提到的餅品，包括蒸酥（82）、菓餡餅兒（29、32、44、67、76、79）、蒸酥菓餡餅兒（18、78）、菓餡頂皮酥（34、67）等等。雖然小說中常常不特別說明具體的內容物，不過大致看來都有甜、酥、香三個特色——分別滿足於口感、觸感、以及嗅覺。在這三者當中，「甜」是它的本質，「酥」是表現工夫，「香」則是優質保證，所以我們在《金瓶梅》的餅品世界中，常可聞到一股清雅的花香，包括「香茶木樨餅兒」（4）、「菊花餅兒」（17、39）、「檀香餅」（54）、「鳳香餅兒」（35、77）、以及出現最多的各式「玫瑰花餅」（31、42、52、58、71、79、95）。

花餅指的是在餅中添加花香、花蜜，這類餅品似乎也是宮中美食。李詡《戒庵老人漫筆》即載：「南京舊制，木犀開時造餅，有揀花舍人五百名。」[36] 不過這類餅品恐怕並不便宜，尤其是玫瑰花餅。例如在第 71 回，寫到西門慶上京，同行小廝王經奉王六兒之命，欲進翟管家府中捎兩雙「鞋腳子」給愛姐。雖然事不關己，可是西門慶嫌其寒酸少禮，便向跟隨玳安說道：「我皮箱內有捎帶的玫瑰花餅，取兩罐兒，用小描金盒兒盛著。」叫王經送去。由此判斷，玫瑰花餅應不是平常之物，否則西門慶出遠門時不會帶在身上，更不會拿出來當禮送到府中。而玫瑰花餅又是小說中出現最多的餅品，這也反映西門慶家飲食內容的精細。

相較起餅，糕的角色輕了許多，小說提到的有「棗兒糕」（7）、「乾糕」（54）、「裏餡涼糕」（52）。至於糕餅之外的其他點心，具體交待的並不很多，諸如「柳葉糖」（42）、「牛皮纏」（42）應該是糖製品；「茶酪」（65）、「酥油白糖熬的牛奶子」（67）則是乳（製）品。至於所謂的「泡螺」或「酥油鮑螺」（58、67、77），就其命名很難看出是什麼東西，不過《金瓶梅》倒是對它有些許描摹：

36　〔明〕李詡撰：《戒庵老人漫筆》，卷 1，「揀花舍人」條，頁 4。

這應伯爵看見酥油蚫螺，渾白與粉紅兩樣，上面都沾着飛金。就先揀了一個放在口內，如甘露灑心，入口而化。（第58回）

伯爵道：「可也虧他，（酥油蚫螺）上頭紋溜就像螺螄兒一般，粉紅、純白兩樣兒。」（第67回）

由此看來，酥油蚫螺乃是擬物形立名，看來是某種奶油製品或乳製品。不過根據晚明美食家張岱的講法，泡螺顯然更有可能是一種乳製品：

乳酪自駔儈為之，氣味已失，再無佳理。余自豢一牛，夜取乳置盆盎，比曉，乳花簇起尺許，用銅鐺煮之，瀹蘭雪汁，乳斤和汁四甌，百沸之，玉液珠膠，雪腴霜膩，吹氣勝蘭，沁入肺腑，自是天供。或用鶴觴花露入甑蒸之，以熱妙；或用豆粉攙和漉之成腐，以冷妙。或煎酥，或作皮，或縛餅，或酒凝，或鹽醃，或醋捉，無不佳妙。而蘇州過小拙和以蔗漿霜，熬之、濾之、鑽之、掇之、印之為帶骨鮑螺，天下稱至味。[37]

緊接各式乳製品作法之後，張岱介紹號稱天下至味的「帶骨鮑螺」，顯然「鮑螺」（泡螺、蚫螺）是個乳製品。此外從這裏也可以看到，為了享用乳品，張岱不惜自豢一牛，足見他是名符其實的老饕。這則筆記詳細記載了乳（製）品的各式作法，十分具有參考價值，其中熱煮的新鮮牛奶，和《金瓶梅》第67回描述的情景頗為相似：只見應伯爵從西門慶家小廝手中，接過一盞「酥油白糖熬的牛奶子」，拿在手內，「見白瀲瀲鵝脂一般酥油飄浮在盞內。」小說雖然沒有形容食後「沁入肺腑」，但也透過食客的口中道出：「好東西！滾熱，呷在口裡，香甜美味。」

其次看看蜜餞、菓仁和新鮮水果等菓品。蜜餞指的是蜜糖漬的菓品，小說裡包括純蜜蓋柿、透糖大棗、芝麻象眼、骨牌減煤、蜜潤條環……指的都是蜜餞，經常搭配時鮮水果登場。可惜這個東西多半以「蜜餞減碟」、「鹹酸蜜食」等套語形式出現，鮮少具體介紹，除了李乾（42）、「冰糖霜梅」（58）、「冰糖橙丁」（77），書裡就屬「衣梅」（67）寫得最為清楚。這個用橘葉裹著的「黑黑的團兒」，原來是各樣藥料用蜜煉製過滾在楊梅上的珍品。據說「每日清晨，呷一枚在口內，生津補肺，去惡味，煞痰火，解酒尅食，比梅蘇丸[38]甚妙。」事實上不只衣梅，一般蜜餞除了香甘味美，多少都有去惡味、

37　〔明〕張岱撰：《陶庵夢憶》，卷4，「乳酪」條，頁34-35。

38　「梅蘇丸」，據〔明〕高濂《遵生八牋》載，其方為：「烏梅肉二兩。乾葛六錢。檀香一錢。紫蘇葉三錢。炒鹽一錢。白糖一斤。右為末將烏梅肉研如泥和料作小丸子用。」〈飲饌服食牋〉下卷，

煞痰火、解酒剋食的效果，所以飲饌食單上總少不了它們。

接著談談菓仁。菓仁指的是各類果實的內籽，在《金瓶梅》常常出現，尤其是瓜子，在小說前半部總跟著潘金蓮登場。像是第15回，寫到眾妾笑賞翫月樓，只見潘金蓮、孟玉樓在樓上看燈，「探着半截身子，口中嗑瓜子兒，把嗑了的瓜子皮兒都吐下來，落在人身上，和玉樓兩個嬉笑不止。」就是小說中令人難忘的一幕。不過，小說中雖然常常見到菓仁，但是多半也僅一筆帶過，很難判斷當時到底時興哪些菓品。少數看到的有核桃仁兒（19、27）、榛松菓仁（58、67）、瓜仁（67）等等。另外比較特別的是，小說中很常出現的「福仁泡茶」，乃是取橄欖核裏的仁泡製而成，如此看來，菓仁的效用還不止於逕直品嚐而已。

至於水果，在《金瓶梅》中亦很常見，而且十分強調它的鮮度。出現最頻繁的是梨（3、31、42、67、77、78）、鮮柑（31、77、78）、蓮子（19、27、58）、荸薺（27、52、58、67）、及各色菱角（27、52、58、67、77、78）。另外像蘋果（或作蘋菠、蘋婆、蘋波）也常出現（42、62、67、77、78），第42回形容它「青翠翠」，第62回交待洗淨後切塊就食，所以指的應該就是今天的蘋果。其他水果還有西瓜（27）、李子（27、49）、胡桃（42）、龍眼（42）、荔枝（42）、金橙（42）、石榴（42、78）、橄欖（42）、枇杷（52）、雪藕（52、58）等等。其中最為珍貴的當屬枇杷，前已提到，吃遍天下美食的應伯爵就不識此物滋味。當然，龍眼、荔枝這些產自亞熱帶南方的菓品，對北方人來說也是奢侈品。

(三)酒、茶

《金瓶梅》裡每一場飲饌活動，酒永遠是最佳的催情劑；但是在中國人的集體無意識裏，酒往往才是真正的飲饌重心。例如第63回，寫李瓶兒開吊的筵席，眾客「每人十菜五菓」整吃了一日，到晚西門慶還不放人走。只見他叫小廝提來四罈麻姑酒，對親朋說道：「列位，只了此四罈酒，我也不留了。」飲至五更時分，眾人齊起身，西門慶還「拿大杯攔門遞酒」，直到款留不住才送客出門。由此可見，酒固然是一種催情劑，但到後來，飲酒是否盡興（盡量）反而才是飲宴的指標。因此正如前面說的，西門家之所以不斷翻新菜單，表面上雖是賣弄排場，實質上自有助長酒興的目的。

在《金瓶梅》裡，酒的登場同樣要到第15回以後才算具體。因為15回以前雖然也提到飲酒，但從不清楚交待酒種，描寫盡是「碧玉杯中，滿泛瓊漿玉液」（第10回）、「琉璃鍾，琥珀濃，小槽酒滴珍珠紅」（第11回）、「小壺內滿貯香醪」（第13回）、「圍爐添炭、酒泛羊羔」（第14回）等等陳腔套語。直到第15回，寫到三個「圓社」提著兩

甜食類，「梅蘇丸方」條，頁13b。

瓶「老酒」孝敬西門慶；第 16 回，寫李瓶兒陪西門慶飲著「南酒」，小說對於酒種的交待才漸漸清晰起來。

毫無疑問，酒之於西門慶，已經到了無日不飲的地步。不論是自家宴客、赴人宴席、或是行走院中，飲酒總是一件無可避免的「正經事」。像是第 67 回，寫到西門慶為李瓶兒喪事忙了數日，雖然決定在家休息一天，不往衙門裏去，可是待應伯爵等一幫食客來家，興致上頭又開了一罈雙料麻姑酒飲將起來。有時候，即便外頭喝了酒來家，西門慶也還喝上一些。例如第 38 回，分明在夏提刑家喝了酒，可他回家後還叫丫頭篩了葡萄酒來，並且抱怨：「今日他家吃的是自造的菊花酒，我嫌他歆香歆氣的，我沒大好生吃。」同樣的例子在第 75 回，西門慶在家中陪著多位貴客吃喝整日，到晚進李瓶兒房裏還要酒吃，並且交待不吃金華酒，叫丫頭到書房拿葡萄酒去。

女眷也是一樣。例如第 35 回，妻妾們圍在一起吃螃蟹，月娘吩咐婢女：「屋裏還有些葡萄酒，篩來與你娘們吃。」即使是房中聽姑子宣了卷，吃飯中間也伴飲著酒，見第 73 回：「然後又拿葷下飯來，打開一罈麻姑酒，眾人圍爐吃酒。」又如第 44 回，李瓶兒和吳銀兒晚夕在房中下棋，喝的也是金華酒。另外像第 23 回，寫玉樓、金蓮、瓶兒三個女眷賭棋，結果李瓶兒輸了，教小廝「買一罈金華酒，一個豬首，連四隻蹄子。」同樣的場景也出現在第 51 回，潘金蓮要陳經濟和李瓶兒「鬭葉兒」賭個東道，為的也是「明日等你爹不在了，買燒鴨子白酒咱們吃。」

當然，像西門慶這般地方豪強，自然不免有許多人饋贈以酒。而且除了一般的低價酒（白酒、老酒）、高級的金華酒，最難得的還是各種私造的香醪，例如第 23 回就提到一罈應伯爵送的茉莉花酒。這還不算什麼，第 34 回，有劉公公送的木樨荷花酒；第 38 回，則見宮中內臣送的「裏頭有許多藥味，甚是峻利」的竹葉清酒；第 61 回，有夏提刑送的「碧靛清，噴鼻香」的菊花酒；第 75 回，荊都監差家人送來一罈「碧靛般清，其味深長」的豆酒。這些私酒貴在珍稀，一般人有錢也買不到，所以很有份量。前面提到產自內廷的竹葉清酒，就不是外界可以輕易享用到的，這一點劉若愚說得很清楚：

> 御酒房，提督太監一員，僉書數員，專造竹葉青等酒，並槽瓜茄。惟乾豆豉最佳，外廷不易得也。[39]

《金瓶梅》明白交待酒種的地方約有五十餘處[40]，其中出現最多的是「金華酒」（20、21、

39　〔明〕劉若愚撰：《酌中志》，卷 16，〈內府衙門職掌〉，頁 340。
40　鄭培凱在〈金瓶梅詞話與明人飲酒風尚〉（原刊《中外文學》第 12 卷第 6 期）那篇極有價值的論文中提到，書中明白指出酒的品種的場合共五十三處，並且一一將之羅列出來。徐朔方編：《金瓶

22、23、34、35、39、44、52、72、75、78、95)、「南酒」（16、39、40、41、43、53、72、74、95、96、97）、「麻姑酒」（50、57、63、67、73、78）、以及「葡萄酒」（19、27、35、38、61、75）。另外則有「茉莉（花）酒」（21、23）、「藥五香酒」（27）、「白酒」（29、49、51、52）、「（木樨）荷花酒」（34、84）、「竹葉清藥酒」（38）、「菊花酒」（38、61）、「南燒酒」（50）、「老酒」（15、72）、「豆酒」（75、79）、「河清酒」（34）、「金酒」（51）、「浙江酒」（78）、「甜酒」（78）、「魯酒」（93）、「黃米酒」（93）、「橄欖酒」（96）、「雄黃酒」（97）等等。[41]

關於金華酒，小說在第 72 回寫道：「安老爹差人送分資來了，又抬了兩罈金華酒，……拿帖兒進去，……上寫道：……浙酒二樽，少助待客之需。……西門慶見……，兩罈南酒，滿心歡喜。」由此可見，金華酒又稱南酒、浙（江）酒，那麼這類酒種在《金瓶梅》佔的比例幾近半數。嘉靖時人馮時化，在所著《酒史》中這麼提到金華酒：「浙江金華府造，近時京師嘉尚。」[42]說明金華酒係浙江出產，並且在北方十分盛行。至於金華酒的特性，第 34 回提到李瓶兒對春梅說：「好甜金華酒，你吃鍾兒。」第 35 回寫眾家眷吃螃蟹，潘金蓮快嘴說道：「吃螃蟹，得些金華酒吃纔好。」再加上許多地方都提到，金華酒要熱水篩過才好吃，足見它是一種味甜、性暖的釀製黃酒。

麻姑酒產自江西，也是當時天下名酒之一，明人顧起元對它的評價很高[43]。它的性質似乎和金華酒類似，都是味甜、性溫的釀製黃酒。

至於西門慶偏好的葡萄酒，是《金瓶梅》唯一可見的水果酒，據史料所載似是緣自西域。馮時化說：「大宛國造，唐憲宗曾賜李絳。」[44]顧起元也說：「拂菻國以蒲桃釀酒，……于闐國有蒲桃為酒，……不知其所釀，而味尤美。」[45]據說這種酒喝了還有益體魄，明代著名的養生典籍《遵生八牋》即道：「行功導引之時，引一、二杯，百脈流暢，氣運無滯，助道所當不廢。」[46]只不過西門慶每每喝的絕不只這個量兒。

梅西方論文集》（上海：上海古籍出版社，1987 年），頁 49-87。鄭教授的細膩值得敬佩，但是猶有一些疏漏，未提到的包括：「甜酒」（78）、「魯酒」（93）、「橄欖酒」（96）、「雄黃酒」（97）等。

41 有學者將《金瓶梅》常見的酒分成穀物類、果物類、花草類、動物類，見陳偉明撰：〈從《金瓶梅》看明代酒文化〉，《農業考古》2000 年第 3 期，頁 235-238、241 頁。

42 〔明〕馮時化撰：《酒史》（臺北：藝文印書館，1965 年），卷上，酒品第二，「金華酒」條，頁 21a。

43 〔明〕顧起元撰：《客座贅語》，卷 9，「酒三則」條，頁 303-305。

44 〔明〕馮時化撰：《酒史》，卷上，酒品第二，「葡萄酒」條，頁 20a。

45 〔明〕顧起元撰：《客座贅語》，卷 9，「酒三則」條，頁 305。

46 〔明〕高濂撰：《遵生八牋》，〈飲饌服食牋〉中卷，醞造類，「葡萄酒」條，頁 35a。

　　再來看看菊花酒，以及小說中提到的各式花酒。《遵生八牋》記載：「菊花酒：十月採甘菊花，去蒂，只取花二斤，擇淨入醅內攪勻，次早榨則味香清冽。凡一切有香之花，如桂花、蘭花、薔薇皆可倣此為之。」[47]此外，《居家必用事類全集》也提及菊花酒的製法：「以九月菊花盛開時，揀黃菊嗅之香、嚐之甘者，摘下曬乾。每清酒一斗，用菊花頭二兩，生絹袋盛之懸於酒面上，約離一指高。密封瓶口，經宿去花袋，其味有菊花香，又甘美。如木香臘梅花一切有香之花依此法為之。」[48]雖然這兩處只分別列舉了菊花、桂花、蘭花、薔薇、臘梅諸例，但可想見《金瓶梅》出現過的菊花酒（38、61）、荷花酒（84）、木樨荷花酒（34）、茉莉花酒（23）、雙料茉莉花酒（21），都是同樣作法。不過從這兩部書的介紹，並不能判斷這些花酒的製法是蒸餾還是釀造。有學者根據第61回，西門慶喝菊花酒前「先攙一瓶涼水，以去其蓼辣之性」；以及第21回，西門慶命小廝：「拿鑰匙，前邊厢房有雙料茉莉酒，提兩罈攙着些這（金華）酒吃。」藉此推斷《金瓶梅》提到過的花酒，都是釀造的黃酒[49]。這個說法有一定的可信度，姑從其說。

　　扣除前面提到的金華酒（南酒、浙酒）、麻姑酒、葡萄酒、及各式花酒，《金瓶梅》中出現的酒種就不多了，而且西門慶顯然並不喜歡蒸餾酒（包括白酒、燒酒）。如果以為西門慶和潘金蓮、王六兒在一起厮混時常喝燒酒，就推論西門慶同樣喜好此種烈酒，這個說法顯然是沒有把小說讀通。因為在第49回，胡僧送獨門春藥給西門慶的時候，就吩咐：「每次只一粒，不可多了。用燒酒送下。」所以為了試驗胡僧的春藥，西門慶在第50回才叫人去買南燒酒，只不過因為王六兒不明箇中緣故，才笑說：「爹老人家別的酒吃厭了，想起來又要吃南燒酒了。」再看第79回，潘金蓮不是「拿燒酒（把三丸胡僧藥）都送到西門慶口內」，接著行房才讓西門慶「精盡繼之以血」，拖了幾天最後一命歸西的嗎？

　　除了應酬必需、或是興之所至時會喝酒，西門慶這個色中惡魔也藉著飲酒助長性欲。比較特別的例子是第27回，在「葡萄架下」這個《金瓶梅》最著名的造愛場景裏，西門慶本來喝的是葡萄酒，並搭配著各式細小菓菜。後來他把葡萄酒擱下，一連吃了三鍾所謂的「藥五香酒」以後，接著就發生那場近乎凌虐的性交活動。雖然這是小說中唯一使用藥酒的地方，不過自從第49回得到胡僧藥以後，西門慶飲下的酒同樣都有了藥酒的效果。[50]

47　〔明〕高濂撰：《遵生八牋》，〈飲饌服食牋〉中卷，醞造類，「菊花酒」條，頁37b。

48　〔明〕佚名撰：《居家必用事類全集》，己集，造麴法，「菊花酒」條，頁241。

49　鄭培凱撰：〈金瓶梅詞話與明人飲酒風尚〉，徐朔方編：《金瓶梅西方論文集》，頁49-87。

50　關於酒與色之間的關係，在本書第四章會集中處理，詳見後文。

　　《金瓶梅》中還有一些不易判定的酒，像是河清酒（34）、金酒（51）等等，還好這些酒在小說中比重很低，而且都在饋贈之列，對於理解西門慶飲酒活動的影響不大。另外在第 76 回，則是提到了「頭腦酒」，不過根據上下文來判斷，它指的應該是 71 回出現過的「頭腦湯」（裡面也許攙了些酒）。然而我們雖然大致掌握《金瓶梅》出現的酒種，可是小說沒有把各地所產名酒並酒名列舉出來，所幸這裡研究的是飲酒文化，而非酒文化，這個缺憾並不影響我們的研究。

　　相較於酒，茶在《金瓶梅》登場的時間很早。第 3 回，當潘金蓮還是武大郎妻子的時候，因為承諾為間鄰的王婆裁縫壽衣，於是王婆「濃濃點一盞胡桃松子泡茶，與婦人吃了」。小說這個橋段襲自《水滸傳》，《水滸傳》交待的是：「便濃濃地點道茶，撒上些出白松子胡桃肉，遞與這婦人喫了。」[51]有了這個好的開始，《金瓶梅》裡的茶遠比其他酒食還早受到矚目。

　　不過在中國傳統社會裡，茶向來就是親朋會見率先端出的飲品。這點在小說中也是一樣，不管處於什麼場合，總是先來一杯熱茶才論其他。例如第 34 回，韓道國央應伯爵夥同向西門慶關說，結果到了書房，「西門慶喚畫童取茶來。不一時，銀匙雕漆茶鍾，蜜餞金澄泡茶，吃了，收了盞托去。」這下應伯爵方才開口。至於官員來訪更不消說，例如第 35 回寫到夏提刑來訪，「不一時，棋童兒雲南瑪瑙雕漆方盤拿了兩盞茶來，銀鑲竹絲茶鍾，金杏葉茶匙，木樨青豆泡茶，吃了。」如果客人來家吃飯，也是先用茶才擺飯上來，例如第 32 回寫到薛內相來訪，「西門慶陪他吃了茶，抬上八仙桌來先擺飯，就是十二碗嗄飯，上新稻米飯。」

　　到了院中也是一樣，妓家總是先安排上好的茗品，落後才端出各式精緻酒食，免不了還有粉頭細心服侍。例如第 15 回，寫到幾個幫閒把西門慶死拖到李桂姐家，眾人拜禮後坐定，「少頃，頂老彩漆方盤拿七盞茶來，雪錠般盞兒，銀杏葉茶匙，玫瑰潑鹵瓜仁泡茶，甚是馨香美味。」之後才安排酒菜上來。當然，像李桂姐這般的高級妓女，家中的茶自有一定水準，所以在飲酒作樂中間，有時也會穿插茶品。例如第 12 回，寫西門慶一連數天流連煙花，因為潘金蓮捎來的一封便箋，惹得粉頭不太高興。安撫妥當之後，幾個幫閒輪番取鬧，眾人在席上猜枚行令、痛快喝酒，西門慶和李桂姐更是一遞一口飲酒，「少頃只見鮮紅漆丹盤拿了七鍾茶來，雪錠般茶盞，杏葉茶匙兒；鹽筍、芝蔴、木樨泡茶，馨香可掬。」因為每人面前俱有一盞，應伯爵忍不住吟詠一首〈朝天子〉，專道這茶的好處和名貴：

51　施耐庵撰，金聖嘆批：《水滸傳》（臺北：三民書局，1970 年），第 23 回「王婆貪賄說風情　鄆哥不忿鬧茶肆」，頁 372。

這細茶的嫩芽，生長在春風下，不揪不採葉兒楂，但煮着顏色大。絕品清奇，難描難畫，口兒裡常時呷。醉了時想他，醒來時愛他，原來一簍兒千金價。（第 12 回）

不只熟人見面喝茶，初識的人相會，茶更可以拉近距離，化解生澀尷尬。單以西門慶勾搭女人的場景為例：第 7 回，媒婆薛嫂兒領西門慶到孟玉樓家，才剛坐下，「只見一個小廝兒，拿出一盞福仁泡茶來」；男女雙方見面之後，說著說著，「只見小丫鬟拿了三盞蜜餞金橙子泡茶」出來；因為此時兩人都有意了，玉樓甚且「起身先取頭一盞，用纖手抹去盞邊水漬，遞與西門慶。」再看看李瓶兒，第 13 回，寫西門慶赴隔鄰找花子虛，不料花氏已先赴院中吳銀兒處，時為花夫人的李瓶兒，在尷尬間也是先教丫鬟拿出一盞茶來；晚夕，西門慶送花子虛從院中歸家，「婦人又道個萬福，又叫小丫鬟拿了一盞菓仁泡茶來」；隔了幾天，西門慶又來花子虛家，這時小丫鬟拿茶出來就很熟絡了。至於外頭姘婦，第 37 回寫到西門慶會見韓道國老婆王六兒，婦人也是先「濃濃點一盞胡桃夾鹽筍泡茶」。體面一點的如林太太，第 69 回寫兩人初次見面，先是牽頭文嫂兒從屋裏端出一盞；落後兩人拜禮坐下，又見一個丫鬟托著「紅漆丹盤」送上茶來。《金瓶梅》在第 3 回提到：「風流茶說合，酒是色媒人。」這裏看來可是一點也沒錯[52]。

當然，請人茗茶也有它的深層意蘊，從所奉茶種的良窳，可以估量賓客在主人心中的地位。剛剛提到，西門慶到孟玉樓家提親的時候，招待的是福仁泡茶和蜜餞金橙子泡茶；可是當親戚張四舅上門攔阻這門親事，孟玉樓拿出的卻僅僅是兩盞「清茶」而已——無怪乎崇禎本眉批寫道：「一『清』字傳冷落之神，令人絕倒。」[53]類似的例子在第 35 回，西門慶的寒酸朋友白來創登門拜見，只見西門慶連茶也不叫，到了好晚小廝才隨便拿盞茶來。可是若為貴賓，待遇就不一樣了，最典型的例子在第 54 回，為著李瓶兒身上的病症，西門慶請了任太醫來家看診，醫官到家之後，先是「吃了一鍾熏豆子撒的茶」，稍事寒暄，底下「又換一鍾鹹櫻桃的茶」，可謂倍受禮遇。

《金瓶兒》另有一段特別的飲茶場景出現在第 21 回。那是一個大雪紛飛的日子，吳月娘剛和西門慶修好，孟玉樓為了彌補妻妾間的裂痕，邀請姊妹們湊錢安排一席酒，只當賞雪。就在這時候，「吳月娘見雪下在粉壁前太湖石上甚厚，下席來，教小玉拿着茶罐，親自掃雪，烹江南鳳團雀舌芽茶與眾人吃。」這個情景，極易讓人聯想到《紅樓夢》

52　關於茶與色之間的關係，在論文第四章會集中處理，詳見後文。

53　〔明〕佚名撰，齊煙、汝梅校點：《新刻繡像批評金評梅會校本》（香港：三聯書店，1990 年），頁 90-91。

——妙玉拿出收自梅花上、後來埋在地下化成的雪水沏出「老君眉」那一幕[54]。敏感的讀者當能發覺，《紅樓夢》這一段寫得清靈雅緻，不但妙玉益發顯得脫俗，連劉姥姥都似乎明澈了起來。反觀《金瓶梅》這裏卻活像是做戲，因為前夕吳月娘在雪中焚香祝禱，懇求穹蒼保佑夫主早日回心的那一幕戲，實在令人覺得權詐不堪[55]，因而這裏的掃雪烹茶，自然顯得虛偽得很。不過吳月娘這般的舉措，如果看成權力的展示，倒有十足的戲劇效果。在全家上下為了李瓶兒入門一事，鬧得雞犬不寧之際，她卻從西門慶那裏得到信任（一夜意味深長的幸寵），並且因此重新確認自己在家中的地位，這個掃雪烹茶的動作就很有政治性了。

弄清楚這一點，隨後第 23 回就很好理解了。女眷們群聚李瓶兒房中喝金華酒、吃燒豬頭，就在西門慶差人送來一罈茉梨花酒之後，月娘也吩咐丫頭煮一壺六安茶來——「六安」者，六妾皆安也。當家的送一罈酒要讓眾妾盡興歡愉，大姐姐煮一壺茶是令姊妹安分守己，行為背後都有深邃的含義。

《金瓶梅》出現茶的次數很多，具體交待茶的花樣的例子也不少[56]，包括胡桃松子泡茶、福仁泡茶、蜜餞金橙（子）泡茶、清茶、鹽筍芝蔴木樨泡茶、鹽筍芝蔴薰筍泡茶、菓仁泡茶、瓜仁泡茶、玫瑰潑鹵瓜仁泡茶、江南鳳團雀舌牙茶、六安茶、木樨金燈泡茶、木樨清荳泡茶、胡桃夾鹽筍泡茶、燻豆子撒的茶、桂花木樨茶、八寶青荳木樨泡茶、瓜仁栗絲鹽筍芝蔴玫瑰香茶、芝蔴鹽筍栗絲瓜仁核桃仁夾春不老海青拿天鵝木樨玫瑰潑鹵六安雀舌芽茶、土荳泡茶、芫荽芝蔴茶、茉莉花茶、薑茶等等。[57]

以上所列雖然名目繁雜，然而仔細一瞧，《金瓶梅》提到的茶幾乎清一色都是茶水加上香料、並各式乾鮮菓品沖製而成，只有江南鳳團雀舌牙茶、六安茶算是例外。特別是第 72 回寫到，潘金蓮在房中嗑著瓜子兒等漢子，「火邊茶烹玉蕊，……見西門慶進來，……婦人從新用纖手抹盞邊水漬，點了一盞濃濃艷艷芝蔴、鹽筍、栗絲、瓜仁、核桃仁夾春不老、海青拿天鵝、木樨玫瑰潑鹵六安雀舌芽茶。」足見小說中喝的茶多是此類的「加味茶」。

不過這種飲法頗受文人詬病，他們認為如此一來茶葉盡失原味，因此宋、明兩朝都

54 〔清〕曹雪芹原著，啟功等校注：《紅樓夢校注本》，第 41 卷「賈寶玉品茶櫳翠庵 劉姥姥醉臥怡紅院」。

55 張竹坡最為堅持這種論調，見第 21 回回評。黃霖編：《金瓶梅資料彙編》，頁 136。

56 必須再一次強調的是：《金瓶梅》的詞話本在這一部分遠比「崇禎本」來得完整而清楚。所以這裡所指悉以詞話本為主。

57 有學者將《金瓶梅》常見的茶分成以花果入茶、以調味品入茶、以蔬品入茶三大類，見陳偉明撰：〈雜談《金瓶梅》與明代茶文化〉，《農業考古》1998 年第 2 期，頁 42-44、68。

有人提出批評。宋人蔡襄即道:「茶有真香,而入貢者微以龍腦和膏,欲助其香。建安民間試茶,皆不入香,恐奪其真。若烹點之際,又雜珍菓香草,其奪益甚,正當不用。」[58]明人屠隆則說得更清楚:

> 茶有真香,有佳味,有正色,烹點之際不宜以珍果香草奪之。奪其香者松子、柑橙、木香、梅花、茉莉、薔薇、木樨之類是也;奪其味者番桃、楊梅之類是也。凡飲佳茶,去果方覺清絕,雜之則無辨矣。若必曰所宜,核桃、榛子、杏仁、欖仁、菱米、粟子、雞豆、銀杏、新筍、蓮肉之類,精製或可用也。[59]

有趣的是,屠隆這裡所謂易奪茶香者,《金瓶梅》裏的茶幾乎全用上了;而比番桃、楊梅更易奪茶味的,包括蜜餞、鹽筍、芝麻、鹹櫻桃等等,又常在小說裏泡茶來喝。由此觀之,如果說《金瓶梅》反映了當時某種飲食習性,那麼明人顯然是相當喜愛這種飲法的。否則屠隆也不會無奈地說:「若必曰所宜……」云云。同樣是反對以花拌茶,高濂在他的書裏一樣也有所妥協,甚至還交待了它的製法:

> 若上二種芽茶,除以清泉烹外,花香雜果俱不容入。人有好以花拌茶者,此用平等細茶拌之,庶茶味不減,花香盈頰,終不脫俗。……木樨、茉莉、玫瑰、薔薇、蘭蕙、橘花、梔子、木香、梅花皆可作茶。諸花開時,摘其半含半放蕊之香氣全者,量其茶葉多少,摘花為拌。花多則太香而脫茶韻,花少則不香而不盡美。三停茶葉一停花始稱。假如木樨花,須去其枝蒂及塵垢蟲蟻,用磁罐一層花一層茶相間填滿。紙箬封固入鍋,重湯煮之,取出待冷,用紙封裹,置火上焙乾收用。諸花倣此。[60]

這麼看來,高濂雖然不同意花香雜果拌入茶中,但他也和屠隆一樣,接受了民眾的口味喜好。唯一不同的是,屠隆認為最不能入茶者,包括木香、梅花、茉莉、薔薇、木樨,在高濂看來竟然皆可作茶,想必其中自有仁智之見。至於《金瓶梅》出現的各式茶品,是否悉如高濂所說都有這麼一道繁複的手續,就無法判斷了。可是就算花了這些功夫,茶中另外加入各色乾鮮菓品,也絕對不可能還有什麼茶的「真香」、「佳味」了。所以,如果把西門慶等人喝的茶,視為各式綺麗可口的「茶飲料」,反倒更貼切一點吧!

即使《金瓶梅》裡飲的茶,大半都是拌入香料、菓品的「茶飲料」,但是這些飲料

---

58 〔宋〕蔡襄撰:《茶錄》(臺北:藝文印書館,1965年),上篇,〈論茶〉,「香」條,頁1b。

59 〔明〕屠隆撰:《考槃餘事》(臺北:藝文印書館,1968年),卷3,「擇果」條,頁19。

60 〔明〕高濂撰:《遵生八牋》,〈飲饌服食牋〉上卷,茶泉類,「藏茶」條,頁11b-12b。

仍然需要「茶底」。（例如前引潘金蓮點的那盞濃豔的茶，即是以著名的六安茶為茶底。）雖然我們無從確知西門家選用的茶種，但是這個物品平常家中總會備下，例如第 54 回，寫到餓肚子的白來創在西門家遇見應伯爵，為了幫無賴兄弟「醫肚子」，伯爵跑進去「拿一碟子乾糕，一碟子檀香餅，一壺茶出來，與白來創吃」——從「壺」這個字來看（前文所述皆用「盞」），這裏的茶總不會是什麼「八寶青荳木樨泡茶」、或「瓜仁栗絲鹽笋芝麻玫瑰香茶」吧！何況，這些茶也許還有其他的功能，明代品茗專家許次紓就說得好：

> 一壺之茶，只堪再巡。初巡鮮美，再巡甘醇，三巡意欲盡矣。余嘗與馮開之戲論茶候，以初巡為停停嬝嬝十三餘，再巡為碧玉破瓜年，三巡以來，綠葉成陰矣。開之大以為然。所以茶注欲小，小則再巡已終，寧使餘芬剩馥尚留葉中，猶堪飯後供啜嗽之用，未遽棄之可也。[61]

《金瓶梅》第 50 回提到，西門慶跑到王六兒處和她苟且，玳安和琴童則趁空也溜到妓院鬼混一場。有趣的是，兩個小厮從蝴蝶巷冶遊回來之後，趕忙向老媽子要了一甌子茶，看來像是為了解去酒味；同樣的，西門慶起床喝了酒，臨走前也向王六兒要了一碗茶漱口。可見茶在這時另有用處。

最後值得一提的是「香茶」。這個物品在小說經常出現，不過並不是茶，而是「將茶葉末加香料、藥材等壓制成小餅狀」的口嚼物[62]。例如第 52 回提到，應伯爵和謝希大在西門慶家狠吃了一頓，結果口內泛起惡臭，於是對西門慶說：「哥，你往後邊去，捎些香茶兒出來。頭裡吃了些蒜，這回子倒反帳兒，惡泛泛起來了。」看來香茶確有剗除口臭之效。同樣的功用也出現在第 72 回，西門慶把尿溺在金蓮嘴裏，事後西門慶問她滋味如何，只見她說：「略有些鹹味兒，你有香茶與我些壓壓。」根據李漁的講法，香茶雖然不便宜，但是所需無多。他說：

> 至于香茶沁口，費亦不多，世人但知其貴，不知每日所需，不過指大一片。重止毫釐，裂成數塊，每于飯後及臨睡時，以少許潤舌，則滿吻皆香。多則味苦而反成藥氣矣。[63]

61 〔明〕許次紓撰：《茶疏》（臺北：藝文印書館，1965 年），「飲啜」條，頁 13。
62 戴鴻森撰：〈從金瓶梅詞話看明人的飲食風貌〉，原載《中國烹飪》1982 年第 4-5 期。張寶坤編：《名家解讀金瓶梅》（濟南：山東人民出版社，1998 年），頁 338。
63 〔清〕李漁撰：《閑情偶寄》，卷 6，〈聲容部〉，「修容第二」，頁 130。

(四)饋贈什物

《金瓶梅》裡的人際網絡雖然稱不上複雜綿密，但是仍舊免不了「禮尚往來」。除了永無消竭的治酒宴客，各種名目的饋贈行為更是不少，至於主要的禮品內容，則還是以酒食為主。

以西門慶為例，出自他手中的贈禮，多半負有結交權貴的目的。且不說他每年向宮中「蔡老爹」進獻的賀禮，凡有要員來家，甚至僅僅是路經清河縣，他都會置辦贈品或下程。例如第 36 回，寫到蔡狀元、安進士來到新河口，就見小廝「來保拿着西門慶拜帖來到船上拜見，就送了一分嗄程，酒鬌鷄鵝嗄飯鹽醬之類。」又如第 72 回，寫到何千戶新官上任，雖然他是西門慶的下屬，但是由於有宮中勢力，西門慶的出手也很闊綽：「又教來興兒宰了半口猪，半腔羊、四十斤白鬌，一包白米，一罈酒，兩腿火燻，兩隻鵝，十隻鷄，柴炭兒，又并許多油鹽醬醋之類，與何千戶送下程。」至於第 49 回，寫西門慶邀蔡御史、宋御史到家吃酒，結果兩人不但飽餐一頓，又有董嬌兒、韓金釧兒兩個妓女喝酒陪宿，末了西門慶還吩咐小廝：「明日早五更，打發食盒酒米，點心下飯。叫了廚役，跟了往門外永福寺去，那裡與你蔡老爹送行。」安排可謂盡善盡美。

當然，基於禮儀，這些官員也免不了整辦禮品送予西門慶。例如第 75 回，荆都監老爹差了家人送了「一口鮮猪，一罈豆酒，又是四封銀子」；第 76 回，雲離守拜謁西門慶，同樣奉上「貂鼠十個，海魚一尾，蝦米一包，臘鵝四隻，臘鴨十隻」。

除了官場應酬，由於西門慶財大勢豪，收受贈禮的機會更是普遍。例如第 68 回，因著西門慶剛替黃四的丈人料理官司，便見黃四領著小舅子，「宰了一口猪，一罈酒，兩隻燒鵝，四隻燒鷄，兩盒菓子，來與西門慶磕頭。」另外，為了巴結做了官的西門慶，來自院中的禮品也很常見。例如第 39 回，西門慶玉皇廟打醮，李桂姐、吳銀兒便差家中小優李銘、吳惠送了茶來，兩個盒子揭開一看，都是「頂皮餅、松花餅、白糖萬壽糕、玫瑰搽穰捲兒」；第 72 回也是一樣，李銘得知西門慶對他不滿，央求應伯爵代為向西門慶求慶，這回他為應伯爵送上的，也不外是「燒鴨二隻、老酒二瓶」。

至於節日或者慶生賀禮，更是不能含糊，賀禮也以美食及酒為主。例如第 72 回就寫到，雖然因為前往東京領受新職，而未能為姘婦林太太上壽，但是回來後西門慶仍趕緊「買了二付豕蹄，兩尾鮮魚，兩隻燒鴨，一罈南酒」差小廝送去。另外像是第 41 回，寫到喬親家給西門慶送來「一疋尺頭，兩罈南酒，一盤壽桃，一盤壽鬌，四樣嗄飯」作為生日禮，並為兒子官哥兒準備了「兩盤元宵，四盤蜜食，四盤細菓，兩挂珠子吊燈，兩座羊皮屏風燈，兩疋大紅官緞，一頂青緞攅的金八吉祥帽兒，兩雙男鞋，六雙女鞋」。結果在第 42 回，一則為了治辦回禮，一則為了元宵節慶並李瓶兒生日，西門慶一早就命

下家人往舖子裏訂下美食，包括：「四盤蒸餅：兩盤菓餡團圓餅，兩盤玫瑰元宵餅；買四盤鮮菓：一盤李乾、一盤胡桃、一盤龍眼、一盤荔枝；四盤羹肴：一盤燒鵝、一盤燒雞、一盤鴿子兒、一盤銀魚乾。」以及送給喬家女兒過節用的：「兩套遍地錦羅緞衣服，一件大紅小袍兒、一頂金絲縐紗冠兒，兩盞雲南羊角珍燈，一套衣翠，一對小金手鐲，四個金寶石戒指兒。」接下來在第 67 回，喬家長姐過生日，西門慶吩咐小廝辦的禮品除了「一套妝花緞子衣服，兩方綃金汗巾，一盒花翠」，還包括吃食「兩隻燒鵝，一副豕蹄，四隻鮮雞，兩隻熏鴨，一盤壽麪」。

這些饋贈什物雖然十分豐富，不過多半都是從外辦來，例如前引西門慶送予喬家的禮品，就都是小廝來興兒到舖上買回來的。然而《金瓶梅》裏用來送人的美食，也有些是贈者親手做的，雖然不及外買來得體面，但是心意卻又更甚一層。例如第 61 回，寫到常時節為了感謝西門慶借鈔之情，特別送來自己太太做的螃蟹及爐燒鴨。這道螃蟹大餐的製法，小說裏交待十分清楚：

> 西門慶令左右打開盒兒觀看，四十個大螃蟹，都是剔剝淨了的，裏邊釀着肉，外用椒料、薑蒜米兒、團粉裹就，香油煠、醬油醋造過，香噴噴酥脆好食。又是兩大隻院中爐燒熟鴨。（第 61 回）

螃蟹算得上是西門慶家中常吃的美味，晚明美食家如張岱、李漁等人，也都是嗜蟹如命的人。至於它的食法，李漁說得很明白，既不可以之為羹者，亦不可以之為膾者，更不可和以油鹽豆粉而煎之。那麼應該怎麼處理呢？他說：

> 凡食蟹者，只合全其故體，蒸而熟之，貯以冰盤，列之几上，聽客自取自食。剖一匡食一匡，斷一螯食一螯，則氣與味纖毫不漏。[64]

很顯然的，常時節的太太並不是這麼做，她不但添加各式重味佐料，甚至還過了一遭火，讓它變得酥酥脆脆。可是這道料理一端上來，幾個客人都讚不絕口，就連頗精於食的謝希大「也不知是甚麼做的，這般有味、酥脆好吃。」座中的吳大舅甚至說：「我空痴長了五十二歲，并不知螃蟹這般造作，委的好吃！」由此可見，螃蟹雖然不是水煮清蒸，卻也別有一番風味。不過重要的是，對西門慶這樣吃遍天下美味的人來說，這道菜反而顯得很不平凡，於是乎，常時節這樣的禮就別有效益了。

類似的情形，尤其容易發生在妓女身上。為了表示禮品的情感份量，她們往往自己親手製作，為的就是傳達私密的情意。前面提到鄭愛月兒送來的酥油螺兒，就是粉頭親

64　〔清〕李漁撰：《閒情偶寄》，卷 12，〈飲饌部〉，「肉食第三」，頁 272。

手揀的，至於那包用汗巾裹著的瓜仁兒，也是她親口嗑好專給西門慶吃的，這樣的禮當然遠比外面買的珍美。

三、《金瓶梅》的飲食情境與文學藝術

《金瓶梅》以西門慶為中心的飲饌活動，前文所揭已見其琳瑯滿目之勢，從早上用膳至睡前宵夜，不論外赴宴席還是自家享用，貫穿小說大半篇幅的，可以說除了性交便是飲食。《金瓶梅》的飲食排場也許不算華麗，但說豐富多樣絕不為過，終日吃喝的飲食男女構成小說主體，這在中國敘事文學中還是頭一遭。

就中國敘事傳統來說，唯有皇帝一人的生活內容，得以享受細節化描寫的待遇。天子的一動一言，即使是了無意義的一動一言，都是起居注官的載錄對象。歷史書寫若此，文學作品自也不得逾越，志怪、傳奇、筆記、小說一脈發展下來，即使敘事成份日漸增強，但是對於生活的細節描繪，一直要到《金瓶梅》才有意為之。相較於同時期的講史小說和神魔小說，《金瓶梅》對於生活片段的捕捉尤為詳盡，特別是作為人倫大欲的飲食行為，《三國演義》也好、《西遊記》也罷，描寫都是草草數語即止，不像《金瓶梅》完全是大刀闊斧的寫來。學者普遍相信，這是以家庭或社會為內容的「世情小說」無法避免的敘事選擇[65]。不過，若非作家對於自己的經驗素材有著高度的自覺，這個發展恐怕不會那麼順利，若以文學的「進化論」來講，也許也就沒有後來的《紅樓夢》。至於小說的細節描繪有著什麼價值或意義，作家張大春的自問自答很有見地：「（小說）對生活細節的描述終於可以如此不厭精細」。[66]

然而，對於日常生活、特別是飲食活動不厭精細的細節描寫，在《金瓶梅》可不是全無意義，對於人物性格的刻劃尤其是很好的補充。誠然，人性的刻劃固是宜從大處著眼，但對缺乏「大敘述」（grand narrative）支撐的《金瓶梅》來說，飲食情境的烘托更有刻劃人性的藝術效果。

(一)家皇帝——西門慶

讀《金瓶梅》要是跟著西門慶走，準可以看到一幕又一幕的飲食活動，根據前文做

65　胡萬川撰：〈三國演義的飲食情境與文學藝術〉，林慶弧編：《第四屆中國飲食文化學術研討會論文集》（臺北：財團法人中國飲食文化基金會，1996 年），頁 295-313。

66　張大春撰：《小說稗類》（臺北：聯合文學出版社，1998 年），頁 157。不過，張氏在這裏僅僅強調小說的細節描繪到《紅樓夢》集其大成，卻未提及這個革命的新頁是由《金瓶梅》所開啟。

過的引述，也可以發現飲饌內容的多彩變化。不過有趣的是，小說裏的西門慶雖然到處吃喝，不過他的食量似乎並不很大，許多鮮物常見他只嚐上一口，便退出飯局兀自飲起酒來。見這兩個例子：

> 擺放停當，西門慶走來坐下，然後拿上三碗麵來，各人自取澆鹵，傾上蒜醋。那應伯爵與謝希大，拿起箸來，只三扒兩咽，就是一碗；兩人登時狠了七碗。西門慶兩碗還吃不了，說道：「我的兒，你兩個吃這些！」伯爵道：「哥，今日這麵，是那位姐兒下的？又爽口，又好吃。」謝希大道：「本等鹵打的停當。我只是剛纔家裡吃了飯來了，不然，我還禁一碗。」（第 52 回）

> 西門慶只吃了一個包兒，呷了一口湯，因見李銘在旁，都遞與李銘，遞下去吃了。那應伯爵、謝希大、祝日念、韓道國每人青花白地吃一大深碗八寶攢湯，三個大包子，還零四個挑花燒賣，只留了一個包兒壓碟兒。左右收下湯碗去，斟上酒來飲酒。（第 42 回）

從第 52 回的例子看來，應伯爵吞了四碗，在家用過飯才來的謝希大吃了三碗，可是西門慶呢，卻連兩碗還吃不了。當然，麵收下去以後，還有「兩大盤燒猪肉，兩盤燒鴨子，兩盤新蒸鮮鰣魚，四碟玫瑰點心，兩碟白燒笋鷄，兩碟炖爛鴿子雛兒」，以及四碟「臟子：血皮、猪肚、釀腸之類」；中間小廝又奉出烏菱、荸薺、雪藕、枇杷四碟鮮物，筵席末了還有「綠豆白米水飯」醒酒解毒——可全不寫西門慶吃了多少，只見他趁亂和妓女李桂姐在後山雪洞，「足幹够約一個時辰」。至於第 42 回的例子也是一樣，幾個人吃完包子、燒賣、八寶攢湯之後不久，月娘還差人送來「黃烘烘金橙，紅馥馥石榴，甜磂磂橄欖，青翠翠蘋婆，香噴噴水梨；又有純蜜蓋柿，透糖大棗，酥油松餅，芝麻象眼，骨牌減煤，蜜潤縧環；也有柳葉糖，牛皮纏」；接著還見小廝端上來棗餡元宵，一面重篩美酒，可是西門慶也沒多大好吃，只見他在席散之後直奔王六兒處尋歡去了。

這個現象，當然可以說是西門慶山珍海味吃慣了，犯不著同那票幫閒朋友一樣，看到吃食便像嗜血的蒼蠅。因為在第 67 回，便見應伯爵說他：「你這胖大身子，日逐吃了這等厚味，豈無痰火？」足見西門慶吃的也絕不少。特別的是，不論西門慶能吃得下多少，家中總有齊齊整整的菜餚美酒供他享用；離了家到妓院也好、尋姘婦也罷，走到哪裡也另有備好的酒食在等著他；尋歡作樂之後歸回家中，無論走到哪一房歇息，再用一點宵夜也很難免。這樣的吃喝法，身子當然日漸胖大起來。不過平心而論，西門慶能否吃下這麼多食物，家中飲饌是否有供給太過之虞，完全不在考慮之列，因為他的目的，根本就在炫耀他的潑天富貴。他在家中好比皇帝一樣，不管能吃多少，日常飲食總是有

固定的「分例」，而且必須日復一日地實踐如此這般的飲饌演習，因為這是身分的象徵
——每個富豪都要遵守的規矩。

　　毫無疑問，隨著人類文明的進展，吃喝早已不只是為了生存的需要，它往往還有文
化和社會的意涵。作為一個暴發商人，突來的發跡讓他免不了縱情揮霍；作為一名國家
官僚，顯赫的權勢讓他不得不講究排場。例如第 70 回以後，動輒便見御史、郎中等要員
借西門慶家擺酒請客，雖然多少備下一些分資，但就像應伯爵講的：「大凡文職，好細。
三兩銀子夠做甚麼，哥少不得賠些兒。」（第 77 回）誠然，以西門慶當時山東提刑的身
分，豈有忒多機會和中央級要員往來？如今人家借府設席，圖的就是他財多勢豪、宅大
餚美，西門慶當然要賣力擺出場面。何況在第 75 回，宋御史不過對他家的「流金八仙鼎」
賞玩再三，隔天西門慶就差排軍送到宋御史察院內了——八仙鼎尚如此慷慨，更遑論桌
上陳設的美食呢！

　　說到西門慶在家宛若皇帝，從另外的角度看又有生趣的一面。我們知道，皇帝每次
用膳完畢，常會揀選一些自己喜歡吃的珍品，賞賜給身邊侍候的太監、寵幸的嬪妃、或
是體己的大臣，以示皇恩。類似的情景，在《金瓶梅》西門慶身上也有個影，當他心情
愉快的時候，常常把桌上的吃食大方地賞給小優兒。單以李桂姐家的李銘為例，前面已
經提過，西門慶某一次賞下的內容，就包括：「一碟鼓蓬蓬白麵蒸餅，一碗韭菜酸筍蛤
蜊湯，一盤子肥肥的大片水晶鵝，一碟香噴噴曬乾的巴子肉，一碟子柳蒸的勒鯗魚，一
碟奶罐子酪酥伴的鴿子雛兒」（第 21 回）。演唱幾首曲子就有這般的賞賜，西門慶的出
手確實十分寫意。這種心態，應伯爵掌握得十分細膩，看這個場景：

> 伯爵道：「你敢沒吃飯？桌上還剩了一盤點心。」謝希大又拿兩盤燒猪頭肉和鴨
> 子遞與他。李銘雙手接的，下邊吃去了。伯爵用箸子又撥了半段鰣魚與他，說道：
> 「我見你今年還沒食這個哩，且嘗新着。」西門慶道：「怪狗才，都拿與他吃罷了，
> 又留下做甚麼？」伯爵道：「等往回吃的酒闌上來，餓了，我不會吃飯兒？你們
> 那裡曉得，江南此魚，一年只過一遭兒！吃到牙縫兒裡，剔出來都是香的。好容
> 易！公道說，就是朝廷還沒吃哩！不是哥這裡，誰家有？」（第 52 回）

就如同應伯爵說的，鰣魚一年只過一遭，常人根本吃不到也吃不起。他膽敢當著西門慶
的面，撥了半段鰣魚給李銘，主要還是掌握了西門慶的個性。甚至西門慶一句裝腔作勢
的叨念，怕還是應伯爵算計好，讓他賣弄瀟灑的呢！

　　當然，西門慶的賞賜不只限於下人、小優兒、樂工，有些時候，他的賞賜更是針對
自己的女人。看看這個例子——西門慶和李瓶兒於房內自在喝酒，金蓮的貼心丫鬟春梅
掀簾子進來，要西門慶派小廝拿燈籠接金蓮來家：

西門慶見他花冠不整，雲鬢蓬鬆，便滿臉堆笑道：「小油嘴兒，我猜你睡來！」李瓶兒道：「你頭上挑綫汗巾兒跳上去了，還不往下拉拉。」因讓他：「好甜金華酒，你吃鍾兒。」西門慶道：「你吃，我使小廝接你娘去。」那春梅一手扶着桌頭且兜鞋，因說道：「我纔睡起來，心裡惡拉拉，懶待吃。」西門慶道：「你看不出來，小油嘴吃好少酒兒。」李瓶兒道：「左右今日你娘不在，你吃上一鍾兒怕怎的？」春梅道：「六娘，你老人家自飲，我心裡本不待吃。有俺娘在家不在家便怎的？就是娘在家，遇着我心裡不耐煩，他讓我，我也不吃。」西門慶道：「你不吃，呵口茶兒罷。我使迎春前頭叫個小廝，接你娘去。」因把手中吃的那盞木樨芝麻薰笋泡茶遞與他。那春梅似有若無，接在手裡，只呷了一口，就放下了。

（第34回）

這一幕表面看似乎平淡家常，其實底下卻是一場角力。小說交待得很清楚，春梅雖然是個丫鬟，但是由於西門慶曾經「收用」過，所以金蓮對他甚為禮遇，兩人頗有姊妹情誼。作為金蓮的心腹，春梅當然清楚金蓮對瓶兒的嫉恨，眼看西門慶只顧和李瓶兒飲酒作耍，忘了派人接潘金蓮歸家，春梅心裏當然老大不高興。瓶兒自然也怕春梅，因此欲以「甜酒」封她的嘴，可是春梅非但不領情，還表示即便金蓮也奈何不了她，讓瓶兒煞是尷尬。眼見兩個女人的互動陷入僵局，一場干戈即將展開，西門慶才趕緊以一家之主的身分，要春梅喝下自己手上的茶。這個舉措既是賞賜，也是安撫，總之藉著皇帝般的威嚴與權力，暫時按下了春梅的情緒。

每週西門慶家請客，男眷女眷自然是分開的。至於平常時候，則端看西門慶個人的喜好，比較確定的是，早餐多半看他前晚在哪房歇息而定。不過每逢妻妾生日，即使西門慶在外鬼混一日，到晚總要來家陪著壽星——包括一頓酒食，以及一夜幸寵——這當然是一種來自「家皇帝」的恩賜。有些時候，這種恩賜的範圍還會擴大，或者還帶有安撫效果。例如在第75回，先是春梅和來家唱的申二姐犯嘴，後是金蓮又和月娘嘔氣，西門慶夾在中間甚是為難。結果他先安頓好月娘，隔天到金蓮房裡好言勸解，接著見春梅整哭三、四日沒進點湯水兒，便一邊哄、一邊拉著吃飯：

（西門慶）於是不由分說，拉着春梅手，到婦人房內，吩咐秋菊：「拿盒子後邊取吃飯的菜兒去。」不一時，拿了一方盒菜蔬：一碗燒猪頭，一碗炖爛羊肉，一碗熬鷄，一碗煎煿鮮魚，和白米飯四碗；吃酒的菜蔬：海蜇、豆芽菜、肉鮓、蝦米之類。西門慶吩咐春梅，把肉鮓打上幾個鷄旦，加上酸笋、韭菜，和上一大碗香噴噴餛飩湯來。放下桌兒，擺下，一面盛飯來，又烤了一盒菓餡餅兒。西門慶和金蓮并肩而坐，春梅在傍邊隨着同吃。三個你一杯，我一杯，吃了一更方散。就

睡到次日。（第76回）

西門慶對春梅的寵愛自不待言，可是正正經經的一起吃飯卻不常見，在這裡他又是藉著同桌共食，安撫春梅那顆好強的心。以上種種家長式的恩賜行為，確實幫助我們從另外一個角度，見識到西門慶在家的帝王形象。《金瓶梅》飲食情境對於人物形象的烘托效果，由此可見一斑。

(二)妻妾粉頭

此外，西門慶一房六個妻妾，每個人的出身不同、個性殊異，為了博得漢子歡心，往往鬧得風波不斷。再加上家中進進出出唱的妓女，以及如春梅一般受西門慶寵愛的丫鬟、如惠蓮一般與主子有染的家人老婆——如何為這一家子的妻妾粉頭著上色彩，確實讓作者煞費心思。所幸，小說中關於這些婦人飲食情境的描寫，同樣有補強人物形象的效用。

首先來看月娘。小說在第11回提到：「家中雖是吳月娘大娘子在正房居住，常有疾病，不管家事；只是人情來往，出門走動。」也就是說，即便月娘是過繼的正室，在家總維持著主母身分。至於家中飲食雖說俱由孫雪娥手中整理，但是有權發號施令的，除了西門慶便是吳月娘。例如第42回寫到元宵佳節，西門慶和朋友到獅子街房裡看燈喝酒，就見月娘差人送來各式美口糖食細巧菓品；另外像第77回，寫西門慶欲往獅子街房子看吳二舅、來昭賣貨，此時月娘便道：「你去不是。若是要酒菜兒，早使小廝來家說。」落後西門慶果然派了小廝回家，問月娘要酒菜捎了來吃，不一時取來的是：「四碟醃雞下飯，煎炒鵪鶉，四碟海味案酒，一盤韭盒兒，一錫瓶酒。」西門慶陪吳二舅在房中吃了三杯。

當然，月娘也常以「大姐姐」的身分，在家治酒邀請各房女眷。例如第23回，一夥姊妹感情還算和睦的時候，月娘就提議每人輪流治一席酒，並叫唱的來大家樂樂。落後在第35回，也見月娘召集大家吃螃蟹；還有在第58回，同樣是月娘買了三錢銀子螃蟹，午間煮了來在後邊院內，邀集各房妻妾、家中女客、並一干妓女共同享用。至於以家中主母的身分，賞賜吃食給來客、下人的場景更為常見。例如第45回，院中吳銀兒差婢女送禮來，結果月娘吩咐貼身丫鬟把人帶到後邊，「拿下兩碗肉，一盤子饅頭，一甌子酒，打發他吃。又拿他原來的盒子，裝了一盒元宵，一盒細茶食，回與他拿去。」

這幾個角色，吳月娘都扮演得很好；有她在的飲食場景，都可見她展現自己的權力。包括前面提到的那幕「掃雪烹茶」在內。

接著分別談談金、瓶、梅——小說中三個主要女角。

毫無疑問,潘金蓮堪稱是《金瓶梅》全書最輕浮的婦人。她最酷嗜的零食是瓜子,書中常見她口中嗑著瓜子盼著男人、或是吐灑一地瓜皮浪笑浪語,輕佻的形象給襯映得入木三分[67]。撇開和西門慶的調情飲酒不算,某些吃吃喝喝的場合,就見她包藏一顆勾搭漢子的機心。女婿陳經濟自不必說,兩人每每在金蓮房中吃茶調戲;至於解饞用的小廝琴童,金蓮也是先哄他進房吃些酒食,最終才順勢上了手。當然,金蓮也是女眷中最喜歡吃喝玩耍的人,像第51回這般:「明日等你爹不在了,買燒鴨子白酒咱們吃。」的情景,在小說中出現了好幾次,一則寫出她嫁入西門家的寂寥心情,一則點出她喜歡尋找刺激的個性。

除此之外,在家中恃寵而驕的潘金蓮,也常常動不動擺起架子,類似這樣的場景,讀者恐怕都很熟悉:

> 婦人道:「賊奴才,好乾淨手兒,你倒茶我吃!我不吃這陳茶,熬的怪泛湯氣。你叫春梅來,教他另拿小銚兒炖些好甜水茶兒,多着些茶葉,炖的苦艷艷我吃。」
>
> (第73回)

不過金蓮厲害的地方還不在此,畢竟這裏罵的是自己房裏的小丫頭秋菊。倒是第23回,西門慶和月娘都不在家,金蓮、玉樓、瓶兒在房裏下棋,這時金蓮提議道:「咱每人三盤,賭五錢銀子東道,三錢買金華酒兒,那二錢買個豬頭來,教來旺媳婦子燒豬頭咱們吃。只說他會燒的好豬頭,只用一根柴禾兒,燒的稀爛。」這時候的惠蓮,才剛被西門慶勾搭上手,主子特別吩咐不教她上大灶,只要她和玉簫兩個,在月娘房裡後邊小灶負責茶水、整理菜蔬,打發月娘房裏吃飯、與月娘做針指即可。文章接著寫到,小廝後來拿著市上買的豬頭找惠蓮,這婦人起初不肯,後來經人提醒:「你曉的五娘嘴頭子,又惹的聲聲氣氣的。」她才笑道:「五娘怎麼就知我會燒豬頭,巴巴的栽派與我替他燒。」跟著乖乖上灶。一個時辰之後,香噴噴的燒豬頭端到瓶兒房裏,三人正吃中間,惠蓮「笑嘻嘻」地走到根前,聽了幾句讚美,也就傍在桌邊立著做一處吃。

潘金蓮除了懂得拴住男人的心,另外還有一門獨到功夫:無論自己漢子和哪個婦人有奸——從未入門的李瓶兒、到來旺妻子惠蓮、韓道國妻子王六兒、乃至於官哥兒奶媽如意兒——她總有本領要西門慶老老實實地招認,並且讓這些姘頭對她敬畏有加。西門慶和惠蓮私通一事,發生在《金瓶梅》第22回,兩人在「藏春塢」才第一次得手,便教金蓮給撞個正著。事後惠蓮因為心虛,每日不是在金蓮這邊替她造飯弄湯,便是替她做針指鞋腳,終日賠著小心趨附著金蓮。這個心高氣傲、裹著一雙猶勝金蓮小腳的婦人,

---

[67] 不知是巧合還是作者有意為之,與潘金蓮形象重疊的宋惠蓮,小說裏也常見她嗑的滿地瓜子皮兒。

心中固然對潘金蓮有著千萬個不滿，但是當金蓮差她上灶伺候，也只能選擇乖乖順命。反過來講，心思細膩如潘金蓮者，當然也知道惠蓮的心情，為了讓她清楚認知彼此的階級落差，這次的差遣根本就是一則意味深長的警告。還好惠蓮識得大體，和幾個娘們的應答也算謙卑，才有機會陪著一起吃酒（當然，只能立著同吃）。潘金蓮攻於心計的個性，在這個飲食場景巧妙地反映出來。

再來看看李瓶兒。如果以嫁入西門慶家為分界，李瓶兒可以說是《金瓶梅》性格落差最大的婦人。在前夫花子虛未死之前，固然西門慶早有心圖謀朋友妻，不過最終能夠入港，還是婦人自己設下的局。花子虛死後，李瓶兒一時盼不到西門慶迎娶入門，情急之下竟然草草招贅蔣竹山，這個決定非但惹來西門慶不滿，恐怕連讀者都一頭霧水。落後幾經波折，終於成其心願嫁來西門家，並且很快的懷了胎兒，此番的「六娘」即便談不上「溫良恭儉讓」，倒也相去不遠。小廝玳安這番話可以參考：

> 是便說起，俺這過世的六娘，性格兒這一家子都不如他，又有謙讓，又和氣，見了人只是一面兒笑。俺們下人，自來也不曾呵俺們一呵，并沒失口罵俺們一句「奴才」，要的誓也沒賭一個。使俺們買東西，只拈塊兒，俺們但說：「娘，拿等子你稱稱，俺們好使。」他便笑道：「拿去罷，稱甚麼。你不圖落圖甚麼來？只要替我買值着。」……總不如六娘，萬人無怨。又常在爹跟前替俺們說方便兒。隨問天來大事，受不的人央。俺們央他央兒對爹說，無有個不依。（第64回）

由此觀之，說她性格變化很大並不誇張，但也可以看出，李瓶兒進門後對家人的用心程度。即便如此，她仍然在劫難逃，雖然漢子看顧她，下人喜歡她，可是上有一個大娘要孝敬，旁有一個五娘要提防，雖然想安分地守著兒子過活，但兩者終究都逃不過夭亡的命運。

小說多次提到，瓶兒酷愛味甜性溫的金華酒，從她幾次吃金華酒的飲食場景，恰好可以看出「樓起樓塌」的悲哀。首先是第20回，西門慶剛化解她招贅蔣竹山的心結，兩人恩愛一夜，次日起床用飯之際，只見她高興地叫丫頭：「昨日剩的銀壺裡金華酒篩來！」顯示她嫁入門後的滿意心情。到了第23回，和各房姊妹仍處在親密融洽的階段，一天賭棋輸了東道，出錢請大家吃金華酒及燒豬頭，一家子和和氣氣，西門慶差人送來茉梨花酒，月娘也吩咐煮來一壺六安茶。到了第27回，懷有身孕一事為金蓮得知，兩人之間的競爭關係緊張了起來；第30回西門慶生子加官，瓶兒乍看似是母因子貴，更大的威脅其實正逐漸蘊釀。接著第33回寫到瓶兒、金蓮、潘姥姥三人吃酒[68]，雖然這是金蓮還治的

68　小說並未交待這裏用的是什麼酒。

酒席,但從之前潘家母女的對話,已可看出金蓮包藏的心眼。第34回書童央求瓶兒說事,除了準備好些鮮物嘉餚,又提了一罈金華酒進去。小廝這個舉措,等於肯定瓶兒當時在家的分量,她除了爽快地應允所托,還高興地「旋教迎春取了副大銀衢花杯來,先吃了兩鍾,然後也回斟一杯與書童吃。」

以《金瓶梅》中的吃酒場景來看,這可以說是李瓶兒幸福的高峰,因為她已經感受得到,有個噩夢正惘惘襲來。第44回,寫瓶兒和吳銀兒飲金華酒一幕,就情節發展來講可以說極為關鍵。但見瓶兒藉著酒意,悠悠地向乾女兒訴說自己的恐懼;吳銀兒則是細心勸解,要她看著西門慶的面上,「守着哥兒,慢慢過到那裡是那裡。」自己的心情有人傾聽,當下自然寬慰不少,於是談話之間你一鍾、我一盞地直坐到三更方歇。不過擔心的事仍要來臨,任憑她再怎麼小心看戲,官哥兒到第59回終於還是死了。之後瓶兒因氣得病,飲食失調,身體情狀每下欲況,結果一次無可奈何的飲酒,間接把她推向地獄的深淵。事情發生在第61回,合家宅眷在花園大捲棚下歡慶重陽,李瓶兒分明身上不方便,可還是強打著精神陪西門慶坐。聽了幾個曲子,吳月娘說:「李大姐,你好甜酒兒吃上一鍾兒。」小說寫得很清楚,瓶兒因為不敢違逆月娘,只得勉強咽了一口,結果「坐不多時,下邊一陣熱熱的來,又往屋裡去了。」歸到房中坐淨桶,誰想下邊似尿也一般流將起來,登時眼一黑便暈倒在地,隔不了幾天便嗚呼哀哉了!

這份帳要算到誰身上並不重要,諷刺的是,金華酒竟前前後後見證了李瓶兒的幸與不幸。

和金蓮、瓶兒不同,春梅在家身為奴婢,不過她心高氣傲,既得西門慶寵愛,又有潘金蓮撐腰,所以性格和一般奴婢大不相同。在第29回,吳神仙來家為各房妻妾相命,說她:「山根不斷,必得貴夫而生子;兩額朝拱,主早年必戴珠冠。行步若飛仙,聲響神清,必益夫而得祿。」結果引來月娘的不以為然。只見春梅忿忿不平地對西門慶說:「常言道:凡人不可貌相,海水不可斗量。從來旋的不圓砍的圓,各人裙帶上衣食,怎麼料得定?莫不長遠只在你家做奴才罷!」由此可見她對自己有著很高的期許。小說中有很多地方,反映出她不甘人下的自傲心理,有趣的是,這些地方還常離不開飲食場景。

例如前面提到,第34回寫西門慶在李瓶兒房裏吃酒,春梅闖了進來要西門慶差人接潘金蓮歸家。瓶兒好意請春梅一起同吃,不料她一席話,倒讓瓶兒自討沒趣。為了化解緊張,西門慶將手上的一盞「木樨芝麻薰筍泡茶」遞與他吃——看看她的回應:「春梅似有如無,接在手裡,只呷了一口,就放下了。」對家主子尚且如此,其他人就更不必說了。最好的例子在第75回,瓶兒房裏的如意兒和迎春,請潘姥姥、春梅、郁大姐在房內做一處吃酒。正吃到中間,春梅搬弄起主人威風,要小廝到後邊叫申二姐唱曲她聽,不料申二姐不肯來,結果被春梅千淫婦、萬淫婦的痛罵一頓給攛了出去,只好哭哭啼啼

收拾衣裳包袱，等不得轎子來就回家了。這申二姐是由西門慶介紹來家，可以說是月娘請來的客人，春梅為什麼膽敢這麼潑野呢？看她落後回到前邊對眾人說的話，答案就很清楚了：

> 乞我把賊瞎淫婦一頓罵，立撐了去了。若不是大妗子勸着我，臉上與這賊瞎淫婦兩個耳刮子纔好！他還不知道我是誰哩，叫着他張兒致兒，拿班做勢兒的！（第75回）

好一句「他還不知道我是誰哩」道出春梅氣焰囂張的心理背景。因為自視甚高，所以她總以為勝出其他奴婢一等。且不說她打罵房裏的春菊、數落家裏的小厮，她根本打從心裏看不起這些下人。例如第46回過元宵佳節，西門慶和幾個女眷都各有活動，賁四娘子知道春梅、玉簫、迎春、蘭香四個是西門慶貼身答應得寵的姐兒，便安排許多菜蔬菓品，意欲請這些姑娘來家裏坐坐。幾個人受邀之後高興得很，可是家中無人可以做主，於是打算請二娘李嬌兒轉央西門慶。誰想一直「紋絲兒也不動」的春梅，這時開口大罵玉簫等人：「都是那沒見世面的行貨子！縱沒見酒席，也聞些氣兒來！我就去不成，也不到央及他家去。一個個鬼攛掇的也似，不知忙的是甚麼，你教我有半個眼兒看的上！」二娘李嬌兒是院中出身，西門慶在家也不特別搭理她，春梅當然不肯向她低頭。

不過小說中和春梅結怨最深的，要屬西門慶的第四房妻妾孫雪娥。孫雪娥主掌家中一切吃食，因此兩人的仇隙自然離不開灶下。事因發生在第11回，西門慶起床後想吃荷花餅、銀絲鮓湯，金蓮先後差秋菊、春梅往廚下說去，結果引來春梅和雪娥一陣激罵，雖然事後西門慶把孫雪娥痛打一頓，但卻從此奠下兩人之間的仇恨。雪娥在西門慶家的地位，從來沒有到達妻妾的水平，甚至淪落至與奴婢同行的地步，是故心高志傲的春梅當然看不起她。不過雪娥在家向來十分小心，因此這段嫌隙一直隱抑著沒有發展。直到西門慶身亡，家中樹倒猢孫散，春梅嫁至周守備府當上夫人，雪娥則是被賣到守備府重掌爐灶，這時春梅報復的機會才又來臨。

第94回，春梅得知雪娥被賣來府中，先是裝病不進一食，復又呼天搶地把家中鬧得雞犬不寧。丫頭送上藥來也不吃，熬下小米粥來又被她推倒在地，幾番折騰鬧了半天，最後終於開口要東西吃：「我心內想些雞尖湯兒吃。你去廚房內，對着淫婦奴才，教他洗手做碗好雞尖湯兒與我吃口兒。教他多放些酸笋，做的酸酸辣辣的我吃。」前面提到，這是用雛雞脯翅的尖兒碎切製成的湯，做法是宰了雞後退刷乾淨，剔選翅尖，用快刀碎切成絲，加上椒料、蔥花、芫荽、酸笋、油醬之類整治而成，自要費上一定的功夫。結果湯送上來，春梅先是嫌它味道太淡，怪叫大罵推不肯吃；雪娥忍氣吞聲，起鍋重做一碗，特別多加了些椒料，春梅又嫌太酸了，拿起碗來照地下只一潑。不料雪娥忍不住氣

說了一句:「姐姐幾時這般大了,就抖擻起人來!」結果話傳到春梅耳裏,登時怒地叫丫鬟把雪娥拉到房中,一手扯住她的頭髮,把頭上冠子踱了,落後叫人把她帶到天井跪著,脫掉衣服痛打三十大棍,末了還找薛嫂把她賣到娼門才算完事。

雪娥在西門慶家的榮辱,全脫不了爐灶;只不過她沒想到,他日春梅對她的折磨,竟也從廚下發端。

(三)幫閒無賴

《金瓶梅》裡有一票幫閒人物,終日無所事事,只曉得跟著富人家子弟幫嫖貼食。照理說,這些人物在中國社會從來就不是受人尊敬的角色,但是以應伯爵為首的西門慶「十兄弟」,不但藉《金瓶梅》在小說史上掙得一頁席次,並且由於作家生動地描寫,這些幫閒無賴反倒因此有了鮮明的典型。

笑笑生對這些人是很不客氣的,因此描摹起來常常令人發噱。他們在第 11 回才剛登場亮相,接著在第 12 回就露出丑態。那時西門慶留戀煙花,剛巧潘金蓮托小廝捎了帖來,結果被妓女李桂姐知道了,獨自倒在床上自生悶氣。後來幾經安撫平息下來,眾人繼續開懷喝酒,誰想桂姐一個笑話刺穿了幫閒們「白嚼」的心理,幾個幫嫖的兄弟只好湊錢還個東道。只見應伯爵向頭上,拔下一根一錢重的鬧銀耳幹兒來;謝希大一對鍍金網巾圈,秤了秤只九分半;祝日念袖中掏出一方舊汗巾兒,算兩百文長錢;孫寡嘴腰間解下一條白布男裙,當兩壺半罈酒;常時節無以為敬,問西門慶借了一錢成色銀子。這個滑稽場面,連妓家也自愣住了,街上買了一錢螃蟹、一錢銀子豬肉,宰了一隻雞,自家只好又賠出些小菜兒來才安排停當。大盤小碗拿上來後,說時遲那時快——作家這時可忍不住奚落的筆了:

> 人人動嘴,個個低頭。遮天映日,猶如蝗蝻一齊來;擠眼掇肩,好似餓牢纏打出。這個搶風膀臂,如經年未見酒和肴;那個連三筷子,成歲不逢筵與席。一個汗流滿面,恰似與雞骨朵有冤仇;一個油抹唇邊,恨不把豬毛皮連唾咽。吃片時,杯盤狼藉;啖良久,箸子縱橫。杯盤狼藉,如水洗之光滑;箸子縱橫,似打磨之乾淨。這個稱為食王元帥,那個號作淨盤將軍。酒壺翻曬又重斟,盤饌已無還去探。
> 正是:珍羞百味片時休,果然都送入五臟廟。(第 12 回)

再怎麼說,這些酒食花費畢竟出在自己身上,為了把本撈回來,爭相搶食的場面是可以理解的。但是在小說的其他地方,類似的情景還是隨處可見。例如前面提到在第 52 回,便見應伯爵、謝希大在西門慶家聯手狠了七碗「醬汁鹵肉麵」。另外在第 42 回,寫到西門慶吩咐廚下安排飯食給謝希大吃,菜色除了春盤小菜,還有兩碗稀爛下飯、一碗州肉

粉湯、兩碗白米飯。接著小說形容：謝希大不但獨自一人吃了個裡外乾淨，「剩下些汁湯兒，還泡了碗（飯）吃了。」足見其貪食之甚。而且這些人不只是死撐活吞而已，遇有第 46 回那樣的機會，他們也不忘「趕眼錯把菓碟兒帶減碟倒在袖子裡，都收拾了個淨光。」即便西門慶死後，兄弟每人出一錢銀子祭奠，他們也有本事再從死者身上討些便宜，看看應伯爵打的是什麼算盤：

> 大官人靈前。眾人祭奠了，咱還便益：又討了他值七分銀一條孝絹，拿到家做裙腰子；他莫不白放咱們出來？咱還吃他一陣；到明日出殯，山頭饒飽餐一頓，每人還得他半張靠山桌面，來家與老婆孩子吃，省兩三日買燒餅錢。（第80回）

見著這番笑話，再讀讀水秀才諷刺他們寫的祭文，幫閒們貼食抽頭的無恥行徑，真可說是詡詡如生。

西門慶這票朋友當中，幫嫖貼食、逢迎拍馬手段最高明的，莫過於應伯爵。因此在西門慶的朋友當中，形象刻劃最多的也是他。看見西門慶為李瓶兒訂的棺木，他便只顧喝采不已，並說：「原說是姻緣板。大抵一物還有一主。嫂子嫁哥一場，今日情受這副材板夠了。」（第62回）聽聞李瓶兒的死訊，他竟能一進門便撲倒靈前地下哭了半日，喊道：「我的有仁義的嫂子！」（第62回）見西門慶身上罩著一襲「青緞五彩飛魚蟒衣」，他更極口誇獎：「這花衣服，少說也值幾個錢兒。此是哥的先兆，到明日高轉，做到都督上，愁沒玉帶蟒衣，何況飛魚？穿過界兒去了！」（第73回）有著這些本領，難怪應伯爵一直受到西門慶喜愛，何況他的確也頗通世面，因此西門慶對他其實十分依賴。

別的不說，單就吃這件事而言，應伯爵可以算是一個專家。第54回講他做東請眾兄弟吃酒，包括蒜燒荔枝肉、蔥白椒料檜皮煮的爛羊肉、燒魚燒雞酥鴨熟肚在內，大部分的酒菜竟都是他調理出來的。為什麼有這個好手藝？當然和他的幫閒身分大有關係，小說不無意味地這麼寫道：「原來伯爵在各家吃轉來，都學了這些好烹庖了，所以色色俱精，無物不妙。」第34回更有一個很好的例子。小說提到應伯爵來西門慶家，主人興緻高昂地開了一罈木樨荷花酒，並交待廚下把糟鰣魚蒸來吃。在這之前，西門慶才送了兩尾鰣魚給應伯爵，看他怎麼處置這鮮物：

> 伯爵舉手道：「我還沒謝的哥。昨日蒙哥送了那兩尾好鰣魚與我，送了一尾與家兄去；剩下一尾，對房下說拿刀兒劈開，送了一段與小女；餘者打成窄窄的塊兒，拿他原舊紅糟兒培着，再澆些香油，安放在一個磁罐內，留着我一早一晚吃飯兒。或遇有個人客兒來，蒸恁一碟兒上去，也不枉辜負了哥的盛情。」（第34回）

就是因為應伯爵懂得吃，所以西門慶特別喜歡找他同嚐美食，不過幫閒終究是幫閒，酒

菜當前他從不手軟。例如第 52 回,寫到應伯爵同謝希大兩個,在西門慶家整吃一日,先是吞下四碗麵,之後有人送四盒禮來（烏菱、荸薺、鰣魚、枇杷）,又見他一手擄了好幾個嚐鮮。正在暢快飲酒中間,伯爵拿箸子撥了半段鰣魚給小優李銘,西門慶怪他不乾不脆,整段賞人就是了,還留著半截做什麼?這會兒他竟理直氣壯地說:「等住回吃的酒闌上來,餓了,我不會吃飯兒?」又如第 67 回,一樣的場景,吃飯前下人先送了兩盞牛奶來,就因為應伯爵喝得津津有味,西門慶索性把自己的也給他吃了。落後兩人飲酒吃飯,又有妓家差人送來了菓餡頂皮酥、酥油泡螺兒、以及用汗巾兒裹著的一包親口嗑的瓜仁兒,結果伯爵又是一手擄過去,「把汗巾兒掠與西門慶,將瓜仁兩把喃在口裡,都吃了。比及西門慶用手奪時,只剩下沒多些兒。」這般拚命的搶食,無怪乎西門慶罵他害了「饞癆饞痞」。然而這聲罵名,不只可以用在此處的吃相上,小說裡每一個有他出沒的場景,都可以看到應伯爵的算計與貪婪。

　　另一個窮酸兄弟白來搶,和應伯爵置在一起也是有趣的襯映。在小說第 35 回,作者這麼描繪他:「頭帶着一頂未洗覆盝過的恰如泰山游到頂的舊羅帽兒,身穿着一件壞領磨襟救火的硬漿白布衫,腳下靸着一雙乍板唱曲兒前後彎絕戶綻的古銅木耳兒皂靴,裡邊插着一雙一碌子繩子打不到底黃絲傳香馬鐙襪子。」委實寒酸至極,難怪西門慶理都不想理他。可是他在第 54 回出場時,另有一種卑微鄙下的景象,只是這回和吃有關:

> 白來搶道:「哥,你只會醫嗓子,可會醫肚子麼?」伯爵道:「你想是沒有用早飯?」白來搶道:「也差不遠。」伯爵道:「怎麼處?」就跑的進去了,拿一碟子乾糕,一碟子檀香餅,一壺茶出來,與白來搶吃。那白來搶把檀香餅一個一口,都吃盡了,贊道:「這餅却好!」伯爵道:「糕亦頗通。」白來搶就嗶嗶聲都吃了。(第 54 回)

同是替人幫嫖貼食,應伯爵當能十分體會白來搶「這餅却好!」的心情。不過應伯爵的水平自比白來搶高,因此雖是慷西門慶之慨,卻也不忘拿「糕亦頗通!」這話來消遣他。可或許是他餓昏了,也或許是他早已無所謂尊嚴,所以空氣中留下的是「嗶嗶」的進食聲。這段飲食情境的描寫,更能讓人體會第 35 回那股打扮的不堪,以及幫閒形象的猥瑣。

　　總而言之,透過小說中每一不同的飲食場景,讀者更能深刻地掌握人物形象,以及他們內在的心理衝突。這也使得《金瓶梅》的飲食段落,不再只是一筆又一筆的流水帳簿。

第三章　人情以放蕩為快
──《金瓶梅》的性愛饗宴

　　相較於川流不息的飲饌活動，《金瓶梅》中令人眼紅心跳的性愛段落，往往更能引來讀者的矚目，畢竟在小說誕生之前，中國還罕有如此這般赤裸描繪性交活動的文學作品。固然在這之後，書市出現為數眾多的色情小說，但是就其藝術價值而言（如果有的話），卻和《金瓶梅》相差了好幾個等級，因此反倒增添這部奇書的魅力。

　　稍加計算便可發現：以「量」而言，這部百回小說直接描寫、或間接提示了一百五十次以上的性行為，這樣的次數確實不少；以「質」而言，小說中具體描繪的性愛場景超過半百，此般偏重也難怪惹人議論。然而這個現象的形成，固然有作者個人的審美考量，但是作為一部世人公認的「寫實」小說，這番面貌自有源於文學外部的原因。對此魯迅就曾指出，在那個獻房中術即可驟貴、進春藥即能得倖於帝的時代，小說每敘床笫之事實乃時尚[1]。於是，探究晚明社會自皇帝以至庶民的性享樂趨向，以及當時規模猶勝前朝的性產業、大量充斥市面的性商品，或可幫助我們瞭解小說人物的貪婪緣由。此外就文學發展的內部原因來看，先有沈雁冰強調《飛燕外傳》乃中國情色文學的活水源頭[2]，後有鄭振鐸疾呼「《金瓶梅》作者是生活在不斷的產生出《金主亮荒淫》、《如意君傳》、《繡榻野史》等等穢書的時代。」[3]因此認清晚明社會的思想壓抑與渴望，當可理解時人整體的性文化心理。

　　以此為基礎，不難明白《金瓶梅》對性愛描寫的熱衷情形。然而，小說中一幕幕令人目不暇給的造愛畫面，不僅僅是單純的魚水之歡而已，裡面還有更多複雜的心理內容，不可泛泛看待。也正因為如此，我們非但可以透過枕席之私掌握西門慶的個性，小說中

1　魯迅撰：《中國小說史略》，第 19 篇「明之人情小說（上）」。《魯迅全集》（北京：人民文學出版社，1981 年），第 9 卷，頁 179-188。

2　沈雁冰撰：〈中國文學內的性欲描寫〉，原載《小說月報》第 17 卷（1927 年 6 月），周鈞韜（編）：《金瓶梅資料續編（1919-1949）》（北京：北京大學出版社，1991 年），頁 20-30。

3　鄭振鐸撰：〈談金瓶梅詞話〉，原載《文學》第 1 卷第 1 期（1933 年 7 月），周鈞韜編：《金瓶梅資料續編（1919-1949）》，頁 74-90。

諸多和他維持合法或非法性關係的女子，她們的個性、處境、和心理狀態也就得以有所區隔。眾所周知，《金瓶梅》和《紅樓夢》一樣，都有為筆下群芳賦予獨特個性的藝術難題，不過由於西門慶意在逞強賣弄，因此這些鶯鶯燕燕的個性，在床上反而顯得鮮明起來。藉由性愛場景呈現人物個性，這在中國文學史上怕還是頭一遭。

一、晚明社會的性享樂趨向

(一)宮中宣淫

太祖朱元璋建立大明政權以來（1368 年），不過百年時間，整個皇朝統治機構便已呈現停頓狀態。自憲宗以至熹宗的一百六十餘年間（1465-1627 年），包括成化、弘治、正德、嘉靖、隆慶、萬曆、泰昌、天啟諸帝全不理會政事，他們不是沉迷宗教、便是在內廷尋歡作樂。至於整個國家機器的運作，與其說是仰賴成熟的官僚機構，不如說是逐日耗蝕開國初期奠下的基礎，因此明朝政權能夠苟延殘喘地維繫至崇禎皇帝，堪稱是個異數了！

一國之君不理朝政，整個皇宮自然墮落沉淪，各種惡行也就層出不窮。例如為了博得宰相嚴嵩的歡欣，「光祿寺少卿白啟常至以粉墨塗面」，不惜自扮小丑博君一笑。又如張居正臥病邸第，「大小臣工莫不公醮私醮，竭誠祈禱；」更誇張的是「御史朱璉暑月馬上首頂香爐，暴赤日中，行部畿內以禱祝奉齋。」[4]士人這種行徑固然無恥，不過倒還不算什麼，部分大臣、閹宦只憑房中知識便得顯貴殿前，或許才是滋長此風的主因。沈德符《萬曆野獲編》即載：

> 國朝士風之敝，浸淫於正統，而靡潰於成化。當王振勢張，太師英國公張輔輩尚膝行白事，而不免身膏草野。至憲宗朝萬安居外，萬妃居內，士習遂大壞。萬以媚藥進御，御史倪進賢又以藥進萬，至都御史李實、給事中張善俱獻房中祕方，得從廢籍復官。以諫諍風紀之臣，爭談穢媟，一時風尚可知矣。[5]

由此可知，明代士風淪喪起於成化年間，由於大臣萬安向憲宗進獻春藥得貴，一時之間朝中士人紛紛起而效尤，甚至連執掌風紀的御史都不落人後。根據沈德符的說法，接下來的正德年間，除了有因劉瑾弄權而來的逢迎之習，還見「兵部尚書王瓊頭戴眾刺褻衣，

4　〔明〕沈德符撰：《萬曆野獲編》（北京：中華書局，1959 年），卷 21，「士人無賴」條，頁 541-542。

5　〔明〕沈德符撰：《萬曆野獲編》，卷 21，「士人無賴」條，頁 541。

潛入豹房與上通宵狎飲」；又有「原任禮部主事楊循吉，用伶人臧賢薦，侍上於金陵行在，應制撰雜劇詞曲，至與諸優並列」等例，反映武宗縱慾荒淫的宮廷生活。此外到了嘉靖時期，因為世宗篤信玄事，於是有更多人託名方技希寵：包括顧可學、盛端明等以煉藥貴；朱隆禧進「太極衣」（房中術）為上睿寵；尚書趙文華進「百花仙酒」；巡撫都御史汪鋐獻「甘露」；督撫吳山、李遂、胡宗憲等人進「白鵲、白兔、白鹿、白龜」等。這些都和房事脫不了干係。[6]

　　不過這些士人都談不上要角，若非成化以降諸朝都有方士以秘方見倖，此風當不至於滋長若是。例如成化年間方士李孜省，官通政使禮部左侍郎掌司事；妖僧繼曉，累進通玄翊教廣善國師。正德年間，色目人于永亦因擅房中術，官拜錦衣都指揮官。加上嘉靖年間，以進獻紅鉛至封伯官三孤的邵元節，這些人全都是方技雜流之輩。然而在這些人當中，影響最大、封官最厚的當推得倖於世宗的陶仲文。見沈德符《萬曆野獲編》的記載：

> 陶仲文以倉官召見，獻房中秘方，得倖世宗，官至特進光祿大夫柱國少師少傅少保、禮部尚書、恭誠伯，祿廩至兼支大學士俸，子為尚寶司丞。賞賜至銀十萬兩，錦繡蟒龍斗牛鶴麟飛魚孔雀羅緞數百襲，獅蠻玉帶五六圍，玉印文圖記凡四。封號至神霄紫府闡範保國弘烈宣教振法通真忠孝秉一真人。見則與上同坐繡墩，君臣相迎送，必於門庭握手方別。至八十一歲而歿，賜四字諡。其荷寵於人主，古今無兩。[7]

陶仲文是憑著什麼功績蒙此聖恩呢？答案竟是一種叫做「紅鉛」的春藥。所謂紅鉛，指的是取童女月經煉製成的辰砂，據說進服之後可以「氣力煥發，精神異常。草木之藥千百服，不如此藥一二服也。」[8]根據沈德符的記載：「然在世宗中年始餌此及他熱劑，以發陽氣。名曰長生，不過供秘戲耳。」[9]由此可知，紅鉛的長生效果似是它的「官方說法」，至於催情、壯陽之功，大家就心照不宣了。不過明代醫學家李時珍卻駁斥了這種講法，他說：「婦人入月，惡液腥穢，故君子遠之，為其不潔，能損陽生病也。」他並且認為那些聽信傳言，吞咽穢滓以為秘方的人全是愚不可及，所以《本草綱目》根本不錄所謂

6　〔明〕沈德符撰：《萬曆野獲編》，卷21，「士人無賴」條，頁541-542。

7　〔明〕沈德符撰：《萬曆野獲編》，卷21，「秘方見倖」條，頁546。

8　〔明〕張時徹撰：《攝生眾妙方》，卷2，補養門，「紅鉛接命神方」。《四庫全書存目叢書》（臺南：莊嚴文化事業有限公司，1995年），子部第43冊，醫家類，頁309。

9　〔明〕沈德符撰：《萬曆野獲編》，卷21，「進藥」條，頁547。

的紅鉛配方[10]。然而張時徹的《攝生眾妙方》,倒是記載得頗為清楚。

沈德符雖然沒有懷疑紅鉛的功效,但卻抱持此藥於身體有害的看法。他指出,隆慶皇帝之所以早死,就是受到內官蠱惑服用這些藥物,導致「陽物晝夜不伏,遂不能視朝」[11]。除此之外,大司馬譚綸、首揆張居正都曾受術於陶仲文,結果同樣不及下壽而歿,難怪沈氏要發出這樣的感慨:「蓋陶之術,前後授受三十年間,一時聖君哲相,盡墮其殼中。」[12]

武宗、世宗、神宗都是明代最荒淫的君王,亂行甚至從宮中伸至宮外;其他幾個皇帝也好不到哪裏,包括早殀的穆宗、光宗,不是死於春藥就是因為縱欲引發氣虛體弱。談到春藥,就不能不提及鍊丹術。中國鍊丹術發展至隋唐時期,分成外丹與內丹兩派。外丹即常人所曉之煉丹術,燒鉛飛汞、製作丹藥,服食以求長生不死。內丹則是繼承上古以來的行氣導引之術,以人體為丹鼎,同樣也是為了追求長生,因此形成另一種鍊丹派別[13]。外丹黃白術到了宋朝本已衰微,不過因為明代君王渴求長生,加上惑於房中秘藥,所以反倒重新盛行起來,紅鉛、秋石一類的丹藥就是代表性產品。然而自古以來,不知已有多少皇帝、道士、丹客死於鉛丹毒氣,為什麼仍有人醉心於此呢?原因很簡單,生命本身雖然是道無解的題,但它謎樣的特質,卻令人難掩欲一探究竟的好奇。至於房中之術的興起,本就和養生修練結合在一塊,我們看房中術中的名詞術語多和內、外丹相同,就可理解兩者的關係。例如明代擬話本《拍案驚奇》,就有一段描寫男女交歡的韻文,借用鍊丹術語作為象徵符號:

> 獨絃琴一翕一張,無孔簫銃上銃下。紅爐中撥開邪火,玄關內走動真鉛。舌攪華池,滿口馨香嘗玉液;精穿牝屋,渾身酥快吸瓊漿。何必丹成入九天,即此魂銷歸極樂。[14]

因此不論喜好房中術的原因是什麼,其中多少都和養生有關,紅鉛一類春藥往往托言養生之效,就是為著這般緣故。

然而不論理由多麼正當,皇帝大臣追求長生益壽、操弄房中之術的後果,就是加速

10　〔明〕李時珍撰,張紹棠重訂:《本草綱目》(臺北:臺灣商務印書館,1968 年),人部,卷 52,「月經衣」條,頁 98-99。

11　〔明〕沈德符撰:《萬曆野獲編》,卷 21,「進藥」條,頁 547。

12　〔明〕沈德符撰:《萬曆野獲編》,卷 21,「秘方見倖」條,頁 547。

13　趙匡華撰:《中國煉丹術》(香港:中華書局,1989 年)。

14　〔明〕凌濛初原著,劉本棟校訂:《拍案驚奇》(臺北:三民書局,1979 年),卷 18「丹客半黍九還　富翁千金一笑」,頁 202。

帝國的沉淪。清人對此尤其感慨，例如谷應泰便嘆曰：「語云：服食求神仙，多為藥所誤。又云：君以此始，必以此終。吁！可慨也夫。」[15]其實，長生益壽雖然誘人，但是它的希望畢竟寄於不可測的未來，自然沒有壯陽固精來得立即而且實際，因此托言長生益壽多半只是幌子。於是在帝國毀滅之前，朝廷的荒淫之風由皇帝吹向他的子民，而且不只大臣，甚至連不能人道的閹宦，也跟著淫亂無度起來。見沈德符的說法：

> 比來宦室，多蓄姬妾。以余所識三數人，至納平康歌妓，今京師坊曲，所謂西院者，咸作宦者外宅。以故同類俱賤之，不屑與齒，然皆廢退失職。[16]

從「生理」上講，宦官應該是沒有性欲的，不過或許因為宮中淫亂風氣太甚，才勾起他們性的「心理」欲求。前引所謂宦官蓄妾納妓，就是為了追求心理滿足，可是如果過於裝腔作勢，滿足的恐怕就是變態心理了。看這個例子：「近日都下有一閹豎，比頑以假具，入小唱穀道，不能出，遂脹死。」[17]太監拿一個假陽具，硬是刺進教坊女妓的肛門，把個女孩活活給折磨死，完全就是一種變態行徑。尤有甚者，某些宦官並不滿意於這種「意淫」，於是千方百計地設法「重振雄風」，造成許多慘絕人寰的悲劇。例如：

> 近日福建抽稅太監高寀謬聽方士言：「食小兒腦千餘，其陽道可復生如故。」乃徧買童稚潛殺之。久而事彰聞，民間無肯鬻者，則令人徧往他所盜至送入。四方失兒者無算，遂至激變掣回，此等俱飛天夜叉化身也。[18]

吸食一千個童子的腦髓可以讓陽物復起，的確是荒唐至極的謬論；然而就算真有其效，這個代價也實在大到令人不忍目睹。雖然沈德符這則記載，是從人間鬼怪的角度撰錄，不過倒也反映宦豎為了恢復性交能力，無惡不做的行為（而且不是孤例），若非宮中一片荒淫，太監恐怕也不致這般處心積慮。沈德符在別處即道，朱元璋在位時馭內官極嚴，但凡椓人娶妻者，有剝皮之刑，但到中葉以後，「今中貴授室者甚眾，亦有與娼婦交好因而娶歸者；至于配耦宮人，則無人不然。」[19]宦官尚且如此，朝中其他大臣絕對更為嚴重。

15　〔清〕谷應泰撰：《明史紀事本末》（臺北：華世出版社，1976年），卷52，〈世宗崇道教〉，頁558。

16　〔明〕沈德符撰：《萬曆野獲編》，卷6，「宦室宣淫」條，頁176。

17　〔明〕沈德符撰：《萬曆野獲編》，卷6，「宦室宣淫」條，頁177。

18　〔明〕沈德符撰：《萬曆野獲編》，卷28，「食人」條，頁725。

19　〔明〕沈德符撰：《萬曆野獲編》，卷6，「對食」條，頁158。

(二)性產業及性商品

　　明太祖雖然禁止宦官娶妻，但他並不限制臣子漁色，誇張點講，他甚至是全國最大的妓院老闆。根據劉辰的《國初事蹟》所載，明朝開國之初，太祖便在南京設立「富樂院」，並命專人負責管理，不過一般文武官吏及舍人不許入院，只容商賈出入而已[20]。很顯然，朱元璋打的算盤是，妓院這種一本萬利的生意，與其放任民間經營，不如中央政府自己獨攬好處。而且，雖然一般官員不得踏入富樂院，不過他們仍有尋花問柳的場所，那就是同樣由國家經營、官妓叢萃的十六樓[21]。據載，明太祖就曾在其中的「醉仙樓」宴請文武百官：

> 洪武二十七年，上以海內太平，思與民偕樂。命工部建十酒樓於江東門外，有鶴鳴、醉仙、謳歌、鼓腹、來賓、重譯等名。既而又增作五樓，至是皆成。詔賜文武百官鈔，命宴於醉仙樓。[22]

皇帝在京師遍設妓院，並且攜臣招妓侑酒，這是何等荒唐的「美事」。然而此類記載雖多，其中亦有相抵觸者，例如王錡所述：

> 唐宋間皆有官妓，仕宦者被其牽制，往往害政，雖大人君子亦多惑之。至勝國時，愈無恥矣。我太祖盡革去之。官吏宿娼，罪亞殺人一等，雖赦，終身弗敘。此聖政之第一也。[23]

這裏的明太祖完全換了一個樣，搖身變成官妓文化的終結者，的確令人感到疑惑。不過後人對王錡的記載都持懷疑態度，認為其書多「摭拾瑣屑，無關考據」[24]；反觀劉辰的《國初事蹟》，由於所載多是親眼見聞，《四庫全書總目提要》甚至將之視作「修實錄時所進事略草本」，因此後人向來偏好緣引此書。一般相信，明代禁絕地方官妓是在宣宗正德年間，謝肇淛就說：「唐、宋皆以官伎佐酒，國初猶然，至宣德初始有禁，而縉紳

20　〔明〕劉辰撰：《國初事蹟》（臺北：藝文印書館，1967 年），頁 20。

21　明太祖即位之後，在京師興建不少妓院，其數目有 14、15、16 等不同說法。參〔明〕顧起元《客座贅語》、〔明〕謝肇淛《五雜俎》、〔明〕胡應麟《藝林學山》、〔明〕沈德符《萬曆野獲編》、〔明〕周暉《金陵瑣事》、〔明〕侯甸《西樵野記》、〔明〕余懷《板橋雜記》等等。

22　〔明〕沈德符撰：《萬曆野獲編》補遺，卷 3，「建酒樓」條，頁 899-900。

23　〔明〕王錡撰：《寓圃雜記》（臺北：藝文印書館，1966 年），卷上，頁 8a。

24　〔清〕永瑢、紀昀撰：《武英殿本四庫全書總目提要》（臺北：臺灣商務印書館，1983 年），第 3 冊，子部，頁 1025。

家居者不論也。」[25]沈德符也持同樣的看法：「至宣德中，以百僚日醉狹邪，不修職業，為左都御史顧佐奏禁。」[26]至於侯甸講得更清楚，國初對於官員獵豔雖然並不特意管制，但是由於太多官員在退朝之後赴院尋歡，廢弛政事且又敗壞形象，才有人上書皇帝革除官妓制度。侯甸這則記載，充分反映了官員的淫風：

> 國初於京師嘗建妓館十六樓於寶聚門外，以宿商賈。時雖法度嚴密，然有官妓，諸司每朝退，相率飲於妓樓，詠歌侑酒，以謀斯須之歡，以朝無禁令故也。厥後漫至淫放，解帶盤薄，牙牌累累懸於窗檻，竟日宣呶，政多廢務。於是中丞顧公佐始奏革之。故挾妓宿娼者有律矣。[27]

確實，皇帝既然「體貼」地設立十六樓，文武百官當然拚了命地捧場。關於國初「三楊」學士──楊士奇、楊溥、楊榮──的狎妓傳聞[28]，想來也絕不是空穴來風。雖然宣德年間革除了官妓，但是這些官妓並沒有除籍從良，只不過從官妓轉為市妓罷了，她們的戶籍仍然附屬於地方官府，仍需定時向官府繳納稅金[29]。學者甚至認為，正因為明代廢除了官妓制度，妓院的發展才隨著商業繁榮、以及個性解放思潮的影響，在晚明攀上歷史的高峰[30]。看看它的規模：

> 今時娼妓布滿天下，其大都會之地動以千百計，其它窮州僻邑，在在有之，終日倚門獻笑，賣淫為活，生計至此，亦可憐矣。兩京教坊，官收其稅，謂之脂粉錢。隸郡縣者則為樂戶，聽使令而已。唐宋皆以官妓佐酒，國初猶然，至宣德初始有禁，而縉紳家居者不論也。故雖絕跡公庭，而常充牣里閈。又有不隸於官，家居而賣姦者，謂之土妓，俗謂之私窠子，蓋不勝數矣！[31]

謝肇淛這則記錄，點出了明代妓院遍地開花的盛況。兩京大都會有之，偏僻的州邑亦有之；有華美的妓院，也有私營的窠子。雖然廢除了官妓，但是一般縉紳士大夫也可招妓來家，甚至蓄起家妓亦無不可。以《金瓶梅》來說，在家招妓陪客侑酒的例子就非常普

25　〔明〕謝肇淛撰：《五雜俎》（臺北：偉文圖書出版公司，1977 年），卷 8，〈人部四〉，頁 199。

26　〔明〕沈德符撰：《萬曆野獲編》補遺，卷 3，「禁歌妓」條，頁 900。

27　〔明〕侯甸撰：《西樵野記》，卷 1，「本朝官妓」條。《四庫全書存目叢書》，子部第 246 冊，小說家類，頁 600-601。

28　〔明〕李詡撰：《戒庵老人漫筆》（北京：中華書局，1982 年），卷 1，「妓巧慧」條，頁 11。

29　武舟撰：《中國妓女生活史》（長沙：湖南人民出版社，1990 年），頁 131。

30　仝前註。

31　〔明〕謝肇淛撰：《五雜俎》，卷 8，〈人部四〉，頁 199。

遍。例如,第 49 回寫到宋御史、蔡御史來西門慶家作客,就見西門慶吩咐小廝:「即去院中,坐名叫了董嬌兒、韓金釧兒兩個,打後門裡用轎子抬了來,休教一人知道。」不過除了喚妓來家,任官後的西門慶偶爾也往院中跑跑。

明代的妓院經營,要以南京笙歌最盛,即至明亡,此間妓樂依舊裊裊不絕。見這則來自余懷的記載:

> 金陵都會之地,南曲靡麗之鄉。紈茵浪子,蕭灑詞人,往來游戲,馬如游龍,車相接也。其間風月樓台,尊罍絲管,以及孌童狎客,雜伎名優,獻媚爭妍,絡繹奔赴。垂陽影外,片玉壺中,秋笛頻吹,春鶯乍囀。雖宋廣平鐵石心腸,不能不為梅花作賦也。[32]

除此之外,由於一般貿易重鎮多為商賈輳集之所,為了這些乘肥衣輕、揮金如土的商人,這些地方的風月場所當然也就經營得有聲有色。試以揚州為例,看看張岱的記述:

> 廣陵二十四橋風月,邗溝尚存其意。渡鈔關,橫亙半里許,為巷者九條。巷故九,凡周旋折旋於巷之左右前後者什百之。巷口狹而腸曲,寸寸節節有精房密戶,名妓、歪妓雜處之。名妓匿不見人,非嚮導莫得入。歪妓多可五六百人,每日傍晚,膏沐薰燒,出巷口,倚徙盤礴於茶館酒肆之前,謂之「站關」。茶館酒肆岸上紗燈百盞,諸妓揜映閃滅於其間,蚍蜉者簾,雄趾者闥,燈前月下,人無正色,所謂「一白能遮百醜」者,粉之力也。游子過客,往來如梭,摩睛相覷,有當意者,逼前牽之去,而是妓忽出身分肅客先行,自緩步尾之。至巷口,有偵伺者向巷門呼曰:「某姐有客了!」內應聲如雷,火燎即出,一一俱去。剩者不過二三十人。沉沉二漏,燈燭將燼,茶館黑魊無人聲。茶博士不好請出,惟作呵欠,而諸妓醵錢向茶博士買燭寸許,以待遲客。或發嬌聲唱《劈破玉》等小詞,或自相謔浪嘻笑,故作熱鬧以亂時候,然笑言啞啞聲中,漸帶淒楚。夜分不得不去,悄然暗摸如鬼,見老鴇,受餓、受笞,俱不可知矣。[33]

張岱這一段敘述的姿態頗高,除了描寫曲巷妓家細節,另外還消遣「歪妓」的姿容,並且寫出她們盼無客至的不堪。相較之下,余懷的《板橋雜記》就不同了,他以文人雅士

32 〔明〕余懷撰:《板橋雜記》(臺北:藝文印書館,1968 年),下卷,〈軼事〉,頁 24a。

33 〔明〕張岱撰:《陶庵夢憶》(臺北:漢京文化事業有限公司,1984 年),卷 4,「二十四橋風月」條,頁 35。

的一派瀟灑,將心中所謂「古稱佳麗之地,衣冠文物盛於江南,文采風流甲於海內」[34]的金陵行館,以憑弔的心情記錄下來,為後人保留不少想像空間。上卷〈雅游〉,載錄的是金陵各地妓院的規模、格局、風采;中卷〈麗品〉,則是為當地各院佳麗留下小傳,各個名妓的姿色、個性、特長俱有交待;下卷〈軼事〉,則是記述親見或耳聞來的嫖客事蹟,表現的是文人的冶游況味。這部著作自有晚明文章一貫的賞玩氛圍,因此不免耽溺太甚,《四庫全書總目提要》說它「文章悽縟,足以導欲增悲,亦唐人《北里志》之類,然律以名教則風雅之罪人矣。」顯然就是著眼於余懷撰錄此書的心態。

余懷呈現出晚明文人的尋歡心理,不過那多少是美化過了的風采,不像張岱一段記錄,直接道出尋常人的嫖妓心理:

> 余族弟卓如,美鬚髯,有情痴,善笑,到鈔關必狎妓,向余嚛曰:「弟今日之樂,不減王公。」余曰:「何謂也?」曰:「王公大人侍妾數百,到晚耽耽望幸,當御者亦不過一人。弟過鈔關,美人數百人目挑心招,視我如潘安,弟頤指氣使,任意揀擇,亦必得一當意者呼而侍我。王公大人,豈遂過我哉!」復大嚛,余亦大嚛。[35]

作為一個填補性渴望、滿足性需求的產業,妓院提供的當然不只是生理的發抒而已,它也懂得把嫖客的心理欲望,灌溉得飽滿得意。唐、宋時期妓院的主顧,一般來講仍以文人士大夫為主,因此妓女的談吐應對,旨在滿足士人的文化雅興。到了晚明,隨著商人及商業資本的興起,商賈富豪成為士人以外的新興消費客群,就經濟實力而言,甚且還有凌駕其上之勢。於是妓女的文化修養退居其次,除了性交服務,她們還要能在青樓淡粉輕煙、情意款款的氛圍中,讓恩客感覺到自己的壯大威風。回到剛才的例子,即便張岱的族弟不是「美鬚髯,有情痴,善笑」,然而只要花得起錢,置身院中同樣有貌如潘安、富賽石崇、權傾城國的錯覺。而且如他所說的,王公大人固然侍妾數百,但在妓院的商業機制下,金錢可以買到所需的一切排場及尊榮。雖然這個夢總有時限,但在夢中的感覺卻是真切無比,無怪乎他得意的說:「王公大人,豈遂過我哉!」

前引張岱談及揚州二十四橋風月,便見他把妓女分為名妓、歪妓兩者,誠然,作為風月市場上的商品,妓女依其條件本來就有等級之別。自宋以來,文人嫖客對妓女的品評,在青樓中一直就佔有決定性的影響。久而久之,這種對妓女的評品論等,發展成一種謂之「花榜」的公開活動,等第品次高者,往往一夕之間身價暴漲;未得入榜的妓女,

34　〔明〕余懷撰:《板橋雜記·序》,頁1a。
35　〔明〕張岱撰:《陶庵夢憶》,卷4,「二十四橋風月」條,頁35-36。

莫不私自引為憾事。這個活動在元代及明初，似乎消聲匿跡了一陣子，不過到了明代中葉以後，復又大盛起來。見這則馮夢龍留下的資料：

> 王百穀云：「嘉靖間，海宇清謐，金陵最稱饒富，而平康亦極盛。諸妓著名者，前則劉、董、羅、葛、段、趙，後則何、蔣、王、楊、馬、褚，青樓所稱十二釵也。」[36]

馮夢龍曾與名妓侯慧卿交好，自然也是常登青樓之人，因此這番傳錄應該可信。這裏所謂嘉靖間的「金陵十二金釵」，應該就是某個花榜的品評結果，雖然我們不知它的評斷標準，不過天啟時人潘之恒留下一部《金陵妓品》，他的操作或許可以作為參考：「一曰品，典則勝；二曰韻，豐儀勝；三曰才，調度勝；四曰色，穎秀勝。」[37]資料顯示，晚明至清各式花榜非常頻繁[38]，不論是公開品評抑或個人賞玩，主持者或品題者多為經常出入妓院的落魄文人、或是無意功名者所為。他們往往先按才貌技藝分出等第，然後各選一花比擬，並題詩一首以為評語。或許是品評者具有公信力，也或許是評比活動十分熱鬧，總之各類花榜結果一出，莫不引來狂潮旋風。

這些失意、或是對現實不滿的文人，總喜歡把官場、科場的頭銜賜給這些名妓——包括女太史、女學士、女狀元、女榜眼等等——因此學者往往把這視為「對社會的一種示威和揶揄」[39]。話雖不錯，不過文人開設花榜一事，固然反映了晚明青樓文化的文人雅興，但更重要的是，它反映出晚明性產業已達一種空前的繁榮。例如就在花榜盛行的背景下，書籍市場出現一部《明代嫖經》。不同於前朝房中書籍的是，過去那些以家訓、醫書等形式出現的房中著作，傳遞的是居家男女兩性養生之術；《明代嫖經》卻是一本赤裸裸的嫖學大觀，它在市面上公開發售流通，教導男子嫖妓的原則、技巧、及各種注意事項。這種總結嫖妓經驗的參考指南，再不像房中著作一樣，或多或少帶有似是或非的性學知識，它是晚明性產業開發出來的「周邊商品」，功能是引導男子進入那個繽紛綺麗的肉欲天堂。

除了嫖經，晚明的色情小說、春宮字畫、以及各式淫具，也是盛極一時的性商品。論文首章即已提到，晚明小說出版完全服膺商業機制，因此市場上為數百種以上的色情小說，可謂悉由商賈主導發行，而且由其數量來看，社會上對於此類讀物的需求頗高。

---

36 〔明〕馮夢龍撰：《情史》，卷7，〈情痴類〉。《馮夢龍全集》（上海：上海古籍出版社，1993年），第37冊，頁513。

37 轉引自武舟撰：《中國妓女生活史》，頁153。

38 關於花榜的盛行狀況，詳參武舟撰：《中國妓女生活史》，頁147-155。

39 武舟撰：《中國妓女生活史》，頁153。

至於春宮畫,是指描繪男女性愛生活、特別是各種性交姿勢的圖畫,據說起源於漢代帝王宮室[40],不過到了明代才以畫冊形式大行於市[41],著名的畫家唐寅、仇英都留下不少作品。相較於色情小說,春宮畫除了更能刺激感官,還具備圖解說明效果,因此市場反應非常可觀。例如在《金瓶梅》中,西門慶從李瓶兒那裏弄來一本「內府畫出來的春宮畫」,兩人常在床上依樣搬演;在《肉蒲團》裏,也見未央生拿出春宮畫和風月小說,結果老婆「玉香自看春宮之後,道學變做風流。」雖然這些例子所提到的畫作,質量水平可能不一,但同樣都是刺激欲望的性商品,足見晚明社會的性愛歡娛程度。

至於淫具,指的是兩性交歡過程中的輔助工具,理論上是為了提供多樣化的性愛內容。明代關於這些什物的記載不多,倒是在《金瓶梅》裏見識不少。例如西門慶有一個淫器包,裏面裝著諸如「顫聲嬌」、「閨豔聲嬌」、「銀托子」、「硫黃圈」、「勉鈴」等物,全都是功用不一的淫具。又如蔣竹山入贅李瓶兒之後,為了圖婦人喜歡,買了些「景東人事」、「美女相思套」之類,也是一樣的東西。這些淫具當中,比較常見的是銀托子,據說性交前套在陰莖根部,既可使陰莖增長變粗,而且可以在性交時撞擊女性陰蒂,增加伴侶快感。至於硫黃圈也常出現,看來是種套在龜頭的淫具,或可擴大對陰道的接觸力道。由於這些淫具十分容易購得,如果不是社會上有股強大的風月之好,恐怕也不會這麼普遍。

至於盛行宮中的春藥,既然坊間醫書都刊有藥方,看來民間也絕對少不了。只不過,這裏的它不再是讓方士得貴朝中的寶貝,而是商品市場上任君撰擇的催情聖品。

(三)禁欲主義的反動

不過,就文學發展的外部原因來看,明代皇宮的荒淫無度、社會上性產業的發達、市場上性商品的泛濫,固然都屬刺激《金瓶梅》赤裸描寫性愛細節的要素,但是思想界及輿論一片「尊情抑理」的呼聲,也和小說的寫作傾向有著緊密的關係。

在先秦時期,中國人對性的態度是很健康的,交媾與生殖本身雖然像謎一樣充滿奧秘,但是對於生殖的崇拜,反倒讓他們回頭肯定男女之事。《周易》所謂:「男女構精,萬物化生。」老莊高倡:「一陰一陽謂之道。」《禮記》宣稱:「飲食男女,人之大欲存焉。」都反映先民對性的自然態度。即便先秦儒家也不避諱談性,只是強調「禮」之於性的規範原則而已。但是自從漢代獨尊儒術之後,男女陰陽逐漸流於抽象解釋;到了

---

40 〔明〕沈德符撰:《敝帚軒剩語》(臺北:廣文書局,1969 年),卷中,「春畫」條,頁 92-94。
41 〔荷〕高羅佩(R. H. van Gulik)撰,楊權譯:《秘戲圖考》(廣州:廣東人民出版社,1992 年),頁 167。

理學大盛的宋代,大儒更是力持「存天理,滅人欲」的主張[42],情欲的價值及合理性被壓至最低。可喜的是,長達一千餘年的思想禁錮,到晚明終於有了鬆綁的機會。

晚明對於禁欲主義的反動,是由被視為「異端」的泰州學派率先發難,王艮、何心隱、羅近溪等人對於「人欲」的肯定,揭發了個性解放的思潮。至於文藝思想方面,先有李贄的「童心說」,招喚了文學創作的自由心靈;後有公安三袁的「性靈論」,主張「理在情內」,強調一切情事直抒性靈。於是在創作實踐上,我們見到湯顯祖宣揚「尊情抑理」,甚至有作家在小說裏消遣道學人士[43]。打著反對理學禁欲主義的大旗,這些主張狠狠地揭發了道學的偽善性格,於是一股時代的高音在晚明社會迴響不已——撇開階級的束縛不談——人們可以重新享有獨立個性,可以重新主宰個人生命。

當然,小說家筆下的男男女女一樣有權。於是我們從湯顯祖的《牡丹亭》,看到青年男女靈魂的覺醒,看到杜麗娘為愛追求婚姻自主;更從笑笑生的《金瓶梅》,見識一干人等直接面對欲望的呼喊。問題是,單單就這兩部作品來看,其中個性解放、直指本心的「程度」,顯然有著很大的落差。尤其是此風發展到明末清初之際,言情的才子佳人小說和寫性的色情小說,分別形成市場上兩大創作主流,如何準確地解釋這個文學現象?學界對此似乎也沒有共識。

筆者的碩士論文,曾經試圖回答這個問題。文中提到,雖然「緣情」主張在晚明社會形成一股強大的力量,或多或少衝毀了宋明禁欲主義的枷鎖;明人對於情感的追求因此較以往來得直接,小說裏的愛情故事也個別突破了禮教鴻溝。但是,言情談愛之後的世界如何運轉,個性解放之後的倫理如何維繫,卻是一個理論上的巨大真空——思想家於此完全沒有留下答案。然而,既曰「真心」、「本性」是一切行動的最高指標,那麼以這個思路為基礎,「情愛」和「性愛」的企求理應都是光明正大的活動。於是,晚明所謂禁欲主義的反動,走的便是「禁欲-抒情-縱欲」的路子,至於從抒情到縱欲這個方向,呈現的近乎是無所適從的「盲進」[44]。《金瓶梅》有一段由西門慶口中道出的話,或許可以作為檢證樣本:

> 西門慶笑道:「你的醋話兒又來了。却不道天地尚有陰陽,男女自然配合。今生

42　〔宋〕黎靖德編:《朱子語類》(臺北:文津出版社,1986 年),卷 13:「人之一心,天理存則人欲亡,人欲勝則天理滅,未有天理、人欲夾雜者。」(頁 224)

43　例如在〔明〕凌濛初《二刻拍案驚奇》卷 12 的「硬勘案大儒爭閒氣　甘受刑俠女著芳名」,就見作者化身的敘述者批評宋儒朱熹。

44　胡衍南撰:《「二拍」的生產及其商品性格》(臺北:淡江大學中文研究所碩士論文,1995 年),頁 109。

偷情的、苟合的，都是前生分定，姻緣簿上註名，今生了還。難道是生剌剌胡撦
亂扯歪斯纏做的？……」（第57回）

由西門慶這話來看，他的觀念蘊含一股理所當然的自信，反映的正是從抒情到縱欲的盲
動。有些學者也持這種見解，例如：

> 《金瓶梅》正是借助性行為、性意識描寫，使中國小說對「社會人」的表現脫卻了
> 理學的偽飾而回復到「自然人」的本相，進而揭示了人的本能屬性對人的社會組
> 合的影響。即：性意識、性行為、性結果，作為人們社會關係的原始結合因，第
> 一次被長篇小說掃描下來。[45]

明、清之際的色情小說不能視為文藝作品，充其量只能算是大量生產的性商品，因此晚
明文壇對於禁欲主欲的反動，以及它所顯示出的從抒情到縱欲的「盲進」路徑，乃是由
《金瓶梅》率先反映出來。不過也有人強調中國色情文學傳統對於《金瓶梅》起的影響及
示範作用。前引沈雁冰、鄭振鐸就是最早提出這種主張的人。的確，以文學的內部發展
來看，從以漢宮故事為對象的《飛燕外傳》，到以隋煬帝荒淫事蹟為本的《大業拾遺記》、
《迷樓記》，乃至於宋元話本《金主亮荒淫》、明人描寫武則天事蹟的《如意君傳》，這
些文言小說都有一定程度的性交描寫內容。性交之外，其他文言小說亦有觸及情欲的作
品，例如唐傳奇《游仙窟》，以至於明人的「剪燈三話」，都有不少臨摹性欲積鬱的段
落。然而，雖說基本的性行為描寫樣式在這些作品達成初步的實踐，不過這些文本悉以
文言寫作，篇幅也不很長，就性描寫的露骨程度而言自然不及《金瓶梅》。再者，那些
觸及情欲書寫的作品都很含蓄，更多時候反倒像是文人意淫之作（例如《游仙窟》），因
此自然比不上放手寫開的《金瓶梅》[46]。

45　田秉鍔撰：〈金瓶梅性描寫思辯〉，張國星編：《中國古代小說中的性描寫》（天津：百花文藝出
　　版社，1993年），頁230。

46　從「意淫」的角度來講，《紅樓夢》繼承的反而是文言小說這個傳統。包括寶玉初試雲雨、賈珍為
　　兒媳而哭等等，許多意蘊都是藏在文字背後的。至於續書作者喜歡加上寶玉和黛、釵兩人的性愛段
　　落，往往是不解文言小說中意淫的況味。這當然是個很有趣的命題，不過由於脫離本文主旨太遠，
　　在此僅能存而不論。

二、西門慶的風流帳簿

(一)初試啼聲

　　《金瓶梅》中的性愛描寫，毫無疑問是以西門慶為中心，即便小說也常提到各色婦女的性壓抑或性渴望，但她們心裏的投射對象不可免地仍是西門慶。當然在西門慶死後，亦即小說的後二十回，還有另一個色魔陳經濟，不過一來這個角色常被視為西門慶的化身，二來後二十回的性描寫也十分草率，所以西門慶才是作者極力刻劃的典型人物。

　　扣掉正室吳月娘和早歿的卓丟兒，小說中遭西門慶淫過的婦女還有十八人，分別是李嬌兒、孟玉樓、孫雪娥、潘金蓮、李瓶兒、春梅、迎春、繡春、蘭香、宋惠蓮、惠元、王六兒、賁四嫂、如意兒、林太太、李桂姐、吳銀兒、鄭愛月兒。其中，李嬌兒、孟玉樓、孫雪娥、潘金蓮、李瓶兒都是西門慶娶過門的妻妾，不過李嬌兒原是青樓妓女、孟玉樓嫁過兩次丈夫、潘金蓮原是武大妻子、李瓶兒原是花子虛夫人，除了孟玉樓之外，其餘三個都是先與西門慶有奸，落後才嫁來家作人妾小。至於春梅、迎春、繡春、蘭香都是家中丫鬟，除了春梅是西門慶有心抬舉，其餘都是趁便「收用」起來的[47]。另外如宋惠蓮、惠元、王六兒、賁四嫂都是家人或夥計媳婦，宋蕙蓮和王六兒倒還在西門慶心上，惠元和賁四嫂子充其量只是「解火」而已。至於其他「野食」，除了韓道國媳婦王六兒，另外還有奶媽如意兒、林太太、以及妓女李桂姐、吳銀兒、鄭愛月兒。當然，如果西門慶不是死得那麼早，何千戶娘子藍氏、王三官娘子黃氏恐怕也難逃毒手。

　　小說的第一遭性描寫，發生在西門慶和潘金蓮身上，毫無疑問，由於《金瓶梅》故事演自《水滸傳》，因此這般安排並不令人意外。倒是兩人初試雲雨之作，小說竟以一段韻文交待：

> 交頸鴛鴦戲水，并頭鸞鳳穿花。喜孜孜連理枝生，美甘甘同心帶結。一個將朱唇緊貼，一個把粉臉斜偎。羅襪高挑，肩膊上露兩彎新月；金釵斜墜，枕頭邊堆一朵烏雲。誓海盟山，搏弄得千般旖旎。羞雲怯雨，揉搓的萬種妖嬈。恰恰鶯聲，不離耳畔；津津甜唾，笑吐舌尖。楊柳腰，脉脉春濃；櫻桃口，微微氣喘。星眼朦朧，細細汗流香玉顆；酥胸蕩漾，涓涓露滴牡丹心。直饒匹配眷姻諧，真個偷情滋味美！（第4回）[48]

---

[47]　例如李瓶兒的丫鬟迎春、繡春，根本就是李瓶兒做主獻給西門慶的。

[48]　另外在第6回，也有一首詩作臨摹另一次的性愛狀態：「寂靜蘭房簟枕涼，才子佳人至妙頑。纏去

事實上在前 15 回，包括西門慶和李瓶兒首次交歡，以及金蓮勾搭小廝琴童兩例，作者也是運用同樣的手法，不過文辭變得較為俚白犅腥：

> 燈光影裡，鮫綃帳內，一來一往，一撞一冲。這一個玉臂忙搖，那一個金蓮高舉。這一個鶯聲嚦嚦，那一個燕語喃喃：好似君瑞遇鶯娘，猶若宋玉偷神女。山盟海誓，依稀耳中；蝶戀蜂恣，未肯即罷。戰良久，被翻紅浪，靈犀一點透酥胸；鬪多時，帳搖銀鉤，眉黛兩彎垂玉臉。那正是三次親唇情越厚，一酥麻體與人偷。（第 13 回）

> 一個不顧綱常貴賤，一個那分上下高低。一個色膽歪邪，管甚丈夫利害；一個淫心蕩漾，從他律犯明條。一個氣喑眼瞪，好似牛吼柳影；一個言嬌語澀，渾如鶯囀花間。一個耳畔訴雨意雲情，一個枕邊說山盟海誓。百花園內，翻為快活排場；主母房中，變作行樂世界。霎時一滴驢精髓，傾在金蓮玉體中。（第 12 回）

一次將這三段描寫都引錄下來，可以看出作者刻正調整筆下尺度。事實上在第 8 回寫到「燒夫靈和尚聽淫聲」時，笑笑生散文化的性描寫就已初露功夫，包括性交動作、淫聲浪語、以及完事後和尚造的雙關笑話，都讓讀者有親臨現場的感受。接著在 15 回之後，作者的寫作尺度日漸放寬，不再彆彆扭扭，性交過程也以散文描寫為主，輔助用的韻文轉為氣氛的補充。

從第 16 回開始，接連兩回都是寫西門慶和李瓶兒偷情，為了討西門慶歡心，此處的李瓶兒可以說是花招盡出，全然不同嫁入西門家後的「六娘」。緊接著到第 18 回，寫西門慶酒後醉臥潘金蓮房裏，由於那時正值暑夏氣候，晚夕悶熱得很，潘金蓮第一次的主動「要愛」，便發生在這一回。但見：

> 回首見西門慶仰臥枕上，睡得正濃，搖之不醒。其腰間那話，帶着托子，纍垂偉長。不覺淫心輒起，放下燭臺，用纖手捫弄。弄了一回，蹲下身去，用口吮之。吮來吮去，西門慶醒了。罵道：「怪小淫婦兒！你達達睡睡，就摑混死了。」一面起來，坐在枕上，一發叫他在下盡着吮咂；又垂首玩之，以暢其美。（第 18 回）

婦人頑了有一頓飯時間，雙方才真正進入兩性戰場，一面做愛、一面飲酒取其快樂。潘金蓮在這裏的表現，為兩人日後的床上互動立下了很好的模範：日裏夜裏，婦人心裏總

倒澆紅臘燭，忽然又棹夜行船。偷香粉蝶餐花蕚，戲水蜻蜓上下旋。樂極情濃無限趣，靈龜口內吐清泉。」

是盼著漢子早早進房；漢子進來之後，更是千嬌百媚地使出渾身解數，只求能夠拴住男人的心。於是為了博得寵愛，她可以有限度地容忍漢子在外胡搞、可以吞下漢子的尿（第73回）、可以為自己的男人製做淫具「白綾帶」（第72回）、甚至於滿足西門慶各式各樣的性凌虐及性癖好——包括殘忍的「醉鬧葡萄架」（第27回）、以及她向來不喜歡的肛交（第52回）。金蓮既可為之犧牲若是，一旦要她獨守空閨，自然就派生出「雪夜弄琵琶」（第38回）、「懷妒打秋菊」（第58回）、「不憤憶吹簫」（第73回）諸等故事來，更無庸說訓練「雪獅子」謀死官哥兒一事了。

西門慶雖然荒淫無度，但是潘金蓮遇到的對手，嚴格講來只有李桂姐、宋惠蓮、李瓶兒、王六兒、以及如意兒等人。其中李桂姐雖然出場最早，與金蓮之間也有一場飛醋，可是隨著西門慶升官得子，加上又有把柄落在西門慶手中，因此很早就出局了。

至於宋惠蓮，原是家人來旺的老婆，因為生得有幾分姿色，足下又有一雙猶賽金蓮的小腳，因此在第22回就讓西門慶得了手。家中妻妾不算，西門慶勾搭婦人的模式，可以從這個個案看得出來：首先，他會選派合適的媒婆、或是體己的丫鬟作「牽頭」（此處是月娘房中的玉簫），先行試探婦人的意願；老婆如果有意，便商定雲雨時間及處所，兩人就依約相會苟合（這回是在「藏春塢」）；事成之後，西門慶會賞賜衣飾頭面給婦人（惠蓮得到的是一疋藍緞子），除非她不需要（如林太太）；如果奸情得以持續發展，婦人毫不例外的總會有進一步的要求，西門慶自然總是有求必應（給些碎銀子花用），甚至為婦人買婢、買樓、排難（如同王六兒一般）。有趣的是，如此這般的「挨光」三部曲，幾乎總在金蓮手中落幕。運氣好一點的，例如王六兒和林太太，可以挨到西門慶死前才被發現；至於運氣差一點的，例如惠蓮、賁四嫂和如意兒，幾乎是才讓西門慶上手就給金蓮逮著，惠蓮甚至還遭金蓮給活活逼死。

惠蓮在第26回香消玉殞，西門慶只有回頭享用自己老婆，因此著名的「李瓶兒私語翡翠軒　潘金蓮醉鬧葡萄架」在第27回登場。西門慶先是在與李瓶兒的性交過程中，獲知婦人有孕的好消息，於是「樂極情濃，怡然感之，兩手抱定其股，一泄如注。」後來西門慶班師葡萄架下再戰，對手換成潘金蓮，幾番折磨挑弄之後，西門慶不慎把硫黃圈子折在婦人陰道內，整得金蓮「目瞑息，微有聲嘶，舌尖冰冷，四肢收軃於衽席之上。」這場凌虐對潘金蓮來說，含有相當程度的懲戒意味，性交過程中就見她苦苦求饒，說自己再不敢為李瓶兒事犯嘴了，由此可見西門慶於性事的宰制權[49]。類似的情形在小說中還有不少，包括第61回、第72回，茲舉一例：

---

49 雌雄交媾如果視為一場戰役，最後的輸家總是雄性，這幾乎是自然界的準則。只不過對大多數雄性而言——尤其是人類——總要到事後才能領悟這個事實。

婦人禁受不的，瞑目顫聲，沒口子叫：「達達，你這遭兒只當將就我，不使上他也罷了！」西門慶口中呼叫道：「小淫婦兒，你怕我不怕？再敢無禮不敢？」婦人道：「我的達達，罷麼。你將就我些兒，我再不敢了。達達慢慢提，看提撒了我的頭髮。」兩個顛鸞倒鳳，又狂了半夜，方纔體倦而寢。（第61回）

學乖之後的金蓮，在接下來的第28、29回，都得以和西門慶享盡于飛之樂。隨後幾回，小說描寫西門慶生子加官，熱鬧上頭不但宴請賓客，又要見習官場活動，一時之間，在性事上顯得本分許多，因此細節化的性交描寫很少，多半一筆提過而已。到了第37回，為了替東京蔡太師府裏管家翟謙做媒，西門慶來到夥計韓道國家，不料見了老婆王六兒之後，當下令他「心搖目蕩，不能定止。」於是便托媒婆馮媽媽成就美事。兩人初試雲雨在第37回，作者先是前戲描寫，接下來是一段篇幅很長的韻文，藉沙場主帥交鋒比喻兩人性交過程，末了並交待婦人特殊癖性。不想到了次日，西門慶想著這甜頭兒，又和王六兒鬧了一場。因為西門慶見這婦人甚好風月，一徑要打動她，加上王六兒也對家主人別有所圖，於是同樣賣力逗弄。既然如此，這回作者可就放手寫開，兩人性交的全部過程，包括姿勢、動作、心理反應、顛聲浪叫全給細細地記了下來，讀來很能令人血脈噴張：

西門慶見婦人好風月，一徑要打動他，家中袖了一個錦包兒來，打開裡面，銀托子、相思套、硫黃圈、藥煮的白綾帶子、懸玉環、封臍膏、勉鈴，一弄兒淫器。那婦人仰臥枕上，玉腿高蹺，雞舌內吐。西門慶先把勉鈴教婦人自放牝內，然後將銀托子束其根，硫黃圈套其首，封臍膏貼于臍上。婦人以手導入牝中，兩相迎湊，漸入大半，婦人呼道：「達達，我只怕你蹲的腿酸，拿過枕頭來，你墊着坐，等我淫婦自家動罷！」又道：「只怕你不自在，你把淫婦腿吊着合，你看好不好？」西門慶真個把他腳帶解下一條來，拴他一足，吊在床楇子上。低著捼，捼的婦人牝中之津，如蝸之吐涎，綿綿不絕，又捼出好些白漿子來。西門慶問道：「你如何流這些白漿？」纔待要抹之，婦人道：「你休抹，等我吮咂了罷！」於是蹲跪他面前，吮吞數次，嗚咂有聲。咂的西門慶淫心頓起，掉過身子，兩個幹後庭花。龜頭上有硫黃圈，濡研艱澀，婦人蹙眉隱忍，半晌僅沒其稜。西門慶於是頗作抽送，已而婦人用手摸之，漸入大半。把屁股坐在西門慶懷裡，回首流眄，作顛聲叫：「達達，慢着些！往後越發粗大，教淫婦怎生挨忍？」西門慶且扶起其股，觀其出入之勢。因叫婦人小名：「王六兒，我的兒！你達不知心裡怎的，只好這一樁兒。不想今日遇你，正可我之意。我和你明日生死難開。」婦人道：「達達，只怕後來耍的絮煩了，把奴不理怎了？」西門慶道：「相交下來。纔見我不是這

樣人。」說話之間,兩個幹夠一頓飯時。西門慶令婦人,沒高低淫聲浪語叫着纏過。婦人在下,一面用手舉股承受其精,樂極情濃,一泄如注。已而拽出那話來,帶着圈子,婦人還替他吮咂净了,兩個方纏并頭交股而卧。正是:一般滋味美,好耍後庭花。(第 38 回)

作者對這場性事的描寫,可以算是小說中最詳細的段落之一,此處之所以將這一幕全部轉錄下來,絕不是因為它令人呼吸急促,而是這裡可以看出王六兒完全對上西門慶的味兒(這一點將在後文特別討論),所以自此之後,她儼然成為西門慶固定的性伴侶。事實上,以性的出場次數而論,王六兒是小說中僅次於潘金蓮的婦人,足見西門慶對她的貪好,所以第 50 回寫西門慶得了胡僧藥,第一個實驗的對象就是王六兒。之後,西門慶回頭往李瓶兒身上要了一遭,便又打算在潘金蓮上頭試試。

(二)性的冒險

這個實驗卻較前番不同,足足跨了兩回篇幅,把金蓮整得死去活來。51 回寫到西門慶服了胡僧藥,先要婦人口交,誰想到金蓮盡咂了這一日,亦發咂了沒事。西門慶得意之餘,方才決定和婦人交接,卻因龜頭昂大,濡研半晌僅沒龜稜,導致婦人「似有不勝隱忍之態」,便向西門慶說:「怎如和尚這藥,使進去從子宮冷森森直掣到心上。這一回把渾身上下都酥麻了。我曉的,今日這命死在你手裡了,好難捱忍也!」歪纏一個更次,西門慶精還不過,這回婦人真個是受不住了,再度挨求道:「親達達,罷了!五兒的死了。」須臾高潮來臨,金蓮「一陣昏迷,舌尖冰冷,泄訖一度。西門慶覺牝中一股熱氣,直透丹田,心中翕翕然美快不可言也。」婦人接連丟了兩遭,可西門慶精還未出。

從前後文來看,金蓮最終雖然觸及性的高潮,但是過程中的「折磨」究竟是真受苦還是假告饒,其實不好判斷。畢竟短暫的失憶,本就是婦女性高潮來臨時的特徵之一,類似的描寫在書中也有很多,不過聽她講到「從子宮冷森森直掣到心上」,多少透出一點瀕臨死亡的氣味。無論如何,這還只是實驗的前半段,後半段在一天之後的第 52 回登場。西門慶表示想要肛交,為了討好漢子,潘金蓮第一次答應這個玩法。結果自是可想而知,「婦人在下,蹙眉隱忍,口中咬汗巾子難捱。」良久,西門慶才滿意地一泄如注。

在王六兒、李瓶兒、潘金蓮之後,第 52 回西門慶先在妓女李桂姐身上、第 53 回又在老婆吳月娘身上用過胡僧藥。到了第 59 回,西門慶有意梳櫳新冒出頭的名妓鄭愛月兒,於是同樣吞了藥上床,把妓女弄得眼冒金星:

西門慶見粉頭脫了衣裳,肌膚纖細,牝净無毛,猶如白麵蒸餅一般,柔嫩可愛。抱了抱,腰肢未盈一搊,誠為軟玉温香,千金難買。於是把他兩隻白生生銀條般

嫩腿兒，來夾在兩邊腰眼間。那話上使了托子，向花心裡頂入。龜頭昂大，濡攪半晌，方纏沒稜。那鄭月兒把眉頭纔在一處兒，兩手攀閣在枕上，隱忍難挨，朦朧着星眼，低聲說道：「今日你饒了鄭月兒罷。」西門慶於是扛起他兩隻金蓮于肩膀上，肆行抽送，不勝歡娛。（第 59 回）

接下來幾回，西門慶主要和潘金蓮、王六兒辦事；後來適逢李瓶兒病死，家中上上下下亂了幾日，西門慶自沒好心情。直到第 65 回，待李瓶兒喪事並一切送往迎來答謝回禮事宜整治妥當，才在瓶兒靈前和奶媽如意兒睡了一覺。若以日後來爵老婆惠元的例子來看，如意兒在此本屬「解火」之用，可是因為奶媽有著和李瓶兒一樣的雪白皮膚，所以反令西門慶認真看顧起來，甚至引來金蓮很大的不快。

第 68 回，又寫到鄭愛月兒，可是這裏妓女除了和西門慶耍了一回，還向他透露王招宣府林太太這條門路。王招宣府，乃是潘金蓮自小被賣去的那戶人家，據說金蓮就是在這府裏學會了種種風流，因此府中的淫亂可想而知。鄭愛月兒形容林太太「今年不上四十歲，生的好不喬樣，描眉畫眼，打扮狐狸也似。」看來這個「綺閣中好色的嬌娘」，正合西門慶這個「富而多詐奸邪輩」[50]。林太太圍於身分地位，一向由媒婆文嫂負責牽頭，然後假托打齋在文嫂家與人廝混。西門慶和這婆娘一共發生兩次關係，一次在第 69 回，一次在第 78 回。令人意外的是，這時候的西門慶，性生活直可說淫亂更甚，可是關於兩人的性交過程，兩次描寫竟都以韻文為主，前次只見一首「有詩為證」，後來則是一闋託言兩軍作戰的長詞。究其原因，許是作者意不在此，畢竟──表面上是「門當戶對」的官家（提刑／招宣），背地裏是「旗逢敵手」的淫蟲（壓善欺良酒色徒／深閨內窅祕的菩薩），兩人在「節義堂」前的假正經、真偷情，才是這幕戲最有看頭的部分吧！

大戰林太太之後，西門慶赴東京受領新職。回來之後，升任山東提刑的西門慶非但志得意滿，而且性生活益加荒唐，各個粉頭也是盡力盤桓，每人都想在枕席間討好漢子，搞得西門慶的身子日漸虛弱。

第 72 回，西門慶來到潘金蓮房中，這婦人被拋離了半月在家，自是淫情似火，千嬌百媚。先是下品鸞簫，後又讓男人把尿溺在口裏，兩人殢雨龍雲纏到三更，次日早起還扒伏在漢子身上倒澆蠟燭，口裡還說要幫他做一個暢美好用的「白綾帶」，真個把西門慶的心哄得伏伏貼貼。所以在第 73 回、74 兩回，作者分別細描了兩人的性高潮：

> 那婦人把舌頭放在他口裡含着，一面朦朧星眼，款抱香肩。睡不多時，怎禁那慾

---

50 從西門慶眼中看去，林太太是「綺閣中好色的嬌娘，深閨內窅祕的菩薩」；林太太同樣一眼看出，西門慶是「富而多詐奸邪輩，壓善欺良酒色徒」。見第 69 回。

火燒身，芳心撩亂，於是兩手按着他肩膊，一舉一坐，抽徹至首，復送至根。叫：「親心肝，罷了，六兒的，死了。」往來抽提，又三百回，比及精泄，婦人口中只叫：「我的親達達，把腰扳緊了。」一面把奶頭教西門慶咂，不覺一陣昏迷，淫水溢下。停不多回，婦人兩個抱摟在一處，婦人心頭小鹿突突的跳，登時四肢困軟，香雲撩亂。（第73回）

話說西門慶摟抱潘金蓮，一覺睡到次日天明。婦人見他那話還直豎一條棍相似，便道：「達達，你將就饒了我罷！我來不得了，待我替你咂咂罷！」西門慶道：「怪小淫婦兒，你不若咂咂，咂的過了，是你造化！」這婦人真個蹲向他腰間，按着他一隻腿，用口替他吮弄那話。約吮够一個時辰，精還不過。這西門慶用手按着粉項，往來只顧沒稜露腦搖撼，那話在口裡吞吐不絕，抽拽的婦人口邊白沫橫流，殘脂在莖。精欲泄之際，……把那話放在粉臉上，只顧偎搖，良久又吞在口裡，挑弄蛙口；一回又用舌尖舐其琴弦，攪其龜稜；然後將朱唇裹着，只顧動動的。西門慶靈犀灌頂，滿腔春意透腦，良久精來，連聲呼：「小淫婦兒，好生裹緊着，我待過也……」言未絕，其精逩了婦人一口，一面婦人一口口接着都咽了。正是：自有內事迎郎意，殷勤愛把紫簫吹。（第74回）

對奶媽如意兒來說，潘金蓮做得到的，她相信自己也做得到。所以在第75回，如意兒幾乎把潘金蓮前番露的絕活重演一遍，既會品簫，也有嬌怯怯的淫聲浪語，甚至當西門慶告以金蓮嘓尿一事，她也立刻蹲下照辦；甚至要在她身上燒一杜香，她也沒有第二句話。為了自己的「前途」，如意兒的「認真」是無庸置疑的，然而由於才和西門慶睡不過三、四次，不熟漢子的習性，因此還需要多和潘金蓮、王六兒學習[51]。尤其是王六兒，這個作者口中「若非偷期崔氏女，定然聞瑟卓文君」的風月老手，不但沒有金蓮的脾氣，而且總能迎合西門慶的需要辦事。第79回與西門慶的那一場性事，就顯示出她對西門慶的癖好簡直是瞭若指掌，而且作得不落痕跡[52]。

在這段期間，分別是第77、78兩回，又冒出一個西門慶新上手的家人老婆，即賁四嫂子。小說講得十分清楚，原來賁四這個老婆就不是守本分的，先與西門慶小廝玳安有染，落後又把西門慶勾引上了。諷刺的是，西門慶勾搭這婦人所派出的牽頭，正是小廝玳安！真個是上樑不正下樑歪。話說回來，西門慶先後和賁四老婆通奸兩次，都與前般諸婦大不相同，不但沒有先行酒菜，也不見言語調笑，更且毫無前戲可言，兩人幾乎是

---

51 不過從65回、67回、75回、到78回，她倒是一次比一次「進步」。
52 這個例子在後文會有具體分析。

見了面就幹那苟且之事。例如第一次，才寫到西門慶進門、婦人奉茶道了萬福，緊接著西門慶「於是不由分說，把婦人摟到懷中就親嘴。拉近枕頭來，解衣按在炕沿子上，扛起腿來就聳。那話上已束着托子，剛插入牝中，纏拽了幾拽，婦人下邊淫水直流，把一條藍布褲子都濕了。」事完之後，西門慶也沒多說什麼，袖中掏出五、六兩一包碎銀子，又是兩對金頭簪兒，遞與婦人節間買花翠帶。至於第二次幽會也是一樣，進了門後甚至連茶都免了，老婆脫了衣服躺在床上，「西門慶褪下褲子，扛起腿來，那話使有銀托子，就幹起來。」事畢，給了老婆二、三兩銀子盤纏。

很顯然，賁四嫂子對西門慶根本沒有特別的吸引力，西門慶只是趁夥計不在家，挪來貪個新奇罷了。畢竟這婦人不像宋惠蓮有雙不足三寸的可人小腳（像是潘金蓮的翻版）；也沒有如意兒一身粉嫩晶滑的白皙肌膚（像是李瓶兒的化身）；甚至還不如來爵老婆惠元，起碼生的「五短身材，瓜子面皮兒，搽胭抹粉施朱唇，纏的兩隻腳趬趬的」，讓西門慶覺得雖然不及宋惠蓮，也頗克得過第二（小說壓根兒沒有形容賁四老婆的容貌）。當然，也不合說她是妓女，因為她根本遠比不上鄭愛月兒，所以充其量，她只能算是一個湊合用的性工具。畢竟在西門慶死前的最後一個月，終日飲酒貪歡無度，酒興交織著淫欲，一天總要來上好幾回，對他來說，多一個發洩／擺佈對象總是好的。

比較令人意外的是，在西門慶死前的最後十回裏，作者竟然提及一個小說裏的正經婦人，即西門慶的第三個小妾孟玉樓。事實上在全書的性描寫中，向來很少在吳月娘、李嬌兒、孟玉樓、孫雪娥幾個妻妾身上多費筆墨。李嬌兒和孫雪娥自不必說，一個是胖大身子還帶著病，一個是位不如婢的灶下主管，西門慶雖然偶爾也進她們房去，但小說永遠是一筆帶過。至於吳月娘，漢子在她房裏倒也還走得勤，不過涉及性交段落的倒只兩遭。一次是在第 21 回，月娘焚香祝禱一幕感動了西門慶，於是作者寫下兩人交歡一節；另一次是在第 53 回，因為月娘連日不高興，所以西門慶用了些胡僧藥來奉承。前例除了見些洋葷，其他描寫均是陳套，後例根本就僅略提一下而已。至於孟玉樓，雖然西門慶也進她房裏，可是一概不多寫，唯有第 75 回，由於婦人身上不痛快，心中又生著悶氣，所以漢子進房來貼心地看顧她。結果淫興上衝，忍不住就耍了起來：

> 那婦人一面吃畢藥，與西門慶兩個解衣上床同寢。西門慶在被窩內，替他手撲撒
> 着酥胸，揣摸香乳，一手摟其粉項，……說着，一面慢慢搊起這一隻腿兒，跨在
> 胳膊上，摟抱在懷裡。撥着他白生生的小腿兒，穿着大紅綾子的繡鞋兒，說道：
> 「我的兒，你達不愛你別的，只愛你這兩隻白腿兒。就是普天下婦人選遍了，也沒
> 你這兩隻腿兒柔嫩可愛。」……這西門慶說着，把那話帶上銀托子，插放入他牝
> 中。婦人道：「我說你行行就下道兒來了。」……那西門慶那裡肯依（按：指拿下

銀托子）。抱定他一隻腿在懷裡，只顧沒稜露腦，淺抽深送，須臾淫水浸出，往來有聲，如狗舔糨子一般。婦人一面用絹抹之，隨抹隨出，口內不住的作柔顫聲，叫他：「達達，你省可往裡去。奴這兩日好不腰酸，下邊流白漿子出來。」（第75回）

在男性的無意識裏，女性的大腿正是男性進入狂喜狀態的關口，尤其是一雙潔白光滑的大腿[53]。然而問題是：作者為什麼在這裏改變了態度？為什麼要認真地描寫起孟玉樓這個角色？想來還是依著西門慶的性向。我們知道，從第49回西門慶得胡僧藥開始，他的性欲便益加放縱無度起來，雖然似有消用不完的精力，但第59回子嗣官哥兒的夭折，業已暗示精液稀釋的危機。接下來的十回，西門慶一面迎接瓶兒的死亡，一面還和鄭愛月兒、王六兒、潘金蓮、如意兒自在淫亂，乍看之下好像左右逢源，身子卻也常時發酸起來（第57回），可他仍不自知，到第69回，淫史再添上林太太一筆。接著的十回，西門慶真除提刑官，性的自信也更飽足，除了先前那幾個伴侶，還新刮上了如意兒、賁四嫂子、惠元等婦人。要命的是，除了自己貪得無厭，這些婦人無不使出生平力氣，拚了命要在他身上賣弄武藝，雖然每一次交歡前後，讀者都聽他道腰酸、腿疼、心上不自在等等「腎虛」病兆，可周圍卻沒一個人發現。於是到第79回，先是一個王六兒，後再補上一個潘金蓮，西門慶的戲碼自要提前落幕。[54]

孟玉樓那一段，就是在這情況下發生。倒是婦人身上的病痛，不禁讓我們聯想到第50回，西門慶在李瓶兒月事期間強行交歡一節。李瓶兒的死因固然很複雜，不過書中何太醫曾提及是「精沖了血」（第61回），因此她的病源，可以說是種在與西門慶的這場性事。「崇禎本」評點家，在第50回眉批便已點名「病根」兩字[55]；清代評點家張竹坡，亦在此回寫道：「此回特寫王六兒與瓶兒試藥起，蓋為瓶兒伏病死之由，亦為西門伏死於王六兒之由也。」[56]不過孟玉樓很幸運，似乎沒有受到什麼直接影響，因為作者這裏按下不表的，其實是西門慶精亡的伏筆。所以三、四回後，他的報應果然落在床上，那段描摹讀來更有陰森之感：

---

53 不少文學作品都表現了男人這個潛在傾向。〔美〕亞歷山大‧特羅奇（Alexander Trocchi）撰，陳蒼多譯的《皙白的大腿》（White Thighs）（臺北：新雨出版社，2000年），更是以此為書名。

54 這裡以10回為一單位的小說讀法，襲自美國漢學家浦安迪（Andrew H. Plaks）。參〔美〕浦安迪撰，沈亨壽譯：《明代小說四大奇書》（北京：中國和平出版社，1993年）。

55 〔明〕佚名撰，齊煙、汝梅校點：《新刻繡像批評金評梅會校本》（香港：三聯書店，1990年），頁649。

56 黃霖編：《金瓶梅資料彙編》（北京：中華書局，1987年），頁165。

這婦人趴伏在他身上，用朱唇吞裹其龜頭，只顧往來不已。又勒勾約一頓飯時，那管中之精，猛然一股邈將出來，猶水銀之瀉筒中相似，忙用口接，咽不及，只顧流將起來。初時還是精液，往後盡是血水出來，再無個收救。西門慶已昏迷去，四肢不收。婦人也慌了，急取紅棗與他吃下去。精盡繼之以血，血盡出其冷氣而已，良久方止。（第 79 回）

三、西門慶的性癖好

(一)常態性心理

　　幾乎每一個性行為個體，都有屬於自己的造愛習性，以及特殊的性交喜好。西門慶自然也不例外。在《金瓶梅》中，西門慶最普遍常見的性癖好莫過於口交，不過向來都是婦人為他「品簫」、「吹簫」，小說從來沒有他為對方口交的記錄。

　　全書五十餘次著意描寫性交的段落中，寫到口交一節的便超過二十次。常常是男女兩人先親嘴咂舌，然後西門慶露出腰間那話兒，接著便要婦人下去替他品弄。看西門慶和鄭愛月兒這個例子：

> 西門慶就着鍾兒裡酒，把穿心盒兒內藥吃了一服。把粉頭摟在懷中，兩個一遞一口兒飲酒咂舌，無所不至。西門慶又舒手向他身上摸弄他香乳兒，緊緊就就，賽麻團滑膩。一面攤開衫兒觀看，白馥馥猶如瑩玉一般。揣摩良久，淫心輒起，腰間那話，突然而興。解開褲帶，令他纖手籠撏。粉頭見其偉長粗大，唬的吐舌害怕。雙手摀定西門慶脖心，說道：「我的親親，你我今日初會，將就我，只放半截兒罷；若都放進去，我就死了。你敢吃藥養的這等大！不然，如何天生恁怪刺刺兒的，紅赤赤，紫漲漲，好砢磣人子！」西門慶笑道：「我的兒，你下去替我品品。」（第 59 回）

當然，有時性交進展到一半，西門慶也會停下來要求婦人為他口交。例如他與如意兒的雲雨之作：

> 西門慶乘酒興服了藥，那話上使了托子，老婆仰臥炕上，架起腿來，極力鼓搗，沒高低搗硼，搗硼的老婆舌尖冰冷，淫水溢下，口中呼達達不絕。夜靜時分，其聲遠聆數室。西門慶見老婆身上如綿瓜子相似，用一雙胳膊摟着他，令他蹲下身子，在被窩內咂髻髮，老婆無不曲體承奉。（第 67 回）

知道漢子有這個喜好,婦人們當然極力奉承。尤其是潘金蓮,作者在第 10 回就明白提到:「西門慶且不與他雲雨,明知婦人第一好品簫。」所以小說最常寫她替西門慶口交。特別是當她性欲熾熱起來,而西門慶卻又昏睡在床之際,她一定先從這裏著手。書中類似的例子極多,例如在第 18 回,潘金蓮回首見漢子在床上睡得正濃,「不覺淫心輒起,放下燭臺,用纖手捫弄。弄了一回,蹲下身去,用口吮之。」又如在第 73 回,因為西門慶才和春梅完事,因而金蓮摸他腰間那話兒自然白弄不起,結果這婦人受不住如火慾情,「蹲身在被底,把那話用口吮咂,挑弄蛙口,吞裏龜頭,只顧往來不絕。」至於第 79 回更是妙絕,西門慶才和淫婦王六兒大戰方休,回來倒頭醉在床上再搖不醒。結果呢?小說寫她:「翻來覆去,怎禁那欲火燒身,淫心蕩漾。不住用手只顧捏弄,蹲下身被窩內替他百計品咂,只是不起。急的婦人了不的。」最後唯有硬把西門慶搖醒,問他要了胡僧的春藥,最後終於把漢子送上西天。

因為口交,因為西門慶喜好把陽物放在婦人嘴裏,自然就衍生出溺尿在對方口內的情形。例如第 72 回就講,潘金蓮為了拴住西門慶的心,「那話把來品弄了一夜,再不離口。」結果西門慶要下床溺尿,婦人自然說道:「我的親親,你有多少尿?溺在奴口裡,替你咽了罷!省的冷呵呵的熱身子你又下去,凍着倒值了多的。」尿且都吞嚥下了,精液更不必說。例如第 74 回,就是寫潘金蓮替西門慶品簫,結果精來之際,「其精邀了婦人一口」,潘金蓮順勢「一口口接着都咽了。」又如第 78 回,同樣是寫西門慶射精,事罷正待扯出塵柄要抹,不料姘頭賁四嫂子竟然「蹲下身子,雙手捧定那話,吮咂的乾乾净净,纔繫上褲子。」這西門慶自是滿心歡喜。

伴隨口交癖好,西門慶也很喜歡展露自己的陽物[57],有時是在求歡之前,有時或在調情的當下,總見他得意地向對方露出腰間那話兒。這個行為並不屬於變態性心理,不如看作是一種雄性的集體潛意識,他們希冀藉著展露自己的雄性特徵,遂行求偶意願。特別是對人類來說,男性似乎總有「身懷偉物」的渴望,以為如此就得保證性交的力度與品質。所以一切為男性服務的性愛文學,往往喜歡突出男性的陽具,並且將女性描繪成都有「陽具妒羨」之癖[58],進而在又愛又懼的期待中達到性交滿足。

諷刺的是,遠古母系社會基於對生殖魔力的敬畏,幾乎各個文明地區都留下女陰崇

---

57 這裏所指當然和所謂的「露陰癖」(俗稱暴露狂)不同。

58 眾所周知,弗洛伊德向來藉此解釋女性在性愛過程中的被動性和自卑感,但是由於此說不免有失偏頗,且半個世紀來受到不少批駁,因此本文在此不擬強調弗氏的學說主張,僅限於揭示此類寫作特性而已。

拜的遺跡[59]。可是隨著社會型態的改變，對生殖的崇敬轉而被性交本身取代，因此父系社會「成功」地將女陰崇拜留置於歷史廢墟，自己發展出一套男根崇拜的理論體系，而色情文學就是其中一個傳播場域。對此學者曾有很好的分析：

> 表面看來由於施虐者的強壯男根帶給女性性高潮的滿足，實際是在男性中心的文化背景下，男性為了使小說中的女性變成自我，一直透過男性自我的投影在文學作品中表現女性。把男性的性經驗感受當作女性的性經驗感受來描寫，不過是作為非自然的人充當象徵符號的角色，以證實男人的標準。[60]

《金瓶梅》也不例外，但是和後來的色情小說比較起來，描寫上相對顯得自然些。小說裏這一類場景十分不少，早在第 4 回，就見西門慶使出這個伎倆，作者於是解釋：「原來西門慶自幼常在三街四巷養婆娘，根下猶束着銀打就、藥煮成的托子。那話約有六寸許長大，紅赤赤黑黕，直豎豎堅硬，好個東西！」並且附上一首詩單道其態[61]。此外在很多地方，都見作者刻意繪其壯偉，像是第 37 回：「婦人（王六兒）用手打弄，見奢稜跳腦，紫強光鮮，沉甸甸甚是粗大。」第 75 回：「婦人（如意兒）用手捏弄他那話兒，上邊束着托子，猙獰跳腦，又喜又怕。」第 77 回：「粉頭（鄭愛月兒）見根下束着銀托子，那話猙獰跳腦，紫滰光鮮。」第 79 回：「那婦人（王六兒）用手搏弄，弄的那話登時奢稜跳腦，橫劮皆現，色若紫肝。」後來換潘金蓮擺佈，則是：「裂瓜頭凹眼圓睜，落腮黕挺身直豎。」

這些形容陽具的文辭大同小異，還不若寫胡僧來得具相，畢竟笑笑生是把胡僧形貌當成男根來刻劃的。見：

> 見一個和尚，形骨古怪，相貌搊捜：生的豹頭凹眼，色若紫肝；戴了雞蠟箍兒，穿一領肉紅直裰；頦下髭鬚亂拃；頭上有一溜光檐。就是個形容古怪真羅漢，未除火性獨眼龍。在禪床上旋定過去了：垂着頭，把脖子縮到腔子裡，鼻口中流下玉箸來。（第 49 回）

然而不管再怎麼臨摹，都不如寫婦人見狀後的反應來得傳神。例如第 50 回，便藉王六兒

59　〔德〕埃利希‧諾伊曼（Erich Neumann）撰，李以洪譯：《大母神》（北京：東方出版社，1998年）。
60　魯德才撰：〈古代性愛小說的性心理意識〉，張國星編：《中國古代小說中的性描寫》，頁73。
61　書中寫道：
　　「一物從來六寸長，有時柔軟有時剛。軟如醉漢東西倒，硬似風僧上下狂。
　　出牝入陰為本事，腰州臍下作家鄉。天生二子隨身便，曾與佳人鬭幾場。」

口中道出：「大嚳髭達達，淫婦今日可死也。」同樣的驚呼，也發自潘金蓮口中，第51回便見她說：「好大行貨子！把人的口也撐的生疼的。」落後碰著李瓶兒，也把她諕了一跳。至於月娘，小說雖然沒有寫她這般喊叫，但在第53回，當她見到「脹得陽物來鐵杵一般」，也忍不住說道：「那胡僧這樣沒槽道的，諕人的弄出這樣把戲來！」不過比較起來，前引第59回鄭愛月兒的一段反應，算是比較逗趣的一幕；只見她被西門慶的陽具諕得吐舌害怕，雙手摟定西門慶脖心，不勝嬌羞地說：「我的親親，你我今日初會，將就我，只放半截兒罷；若都放進去，我就死了。你敢吃藥養的這等大！不然，如何天生恁怪剌剌兒的，紅赤赤，紫漲漲，好砢磣人子！」真是好一個妓女！

仗著腰間這個偉物，西門慶常拿它出來哄著婦人，而且總是很有用處。看這個例子：

> 那西門慶把那話露將出來，向月娘戲道：「都是你氣的他，中風不語了。」月娘道：「怎的中風不語？」西門慶道：「他既不中風不語，如何大睜着眼說不出話來？」月娘罵道：「好個汗邪的貨，教我有半個眼兒看的上你！」西門慶不由分說，把月娘兩隻白生生腿扛在肩膊上，那話插入牝中，一任其鶯恣蝶採，殢雨尤雲，未肯即休。正是：得多少海棠枝上鶯梭急，翡翠梁間燕語頻。不覺到靈犀一點、美愛無加之處，麝蘭半吐，脂香滿唇。西門慶情極，低聲求月娘叫達達，月娘亦低幃暱枕，態有餘妍，口呼親親不絕。（第21回）

不過月娘恐怕萬萬沒有想到，她竟然會在西門慶死後，又在家裏逢見類似的畫面。那是在第86回，陳經濟向月娘面討當初攜來的金銀箱籠，結果反遭月娘率家中婦人拿棍打了一頓。經濟情急之下，「把褲子脫了，露出那直豎一條棍來。諕的眾婦女看見，都丟下棍棒亂跑了。」這個畫面，但見月娘又惱又笑地罵著「王八羔子」，可是此時若說陳經濟無賴，西門慶生前不時露著自己那話兒，難道不也是個無賴嗎？

閒話休題，談到西門慶的性癖好，除了口交之外，肛交也是他甚為鍾愛的，這在同時期小說中倒是少見。不過在小說裏不只西門慶有這項嗜好，姘頭王六兒更是貪愛得很。書中講到：

> 原來婦人有一件毛病，但凡交媾，只要教漢子幹他後庭花，在下邊揉着心子纏過。不然，隨問怎的，不得丟身子。就是韓道國與他相合，倒是後邊去的多，前邊一月走不的兩三遭兒。第二件，積年好咂髭髯，把髭髯常遠放在口裡，一夜他也無個足處。隨問怎的出了毬，禁不得他吮舔挑弄，登時就起。只這兩樁兒，可在西門慶心坎上。（第37回）

這裡講得很清楚，口交和肛交既是婦人的「毛病」，也是西門慶心中的美事。尤其是第

50 回，西門慶尋王六兒試胡僧藥，才行不了多久，就見婦人急切地懇求他：「我央及你，好歹留些工夫，在後邊耍耍。」至於西門慶也是，第 38 回，西門慶於性交中便對王六兒說：「王六兒，我的兒！你達不知心裡怎的，只好這一樁兒。不想今日遇你，正可我之意。我和你明日生死難開。」因此兩人每一次偷情，肛交都是主要內容。正因為如此喜愛，西門慶也偶爾要求潘金蓮照辦，例如第 52 回，就見他對婦人說：「你達今日要和你幹個後庭花兒，你肯不肯？」甚至書中幾次的狎童案例，也都顯示他甘於作個「逐臭之夫」[62]。

有趣的是，部分論者認為李瓶兒也頗好此道，因為小說在第 16 回提到：「原來李瓶兒好馬爬着，教西門慶坐在枕上，他倒插花，往來自動。」[63]不過，這番交待其實並不清楚，它指的固然可能是肛交，但從西門慶「坐在枕上」來看，顯然是一種「男下女上」的交合姿勢。然而清代評點家文龍也支持肛交的意見，他認為，如此方能解釋西門慶貪愛王六兒一節。他說：

> 後寫六兒之淫，合金蓮、瓶兒、惠蓮、書童諸人而兼之者也。上口下口，前門後門，山東所謂三開箱者，原不自六兒始，亦不至六兒終，而六兒實備於一身。[64]

文龍對王六兒的解讀很有見地，可是仍不代表李瓶兒「好馬爬着」就是指她愛好肛交。因為第 50 回雖然寫道「李瓶兒便馬爬在他身邊」，可是這回明顯可知不是肛交[65]；至於第 26 回雖然用了「隔山取火」一詞，但這術語在其他地方卻指後位體交[66]。既然小說並未明言，因此還有斟酌空間。

肛交為西門慶帶來的生理感受，由於書中沒有著墨，姑且可以不論；但是肛交為他帶來的心理感受，作者卻留下一些蛛絲馬跡。小說在第 27 回，寫到西門慶和李瓶兒私語翡翠軒，只見他把婦人按在一張涼椅上，「倒撅着隔山取火。幹了半晌」，情濃之時對李瓶兒說道：「我的心肝，你達不愛別的，愛你好個白屁股兒，今日儘着你達受用。」另外在第 50 回，也著意強調了李瓶兒的白屁股，可見不論是肛交或是後位體交，對西門慶而言，好處都是可以面對白花花的屁股，想來此舉很能刺激他性的歡愉。其實不只是屁股，西門慶對白淨的肌膚本來就有好感，否則西門慶不會在第 75 回對玉樓道：「我的

62　關於書中提到過的「男風」，後文會單獨處理。

63　田秉鍔撰：〈金瓶梅性描寫思辯〉，張國星編：《中國古代小說中的性描寫》，頁 227-228。

64　第 37 回回評。黃霖編：《金瓶梅資料彙編》，頁 449。

65　因為作者清楚寫道，由於婦人在月事中，「李瓶兒恐怕帶出血來，不住取巾帕抹之。」可以想知這裏絕非肛交。

66　例如在第 18、72 等回指的皆非肛交。

兒，你達不愛你別的，只愛你這兩隻白腿兒。」；更不會在同一回對如意兒說：「我的兒，你達達不愛你別的，只愛你這好白淨皮肉兒，與你娘的一般樣兒。」

當然，如果一身白肉配上一雙大紅睡鞋，對西門慶來說就更是萬般美好了。例如第28回，西門慶曾對潘金蓮說：「我的兒，你到明日再做一雙兒穿在腳上。你不知，親達一心只喜歡穿紅鞋兒，看着心裡愛。」結果金蓮不但做了紅鞋，而且因為前日西門慶誇李瓶兒身上白淨，於是「就暗暗將茉莉花蕊兒攪酥油定粉，把身上都搽遍了，搽的白膩光滑，異香可掬。」果然，西門慶看了之後淫欲大發，於是便有29回那場著名的「蘭湯午戰」。

然而不管是口交、肛交、或是一般體交，西門慶在造愛過程中還有另一項癖好，就是喜歡「垂首翫其出入之勢」。例如在第10回，就見西門慶坐在青紗帳內，令婦人馬爬在身邊，「捧定那話，往口裡吞放。西門慶垂首玩其出入之妙。」第18回，又是潘金蓮為他口交，只見西門慶「坐在枕上，一發叫他在下盡着吮咂；又垂首玩之，以暢其美。」至於第29回，寫西門慶和潘金蓮蘭湯午戰，他一面「蹲踞在上，兩手兜其股極力而提之」，一面不忘「垂首觀其出入之勢」。另外在第38回、第52回，分別寫到西門慶和王六兒、潘金蓮肛交，結果一樣是「且扶其股，觀其出入之勢。」正因為有這癖好，所以西門慶喜歡點著燈行房。王六兒最清楚他這習性，所以在第50回，便見她浪叫道：「休要住了！再不，你自家拿過燈來，照着頑耍。」第79回也是一般，但見他「把燈光挪近跟前，垂首玩其出入之勢。」第78回更是離譜，垂首看還嫌不夠，非要照著鏡子才高興：「那話下邊便插進牝中，低着頭看着拽，只顧沒稜露腦，往來送進不已。又取過鏡臺來，傍邊照看。」

西門慶的另一項癖好，是喜歡在行房時聽婦人發些浪語，甚至非得伴著這些淫聲才得精過。例如在第38回，小說就寫他「令婦人，沒高低淫聲浪語叫着纏過」。不過傳神的還在後頭，像是在第52回，就見他對潘金蓮說：「潘五兒，小淫婦兒，你好生浪浪的叫着達達，哄出你達達屢兒來罷！」而這婦人果真照辦，書中寫她「星眼朦朧，鶯聲款掉，柳腰款擺，香肌半就，口中艷聲柔語，百般難述。」此外在第75回，也見他對如意兒說：「章四兒，你好生叫着親達達。休要住了，我丟與你罷！」婦人領命之後，「在下舉股相就，真個口中顫聲柔語，呼叫不絕。」同樣的場景在第78回，賁四嫂子也是「口裡如流水連叫親爺不絕」。

前引這些例子，都是西門慶要婦人發些淫聲浪語，可是在其他地方，常常是婦人主動告饒。《金瓶梅》中這一類例子極多，例如在27回，潘金蓮挨告道：「大髻髯達達……淫婦的秘心子癢到骨髓裡去了，可憐見，饒了罷。」第50回，王六兒浪叫：「大髻髯達達，淫婦今日可死也。」第51回，潘金蓮沒口子叫：「親達達，罷了！五兒的死了。」

第 59 回，鄭愛月兒輕聲說道：「今日你饒了鄭月兒罷。」等等皆是。為什麼在性交過程中會有這種反應？性心理學中有一種「性屈服」的講法，意指：「在強烈的動作和較高的頻率作用下，性交一方以苦痛或輕度的不適，獲取性享受和性快感的一種性情緒狀態。」[67]仔細看看這些場景，全部發生在性交後期，加上西門慶又常吃藥把陽物脹得纍大，因此符合「性屈服」的條件。當然，反過來講，無論是婦人自發之舉抑或接受漢子命令，一方的「性屈服」，對應的自是相反一方的「性征服」感——從這個角度，反倒更清楚地表現西門慶的性意識。看這個更典型的例子：

> 須臾，那香燒到肉跟前，婦人蹙眉齧齒，忍其疼痛，口裡顫聲柔語，哼成一塊，沒口子叫：「達達，爹爹，罷了，我了……好難忍也！」西門慶便叫道：「章四兒淫婦，你是誰的老婆？」婦人道：「我是爹的老婆。」西門慶教與他：「你說是熊旺的老婆，今日屬了我的親達達了。」那婦人回應道：「淫婦原是熊旺的老婆，今日屬了我的親達達了。」西門慶又問道：「我會合不會？」婦人道：「達達會合秘。」兩個淫聲艷語，無般言語不說出來。西門慶那話粗大，撐的婦人牝戶滿滿，使往來出入，帶的花心紅如鸚鵡舌，黑似蝙蝠翅一般，翻覆可愛。西門慶於是把他兩股，扳抱在懷內，四體交匝，兩相迎湊，那話盡沒至根，不容毫髮。婦人瞪目失聲，淫水流下，西門慶情濃樂極，精邈如湧泉。正是：不知已透春消息，但覺形骸骨節鎔。（第78回）

這一段寫的是西門慶和如意兒交媾，看他教婦人說「淫婦原是熊旺的老婆，今日屬了我的親達達了！」完全反映出他的性征服心理。至於他問婦人「我會合不會？」更是顯現西門慶（或者所有男性）詭譎的思路：「妳原本是別人老婆，但是因為我長於性交，我能帶妳到性的天堂，所以妳轉而心屬向我。」然而事實卻是，如意兒的老公熊旺根本離家多年，她和西門慶性交純粹是為了謀個生路，委實和西門慶的性能力無關（起碼到西門慶死前都沒有機會看出來）。因此這一切可以說都是西門慶的性自大狂想。不過話說回來，小說講道：「西門慶那話粗大，撐的婦人牝戶滿滿，彼往來出入帶的花心紅如鸚鵡舌、黑似蝙蝠翅一般，翻覆可愛。」確實是強調她的生理反應已經瀕臨飽足狀態。所以才有後來的「婦人瞪目失聲[68]，淫水流下，西門慶情濃樂極，精邈如湧泉。」說明兩人同臻高

67　劉榮才編：《性心理學辭典》（武漢：湖北辭書出版社，1992 年），「性的屈服」條，頁 137。

68　心跳加速、呼吸急促、肌膚紅暈、暫時性失憶……都是婦人性高潮來臨的特徵，書中對此多有述及。第 73 回寫潘金蓮：「不覺一陣昏迷，淫水溢下。停不多回，婦人兩個抱摟在一處，婦人心頭小鹿突突的跳，登時四肢困軟，香雲撩亂。」第 77 回寫賁四嫂：「舌尖冰冷，口不能言」均是。

潮之境。

　　談到枕邊淫聲浪語，作者也非全落俗套。回想李瓶兒剛嫁來西門慶家時，因為漢子不搭理她，結果她又哭又鬧又上吊。之後兩人盡釋前嫌一晌貪歡，不想次日月娘房裏的丫鬟小玉和玉簫，竟公然開玩笑消遣她：

> 先是玉簫問道：「六娘，你家老公公，當初在皇城內那衙門來？」李瓶兒道：「先在惜薪司掌廠，御前班直，後升廣南鎮守。」玉簫笑道：「嗅道你老人家昨日挨的好柴！」小玉又道：「去年城外澇鄉，許多里長老人好不尋你，教你往東京去。」婦人不知道甚麼，說道：「他尋我怎的？」小玉笑道：「他說你老人家會告的好水災！」玉簫又道：「你老人家鄉裏媽媽拜千佛，昨日磕頭磕夠了。」小玉又說道：「朝廷昨日差了四個夜不收，請你老人家往口外和番。端的有這話麼？」李瓶兒道：「我不知道。」小玉笑道：「說你老人家會叫的好達達！」（第20回）

這兒說她「挨的好柴」，想來是指她性渴如乾柴，終於碰著西門慶這股烈火。至於「會告的好水災」，應是指她前兩日以淚洗面，不過也有可能是暗示性交所發的淫水。至於說她可以和番，自然是因她床上浪叫不斷，絕口不住地喊「達達」之故。《金瓶梅》裏這種「一語雙關」的地方很多，固然可以看成是作者創意的顯現，不過書中筆法有時亦很隨便，不免流於誇飾。例如同樣是描寫性交聲音，第四十二回寫道：「搊打的連聲響亮，其喘息之聲，往來之勢，猶賽折床一般，無處不聽見。」這裏的格調，就和日後盛起的色情小說無甚差別。

(二)變態性心理

　　前面談到的性征服，以及其他種種癖好，多少還算是常態性心理，不過在他身上更多變態的一面。

　　西門慶是集合官僚、商賈雙重身分的男性家長，因此在官／民、富／貧、男／女、主／僕等主要社會關係中，他永遠是屬於壓迫的、勝利的、享受既得利益的那一方。於是在家裏，我們看到他作為「爹」的權威，下人自不必說，即使妻小犯了錯，他一句話就要人脫了衣服跪在地上[69]。在官場及商場也是一樣，他可以大筆一揮，便把人命官司判得若無其事，也可以藉由官商勾結，比其他同業搶先支得三萬鹽引。因此他當能清楚地意識到，自己在各個社會關係中的主宰地位；至於兩性關係，也就不免藉著各個不同

---

[69] 例如第12回，因為懷疑金蓮和琴童私通，當場要她赤身跪地拷問再三；又如第19回，因要責問瓶兒招贅蔣竹山一事，也是拿了馬鞭要她脫了衣服跪下。

機會（包括在床上），讓婦人知道他之於她們的統治權。

　　前面分別提到，西門慶要求婦人配合自己的性喜好、要婦人在床上發出不勝歡愉之聲、甚至施與某種薄懲、或是給予價值不等的鼓勵等等，都是為了突出自己的統治權──無論就意識或無意識層面而言。然而有些時候，為了強調這種性佔有，男女雙方也會共同合作，造就出一段近乎凌虐的性愛關係。

　　最明顯的例子是在婦人身上「燒香」，這個殘忍的「遊戲」在小說出現四次，對象分別是潘金蓮、王六兒、林太太、和如意兒。第一次是在第 8 回，西門慶對潘金蓮說：「你且休慌，我還要在蓋子上燒一下兒哩！」接著在第 61 回，西門慶在射精之後，「燒了王六兒心口裡，並毡蓋子上、尾停骨兒上共三處香。」另外在第 78 回，和林太太大戰方休，「當下西門慶就在這婆娘心口與陰戶，燒了兩炷香」。綜合以上段落可以發現，西門慶是在性交結束以後，在婦人身上（尤其是心口、下腹、陰戶）燒香，不過上述三處都沒有提到婦人的反應，也沒有說明這裏的「香」所指為何。倒是在如意兒身上燒香一段，為我們提供較完整的解答，不過這裏似乎是作為性交的前戲：

> 　　西門慶見丫鬟都不在屋裡，在炕上斜靠着背，扯開白綾吊的絨褲子，露出那話來，帶着銀托子，教他用口吮咂。……咂弄够一頓飯時，西門慶道：「我兒，我心裡要在你身上燒炷香兒。」老婆道：「隨爹你揀着燒炷香兒。」西門慶令他關上房門，把裙子脫了，上炕來仰臥在枕上，底下穿着新做的大紅潞綢褲兒，褪下一隻褲腿來。西門慶袖內還有燒林氏剩下的三个燒酒浸的香馬兒，撤去他抹胸兒，一個坐在他心口內，一個坐在他小肚兒底下，一個安在他秘蓋子上，用安息香一齊點着。那話下邊便插進牝中，低着頭看着搣，只顧沒稜露腦，往來送進不已，又取過鏡臺來，傍邊照看。須臾，那香燒到肉跟前，婦人蹙眉齧齒，忍其疼痛，口裡顫聲柔語，哼成一塊，沒口子叫：「達達，爹爹，罷了，我了……好難忍也！」
>
> （第 78 回）

這裡我們曉得，西門慶所燒的是「燒酒浸的香馬兒」，而且顯而易見的是，這對婦人而言無疑是一項痛苦的折磨。由於這個活動接觸不到男性身體，因此對西門慶而言，顯然完全是一種心理的享受。最方便的解釋莫如說他有「虐待狂」，不過這麼講又似乎太過簡單，不如說西門慶藉著這個行為，一面見證自己的性佔有，一面向婦人宣示自己性的主宰地位──他絕對有權使用家長式的暴力，操控、甚而凌虐伴侶的肉體。至於在第 61 回，我們聽到王六兒對西門慶說：「我的親達，你要燒淫婦，隨你心裡揀着那塊，只顧燒，淫婦不敢攔你。左右淫婦的身子屬了你，顧的那些兒了！」這裏當然也可以簡單地說，王六兒是個「被虐狂」；因為不論是肛交或燒香，都見她在痛苦的狀態下，最終卻

達到性的高潮[70]。不過若從性的權力關係來講，倒也不能否認這是婦人刻意滿足西門慶性主宰意識的伎倆。對於王六兒這個本事，後文會有進一步的舉證。

除了在婦人身上燒香，西門慶的變態性心理，還在其他性交段落反映出來。最著名的，莫過於第 27 回葡萄架下那一幕。

這場戲作於炎炎夏日，西門慶和潘金蓮兩個在葡萄架下，面對面坐著喝酒並投壺耍子。所謂「投壺」，在小說裡是最常見、也最簡單的飲酒遊戲，選任何一樣東西嘗試投入壺內，不中的人罰酒。結果投了十數壺，婦人給酒灌得醉了，不覺桃花上臉、秋波斜睨，於是差人在花架下舖好涼蓆枕衾，就這麼自在地睡將起來。結果西門慶解手回來，見金蓮「脫的上下沒條絲，仰臥於衽席之上，腳下穿着大紅鞋兒，手弄白紗扇兒搖凉」，當場觸動淫心。於是乘著酒興脫去衣褲，坐在涼墩上：

> 先將腳指挑弄其花心，挑的淫津流出，如蝸之吐涎。一面又將婦人紅綉花鞋兒摘取下來，戲把他兩條腳帶解下來，拴其雙足，吊在兩邊葡萄架兒上，如金龍探爪相似，使牝戶大張，紅鈎赤露，雞舌內吐。西門慶先倒覆着身子，執塵柄抵牝口，賣了個倒入翎花，一手據枕，極力而提之，提的陰中淫氣連綿，如數鰍行泥淖中相似，婦人在下，沒口子呼叫達達不絕。（第 27 回）

此番身手小試，卻有三個地方值得留意：首先是西門慶捨手不用，竟遣腳趾挑弄金蓮陰蒂，可說是十足的輕挑，甚至遭到女性主義者批評為「污弄著女人的陰核」[71]。其次，他把婦人裹腳用的腳帶解下來，把兩條腿吊在兩邊葡萄架上，這個新奇但是滿足凌虐意味的性交體位，在小說中第一次（但非最後一次）出現。第三，所謂「倒覆着身子，執塵柄抵牝口，賣了個倒入翎花」雖然令人不解，但是這個創意或許來自他愛看的春宮畫。

問題是：兩人正幹在美處，西門慶卻撇下金蓮，獨自到山頂亭子上去尋春梅，為什麼呢？接著西門慶把春梅抱出到葡萄架下，兩個一遞一口飲酒，讓金蓮兀自尷尬的吊在那裏。後來——

> 西門慶道：「小油嘴，看我投個肉壺，名喚金彈打銀鵝你瞧！若打中一彈，我吃一鍾酒。」於是向水碗內取了枚玉黃李子，向婦人牝中一連打了三個，皆中花心。這西門慶一連吃了三鍾藥五香酒，又令春梅斟了一鍾兒，遞與婦人吃。又把一個李子放在牝內，不取出來，又不行事。急的婦人春心沒亂，淫水直流，又不好去

70 鍾雯撰：《四大禁書與性文化》（佳木斯：哈爾濱出版社，1993 年），頁 441-443。
71 丁乃非撰：〈靴鞋‧腳帶‧紅睡鞋〉，張小虹編：《性／別研究讀本》（臺北：麥田出版社，1991 年），頁 55。

摳出來的。只是朦朧星眼，四肢軃然於枕簞之上。口中叫道：「好個作怪的冤家，捉弄奴死了！」（第27回）

潘金蓮白白被男人吊著雙腳，經歷了好一段時間，西門慶又回來繼續這場遊戲。先是打了一回「肉壺」，亦即用李子投擲／丟打她的陰道；接著又拿一個李子放入陰道中。這段向來被評為淫穢至極的段落，或有人認為無妨視為一種調情，然而重要的是，這個畫面構築成的張力，往往讓人忽略遊戲本身的殘暴性。更甚的是，就在金蓮鶯聲求饒之際，西門慶竟再一次撇下婦人，獨自在椅兒上睡著了。可憐的潘金蓮，就這樣被吊著過了一個時辰，暗自等待西門慶醒來繼續操弄下去。

> 醒來，看見婦人還吊在架下，兩隻白生生腿兒，蹺在兩邊，興不可遏。因見春梅不在眼前，向婦人道：「淫婦，我丟與你罷。」於是先摳出牝中李子，教婦人吃了。坐在一隻枕頭上，向紗褶子順袋內取出淫器包兒來，先以初使上銀托子，次又用硫黃圈束著；初時不停只在牝口子來回播撬，不肯深入。急的婦人仰身迎播。口中不住聲叫：「達達，快些進去罷，急壞了淫婦了。我曉的你惱我，為李瓶兒故意使這促恰來奈何我！今日經着你手段，再不敢惹你了！」西門慶笑道：「小淫婦兒，你知道，就好說話兒了。」（第27回）

讀到這裡，細心的讀者才會發現，之前西門慶對潘金蓮說的那句話──「我把這小淫婦，不看世界面上就肏死了！」──原來不是一句戲言而已，它根本是一個警告：警告金蓮永遠不能為李瓶兒肚中的生命，與李瓶兒爭風吃醋！可是潘金蓮還不自知，畢竟第 26 回成功逼死宋惠蓮一事，才剛為她帶來莫大的信心，於是當西門慶把她按在花臺下親嘴，「婦人連忙吐舌頭在他口裡」，以為自己還可透過性服務奪回男人的寵幸。再往下看：

> 於是一壁擦着他心子，把那話拽出來，向袋中包兒裡，打開捻了些閨艷聲嬌，塗在蛙口內，頂入牝中，送了幾送。須臾，那話昂健，奢稜跳腦暴怒起來。垂首看着，往來抽撬，玩其出入之勢。那婦人在枕畔朦朧星眼，呻吟不已，沒口子叫：「大鬈鬈達達，你不知使了甚麼行貨子進去，罷了，淫婦的秘心子癢到骨髓裡去了，可憐見，饒了罷。」淫婦口裡磣死的言語，都叫出來。這西門慶一上手，就是三四百回，兩隻手倒按住枕簞，仰身竭力迎播掀幹，抽沒至蓋首，復送至根者，又約一百餘下。婦人以帕在下不住手搭拭，牝中之津隨拭隨出，衽簞為之皆濕。西門慶行貨子沒稜露腦，往來逗遛不已。因向婦人說道：「我要耍個老和尚撞鐘。」忽然仰身望前只一送，那話攛進去了，直抵牝屋之上。──牝屋者，乃婦人牝中深極處，有肉如含苞花蕊微拆。到此處，男子莖首覺翕然暢美不可言。──婦人

觸疼，急跨其身。只聽磕磕響了一聲，把個硫黃圈子折在裡面。婦人則目瞑氣息，
微有聲嘶，舌尖冰冷，四肢不收，軃然於衽席之上矣。西門慶慌了，急解其縛，
向牝中摳出硫黃圈并勉鈴來。硫黃圈已折做兩截。於是把婦人扶坐。（第27回）

我們甚至可以這麼講，西門慶這裏的性交花樣「老和尚撞鐘」，多少還潛藏著教訓潘金
蓮的潛意識；從「婦人觸疼」一節來看，西門慶肯定是因為施力太過，造成金蓮「急跨
其身」，才會把個硫黃圈子折在裡面。俟潘金蓮甦醒過來，嬌泣地向西門慶訴道：「我
的達達，你今日怎的這般大惡？險不喪了奴之性命。今後再不可這般所為。」顯然到了
這個時候，她還不很相信漢子施加於她身上的懲罰。倒是西門慶本人相當清楚，他絕對
可以隨心所欲地，在女人身上展現他那家長式的暴力——尤其是以「性凌虐」的形式。
女性主義學者對此看得十分深刻：

> 這一回揭示了西門慶對潘金蓮的處罰（因為潘竟敢在他面前向懷了他孩子的寵妾挑釁）。
> 而弔詭的是他處罰的方式正是透過「性」的技巧，也就是金蓮從他那兒得取權力
> 的技巧——以致幾乎「弄死她」。這是一種反規範的處罰方式：透過重複的折磨
> 技巧來「矯正」別人的「侵犯」；但後者的「言語刺傷」不留痕跡，而前者的「矯
> 正」卻可導致對方的身體傷殘。[72]

此言甚是，不過卻僅適用於這一回。因為在其他地方，西門慶雖也使用同樣的折磨技巧，
但目的卻不在於矯正別人的侵犯，畢竟真正敢於挑戰西門慶的，唯有潘金蓮一人而已。
見王六兒這個例子：

> 飲至半酣，見房內無人，西門慶袖中取出（順帶）來套在龜身下，兩根錦帶兒扎在
> 腰間。龜頭又帶着景東人事，用酒服下胡僧藥下去。那婦人用手搏弄，弄的那話
> 登時奢稜跳腦，橫觔皆現，色若紫肝，比銀托子和白綾帶子又不同。西門慶摟婦
> 人坐在懷內，那話插進牝中，在上面兩個一遞一口飲酒咂舌頭頑笑。婦人把菓仁
> 兒用舌尖哺與西門慶吃，直吃至掌燈。馮媽媽厨下做了豬肉韭菜餅兒拿上來，婦
> 人陪西門慶每人吃了兩個……婦人知道西門慶好點着燈行房，把燈臺移在明間炕
> 邊一張桌上安放，一面將紙門關上。澡牝乾净，換了一雙大紅潞紬白綾平底鞋兒，
> 穿在脚上；脫了褲兒，鑽在被窩裡與西門慶做一處，相摟相抱，睡了一回。原來
> 西門慶心中，只想着何千戶娘子藍氏，情欲如火，那話十分堅硬。先令婦人馬伏
> 在下，那話放入後庭花內，極力撜硼了約有二三百度，撜硼的屁股連聲響亮。婦

72　丁乃非撰：〈軃黦‧腳帶‧紅睡鞋〉，張小虹編：《性／別研究讀本》，頁55-56。

人用手在下操着祕心子，口中叫達達如流水。於是心中還不美意，起來披上白綾小襖，坐在一隻枕頭上，婦人仰臥，尋出兩條脚帶，把婦人兩隻脚拴在兩邊護炕柱兒上，賣了個金龍探爪，將那話放入牝中。少時，沒稜露腦，淺抽深送；次後，半出半入，纔直進長驅。恐其害冷，亦取紅綾短襦蓋在他身上。這西門慶乘其酒興，把燈光挪近跟前，垂首玩其出入之勢，抽徹至首，復送至根，又數百回。婦人口中百般柔聲顫語，都叫將出來。西門慶又取粉紅膏子藥，塗在龜頭上，擦進去。婦人陰中麻癢不能當，急令深入，兩相迎就。這西門慶故作逗遛，戲將龜頭濡撮其牝口，又挑弄其花心，不肯深入。急的婦人淫津流出，如蝸之吐涎，往來撮的牝戶翻覆可愛。燈光影裡，見他兩隻脚兒穿着大紅鞋兒，白生生腿兒曉在兩邊，吊的高高的，一往一來，一衝一撞，其興不可過。因口呼道：「淫婦，你想我不想？」婦人道：「我怎麽不想？達達，……淫婦爽利把不值錢的身子，拼與達達罷，無有個不依你的。」……兩個說話之間，又幹够兩頓飯時，方纔精洩。解卸下婦人脚帶來，摟在被窩內，并頭交股，醉眼朦朧，一覺直睡到三更天氣方醒。（第79回）

王六兒從來不會頂撞西門慶，反而極盡所能地迎合他的喜好（例如自願讓西門慶在她身上燒香），因此不但經常受到臨幸，還有本事讓西門慶為她買婢、買樓、甚至把攬說事。從上述引文中可以看出，除了口交以外，所有西門慶的喜好她都做到了，甚至還是有心為之。例如西門慶喜歡肛交，她就讓他「幹後庭花」；西門慶喜歡根上束著銀托子，她便「剪下頂中一柳頭髮」，親手做了一個淫具給他；西門慶喜歡點著燈行房，她就「把燈臺移在明間炕邊一張桌上安放」；西門慶喜歡婦人足登紅鞋，她就特地「換了一雙大紅潞紬白綾平底鞋兒，穿在脚上」；西門慶喜歡婦人在床上發些浪語，結果她不但說要和丈夫離異，並且揚言：「淫婦爽利把不值錢的身子拼與達達罷，無有個不依你的。」前文說王六兒有迎合男人的功夫，這個例子可以說提供了最好的證明。

這樣一個絕對順從的淫婦，西門慶在性事上對她同樣很暴烈。以這一回來說，前面西門慶對潘金蓮做過的，這裏也效顰用了一次：「婦人仰臥，尋出兩條脚帶，把婦人兩隻脚拴在兩邊護炕柱兒上，賣了個金龍探爪。」（──甚至連形容詞「金龍探爪」，前後兩回也都用的一樣。）另外，前面說道西門慶那話帶上托子，「初時不停只在牝口子來回擂撮，不肯深入。」整得潘金蓮口中不住亂叫。結果這兒也是一樣：「這西門慶故作逗遛，戲將龜頭濡撮其牝口，又挑弄其花心，不肯深入。急的婦人淫津流出，如蝸之吐涎，往來撮的牝戶翻覆可愛。」由此可知，西門慶的「性凌虐」不全然是意在懲罰，有時簡直是隨心所欲地燃燒這種快樂。我們可以說他是虐待狂，可以說他在無意識裏總想驗證自己

的「家長」身分——然而無論怎麼說，反映的都是一種變態心理。

(三) 男風

此外還有所謂「男風」（南風），指的是狎玩孌童的行為。[73]

西門慶雖然淫過不少婦人，但在小說中他偶爾也試試男色，最著名的即是甚受他寵愛的小廝書童。書童在第31回登場，那時西門慶剛做了官，於是有本縣正堂李知縣差人送賀禮來，並拿帖兒送了一名小郎來答應。小說寫道：書童「原是縣中門子出身，生的清俊，面如傅粉，齒白唇紅，又識字會寫，善能歌唱南曲。穿着青紗直裰，京鞋淨襪。」所以西門慶看了十分歡喜，不教他跟馬，教他專管書房，收禮貼、拿花園門鑰匙。看他們這一段「雲雨」：

> 西門慶見他吃了酒，臉上透出紅白來，紅馥馥唇兒，露着一口糯粳牙兒，如何不愛？於是淫心輒起，摟在懷裡，兩個親嘴咂舌頭。那小郎口噙香茶桂花餅，身上薰的噴鼻香。西門慶用手撩起他衣服，褪了花袴兒，摸弄他屁股，因囑付他：「少要吃酒，只怕糟了臉。」……（平安）悄悄走在窗下聽覷。半日，聽見裡邊氣呼呼，跐的地平一片聲響。西門慶叫道：「我的兒，把身子掉正着，休要動。」就半日沒聽見動靜。只見書童出來，與西門慶舀水洗手。看見平安兒、畫童兒在窗子下跐立，把臉飛紅了，往後邊拿去了。（第34回）

這一段描寫，其實和《金瓶梅》其他造愛場景十分類似，若不仔細察看，恐怕還不會注意西門慶的性伴侶是個男童！事實上或許在一開始，西門慶心裏就把他當作個女人，否則在第36回，也不會令下人取來女衣釵梳，教書童也粧扮起來，唱戲與安進士、蔡狀元聽。而且書童除了生得頗有「姿色」，也很懂得在主子面前賣些風流。例如在第35回，寫西門慶教書童關上了門，一手把書童摟進懷裏，一手捧著他臉朝他口裏吐舌頭。結果書童伶俐得很——「口裡噙着鳳香餅兒，遞與他。下邊又替他弄玉莖。」

因著這一層性關係，書童確實倍受西門慶寵幸，就連應伯爵要替人說項，都還特別繞了個圈，央求書童幫忙（第34回）。不過也因為這一層關係，書童在家中倒是受了不少欺負，除了背後遭人說些閒話（第35回），其他小廝也當他面盡情差辱。看這個例子：

> （玳安）來到前邊鋪子裡，只見書童兒和傅夥計坐着，水櫃上放着一瓶酒，兩雙鍾

---

73 姚靈犀撰：〈金瓶小札〉：「南風　好男色、狎孌童也。《大戴禮》：『禮樂不行，而幼風是御。』幼風即男風，亦曰北道，明人諱之曰勇巴。」姚靈犀撰：《瓶外卮言》（天津：天津書局，1940年），頁191。

箸，幾個碗碟，一盤牛肚子。平安兒從外邊拿了兩瓶鮓來。正飲酒中間，只見玳安走來，把燈籠掠下，說道：「好呀！我趕着了！」因見書童兒，戲道：「好淫婦，你在這裡做甚麼？教我那裡沒尋你，你原來躲在這裡吃酒兒！」書童道：「你尋我做甚麼？心裡要與我做半子孫兒！」玳安罵道：「秫秫小廝，你也回嘴？我尋你要合你的屁股！」……玳安道：「好淫婦，我鬭了你鬭兒，你惱了？」不由分說，掀起腿把他按在炕上，盡力向他口裡吐了一口唾沫。……玳安道：「好淫婦，你今日討了誰口裡話，這等扭手扭脚？」……（書童）說道：「耍便耍，笑便笑，臜剌剌的屍水子吐了人恁一口！」玳安道：「賊村秫秫，你今日纔吃屍？你從前已後，把屍不知吃了多少！」（第50回）

因為與西門慶有奸，就遭其他小廝千淫婦、萬淫婦的笑罵，委實不太好受。畢竟家中一向稱丫鬟為「淫婦」、罵小廝為「奴才」，被同為奴才的小廝喚作淫婦，分明就是一種歧視。更何況在這場笑鬧間，玳安不但呼他淫婦，還威脅要肏他的屁股，並且譏諷書童前前後後不知吞了多少西門慶的精液（鮓）。顯然書童因為與主子有私，在同儕眼裏就降了格。

西門慶雖然寵幸書童，人前人後也仗護書童，可是他們之間絕無「同性戀」情誼，純粹只是一種特殊的性關係而已。例如在第52回，西門慶要求潘金蓮同他肛交，結果婦人瞅了他一眼，要他自和書童幹去，不想這時西門慶竟道：「你若依了我，又稀罕小廝做甚麼？你不知，你達心裡好的是這椿兒。管情放到裡頭去，我就過了。」他的意思非常清楚，因為自己喜好肛交，可是婦人又不肯依他，所以只好找小廝暫代一下。當然，西門慶這番話不可盡信，畢竟當下他圖的是潘金蓮的後庭。然而在第71回，此番說辭有了新的實證：那時西門慶赴京受職，晚夕因為無人陪伴，結果夜裡白睡不著好甚且夢遺在床；有了此例，第二天他便把隨從王經叫進房來，兩人脫的精光同睡一夜。作者在這裏下的註腳，充分說明了西門慶的心態：「不能得與鶯鶯會，且把紅娘去解饞。」

由此可見，西門慶偶嚐男色多半是為了解饞；不過書童的例子複雜一點，或可稱之為（輕微的）「戀童癖」。所謂的戀童癖，係指：「把與兒童的性關係作為主要心理傾向進行性接觸而達到性滿足的行為。」這種行為又分為戀異性童癖和戀同性童癖；「戀同性兒童者多以十幾歲的少年為對象，性活動往往是玩弄兒童性器官，相互手淫，有時發生肛門性交。」[74]西門慶對書童多少有這麼一點成分。何況此風在晚明十分盛行，張岱

---

[74] 劉榮才編：《性心理學辭典》，「戀童癖」條，頁187。

便坦率招認自己既好美婢、又好孌童[75]，西門慶似乎也差不多。

然而從西門慶身上可以發現，戀童也好、與男子性交也罷，這些全不影響他與婦女的性愛關係。書童也是一樣，他雖然常讓主子肏屁股，可是他也與月娘房裏的玉簫有染。《金瓶梅》中另一個極佳的例子是陳經濟。小說寫道，自從他被吳月娘趕出家門後，生活日逐落魄，不但流落街頭當叫化子，後來甚至成了道士。因為落魄、因為寄人籬下，陳經濟兩番都受到來自同性的性攻擊；可他對此看得很開，並且曉得利用此項「優勢」謀求較好的生活——包括豢養酒樓妓女金寶兒。直可說是能伸能縮。看這一段描寫：

> （金宗明）令他掉轉身子，屁股貼着肚子。那經濟推睡着不理他。他把那話弄得硬硬的直竪一條棍，抹了些唾津在頭上，往他糞門裡只一頂。原來經濟在冷鋪中，被花子飛天鬼侯林兒弄過的，眼子大了，那話不覺就進去了。這經濟口中不言，心內暗道：「這廝合敗！他討得十分便益多了，把我不知當做甚麼人兒，也來托大。與他個甜頭兒，且教他在我手內納些敗缺！」一面故意聲叫起來。這金宗明恐怕老道士聽見，連忙掩住他口，說：「好兄弟，禁聲！隨你要的，我都依你。」經濟道：「你既要拘搭我，我不言語，須依我三件事。」當夜兩個顛來倒去，整狂了半夜。這陳經濟自幼風月中撞，甚麼事不知道！當下被底山盟，枕邊海誓，淫聲艷語，摳吮舐品，把這金宗明哄得歡喜無盡。（第93回）

男風的形成固然可以追尋到上古時期，據說晉以後大盛，「史謂咸寧、太康之後，男寵大興，甚於女色，士大夫莫不尚之。海內倣傚，至於夫婦離絕，動生怨曠。」宋朝因為崇講道學，「此風似少衰止」，不過到了明代似又雄張起來[76]。事實上明代自帝王將相至販夫走卒，都留下了貪戀男色的記錄，明代幾個生活荒淫的皇帝，都是同時流連女色與男風，例如明神宗萬曆皇帝，便在宮中挑選了十個俊美的小太監，與他同臥同起，見載：「今上壬午癸未以後，選垂髫內臣之慧且麗者十餘曹，給事御前，或承恩與上同臥起，內廷皆目之為『十俊』。」[77]朝廷大臣對此風更十分熱衷，不過風氣一盛，自然也有東窗事發之時：

> 時朝政寬大，廷臣多事遊宴，京師富家攬頭諸色之人，亦伺節令習儀於朝天宮、隆福寺諸處，輒設盛饌，托一二知己轉邀。席間出教坊子弟歌唱，內不檢者，私以比頑童為樂，富豪因以內交予官。刑曹與同年陳文鳴鳳梧輒不欲往，諸同寅皆

75　〔明〕張岱撰：《瑯嬛文集》（臺北：淡江書局，1956年），卷5，「自為墓志銘」條，頁138-140。
76　〔明〕謝肇淛撰：《五雜組》，卷8，〈人部四〉，頁184。
77　〔明〕沈德符撰：《萬曆野獲編》，卷21，「十俊」條，頁548。

笑為迂，亦不相約。既而果有郎中黃暐等事發，蓋黃與同寅顧諡等俱在西角頭張通家飲酒，與頑童相狎，被緝事衙門訪出拏問，而西曹為之一哈。然若此類幸而不發者亦多矣。[78]

至於民間社會則是因此興起男妓，見謝肇淛的記載：

> 今天下言男色者，動以閩、廣為口實，然從吳、越至燕雲，未有不知此好者也。陶穀《清異錄》言：「京師男子，舉體自貨，迎送恬然。」則知此風，唐、宋已有之矣。今京師有小唱，專供縉紳酒席，蓋官妓既禁，不得不用之耳。其初皆浙之寧紹人，近日則半屬臨清矣，故有南北小唱之分，然隨群逐隊，鮮有佳者。間一有之，則風流諸縉紳，莫不盡力邀致，舉國若狂矣。[79]

對此，沈德符也作了補充說明：

> 至于習尚成俗，如京師小唱、閩中契弟之外，則得志士人致孌童為廝役，鍾情年少狎麗，暨若友昆，盛於江南，而漸染於中原。至若金陵坊曲，有時名者，競以此道傳游婿愛寵女伴中，相誇相謔以為佳事。獨北妓尚有不深嗜者。[80]

無論是謝肇淛所謂的「舉國若狂」，或是沈德符所謂的「相誇相謔以為佳事」，都反映晚明男性對於孌童的耽溺。因為廢除官妓制度，加上囿於官職在身，民間小唱男童自然成為替代盛品。於是在《金瓶梅》第 36 回，我們看到西門慶為來訪的官客叫了四個戲子，並且要他們以女裝粧扮。至於有力豪族，則是買來孌童豢養在家，盡情享用。《金瓶梅》裏我們除了看到書童，第 55 回寫京中苗員外送來的兩個歌童，也一樣是主人栽培良久的可人兒。小說寫道，這兩個歌童不但唱得好，而且「生得清秀，真真嫋嫋媚媚，雖不是兩節穿衣的婦人，却勝似那唇紅齒白的妮子。」書中雖未提及他們與主子的關係，可是看他們的姿容樣貌，恐怕也脫不了這個嫌疑。至於閩中「契弟」之說[81]，倒和一般所謂福建人好男風的說法相吻，指的是當地特殊風俗習慣使然。不過此風日逐北吹，傳聞變成「盛於江南」，例如《金瓶梅》第 36 回就道：「原來安進士杭州人，喜尚南風[82]。見書童兒唱的好，拉着他手兒，兩個一遞一口吃酒。」此外，在第 36 回、49 回都和安忱

78　〔明〕陳洪謨撰：《治世餘聞》（臺北：藝文印書館，1966 年），下篇，卷 3，頁 2b-3a。

79　〔明〕謝肇淛撰：《五雜俎》，卷 8，〈人部四〉，頁 185。

80　〔明〕沈德符撰：《敝帚軒剩語》，卷中，「男色之靡」條，頁 124-125。

81　〔明〕沈德符撰：《敝帚軒剩語》，卷下，「契兄弟」條，頁 135-137。

82　男風在明代許多小說、筆記被改作「南風」，恰也反映江南人好男色的普遍現象。

一同出現的蔡蘊，也是個喜好男風的朝廷命官。

作者笑笑生對男風的態度，在小說中或許並不明顯。不過小說倒有一處，藉由小廝口中道出肛門受辱的感受，言談之間，把此類人士的臉譜襯得頗為可笑，多少也可猜想作者的態度。至於主角，則是在西門慶家掌管流水書柬的秀才溫必古，見這段引文：

> 玳安道：「我的哥哥，溫師父叫，你仔細！他有名的溫屁股，一日沒屁股也成不
> 的。你每常怎麼挨他的，今日如何又躲起來了？」……逼問那小廝（畫童）急了，
> 說道：「他（溫必古）又要哄着小的，把他行貨子放在小的屁股裡，弄的脹脹的疼
> 起來。我說你還不快拔出來，他又不肯拔，只顧來回動。且教小的拿出來，跑過
> 來。他又來叫小的。」（第76回）

小說寫到，月娘一開始還聽不懂玳安說些什麼，待畫童說出實情後，立刻大罵道：「說的磣死了！我不知道，還當好話兒側着耳朵兒聽他！」接下來包括月娘、金蓮、玉樓眾妻妾一起數落溫秀才，月娘並在後來要西門慶處置這個人，從婦人的集體反應來看，女性對男人這股「風尚」是非常嫌惡的，這或許也是笑笑生的態度。

四、《金瓶梅》的性愛描寫與文學藝術

半個多世紀以來，海峽兩岸的《金瓶梅》出版品幾乎全是刪節本，小說大部分的性愛段落，悉在道德考量及禮儀教化的顧忌下大筆削去。雖然許多論者認為，刪節後的文本絲毫不會影響全書情節的進展。不過這個想法未免過度天真，因為《金瓶梅》的性描寫雖不全涉情節推陳，但絕對有展現人物性格的用意。既然刪污後的本子，足以影響讀者對人物性格的掌握；反過來講，從這些有機段落當中，我們自然可以推敲出作家的弦外之音。

清代評點家張竹坡，早就看出這個事實，他也是最早進行此項工作的讀者。看這一段剖析：

> 《金瓶梅》說淫話，止是金蓮與王六兒處多，其次則瓶兒，他如月娘、玉樓止一見，
> 而春梅則惟於點染處描寫之。何也？寫月娘，惟掃雪前一夜，所以醜月娘、醜西
> 門也。寫玉樓，惟於含酸一夜，所以表玉樓之屈，而亦以醜西門也。是皆非寫其
> 淫蕩之本意也。至於春梅欲留之為炎涼翻案，故不得不留其身分，而止用影寫也。
> 至於百般無恥，十分不堪，有桂姐、月兒，不能出之於口者，皆自金蓮、六兒口
> 中出之。其難堪為何如？此作者深罪西門，見得如此狗彘，乃偏喜之，真不是人

也。故王六兒、潘金蓮有日一齊動手，西門死矣。此作者之深意也。至於瓶兒雖
能忍耐，乃自討苦吃，不關人事。而氣死子虛，迎奸轉嫁，亦去金蓮不遠，故亦
不妨為之馳張醜態。但瓶兒弱而金蓮狠，故寫瓶兒之淫，略較金蓮可些，而亦早
自喪其命於試藥之時，其言女人貪色，不害人即自害也。吁！可畏哉！若蕙蓮、
如意輩，有何品性，故不妨唐突。而王招宣府內林太太者，我固云為金蓮波及，
則欲報應之人，又何妨唐突哉。[83]

如果張竹坡當初看的不是原本，恐怕也不會有這番體悟吧！

(一)「嫖客」西門慶

　　若是重新翻檢西門慶的淫史，當可發現西門慶日逐走上一條自我毀滅之路。在第 49
回得胡僧藥之前，雖然見他勾搭潘金蓮、狎戲李瓶兒，但是這兩個婦人畢竟先後娶來在
家，性交活動因此有了法律及道德基礎。除這兩人之外，在第三個 10 回裏出現了宋惠蓮，
不過由於從一開始就遭金蓮識破，因此這名婦人乍似曇花一現。惠蓮死後，性的焦點回
到潘金蓮和李瓶兒，於是我們先後看到私語翡翠軒、醉鬧葡萄架、蘭湯午戰幾個經典畫
面。接著在小說的第四個 10 回，韓道國的妻子王六兒登場，這個甚合西門慶脾胃的婦人，
分別在第 37、38、42 回和西門慶有番床上廝殺。

　　可是當西門慶從胡僧那裏得了春藥之後，他的性交對象擴大了、性交次數也變得更
頻繁了。從第 50 回開始，小說接下來的 10 回就見他先後尋王六兒、李瓶兒、潘金蓮、
李桂姐、吳月娘、鄭愛月兒「試藥」。下一個 10 回雖然費力描寫李瓶兒病逝，可是在她
病重的第 61 回，西門慶仍不時和王六兒、潘金蓮顛鸞倒鳳；瓶兒死後雖然見他亂著忙了
幾日，可是第 66 回被如意兒重啟欲火之後，他又接著和潘金蓮、鄭愛月兒流連貪歡，並
且大費周章的勾引王招宣府的林太太。第 72 回東京領命回家，好整以暇的潘金蓮、王六
兒、如意兒、林太太、鄭愛月兒莫不奮力表現，至於新刮上手的賁四嫂和來爵媳婦，也
是色中嬌娘不遑多讓。所以在西門慶死前的最後數回，一場又一場性的車輪戰，終於把
他送到了極樂世界。

　　因此若以第 49 回得胡僧藥為界線，小說後半部的西門慶，簡直就是玩著一場超越生
死極限的性愛遊戲。當然，小說前半部負有建立西門版圖的任務（包括娶婦、生子、加官、
經商等等），因此性的貪歡必須遵守情節發展機制；但是一旦西門王國正式成形，挾著官
威、財勢的西門慶自然恣意妄為起來。加上又得了胡僧賜的春藥，這時的西門慶自以為

83　〔清〕張竹坡撰：〈批評第一奇書金瓶梅讀法〉，第五十一。黃霖編：《金瓶梅資料彙編》，頁 80。

渾身是勁，心想總有耗不盡的精神，所以逢上機會便逞強賣弄！以第 52 回為例，妓女李桂兒才剛因為王三官一事得罪西門慶，可是他還把她帶到雪洞交歡，此處顯然別有用意——張竹坡在這裏評得好：「伯爵數回，說明桂姐之於三官，而西門乃即有山洞之淫，是其愚而不斷，且自喜梵僧之藥，欲賣弄精神，亦非有意於桂姐也。」[84]

但是也正如張竹坡所言：「夫人之精神，值得幾番賣弄哉？」[85]西門慶自然要為這般的耗損，付出生命的代價。問題是：西門慶周圍的每一個人都知道他是條淫蟲，可是大家卻都很有默契地忘了提醒他節欲之道。

例如第 53 回，寫西門慶來金蓮房裏，坐在椅上對她說道：「我兩個腰子，落出也似的痛了！」誰想金蓮並不當回事，反而戲弄他說：「這樣孝心，怎地痛起來？如今叫那個替你拜拜罷。」第 67 回，寫西門慶為了李瓶兒喪事忙了幾天，起床之後叫小周兒替他篦頭並按摩身子，這時他對應伯爵說：「不瞞你說，像我晚夕身上常時發酸起來，腰背疼痛。不着這般按捏，通了不得。」不料見多識廣的應伯爵也只說：「你這胖大身子，日逐吃了這等厚味，豈無痰火？」[86]而西門慶顯然也就信了，在家和朋友吃喝一日之後，晚夕還跑去瓶兒房裏找如意兒廝混。又如第 78 回，寫西門慶二戰林太太後歸家，對月娘說：「這兩日春氣發也怎的，只害這邊腰腿疼。」月娘這婦人也判斷是痰火之故，只要他問任醫官討兩服藥吃。結果西門慶也不在意，回道：「不妨事，由他。一發過了這兩日吃，心净些。」然後談了一回到雪娥房裏要她捏腿。有趣的是，兩人在第 79 回又談起此疾，這回西門慶說是：「不知怎的，心中只是不耐煩，害腿疼。」而月娘此處反倒改了口，接受男人原先的說辭：「想必是春氣起了。你吃了藥，也等慢慢來。」

其實小說在第 78 回，寫到西門慶和如意兒交歡一幕，便已在西門慶情濃樂極、精液邈如湧泉時提示讀者：「不知已透春消息，但覺形骸骨節鎔。」（而且不要忘了，西門慶原是計劃尋如意兒要人乳配藥吃，後來見丫鬟不在屋裏，才趁便和婦人一晌貪歡。）笑笑生本人更在同一回，介入文本說明西門慶腰酸腿疼的原因，只見他冷冷地說：「西門慶但知爭名奪利，縱意奢淫，殊不知天道惡盈，鬼錄來追，死限臨頭。」小說接著寫到他在席上不住打著瞌睡，雖然西門慶仍未意識到自己大難臨頭，但是此舉顯然正預告他的死期將至。像西門慶這種不知死活的人，在晚明最少還有一個著名的例子，那人正是——明朝萬曆皇帝。根據《明史抄略》的記載，多年不視朝政的明神宗，終於在萬曆二十一年接見朝臣。當時他和大臣王錫爵有著這番對話：

84　第 52 回回評。黃霖編：《金瓶梅資料彙編》，頁 167。
85　仝前註。
86　第 78 回西門慶又向應伯爵提起此疾，他仍說道：「哥，你還是酒之過。濕痰流注在這下部。」

爵又奏：「臣今日見了皇上，不知再見何時？……更望皇上時出御朝，頻召臣等商量政事，天下幸甚。」上曰：「朕也要與先生每常相見，不料朕體不時動火。」
爵對：「動火原是小疾，望皇上清心寡欲，保養聖躬，以遂群臣願見之望。」[87]

所謂「不時動火」，本來就是縱欲過度、體氣虛弱所致，可是萬曆皇帝卻還一臉無辜，確實不比西門慶好到哪裏。

從他們的行徑看來，西門慶和萬曆皇帝一樣，對於性的耽溺同樣都是無法自拔，對於病症的無知，正好反映他們恣情放縱的性格[88]。倒是對讀者來說，小說前後兩半因此呈現一種對比：在第 49 回以前的性交段落，即使是「醉鬧葡萄架」這般帶有凌虐性質的一幕，多少都還有些合理、認真、甚至情感的成分；但是到第 49 回以後，西門慶的逞強賣弄看似雄壯威武、熱鬧精采，然而文字背後卻是泛起一股寒意。尤其是臨死那回，寫他剛被王六兒「收服」、準備歸家的一幕場景，讀來彷彿親歷雪地：

> 王經打着燈籠，玳安、琴童籠着馬，打發上了馬，婦人方纔關門。這西門慶身穿紫羊絨褶子，圍着風領，騎在馬上。那時也有三更時分，天氣有些陰雲，昏昏慘慘的月色，街市上靜悄悄，九衢澄淨，鳴柝喝號提鈴。打馬正過之次，剛走到西首那石橋兒跟前，忽然見一個黑影子從橋底下鑽出來，向西門慶一撲。那馬見了只一驚躲，西門慶在馬上打了個冷戰。醉中把馬加了一鞭，那馬搖了搖鬃，玳安、琴童兩个用力拉着嚼環，收煞不住，雲飛般望家奔將來，直跑到家門首方止。王經打着燈籠，后邊跟不上。西門慶下馬，腿軟了，被左右扶進，逕往前邊潘金房中來。（第 79 回）

醉得癱在床上的西門慶，唯一能做的便是任憑潘金蓮擺佈，直至精盡氣竭。只見精出之時，小說這般寫到：「精盡繼之以血，血盡出其冷氣而已，良久方止。」自第 49 回以來，花繁緊簇背後的那股寒涼，至此宛若沁入心肺。

除了仗著春藥放縱欲望，「自幼常在三街四巷養婆娘」的西門慶，也培養出一種「嫖客」性格。前面提到，西門慶施加於婦人身上的性凌虐（例如燒香馬兒），反映出一種性

87　〔明〕莊廷鑨撰：《明史抄略》，〈顯皇帝本紀二〉。《續修四庫全書》（上海：上海古籍出版社，1995 年），第 323 冊，史部別史類，頁 691。

88　其實小說在第 1 回就曾提到，自從張大戶收用潘金蓮之後，身上便添了四、五件病症：「第一、腰便添疼；第二、眼便添淚；第三、耳便添聾；第四、鼻便添涕；第五、尿便添滴。還有一樁兒不可說，白日間只是打眹，到晚來噴嚏也無數。」由於張大戶年歲大了，病症自然比較多些。不過很顯然的，腰疼和打瞌睡都是縱欲過度的毛病，看來作者從一開始就埋下了伏筆。

佔有心理,為的是向對方宣示自己家長式的主宰地位。不過這僅只是針對個別婦女而言,如果把西門慶的淫史整個串聯起來,看他從這名婦人「轉戰」到那名婦人身上,又看他同時「享用」不同的婦女,可以想見這正是嫖客性格的極端反映。何況他的「征服」意識似乎特別強烈[89],無意識裏隱隱有股淫遍天下婦人的願望——這一點潘金蓮看得最清楚,看她怎麼罵西門慶:

> 金蓮:「若是信着你意兒,把天下老婆都耍遍了罷。賊沒羞的貨,一個大眼裡火行貨子!你早是個漢子,若是個老婆,就養遍街,合遍巷,屬皮匠的,縫着的就綳。」(第61回)

「逢著的就上!」金蓮這般形容著實傳神。雖然西門慶在這裏,和婦人鬧一場就算過去了,可他心裏大概也不會覺得金蓮說差了,因為在月娘面前,他就理直氣壯地炫耀著自己的威風:

> 西門慶笑道:「你的醋話兒又來了。却不道天地尚有陰陽,男女自然配合。今生偷情的、苟合的,都是前生分定,姻緣簿上註名,今生了還。難道是生剌剌胡搊亂扯歪斯纏做的?咱聞那佛祖西天,也止不過要黃金鋪地;陰司十殿,也要些楮鏹營求。咱只消盡這家私廣為善事,就使強奸了嫦娥,和奸了織女,拐了許飛瓊,盜了西王母的女兒,也不減我潑天富貴!」(第57回)

還記得在第78回,應伯爵領著李三對西門慶說買賣?李三意要西門慶和張二官各出五千兩銀子,兩家合著做一宗朝廷的古器買賣。這時不就見西門慶說道:「比是我與人家打夥兒做,我自家做了罷。敢量我拿不出這一二萬銀子來?」西門慶的經濟實力確實不可小覷。在晚明這個商業發達的社會,尋花問柳憑的是銀子多少,而非才情高低,回到前引這個例子,西門慶便是仗著他的「潑天富貴」,成就他一級嫖客的身分。而且不只妓院而已,整個社會都是他肆意尋歡的場域,除了自己妻妾,其他像家人老婆、別人屋裏的正經娘子,在他眼裏全是可以覷覰狎玩的對象。他的信念從何而來?當然是他的財富!看他第22回勾搭來旺老婆宋惠蓮時開的「條件」:「我的兒,你若依了我,頭面衣服,隨你揀着用。」真的是狗仗聲勢,人仗財勢。另外再看第78回,那時西門慶明明已經刮上了如意兒,兩人業已春宵數度,但這天西門慶在炕上斜靠著,淫興輒起意欲婦人為之

---

[89] 這一點從王六兒和林太太身上特別明顯,小說在38回、78回分別都提到西門慶有備而來,一心要打動婦人。尤其是林太太,不只因為她和王六兒一樣喜好風月,還因為她「招宣夫人」的身分,更能滿足西門慶的征服意識。(潘金蓮的情形則不太一樣,畢竟她是西門慶的合法妻妾。)

口交，仍道：「章四兒，我的兒！你用心替達達嘚。我到明日，尋出件好妝花緞子比甲兒來，你正月十二日穿。」西門慶這話說得像是提供「恩賞」，而這幾場性交易，正赤裸地反映出他的嫖客心理。

本章開頭時曾提到，妓女最大的本領，是要讓嫖客在淡粉輕煙中感到自己的壯大，以滿足那股征服感與成就感。因此，回到西門慶的性交網絡，除了諸種造愛花招，哪個婦人能滿足他的征服欲望，就算是成功的演出。

當然，職業妓女最能掌握箇中三昧，小說中則以鄭愛月兒最擅此道。例如第59回，見她矇矓著雙眼低聲說道：「今日你饒了鄭月兒罷。」就讓西門慶樂極情濃，一洩如注。難怪西門慶頂著個官職，三不五時仍往她那裏行走。此外，久慣風月的王六兒也是高手，其他像是潘金蓮、如意兒、賁四嫂子也都懂得迎合他的征服心理，因而這些人都是西門慶最常眷顧的性伴侶。有了這層認識，重新回到李瓶兒初嫁來家那一幕，也就不難理解。那是在第19回，西門慶因瓶兒私嫁蔣竹山一事，連著三天不進「新人」房裏，搞得她心中不安上吊自殺。後來雖然救了下來，可是西門慶仍不理她，並且罰她脫光衣服跪地。很顯然的，不管是真生氣還是假作態，西門慶拿著馬鞭是準備執行家長懲戒。可是，這場鬧劇為什麼很快就結束了呢？很簡單，只因為李瓶兒滿足了西門慶的「威風」——即便她說的可能也是真心話。看這一幕：

> （西門慶）又問道：「淫婦你過來，我問你：我比蔣太醫那廝誰強？」婦人道：「他拿甚麼來比你！你是個天，他是塊磚，你在三十三天之上，他在九十九地之下。休說你仗義疏財，敲金擊玉，伶牙俐齒，穿羅着錦，行三坐五——這等為人上之人，只你每日吃用稀奇之物，他在世幾百年還沒曾看見哩！他拿甚麼來比你？你是醫奴的藥一般，一經你手，教奴沒日沒夜只是想你。」（第19回）

一席話才說完，西門慶歡喜無盡，立刻丟了鞭子，把婦人拉將起來穿上衣裳。西門慶在乎的，表面上是婦人找了一個其貌不揚的人入贅，而且還支助這廝開生藥舖和他打擂台；但是骨子裏，他氣的是李瓶兒此舉挫了他的「陽威」——婦人到他手裏怎麼可能還要別的漢子？這對他簡直是一大侮辱。結果李瓶兒沒說幾句，便把話帶到這上頭，一句「一經你手，教奴沒日沒夜只是想你。」不但揮去了西門慶心中的疑雲，而且直接肯定了他的性交品質，那麼西門慶怎捨得不放過她？如此看來，小說之前寫蔣竹山不擅風月：「不想婦人曾在西門慶手裡狂風驟雨都經過的，往往幹事不稱其意，漸漸頗生憎惡，反被婦人把淫器之物，都用石砸的稀爛，都丟掉了。」（第19回）這裡正是借蔣竹山之軀，為後面這場戲先搭好橋，以利兩人恩愛偕行。

藉著與多位婦人頻繁的性交，西門慶自以為是地一次又一次展現他性的力度，並且

在心中高奏勝利的凱歌。然而他那壯大的自信，以及那停不下來的放縱，完全矇住了他的雙眼，所以直到嚥氣的前一刻，他似乎都還不曉得問題所在。在第 79 回以前，西門慶已經瀕臨地獄的邊緣，接著王六兒和潘金蓮兩個，則是一前一後地把他推向萬劫不復的深淵。嘲諷的是，這兩個久慣風月的婦人，一直是西門慶最佳的性交伴侶，也是他每次賣弄精神極欲征服的對象；可是死到臨頭他都還不曉得，他非但沒有征服她們，反倒是被這兩個婦人給「制伏」了——以死亡的形式。

一個人愚昧至此，實在也無需多言。

另外附帶一提的是，小說中常常有一個目擊者，得以窺視／見證西門慶的性交活動。例如第 8 回和金蓮偷情，便有和尚竊聽淫聲；第 13 回和瓶兒初試雲雨，偏被迎兒瞧見；第 34 回脔書童屁股，門外立著一個畫童；第 42 回和王六兒行房，便有小鐵棍兒撞著（第 61 回則換成胡秀）；第 52 回雪洞戲桂姐，又是伯爵闖入；就連第 77 回和賁四嫂打個野食，也有韓嫂兒知道；至於第 78 回，更是見到金蓮房裏的秋菊，「倚著春凳兒，聽他兩個在屋裏行房，怎的作聲喚，口中呼叫甚麼。」以現代的眼光看，這麼多的窺視者、竊聽者，可能是作者有意轉換敘述視角，不過實情並非如此。這些張竹坡所謂的「險筆」，在小說中自有提示情節的用意，最明顯的例子，莫過於是第 51 回出現在金蓮房裏的「白獅子貓兒」。那時金蓮忙著品簫，西門慶在上卻逗著牠玩，那時的他怎麼也想不到，這隻貓會在日後謀害了官哥兒，並且讓自己親手給摔死。所以唯有讀到後文，才能發現作者人物安排的巧思。不過除了情節提示作用，這麼多人得以輕易「參與」西門慶的性交過程，一來反映他的治家不嚴，二來不也顯現他恣意妄為的放縱情狀？[90]

(二)妻妾

談完西門慶，接著看看各房婦女。毫無疑問，西門慶妻妾六人當中，說淫話處要以金蓮最多，其次則是瓶兒，此外月娘、玉樓各有一、二次，至於李嬌兒、孫雪娥則是一筆帶過。然而不管實寫虛寫，每一處總有烘托性格之妙，值得細細品玩。

潘金蓮的淫自不必多辯，小說清楚地提到，她早在賣與王招宣府內學習歌舞之時，就學會了描眉畫眼、弄粉塗朱、做張做致、喬模喬樣的本領。後來被賣與張大戶，淪為主人的私寵，以至在張大戶盤算下嫁給武大，都是被動地接受命運的安排。武大到底是不是個性無能者，小說並沒有說明，但是這個相貌奇醜、猥猥瑣瑣、呆頭呆腦的「三寸

---

90 張竹坡也察覺到這個問題，對此他說：「總之用險筆以寫人情之可畏，而尤妙在既已露破，乃一語即解，絕不費力累贅，此所以為化筆也。」見〔清〕張竹坡撰：〈批評第一奇書金瓶梅讀法〉，第十四。黃霖編：《金瓶梅資料彙編》，頁 68。

丁、谷樹皮」，或許真是一個性冷感、或性挫敗的人物。為此，金蓮雖然終日打扮得花枝招展，站在門首吸蜂引蝶，但是私下也不免慨嘆自己的命運，或是抱著琵琶彈個〈山坡羊〉：「……他本是塊頑石，有甚福抱着我羊脂玉體？好似糞土上長出靈芝……。」（第 1 回）所以直到武松的出現，才為潘金蓮打開一扇窗，「身材凜凜、相貌堂堂、身上恰似有千百斤力氣」的他，自然遠比張大戶、武大郎具備有性的吸引力。雖然武都頭嚴拒了兄嫂的求愛，但是接著登場的西門慶，另有一種紈褲子弟的魅力：「也有二十五、六年紀，生的十分博浪：頭上戴着纓子帽兒，金玲瓏簪兒，金井玉欄杆圈兒，長腰身穿綠羅褶兒；腳下細結底陳橋鞋兒，清水布襪兒；腿上勒着兩扇玄色挑絲護膝兒；手裡搖着灑金川扇兒。越顯出張生般龐兒，潘安的貌兒。」（第 2 回）這樣一個可意人兒，風風流流丟一個眼神給金蓮，這婦人怎能生受得住？於是《金瓶梅》故事也就從此展開。

　　若從道德上講，潘金蓮的墮落始於勾引武松，成於和西門慶的偷期。但是如果撇開人物評斷的偽善，也可說她自此懂得爭取性的自主及性的歡愉。雖然潘金蓮一直被視為中國文學史上的「淫婦」典型，不過她絕對不是什麼「天生」的淫婦，因為平心而論，在她嫁入西門慶家之前，這一段出軌不只是植基於性，其中更有情愛的成分，畢竟這是她第一次依著自己的意志熱烈地戀愛著！然而當她成為西門慶的第五個小妾，她才驚覺根本不存在「完全」的佔有，她必須和其他妻妾、妓女、甚至來路不明的婦女分享男人，所以在西門慶流連煙花、有意包養李桂姐的那一陣子，潘金蓮重新謂整自己的角色。這個新的性格有著兩面性：一方面，她透過積極的性交服務拉攏漢子的心，並且以此作為和其他婦人鬥爭的籌碼；另一方面，逢著機會她也不忘找別人解解饞，小廝琴童和女婿陳經濟，則是她先後兩個對象。

　　以前者來說，由她和西門慶聯手演出的幾個「經典」段落，包括醉臥翡翠軒、蘭湯邀午戰、暢後庭之美、以及從品簫發展出來的吞精與溺尿，處處都可見得她的這層用心。百變的性花招，配合著她擅長的道東說西、挑撥離間、結黨營私，多少穩住了在家中的勢頭。例如很多人只看金蓮如何說瓶兒壞話、如何設計謀害官哥兒、如何夜裏打狗嚇唬母子倆，卻沒想到她在性事上也同樣努力——否則我們不會在第 29 回，看到她抹白了身子，邀西門慶蘭湯午戰；也不會在第 51 回，看到她一邊為西門慶品簫，一邊張致地說：「你怎的不教李瓶兒替你啣來？」乃至於李瓶兒死後，潘金蓮見奶子如意兒頂了主母的缺，也是一樣如法炮製。看第 72 回，她一則藉著借棒槌一事壓制如意兒氣焰，再則也不忘在床上使出萬種風情，枕邊細語向西門慶告著如意兒的狀。用心的讀者應當都能察覺，小說在第 72、73、74 幾回，金蓮的床上「功夫」真可以說是細膩的不得了，否則西門慶恐怕也不會要如意兒向金蓮認錯。

　　潘金蓮雖然賣力，可是仍不免有技窮之憾，畢竟惠蓮方死，官哥即生；及官哥死、

瓶兒亦死，如意兒又頂了上來，委實讓金蓮疲於奔命。而且這還只是家中情事，西門慶外頭養的王六兒，她還管不著呢。無怪乎張竹坡也要消遣她：「去掉一個，又來一個，金蓮雖善固寵，巧於制人，於此能不技窮袖手，其奈之何？」[91]拿剛才提到的如意兒來說，雖然她後來向潘金蓮示弱，可是對於奉侍西門慶卻愈來愈有心得，如果潘金蓮知道如意兒和西門慶倆人在第75回、第78回的兩次造愛內容，就會發現來自於她的威脅還是很大的。

不過張竹坡有一點倒是說錯了，金蓮即便技窮，也絕不甘袖手認命。前面說道，她一面透過性交服務拉攏漢子的心，一面也不忘和家人暗通款曲。在這之中，琴童一事可謂擦槍走火，因為才嫁來家漢子就頻跑妓院，性愛的滿足形成巨大的落差，所以不免找個小廝解饞。至於女婿陳經濟，兩人從初見面時的眉來眼去，到後來的鬥葉子耍、罰唱吃酒，兩人一步一步走向亂倫的花園。第53回，兩人趁西門慶不在，乾柴烈火撞在一塊便點了起來：

> 金蓮笑罵道：「蠢賊奴！還不曾偷慣食的，恁小着膽！就慌不迭倒把裙襴兒扯掉了。」就自家扯下褲腰，剛露出牝口，一腿蹺在欄杆上，就把經濟陽物塞進牝口。原來金蓮鬼混了半晌，已是濕答答的，被經濟用力一挺，便撲的進去了。經濟道：「我的親親，只是立了不盡根，怎麼處？」金蓮道：「胡亂抽送抽送，且再擺布。」經濟剛待抽送，忽聽得外面狗子都嗥嗥的叫起來，却認是西門慶吃酒回來了，兩個慌得一滾烟走開了。（第53回）

雖然在西門慶死前，兩人都還不曾真正得手，不過彼此也都有意了。結果西門才死，家中忙著料理喪事，這對男女馬上趁亂成其美事。而且自此之後，兩人更是放縱無度，隨時隨地都能偷起來。看這這個例子：

> 這小夥兒站在炕上，把那話弄的硬硬的，直豎的一條棍，隔窗眼裡舒過來。……（婦人）一面向腰裡摸出面青銅小鏡兒來，放在窗檯上，假做勻臉照鏡。一面用朱唇吞裹吮咂他那話，吮咂的這小郎君一點靈犀灌頂，滿腔春意融心。正是：自有內事迎郎意，殷勤愛把紫簫吹。原來婦人做作如此，若有人看見，只說他照鏡勻臉兒，不顯其事。其淫蠱顯然，通無廉恥！正咂在熱鬧處，忽聽的有人走的脚步兒響。這婦人連忙摘下鏡子，走過一邊。經濟便把那話抽回去。（第82回）

---

91 〔清〕張竹坡撰：〈批評第一奇書金瓶梅讀法〉，第二十一。黃霖編：《金瓶梅資料彙編》，頁70。

吃得酒濃上來，婦人嬌眼乜斜，烏雲半軃，取出西門慶淫器包兒。裡面包着相思套、顫聲嬌、銀托子、勉鈴一弄兒淫器，教經濟使。在燈光影下，婦人便赤身露體，仰臥在一張醉翁椅兒上，經濟亦脫的上下沒條絲，也對坐一椅，拿春意二十四解本兒，在燈下照着樣兒行事。婦人便叫春梅：「你在後邊推着你姐夫，只怕他身子乏了。」那春梅真個在身後推送。經濟那話，插入婦人牝中，往來抽送，十分暢美，不可盡言。（第 83 回）

這兩處，可以說是《金瓶梅》末二十回中，最不堪、最露骨的畫面，可以說是把潘金蓮的淫給寫盡了。前一個例子正如作者說的，簡直就是「淫蟲顯然，通無廉恥」；後一個例子更不必說，西門慶的淫器包兒、西門慶的春宮畫本兒、西門慶的行房習性、西門慶的女人——全讓陳經濟給接收了！甚至連此處的場景，都和葡萄架下有異曲同工之妙。雖然陳經濟從小也不是個安分的，但是畢竟在西門慶家悶了多年，所以這些枕邊風月，怕還是金蓮按昔日情景帶引他做的，足見潘金蓮的性欲，至此已是一發不可收拾。後來被月娘賣在王婆那裏，抵不住飢地又刮上王潮兒，也是一樣的道理。

不過話說回來，潘金蓮在嫁來西門家之前，與西門慶私通還是有情愛基礎的，畢竟這是她真正觸摸的第一個男人——年輕、有力、而且果斷。成為「潘五娘」之後的她，性的放蕩看似像一個淫婦，可她正是要以淫亂的形象收服漢子的心，尤其是要滿足西門慶那種「嫖客」心理。所以要到西門慶死後，她才算是真正發起狂來，為著自己的歡愉恣意地燃燒性欲。也即是說，作為一個公認的「淫婦」，每個階段的潘金蓮其實有著不同的性格，可惜的是，許多讀者及論者都不能察及這一點。

和潘金蓮一樣，李瓶兒對於性的態度也有前後落差，只不過在書中很容易看得出來。雖然在她嫁給西門慶之前，幾次偷情段落作者都偏好用韻文交待，可她畢竟不只婚姻出軌而已，為了迎奸轉嫁，她甚至氣死自己的丈夫花子虛，這個罪名可不比西門慶奪朋友妻來得輕。第 17 回寫花子虛死後，夜晚總有狐狸假西門慶之名來攝其精髓，從另一面看不正顯現她色迷心竅？尤其是在第 19 回，寫她把蔣竹山買來的淫器砸個稀爛，氣急敗壞之下脫口而出的一段浪罵，更是完全露出她的本性：「你本蛐蟮，腰裡無力，平白買將這行貨子來戲弄老娘！我把你當塊肉兒，原來是個中看不中吃蠟槍頭，死王八！」

這一段話，為她招贅蔣竹山一事提出了解答。可是，這樣一個耽美性愛，與西門慶「洞房」那夜還萬般風情的李瓶兒[92]，很快地在性事上減了興趣。自第 27 回「私語翡翠

---

[92] 小說雖然沒有寫到她的風情萬種，可是第 20 回寫道玉簫、小玉兩個丫頭開她玩笑，說她：「你老人家昨日挨的好柴！」「你老人家會叫的好達達！」足可想見一夜歡愉。

軒」落幕以來,小說唯一描寫的造愛場景,便是第 50 回在月事期間和西門慶行房。雖然在得子之後,西門慶對她十分寵愛,時常要往她房裡去睡,可是總見她一而再地把漢子趕出,要他往隔壁潘金蓮那裏歇去。原因十分簡單,有了官哥兒之後的李瓶兒,只需好好守著孩兒,將來自然可以「母因子貴」,取代月娘家母的地位。因此她再不需要同金蓮一樣,扮演著妓女一般的角色,藉著滿足西門慶的嫖客心理,以期鞏固自己在家中的分量。因此她才可以——或者說不得不——放下原本「淫婦」的面目,轉而建立另一個「聖母」的形象。

然而,曾在西門慶手裏經歷狂風驟雨的她,真的甘心面向禁欲的幽暗嗎?她的割愛、或者說角色調整真能迎來安寧嗎?答案是否定的。為此張竹坡就痛批她:「至於瓶兒雖能忍耐,乃自討苦吃,不關人事。」並且說她:「氣死子虛,迎奸轉嫁,亦去金蓮不遠。」[93]顯然他根本不認為兩個婦人之間有絕對的高下。在第 50 回那場性事之後,李瓶兒身子漸漸不好起來,想要縱情聲色並不合適;加上第 59 回死了孩子,病症又添一層,因此就連最後的那點心意,也跟著官哥兒一起埋葬掉了。以至於我們見到這令很多人鼻酸的一幕:

> 西門慶道:「我的心肝!我心裡捨不的你,只要和你睡,如之奈何?」李瓶兒瞟了他一眼,笑了笑兒:「誰信你那虛嘴掠舌的,我到明日死了,你也捨不的我罷?」又道:「一發等我好好兒,你再進來和我睡,也是不遲。」那西門慶坐了一回,說道:「罷罷!你不留我,等我往潘六兒那邊睡去罷。」李瓶兒道:「着來!你去,省的屈着你那心腸兒。他那裡正等的你火裡火發。你不去,卻忙惚兒來我這屋裡纏!」西門慶道:「你怎說,我又不去了。」那李瓶兒微笑道:「我哄你哩,你去麼!」於是打發西門慶過去了。這李瓶兒起來,坐在床上,迎春伺候他吃藥。拿起那藥來,止不住撲簌簌從香腮邊滾下淚來,長吁了一口氣,方纔吃那盞藥。正是:心中無限傷心事,付與黃鸝叫幾聲。」（第 61 回）

不知黃鸝鳥的啾啾聲中,是否透露出某種悔恨呢?

前面說潘金蓮有妓女性格,李瓶兒是聖母形象——諷刺的是,西門慶家中另有一個「真妓女」李嬌兒,一個「假聖母」吳月娘。

李嬌兒出身行院,妓女李桂姐是她的侄女,想來她也曾在青樓風雲一時。嫁到西門慶家之後,李嬌兒雖然負責管帳,卻是一個沒有聲音的人,與各房妻妾互動很低,也不

93　〔清〕張竹坡撰:〈批評第一奇書金瓶梅讀法〉,第五十一。黃霖編:《金瓶梅資料彙編》,頁80。

直接捲入閨閣風波，西門慶更是鮮少進她房裏。為什麼呢？很顯然的，肌膚豐肥、身體沉重的李嬌兒，姿色及風流既比不上過去的自己，也比不上眼前的金蓮和瓶兒。既然失去了昔往的輝光，不如認分地扮好「二娘」的角色，讓名妓的風華遠遠地離開自己，也是一場平靜。不過她畢竟出身青樓，妓女貪的是個財字，從西門慶死後她便拐財歸院來看，李嬌兒骨子裏還是個妓女本色。和她比起來，潘金蓮每次只能趁和西門慶行房時，向漢子要些頭面衣服，被月娘趕出門時身上也沒什麼細軟，因此就這個層次上講，實在遠不及李嬌兒。不過話說回來，潘金蓮畢竟只是具有妓女性格，因為她圖的僅僅是漢子的恩寵；不像李嬌兒，本來的身分就是妓女，「老大嫁作商人婦」為的是個安穩，漢子死了，自然要返歸本來面目。

至於視月娘為「假聖母」，這裡自不能迴避是受張竹坡的影響。就像他在解釋《金瓶梅》為什麼各止一次寫月娘、玉樓淫事時說的：「寫月娘，惟掃雪前一夜，所以醜月娘，醜西門也。寫玉樓，惟於含酸一夜，所以表玉樓之屈，而亦以醜西門也。是皆非寫其淫蕩之本意也。」[94]確實，第21回月娘雪夜焚香祝禱一節，本就是作戲成分居多，作者刻意接著寫夫妻兩人對著陽具補風捉月，自是別有一番意思。當然，以此便論月娘是個淫婦，也是過於輕率的判斷，對此張竹坡倒還分得清楚。不過就像孟玉樓、潘金蓮所議論的：「丫頭學說，兩個說了一夜話；說他爹怎的跪着上房的叫媽媽，上房的又怎的聲喚擺話的，碜死了！像他這等就沒的話說；若是別人，又不知怎的說浪！」誠然，大家都有欲望，沒什麼好分妳是淫婦、我是貞女的。問題在於月娘身為正室，雖然妻妾面前難免要擺些尊貴出來，可惜就是扮得不像（起碼不能服人）。例如一看李瓶兒有了孩子，雖然人前人後對著官哥總是一片關切，私底下卻猛向姑子打探懷孕藥方，總要設法尋個辦法出來。所以第53回寫到西門慶找她試藥，月娘這番思忖多少透出一些不正經來：「他有胡僧的法術，我有姑子的仙丹，想必有些好消息也。」讀到這裏，月娘性格當中的偽假成分，恐怕也是毋須掩飾。

至於三房孟玉樓，可以說是全書難得的好人物。雖然在第75回，作者描摹了她和西門慶交歡一幕，但是就像張竹坡說的，意在表玉樓之屈，而亦以醜西門也，本意絕非寫其淫蕩。的確，和其他諸妾不同的是，孟玉樓乃西門慶合婚過禮娶來家的，後來下嫁李衙內依然如此，稱得上是正面人物。而且小說中雖寫她和金蓮交好，但是最擅排解妻妾糾紛的也是她，在西門家唯一能不惹塵埃的也是她。乍看之下，孟玉樓好似別無他求，寡婦再嫁謀的僅是一個穩當，不過在那含酸一夜，作者卻藉著這場性愛透露一個消息：

94　〔清〕張竹坡撰：〈批評第一奇書金瓶梅讀法〉，第五十一。黃霖編：《金瓶梅資料彙編》，頁80。

即便與人無爭的孟玉樓，也是同樣有著愛欲的。看她口中吐出這酸溜溜的話：

> 「要吃藥，往別人房裡去吃。你這裡且做甚麼哩，却這等胡作做！你見我不死，來
> 攛掇上路兒來了？緊教人疼的魂兒也沒了，還要那等撥弄人！虧你也下般的，誰
> 耐煩和你兩個只顧涎纏！」（第75回）

雖然只是輕輕點觸，卻反映出她對漢子只在別房行走的不滿。雖然壞了潘金蓮的好事，
第二天卻又馬上出面平息月娘、金蓮之間的風暴，這也顯現出孟玉樓的性格十分沉穩。

剩下的孫雪娥就不必多說了，她原是西門慶前妻陳氏的陪床丫頭，因為後來西門慶
收用了她，所以升上來為第四房的小妾。雖然排行第四，可是孫雪娥在家中的地位很低，
甚至還比不上金蓮房裏的春梅——西門慶可以為了一餐早飯把老婆痛打一頓（第11回）；
卻可為了春梅一時氣悶低聲下氣哄這丫頭吃飯（第76回）。又如潘金蓮、李瓶兒見了月
娘道聲「姐姐」，雪娥卻得尊稱為「娘」；眾妻妾向西門慶請安時，惟雪娥與西門慶磕
完頭後，又起來與月娘磕頭（第75回）；月娘貼身丫頭小玉稱潘金蓮為「五娘」，見了
她卻只喚一聲「姑娘」，這些地方都可看出她的卑微。因為這樣，西門慶根本鮮少進她
房裡，就算偶爾到了一遭兒，背地裏馬上有人嘟嘟囔囔、說長道短唧唧喳成一塊。例如在
第58回，來家唱的幾個小優兒問雪娥怎麼稱呼，她逕直回聲「四娘」——其實也沒什麼
不對，可是卻惹來潘金蓮、孟玉樓一干人的訕笑：

> 金蓮道：「沒廉恥的小婦人，別人稱道你便好，誰家自己稱是四娘來？這一家大
> 小，誰興你？誰數你？誰叫你是四娘？漢子在屋裡睡了一夜兒，得了些顏色兒，
> 就開起染房來了！若不是大娘房裡有他大妗子，他二娘裡有桂姐，你房裡有楊
> 姑奶奶，李大姐便有銀姐在這裡，我那屋裡有他潘姥姥，且輪不到往你那屋裡去
> 哩。」玉樓道：「你還沒曾見哩，今日早晨起來，打發他爹往前邊去了。在院子
> 裡呼張喚李的，便那等花哨起來！」（第58回）

空有妾名卻又淪落至此，實在相當不堪。不過孫雪娥雖然看不起潘金蓮，說她是張大戶
的奴才、與張大戶不乾不淨、迎奸毒死親夫武大……，可是自己卻也幹著不可告人之事，
背著西門慶勾搭起家人來旺來。宋惠蓮罵她的一句話，精要地點出她的問題：「我養漢
養主子，強如你養奴才！」（第26回）作者藉著這層性關係，把孫雪娥的品格貶抑得極
為卑下，因此在西門慶死後，婦人演出和來旺「私奔」一節，就不至於感到意外，後來
淪入娼家賣笑，情理上也能交待得過去。關於這一點，「崇禎本」評點家把雪娥看成是
個笑話：「私奔乃千古才子佳人偶為奇事，豈愚夫愚婦所可效也，雪娥、來旺亦其敗也。」

⁹⁵張竹坡則認為，寫雪娥以至於為娼，是為了：「總張西門之報，且暗結宋惠蓮一段公案。」⁹⁶不過無論如何，唯有掌握孫雪娥的性活動感受，才得以看出她在家中受的委屈，並且瞭解她的愚行終究離不開性的苦悶。

說完六名妻妾，還有一個婦人，不能不放在此處談——那人便是春梅。且不論小說以她命名一事，既言孫雪娥是有著奴才形象的主子，那麼春梅堪稱是最具主子威風的奴才，基於這個原因，怎麼樣也不能在這裏漏了她。

春梅本姓龐，初到西門家時原是月娘房裏的丫鬟，後來才給潘金蓮使喚。透過金蓮，讀者很早就知道西門慶收用了這個丫頭，並且知曉她是西門慶十分寵愛的要角兒。不過在小說中，並沒有直接寫她與主子性交，僅僅在第 27 回，寫西門慶葡萄架下抱著她，其中想必自有狎暱的愛撫；至於第 73 回，說到潘金蓮半夜向西門慶腰間摸他那話，弄了一回白不起來，接著才交待西門慶方和春梅行過房。春梅雖然心高氣傲、一味托大，可她心中只有金蓮一人，因此金蓮私嚐琴童，她便出來掩飾；金蓮心裏盼著西門慶進她閨房，春梅自與她合著一氣幫搶漢子；乃至於西門慶死後，金蓮勾搭上了女婿，她也恭敬不如從命地遵照金蓮的安排，讓陳經濟雨露均霑、畫樓雙美。尤其有意思的是，後來春梅嫁入周守備府，就在從奴婢升為主子的同時，她在性事上也由過去的被動轉為主動，不但安排陳經濟府中住下，甚至因為禁不住欲念勾搭家中下人，乃至於最後以淫死。這個轉變雖然讓人感到意外，不過從她和潘金蓮的一段對話，倒是可以清楚看出她的想法：

> 春梅道：「……人生在世，且風流了一日是一日。」於是篩上酒來，遞一鍾與婦人，說：「娘，且吃一杯兒暖酒，解解愁悶！」因見階下兩隻犬兒交戀在一處，說道：「畜生尚有如此之樂，何況人而反不如此乎？」（第 85 回）

好一個「人生在世，且風流了一日是一日。」春梅在西門慶家六、七年，眼看一個家子興起、眼看一個家子就這麼敗散，心中自有恁多感受。因此拚著家裡沒了男人，她勸解金蓮把心放開懷些，左右月娘管不到她們。何況嫁入守備府成了主子，男人又成天在外征戰，這時的她當然儘顧著自己歡愉。就如同她說的，狗兒尚且懂得追求交合的快樂，人們又何苦自縛手腳呢？因此她即便因為淫欲無度，生出骨蒸癆病症，卻仍舊貪淫不已。於是和前主西門慶一樣，春梅也是死在床上，只不過她是在性交過程中死去，倒比西門慶來得乾脆許多。

可嘆的是，對春梅來說，性的解放固然來得太晚，但也去得太快。當她倒在周義身

95　〔明〕佚名撰，齊煙、汝梅校點：《新刻繡像批評金瓶梅會校本》，第 90 回，頁 1283。
96　〔清〕張竹坡撰：〈批評第一奇書金瓶梅讀法〉，第十八。黃霖編：《金瓶梅資料彙編》，頁 69。

上嗚呼哀哉的前一刻，誰曉得她心裏是不是想著什麼？

(三)姘婦、妓女

　　除了自家妻妾，其他遭西門慶淫過的婦人也很可觀，而且多半很有一套。

　　箇中老手自然是王六兒，前面提到，除了口交、肛交兩個「毛病」撞在西門慶心坎上，她的性服從度更是很高。就以第 38 回那場性事為例，西門慶準備了銀托子、相思套、硫黃圈、藥煮的白綾帶子、懸玉環、封臍膏、勉鈴等一弄兒淫器又來打動她，結果婦人照單全收毫無懼色。至於性交當中，她更是體貼萬分，一會兒說：「達達，我只怕你蹾的腿酸，拏過枕頭來你墊著坐，等我淫婦自家動罷。」一會兒又說：「只怕你不自在，你把淫婦腿弔著肏，你看好不好？」接著又蹲跪在他面前，捧起那話兒便吮吞起來；復又倒轉身子，和西門慶兩個幹後庭花。一陣淫聲浪語叫達達後，西門慶一泄如注，拽出那話來見上面帶著精液，婦人還替他吮咂淨了。單就這一回來看，與其說作者寫出了王六兒的淫，不如說畫盡了她的細心，畢竟這才只是兩人第二次交鋒，她能讓西門慶道出「我和你明日生死難開」，仗的絕對不是交合技巧，而是心思。

　　所以，王六兒總是很有手段的，在床第之間向西門慶索取錢鈔、尋些頭面衣服、甚至買婢買房、進而把攬說事。對此西門慶也很知趣，定會一一答應她的要求，甚至因此枉法受贓也無二言。這對奸夫淫婦，直可說是各有所憑、也各有所需，不過對此王六兒恐怕算計得比西門慶還清楚，丈夫韓道國才從東京來家，她便一五一十把西門慶勾搭之事告訴一遍，且道：「到他明日，一定與咱多添幾兩銀子，看所好房兒。也是我輸了身一場，且落他些好供給、穿戴！」（第 38 回）無怪乎張竹坡要說：「故知西門於六兒，借財圖色，而王六兒亦借色求財。」[97]有著前番種種算計，後來東京蔡太師勢敗、一家三口倉皇逃命之際，王六兒指望女兒韓愛姐接襲這個行業，也就理所當然了。只不過，愛姐雖有乃母的風流，卻沒有繼承到她的心腸，最後憑著對愛情的信念，竟然立志為陳經濟守節——讀來雖然難免覺得突兀，但不正好突顯王六兒的無恥？

　　至於在李瓶兒死後，頂了她窩的如意兒，也是小說後半部一個重要的婦人。由於她只嫁過熊旺一個男人，也沒傳出什麼不檢點的事，因此枕邊風月自然比不上王六兒。她之所以勾搭上西門慶，其實也是有心的設計，當初官哥兒死了，多虧李瓶兒把她留了下來，現在連唯一的靠山都垮了，當然只有想辦法搭上西門慶這條線。小說在第 65 回說的很明白，無人處她常在西門慶跟前遞茶遞水，挨挨搶搶搖搖捏捏插話兒應答，果然夜裏

97　〔清〕張竹坡撰：〈批評第一奇書金瓶梅讀法〉，第二十三。黃霖編：《金瓶梅資料彙編》，頁71。

西門慶要茶喝，如意兒進來遞茶，淫蟲因為「一時興動」，便令婦人脫去衣裳上炕同睡。趁著這個機會，如意兒挑明了說道：「小媳婦寧願不出爹家門，隨爹收用便了。」得了西門慶的回話，她在枕席之間無不奉承。之後在第 67 回，西門慶同樣也是有了酒，又來瓶兒房裏睡，如意兒一邊頻獻慇懃，一邊不忘在西門慶耳邊說道：「折殺奴婢，拿甚麼比娘？奴婢男子漢已沒了，早晚爹不嫌醜陋，只看奴婢一眼兒就够了。」

即便連著和西門慶睡了兩次，如意兒還是有股不確定感，所以在第 74 回，西門慶要她晚夕等他來房裏睡，她的反應竟是：「爹真個來？休哄俺每著！」想必是後來算出這頻率確實頗高，如意兒方才有了把握，因此也就更加使出渾身解數，第 75、78 回兩場性事，婦人細心服侍的程度絕對不輸之前的潘金蓮，無論漢子暗示她下去溺尿、明著要在她身上燒幾處香，她都乖乖聽命。當然，因為有了信心，她也敢在枕邊為自己掙些利頭，所以在第 75 回，她第一次向西門慶要了頭面來戴。而且更甚的是，她竟然針對各房妻妾的身材樣貌，品頭論足起來：

> 西門慶一面解開他穿的玉色紬子對衿襖兒鈕扣兒并抹胸兒，露出他白馥馥酥胸，用手摟摸着他奶頭，誇道：「我的兒，你達達不愛你別的，只愛你這好白淨皮肉兒，與你娘的一般樣兒。我摟着你，就如同摟着她一般！」如意兒笑道：「爹沒的說，還是娘的身上白。我見五娘雖好模樣兒，也中中兒的紅白肉色兒，不如後邊大娘、三娘到白淨肉色兒，三娘只是多幾個麻兒。倒是他雪姑娘生的清秀，又白淨，五短身子兒。」（第 75 回）

這話要是被潘金蓮聽到，肯定要生出許多風波，由此也可看出如意兒的厲害。當她確認自己是以白皙的肌膚，滿足了西門慶對瓶兒的遐想，便想以這個優勢削弱金蓮的分量。而且她聰明的地方是，竟還懂得拉出月娘、玉樓、甚至沒時運的雪娥來，強調白嫩肌膚乃是美感的必要條件。如意兒這個例子再次印證前面說的：閱讀婦人如果不從床第入手，將無法真正掌握她們的性格（——這裏當然專指的是《金瓶梅》）。

賁四嫂子亦然，前面曾經提到，她和西門慶在第 77、78 兩回的偷期，可以說是俐落得很，顯然也是風月老手。和王六兒、如意兒一樣，她也曉得如何讓男人歡欣，不但自己有些新花樣，西門慶射完精後更是立刻蹲下身子替他吮咂得乾乾淨淨。至於和王六兒、如意兒不同的是，兩次都未見她向西門慶要衣服銀子，倒是西門慶完事之後，都不忘賞她些碎銀服飾。關於這一點，固然和小廝玳安脫不了干係，畢竟這婦人早就被小廝刮上手，而西門慶又是透過玳安牽成這條線，難保他居中不對婦人交待了些什麼。不過若是撇開這層不論，單看婦人服侍西門慶時的俐落果決，顯然賁四嫂子打從開始，就把這事看成一樁性的買賣，反正客人嫖完自會付錢，所以無需囉囉嗦嗦。如此一來，她倒是比

王六兒、如意兒看得更清明,她自知不可能(像王六兒一樣)長期受到西門慶「眷顧」,更無可能(同如意兒一般)有翻身為妾的機會,所以乾脆就把西門慶視為誤走錯門的嫖客,賣一回身子賺一回錢——這是她和其她婦人不同的地方。

至於王招宣府的林太太,當然是書中極力醜化的對象,但是要說作者醜化她只是為了交待金蓮墮落的根源[98],也未免太過小看笑笑生的筆下功夫。我認為作者在這裏急欲捉弄的,其實是那群國家官僚,試問從蔡太師、蔡狀元、安進士、宋御史到王招宣,哪一個不是在宏偉的門面下搬弄各式勾當?哪一個不是昏庸愚昧惹人嫌惡?西門慶雖然也是朝廷命官,但他骨子裏終是土豪商人,尚不能完全和那些人劃上等號。所以作者一面在其他地方,極力書寫這些官僚的貪婪嘴臉;一面透過林太太這婦人,卯足了勁要摹其敗德畫像。於是我們看到:林太太玷污了招宣府那塊「節義堂」牌匾;看到她荒唐地要兒子拜奸夫為義父;也看到她在著了西門慶道兒之後,胡亂答應著讓他在自己身上燒香。

眼看西門慶淫著一個又一個婦人,我們不免懷疑,作者是否以為天下婦人盡皆淫蕩?其實不然,仔細翻檢一下文本,這些婦人多半本身就有「問題」。像是王六兒,早在勾搭上西門慶之前,便與小叔犯了首尾,難怪作者說她:「若非偷期崔氏女,定然聞瑟卓文君。」(第37回)至於賁四嫂子,先不說她與小廝玳安的姦情,小說這麼介紹她:「那老婆原來奶子出身,與賁四私通,被拐出來,占為妻子;五短身材,兩個鷂鷂胎眼兒,今年也是屬兔的,三十二歲了,甚麼事兒不知道?」(第78回)又如來爵媳婦惠元:「這老婆當初在王皇親家,因是養了主子,被家人不忿嚷鬧,打發出來。」(第78回)來旺媳婦惠蓮也差不多:「當先賣在蔡通判家房裡使喚,後因壞了事出來。」(第22回)至於林太太更是不遑多讓,看鄭愛月兒怎麼說她:「今年不上四十歲,生的好不喬樣,描眉畫眼,打扮狐狸也似。他兒子鎮日在院裡,他專在家只送外賣。假托在個姑姑庵兒打齋,但去就在說媒的文嫂兒家落腳。文嫂兒單管與他做牽兒。只說好風月。」(第68回)這樣的婦人,作者惡毒地說她是:「綺閣中好色的嬌娘,深閨內合毬的菩薩。」(第69回)為了寫西門之醜,作者安排這些行為本就不檢的婦人,當不致引人太太的反感。

說到養漢,就不能不提及書中幾個妓女,尤其是李桂姐、吳銀兒、和鄭愛月兒。三人之中,作者顯然比較偏好銀兒,不但沒有寫他和西門慶的淫事,而且把她描摹成頗知情義的婦人,第45回李瓶兒解衣銀兒一幕,當即是不錯的註腳[99]。至於李桂姐,本來極有可能入主西門家,可是因為和王三官兒一事曝光,西門慶因此斷了這個念頭。倒是小

98　〔清〕張竹坡撰:〈批評第一奇書金瓶梅讀法〉,第二十三。黃霖編:《金瓶梅資料彙編》,頁71-72。

99　當然,花子虛生前冷落瓶兒,可謂全為吳銀兒之故,所以這一幕仍有其嘲諷性質。

說後半部才冒出頭的鄭愛月兒，似乎很得西門慶喜愛，不但三番兩次老往她那裏逛，並且書中也繪其不少淫事。有趣的是，張竹坡本人對鄭愛月兒也有偏見，認為作者每次寫到月兒，總是「另用香溫玉軟之筆」，意在映襯西門慶一味粗鄙[100]。這個說法就仁智互見了。

　　不過要是關注一下這幾處性愛段落，裏面還是有所啟示的。首先是第 52 回，在那一頓豐盛的宴席當中，西門慶拉著來家的李桂姐往藏春塢走，雪洞裡關著門便欲成其美事。前面已經分析過，這裡的西門慶並非有意於桂姐，只是剛得了胡僧藥，急欲賣弄精神罷了。可是對李桂姐而言，這更不是一件浪漫的勾當，讓西門慶試藥也就罷了，竟然還淪落在山洞與人野合，要不是為了還西門慶一個人情，恐怕她也不見得肯委屈。更糟的是，這一幕竟然讓應伯爵當場撞見，害她先前在這票幫閒面前擺出的高傲姿態，頃刻化為一齣滑稽鬧劇。就在這之後的第 59 回，年輕又有姿色的鄭愛月兒登場，這婦人在西門慶懷中，真個是情意綿綿且不勝嬌羞，因此包括這一回和接下來的第 68 回，兩場性交描寫都有書中少見的韻致。兩相比較之下，鄭愛月兒自然把「前輩」李桂姐給比了下去，這不能不說是作者獨具慧心的安排。

　　無論是西門慶的妻妾、姘頭、還是青樓妓女，這些在他身邊（身上）出出入入的婦人，固然各有各的性格，也各有各的心思，但是彼此之間也存在某些共性。首先，不管合法還是非法，她們全都接受了由西門慶決定／主導的性關係，而且無論是否甘心，她們都得在那個框架裏，努力掙著自己要的銀兩、精液、身分認定。這當然是父權社會一項「偉大」的成就，女性的身體只能淪為生財、孕子、以及滿足男性的工具，因此像林太太那樣，純粹只是為了追求歡愉而與人性交，從「性解放」的角度來講倒是頗為難得的。談到這一點，小說提到不少婦女都有特殊的性癖好——例如潘金蓮、王六兒都耽愛品簫；王六兒更是「但凡交媾，只要教漢子幹他後庭花，在下邊揉著心子纏過」；還有李瓶兒「好馬爬著」，教漢子坐在枕上，她「倒插花往來自動」；以及賁四嫂子，「好並著腿幹，兩隻手摷著，只教西門慶攮他心子」——這同樣不能粗暴地視為淫蕩的象徵。對於性交體位、方式有著一定喜好的人，必定對性的歡愉有一定的理解、對性的內容有一定的期待、對性的美好有一定的想像，唯有這樣才能真正嚐到性的真滋美味。

　　其次，幾乎每一個與西門慶發生性關係的婦人，總是在受到西門慶蹂躪、施虐之後，感到一股由衷的幸福滿足之感。關於這一點，當然又是父權社會另一個可怕的想像。雖

100　〔清〕張竹坡撰：〈批評第一奇書金瓶梅讀法〉，第二十二。黃霖編：《金瓶梅資料彙編》，頁 70。

然在男性的集體潛意識裏，對於女性的性高潮總有一種不可捉摸的神秘畏懼[101]，但是為了鞏固父權社會的自我中心，不免需要塑造勝利者（征服者）的性交想像，以作為一種必要的心理補償。於是，但凡男性作家寫就的性交段落，無不著力於此，至於作為性商品的色情讀物，更是將此一心態發揮得淋漓盡致。話雖如此，不過《金瓶梅》中每一個婦人的性交愉悅，並不見得全是作者想像出來的，例如林太太、後期的潘金蓮、以及嫁至守備府的春梅等等，由於她們掌握了性交的主動權，因此性交過後那種欣喜滿足之感，當還是十分真實的。

101　一般來講，男女兩性的性高潮是有差別的，它主要反映在兩個方面：「一、從個體性心理發展過程上看，在進入性欲高潮的高峰時期，男性與女性的性欲發展順序是相反的。男性性欲發展是從生殖器逐步向複雜、泛化的感受器過渡；女性性欲發展是從複雜泛化方面向生殖器集中演變。這就是男性青年期是性欲高潮出現的高峰期和女性要到 30-40 歲才能達到性欲高潮出現的高峰期的道理。二、在性高潮發生和持續的時間上，男性比女性來得快、持續時間短、不應期較長。女性的性高潮來得慢、持續時間較長，而且可以出現連續性的數次性高潮。」詳參劉榮才主編：《性心理學辭典》，「性高潮差異」條，頁 136-137。簡單地講，女性的性高潮較為複雜豐富，加上持續時間長且連續反覆，因此不免讓男性產生一種缺憾感，並且對女性產生一種不可捉摸的心理——當然，大部分男性對此是不承認或不自知的。

第四章　食色性也
──《金瓶梅》飲食／男女的互動描寫

> 由於善惡樹的果實，亞當與夏娃擁有了與製造他們的上帝一樣的智慧，同時也因為偷吃的行為而被趕出伊甸園。可口誘人的果實，卻正好是禁果。一個光亮的蘋果，不但香氣四溢，還有著能引起慾望的形狀，「可以說那種圓形，是切割的子宮、性慾的果肉、適於舔食的尖細寶貝。」從人類祖先偷吃禁果的那一刻開始，食物、知識與享樂便在文學創作中混雜在一起了。
>
> ──Laura Esquivel: *Intimas suculencias*，1998[1]

　　前面二、三章已經把《金瓶梅》最重要的兩個活動──飲食和性交──作了全面的披露，然而若謂小說文本的此番側重，僅僅是「世情小說」無法避免的敘事選擇，多少看輕了食和色在人類文化的重要性，以及兩者之間的內在聯繫。

　　從生物學的角度來講，食物有助於生命的維繫和發展，因為它提供個體生存必需的養分；同理，性交也有利於物種的生殖和繁衍，因為它包含種族延續必需的條件。所以進食和性交幾乎是每一種生命體最重要的行為體系。從人類學的角度來思考，食物和性的關係就更密切了，初民為了生存，必須依賴勞動（冒險）從自然界獲取食物（獵物）；胃的飢餓問題解決之後，才有體力和心思遂行性交（生殖）活動。但是緊接下來子嗣的增加，反倒又擴大了食物的需求，於是人們只好加倍勞動以填補食物的不足，飲食與性交如因果般互相滋長，人類文明也就於焉開展。但是隨著人類文明的發展，飲食活動和性交活動逐漸有了文化意涵，不再只是單純地維持生物機能。以食來說，飲饌不像過去只求口腹溫飽，人類開始追逐更高層的心理滿足；以性而言，交合的目的也不再圍於物種的繁衍，男女也可能純粹貪圖其中的歡愉。因此就歷史的縱向發展來看，我們可以見到不同時期的人們對於食、色的態度，可以看到食物和性交之於人的功能演變。但是這樣

1　〔墨〕蘿拉・艾斯奇弗（Laura Esquivel）撰，湯世鑄譯：《內心深處的美味》（臺北：皇冠文化出版公司，2000 年），頁 71。

仍嫌不足，如果剖析一部社會文本的橫切面，將會發現飲食文化和性愛文化另外有它們的階級特色。我們可以輕易看見，即便是生存在同樣一個文明階段，處於不同社會關係中的個人或群體，其飲食活動和性交活動自有屬於那個階級的特殊意義。亦即是說，對某些人而言，進食和交媾的功能永遠是生物性的；但對某些人而言，它的效用卻是政治性的，甚且被賦予美學的、哲學的內涵，以便強調階級優勢。

飲食活動和性交活動具備了階級文化意義之後，食與色的關係自然變得更加複雜。對於生活在社會下層的人們而言，食的飢餓和性的壓抑經常是聯繫在一起的；反過來講，對於生活在社會上層的人們而言，食的飽足和性的放肆也往往互為辯證。《孟子·告子》很早就揭示了「食色性也」的道理，文學作品經常也免不了要涉及食與色的關係，然而擺在眼前的事實是：文學史上捕捉飢餓的作品多，描繪飽足的作品少（這裏的飢／飽包括了食與性兩者）。但是平心而論，刻畫飢餓固然有它苦難的張力，不過摹寫飽足同樣有它繽紛的魅力——而《金瓶梅》正是其中翹楚。尤其小說主人公西門慶乃是晚明新興商業經濟的要角，因此書中環繞著他而開展出來的飲食及性交活動，早就超越一般的生物機能，奔向恣意放縱的享樂層面。本章便是要在這個認知基礎上，試著為小說中的食色關係做更深一層的探索。

一、飲食與性交的互動

(一)風流的媒介

讀過《金瓶梅》的讀者當都曉得，伴隨著每一場性交的發生，其中必然有各式的茶酒和美食，雖然在不同的狀況下，這些飲食的取用各有它的功效，但是茶與酒確實是小說裡男女風流韻事的首要媒介，發揮著「催情」效果，而茶與酒的出場也多半對接下來的男女互動，提供一個大致不差的暗示。全書第一個挨光調情的場景，就見作者為兩者的功能做了定位：

> 西門慶見金蓮十分情意欣喜，恨不得就要成雙。王婆便去點兩盞茶來，遞一盞與西門慶，一盞與婦人，說道：「娘子，相待官人吃些茶。」吃畢，便覺有些眉目送情。王婆看着西門慶，把手在臉上摸一摸，西門慶已知有五分光了。自古風流茶說合，酒是色媒人。王婆便道……。（第3回）

茶在中國社會常常是禮賓時派出的頭陣，所以在人際互動中扮演著十分重要的角色。雖然相較起酒來，茶本身的成分並不具備「醉人」的條件，但是由於喝茶是人與人之間第

一次的接觸，所有的試探、暗示、談判、乃至於氣氛的烘托都在這個時候進行，這一點在第二章業已交待過了。此處要強調的是，小說裡但凡男女初識的場合，茶也都負有培養感情、投石問路的任務。就以和西門慶有關的幾名婦人為例，前面提到潘金蓮和西門慶在經營「茶坊」的王婆家初會，兩人便是趁著喝茶眉目傳情（第 3 回）。至於孟玉樓，西門慶到婦人家說親時，她先差人拿出一盞「福仁泡茶」；後來兩人確定彼此都有意了，丫鬟便又端出「蜜餞金橙子泡茶」，接著就是媒婆掀起婦人裙子來，挑動起這浪子的小腳癖（第 7 回）[2]。再來看李瓶兒，西門慶每回到花子虛家都有茶喝，表面看是品佳茗話閒情，骨子裏一對男女都在算計如何勾搭對方（第 13 回）。妍頭王六兒也是一樣，兩人約定奸期相會，便先見婦人濃濃點了一盞「胡桃夾鹽筍泡茶」（第 37 回）。除此之外，奉茶有時也是柔情蜜意的表現，例如小說中提及的一道百味茶「芝蔴、鹽筍、栗絲、瓜仁、核桃仁夾春不老、海青拿天鵝、木樨玫瑰潑滷六安雀舌芽茶」，就讓西門慶呷了之後滿心歡喜，對金蓮倍加疼愛（第 72 回）。有趣的是，金蓮的心思不只用在西門慶身上，當她被月娘發落出來的時候，武松來王婆家打探相關事宜，婦人以為姻緣終究還在小叔身上，也是親手遞上一盞「瓜仁泡茶」，示好之意盡在言表（第 87 回）[3]。從這些例子來看，「風流茶說合」的講法一點不假。

茶功成身退之後，真正具有醉人（乃至於催情）成分的酒便接了棒。酒之於西門慶，在小說裡簡直到了無日不飲的地步，但是回到男女情事上，酒確確實實扮演著「色媒人」的角色。例如李瓶兒和西門慶先前喝了幾次茶，到了真正偷情的時候，便換上了「淡酒」（第 13 回）。至於王六兒，她和西門慶的第二次奸情是先從「菓仁茶」開始，接著換上西門慶帶來的竹葉清酒，然後才共效于飛（第 38 回）。林太太亦然，兩人第一次挨光也是先茶後酒，最後才帶著「兵器」上陣廝殺（第 69 回）。至於深得西門慶寵愛的妓女鄭愛月兒，兩人初會也是先見斟上一盞「桂花木樨茶」，俟後擺上酒來，幾杯黃湯下肚，接著才是同效鴛鴦（第 59 回）。從這些例子看來，茶像是飲酒前的暖身飲料，酒則是交歡前的激情酵素。

如果說酒精的刺激主要是「生理」性的，那些搭配茶酒一同出場的佳餚美饌，顯然則有刺激情欲的「心理」效果。西門慶家美食的豐沃情景，前面已經有過介紹，但是這裡再舉兩例，權作為小說中的「催情食譜」。第一例的場景，在著名的葡萄架下：

2　這兒有明顯的差別待遇，西門慶到孟玉樓家提親時，女主人先後招待福仁泡茶和蜜餞金橙子泡茶；可是當親戚張四舅上門欲攔阻婚事時，孟玉樓僅僅端出兩盞「清茶」而已。

3　除此之外，茶在床第之間還有別的功效，例如第 10 回，西門、金蓮兩人雲雨到一半，婦人喚春梅進來遞茶，看似解渴歇息之用；又如第 79 回，西門慶和王六兒大戰方休正在飲酒，結果不知不覺竟醉了，便點了茶來漱口。

> 西門慶一面揭開盒，裡邊攢就的八槅細巧菓菜：一槅是糟鵝胗掌，一槅是一封書
> 臘肉絲，一槅是木樨銀魚鮓，一槅是劈曬雛雞脯翅兒，一槅鮮蓮子兒，一槅新核
> 桃穰兒，一槅鮮菱角，一槅鮮荸薺，一小銀素兒葡萄酒，兩個小金蓮蓬鍾兒，兩
> 雙牙箸兒，安放一張小涼机兒上。（第27回）

精密細緻的菜盒裏，有經過特殊處理調味的鵝掌、肉絲、銀魚、雞翅，又有新鮮可口的
蓮子、核桃、菱角、荸薺，在炎炎夏日的午後，的確是很好的佐酒佳餚。同樣是喝葡萄
酒，另外一個場景的吃食略有不同：

> 如意兒道：「姐，你揭開盒子，等我揀兩樣兒與爹下酒。」於是燈下揀了一碟鴨
> 子肉，一碟鴿子雛兒，一碟銀絲鮓，一碟掐的銀苗豆芽菜，一碟黃芽韭和的海蜇，
> 一碟燒臟肉釀腸兒，一碟黃炒的銀魚，一碟春不老炒冬笋，兩眼春槅。不一時，
> 擺在桌上。（第75回）

由於這回是在冬日的晚上，所以端上的全是重口味的酒食，而且不見時新水果。不過桌
上顯然另有些乾果，因為作者接著寫道：「當下如意兒就挨近在桌上邊站立，侍奉斟酒，
又親剝炒栗子兒與他下酒。」面對一桌美食，身旁又有佳麗侍候，接下來要做什麼事彼
此又很清楚，因此這頓饗宴吃起來可就不需要正經八百，而是奉吃喝之名行調情之實。
於是很快地：「這西門慶見無人在跟前，教老婆坐在他膝蓋上，摟着與他一遞一口兒吃
酒。老婆剝菓仁兒，放在他口裡。西門慶一面解開他穿的玉色紬子對衿襖兒鈕扣兒并抹
胸兒，露出他白馥馥酥胸，用手揣摸着他奶頭，誇道：『我的兒，你達達不愛你別的，
只愛你這好白净皮肉兒，與你娘的一般樣兒。我摟着你，就如同摟着他一般！』」甜言
蜜語哄得入港了，接著兩人才上床辦事。

趁著吃吃喝喝挑逗情欲，在小說中是每個男女的必備功夫，不過幾名婦人運用各有
巧妙，分別呈現各自的心思與性格。先看潘金蓮這個例子，在書中也算是調情的經典場
面了：

> 西門慶吩咐春梅：「把別的菜蔬都收下去，只留下幾碟細菓子兒，篩一壺葡萄酒
> 來我吃。」……不覺淫心輒起，攬着他兩隻手兒，摟抱在一處親嘴。不一時，春
> 梅篩上酒來，兩個一遞一口兒飲酒咂舌，咂的舌頭一片聲響。婦人一面攬起裙子，
> 坐在身上，嘬酒哺在他口裡，然後在桌上纖手拈了一個鮮蓮蓬子，與他吃。西門
> 慶道：「澀剌剌的，吃他做甚麼？」婦人道：「我的兒，你就掉了造化了，娘手
> 裡拿的東西兒你不吃。」於是口中嚼了一粒鮮核桃仁兒，送與他，纔罷了。（第
> 19回）

由此看來，若說潘金蓮是《金瓶梅》中唯一兼擅打情罵俏和溫情婉意的婦人，恐怕絕不為過，相較於別的婦人那種卑躬屈膝地「伺候」，潘金蓮對西門慶的「服務」可以說是更張狂、更反叛、也更具有性的吸引力。

有些時候，飲食調情的場景根本就是發生在床上！看李瓶兒這個例子：

> 又在床上紫錦帳中，婦人露著粉般身子，西門慶香肩相并，玉體厮挨，兩個看牌，拿大鍾飲酒。……於是兩個顛鸞倒鳳，淫慾無度。狂到四更時分方纔就寢。（第16回）

至於王六兒則是另一種典型：

> 廚下老馮將嗄飯菜菜，一一送上，又是兩箸軟餅。婦人用手揀肉絲細菜兒裏捲了，用小碟兒托了，遞與西門慶吃。兩個在房中杯來盞去，做一處飲酒。……彼此飲夠數巡，婦人把座兒挪近西門慶跟前，與他做一處說話，遞菜兒。然後西門慶與婦人一遞一口兒吃酒。見無人進來，摟過脖子來親嘴咂舌。婦人便舒手下邊籠撥西門慶玉莖。彼此淫心蕩漾，把酒停住不吃了，掩上房門，褪去衣褲，婦人就在裡邊炕床上，伸開被褥。（第37回）

相較起潘金蓮來，王六兒只是西門慶的姘頭，彼此之間既沒有甜言蜜語的基礎，也不具備打情罵俏的條件，因此她對西門慶的挑逗必須是直接的，一旦男人動手動口動心，她馬上要直搗黃龍。

可是妓女鄭愛月兒就不同了，面對眼前這個有意於她的恩客，她要用她的細膩和柔情，小火慢燉般地烹煮這道調情盛宴。第59回的例子即很清楚，妓院飲饌除了講究精細，另有一套節奏舒緩的調情步驟：但見西門慶踏進門後，先胡亂喝了兩盞茶；落後安桌上菜，先是四個小翠碟兒裝著精製銀絲細菜：「割切香芹、鱘絲、�鮓、鳳脯、鷺鶿」；又是一道香甜美口的「酥油和蜜餞麻椒鹽荷花細餅」；然後兩個姊妹親揀各樣菜蔬肉捲，安放在小泥金碟兒內遞與西門慶吃，旁邊則斟上新煮的「桂花木樨茶」；待吃了餅、品了茗後收下傢伙，兩人陪西門慶抹牌；然後重又擺上酒來，佐以各式佳餚美果，這會兒姊妹兩人一個彈箏、一個琵琶，唱了一曲《兜的上心來》給西門慶聽；唱畢，又是十二碟菓仁減碟，細巧品類，然後三人擲骰猜枚……。費了這般工夫，西門慶才從穿心盒內取出胡僧藥來，準備待會兒行房。可又因著一條拴束金穿心盒的汗巾，鄭愛月兒也能故意拿來生些飛醋，逗得西門慶只能陪些好話兒。然後兩人一遞一口兒飲酒咂舌，接著西門慶摸弄粉頭香乳，淫慾高熾之際，便要妓女下去為他口交……。由此看來，妓女對恩客的調情總是不疾不徐，一定要讓客人完全處於舒暢飽足的狀態，才會與之行房。

　　從這幾個例子來看,由於飲食場域都是私密的環境,因此男女兩方的接觸十分直接,不管是說話遞菜兒、一遞一口兒飲酒咂舌、甚至是親自嚙著酒食送到對方嘴裏,餵食行為確實可以拉近兩人的距離,畢竟這是一種最親蜜的服侍。何況西門慶一派父權思維,見婦人煞是殷勤地伺候著自己,心滿意足之餘反倒更能激起他的淫欲。他喜歡婦人聽命於他,她們愈是體貼,他愈會好好「照顧」對方——以他自以為是的「恩施」男根、「賞賜」精液的方式。

　　有趣的是,在人類日常生活當中,「性」堪稱為最隱密的活動,而「食」可以說是最毋庸避諱的活動,開放的飲食行為竟可以為私密的性愛交合提供溫床,這之間的關聯確實弔詭得很。在《金瓶梅》裏,就有許多場景反映了這層趣味,例如西門慶和如意兒之間的奸情,便是這樣發展起來,第 65 回說道:「奶子如意兒,無人處常在(西門慶)跟前遞茶遞水,挨挨搶搶,掐掐捏捏,插話兒應答。」果然不消三天兩夜,西門慶夜間要茶吃,婦人下了炕來侍候著,結果老爺「一時興動,摟過脖子就親了個嘴,遞舌頭在他口內。」類似的例子還有很多,以潘金蓮為例,且不說她把琴童騙進房中喝酒姦淫(第12 回);單道她頭一回見了陳經濟,有心要勾搭他,正逢這女婿沒大沒小地走進丈母娘房中「討茶」吃,於是婦人體貼地要春梅揀粧裏的「蒸酥菓餡餅兒」與他(第 18 回)。接下來兩人的互動,就是從聚在一起吃吃喝喝,慢慢尋出些意思來。至於春梅當然是有樣學樣,日後她嫁入周守備府,和經濟之間也是循著這個法子,第 97 回寫歡渡端午佳節,便是痛痛快快地吃喝一場,待把旁邊的孫二娘灌得醉了回房,然後兩人成就美事。至於最「標準」的例子在第 69 回,在這一回經由文嫂的牽頭,西門慶到王招宣府和林太太相會。由於兩家俱有身分,相互拜見答禮之後,初時先飲了茶,談談兒子王三官兒的官司。正事談罷,文嫂放桌擺上酒來,西門慶先是故意辭卻,待林太太起身捧酒,西門慶也就欣然承恩了。小說接著這麼寫道:

> 須臾,大盤大碗,就是十六碗熱騰騰美味佳肴,熬爛下飯,煎燒鷄魚,烹炮鵝鴨,細巧菜蔬,新奇菓品。傍邊絳燭高燒,下邊金爐添火。交杯換盞,行令猜枚,笑雨嘲雲,酒為色膽。看看飲至蓮漏已沉,窗月倒影之際,一雙竹葉穿心,兩個芳情已動。文嫂已過一邊,連次呼酒不至。西門慶見左右無人,漸漸促席而坐,言頗涉邪,把手捏腕之際,挨肩擦膀之間,初時戲摟粉項,婦人則笑而不言;次後款啓朱唇,西門慶則舌吐其口,鳴咂有聲,笑語密切。婦人於是自掩房門,解衣鬆珮,微開錦帳,輕展繡衾,鴛枕橫床,鳳香薰被,相挨玉體,抱摟酥胸。原來西門慶知婦人好風月,家中帶了淫器包在身邊,又服了胡僧藥。婦人摸見他陽物甚大,西門慶亦摸其牝戶,彼此歡欣,情興如火。婦人在床傍伺候鮫綃軟帕,西

門慶被底預備麈柄猙獰。當下展猿臂，不覺蝶浪蜂狂；蹺玉腿，那個羞雲怯雨。
正是：縱橫慣使風流陣，那管床頭墜玉釵。（第69回）

小說寫男女兩人會面之初，不是有丫鬟小廝在旁伺服茶水，就是見到媒婆牽頭招呼酒菜，然而一旦到了杯來盞往、行令猜枚、笑語嘲雲的地步，這些閒雜人等便會識趣地退到房間外邊。所以在這個例子可以看到，當西門慶發現文嫂「連次呼酒不至」、確信左右無人的時候，馬上昇高他的調情尺度，於是要不了多久，我們就接著見到：「婦人於是自掩房門，解衣鬆珮……。」原本公開的飲食空間於焉變成私密的交合溫床。

　　既然飲食和性交有著這層聯繫，因此吃喝方面有時也就不免要生些花樣來。第27回寫金蓮醉臥葡萄架，西門慶取玉黃李子向婦人陰道投肉壺玩耍，又把李子放在婦人陰道內、稍後並且摳出教婦人吃了，便是把食物當成了刺激感官的「道具」（淫具）[4]！至於第6回寫西門慶：「脫下他（金蓮）一隻繡花鞋兒，擎在手內，放一小杯酒在內，吃鞋杯耍子。」把酒和具有性象徵的繡花鞋結合在一起，對西門慶而言、對讀者而言都是刺激性欲的情事，因而讓緊接著發生的歡愛平添不少想像空間。也難怪這個遊戲自宋、元以來便很盛行：

　　元楊鐵崖好以妓鞋纖小者行酒。此亦用宋人例。而倪元鎮以為穢，每見之，則大怒避席去。隆慶中，雲間何元朗覓得南院王賽玉紅鞋，每出以觴客，坐中多因之酩酊，王弇州至作長歌以紀之。元鎮潔癖，固宜有此；晚年受張士誠糞漬之酷，可似引滿香尖時否？[5]

食物既然有寄予感情、烘托性欲的效果，飲食行為便不再侷限於生物功能取向，反倒在人類的集體無意識中散發一股催情迷香。為什麼說這是一種集體無意識呢？前引諸多例子都可以看到，許多明明白白純為性交的場景，男女兩方仍不免要先坐下來吃喝一頓。就拿西門慶和王六兒這一對來說，在第50回，婦人分明有心要和情郎廝混，卻託言備下一席壽宴；雖然西門慶早也盤算要找王六兒試胡僧藥，卻也正正經經使小廝先送一罈酒去。至於西門慶和林太太也是一般比畫，前引第69回文中提到，明明兩人早就透過媒婆做好牽頭，可是行禮如儀之後，仍要先吃一頓再說。

4　當然，這種玩弄的本質是一種殘酷的性的懲罰，完全反映西門慶男性家長的身分，參丁乃非撰：〈鞋韈‧腳帶‧紅睡鞋〉，張小虹編：《性／別研究讀本》（臺北：麥田出版社，1998年），頁23-60。
5　〔明〕沈德符撰：《萬曆野獲編》（北京：中華書局，1997年），卷23，「妓鞋行酒」條，頁600。

(二)且幹且食

《金瓶梅》書中的很多段落,性欲興發都是在飲食活動之後,看來唯有等到酒足飯飽,人們才有心思和創意追求性的享樂。例如第 42 回,西門慶陪著幫閒朋友吃喝一天,晚夕便尋來家作客的王六兒成就後庭美事。又如第 52 回,幾乎是同樣的賓客,西門慶同樣在吃喝一頓之後,把來家避難的李桂姐拉到藏春塢雪洞兒裡,「抱到一張椅兒上兩個就幹起來。」雖然《金瓶梅》評點家張竹坡在這裡提到,這場性事主要是西門慶「欲賣弄精神,亦非有意於桂姐也。」[6]然而若說他全仗憑胡僧藥逞威風,恐怕也不全是,若非他先吃飽了、喝足了、燃起幾分欲望來了,不見得就會想到服下春藥,進而找桂姐賣弄精神。

然而不能否認的是,常言雖道「酒足飯飽」,不過在性欲的撩撥上,酒的作用恐怕還要大些。例如第 67 回,西門慶和應伯爵在家整整吃了一天,到晚上進了李瓶兒房裏,便見他「乘酒興服了藥,那話上使了托子」,找奶子如意兒盡力盤旋一場。第 77 回,西門慶和應伯爵、花大舅圍爐飲酒,吃到掌燈時分,西門慶見四下無人,兩三步便走入賁四嫂家來,作者在這同樣提到:「這西門慶乘着酒興,架其兩腿在胳膊上……。」第 78 回,一樣是吃喝整日,客散之際,西門慶趁黑走到二門裏首,偷看何千戶夫人藍氏上轎,結果淫心輒起,碰巧來爵媳婦惠元正從後邊歸來,西門慶「於是乘着酒興兒,雙關摟進他房中親嘴。」

酒固然有醉人效用,不過若是未能搭配其他食物,飲酒也就減了許多樂趣,所以「食」、「色」常是合在一起談的。但若對應起性活動,其間自然還有差別。酒精具備鬆懈神經的功能,可以帶領人們回到「本我」(id)的世界,按照快樂原則追尋本能欲望與衝動,「酒是色媒人」正是這個意思。例如小說在第 16 回提到:「年隨情少,酒因境多。」第 69 回也提到:「交杯換盞,行令猜枚,笑雨嘲雲,酒為色膽。」這裡所說的酒因「境」多,指的自然是男女調情揀光之境;至於酒為「色」膽的講法,指的明顯是為男女狹邪淫樂壯膽。兩者同樣強調了酒精鬆懈神經的功能[7]。至於所謂「飽暖思淫欲」,則可以說是生物的本能反應,畢竟胃的飢餓問題解決之後,才有體力和心思遂行性交及生殖活動。固然說動物的本能欲望包括食欲和性欲,但若是食欲不能得到滿足,性欲的填補自要因

---

6 第 52 回回評。黃霖編:《金瓶梅資料彙編》,頁 167。

7 從心理學的角度來講,適度的酒精能鬆懈神經,讓人追尋本能欲望與衝動,但是醫學報告對於酒精與性交品質的關係,卻有不同的說法。有些報告指出,飲酒可以增加男女的性快感;相反的,也有報告指出,酒精能成為中樞神經系統的抑制劑,因而干擾了性興奮的神經反應途徑;也有研究結果指出,酒精可降低年輕男性血清睪丸酮和黃體酮的水平,長期飲酒導致酒精中毒者,甚至可能造成性功能障礙。參劉榮才編:《性心理學辭典》(武漢:湖北辭書出版社,1992 年),頁 208。至於中國醫書向來是反對醉飽行房,關於這一點下一章會有詳盡的討論。

體力不支而受到影響。較《金瓶梅》晚出的豔情小說《肉蒲團》，主角未央生在放縱一世之後所悟得的道理，恰巧就說明了這個事實：「惟恐飽暖太過要起淫心，一件好衲衣也不穿，一樣好蔬菜也不吃。時常帶些饑寒，好使道心生發。」（第20回）

然而《金瓶梅》裡的西門慶乃是晚明新興商業經濟的要角，因此書中環繞著他而開展出來的飲食及性交活動，早就超越了維持生存的基本生理機能，奔向恣意放縱的享樂層面。於是讀者看到的是按照享樂原則生活的西門慶不斷地追逐食欲和性欲，除了性交之前先要品嚐香醪美饌，有時在交媾的過程中，還兀自地吃喝起來。見以下三個例子：

> 兩個耍一回，又幹了一回。傍邊迎春伺候下一個小方盒，都是各樣細巧菓仁肉心、雞鵝腰掌、玫瑰菊花餅兒。小金壺內，滿泛瓊漿。從黃昏掌上燈燭，**且幹且飲**，直要到一更時分。（第17回）

> 婦人於是頑了有一頓飯時，西門慶忽然想起一件事來，叫春梅篩酒過來，在床前執壺而立。將燭移在床背板上，教婦人馬爬在他面前，那話隔山取火，插入牝中，令其自動，**在上飲酒取其快樂**。（第18回）

> 於是兩個顛鸞倒鳳，淫慾無度。……直睡到次日飯時不起來。婦人且不梳頭，迎春拿進粥來，只陪着西門慶吃了上半盞粥兒。又拿酒來，二人又吃。原來李瓶兒好馬爬着，教西門慶坐在枕上，他倒插花，往來自動。（第16回）

這三個例子描寫了口腹之欲和性愛之需同時滿足的情況，不過言及食與性的結合，在性交過程中放縱飲酒畢竟是極端的例證。然而如果把性交定義擴大，將言語調笑、肌膚撫觸、性具交接、事後溫存整個過程視為廣義的性交，那麼「且幹且食」的情形就充斥全書了。

《金瓶梅》食色兩者的互動，除了指性交前要飽食一頓、性交中途飲酒助興外，性交結束後往往還見到他們吃吃喝喝。例如第29回，西門慶和潘金蓮蘭湯午戰之後，婦人恐怕男人腹中飢餓，便要西門慶拿菓餡餅配著白酒吃。當然，兩性交合勢必要消耗人體許多熱量，因此交媾後的進食活動，自然可以解釋成補充能量。何況小說裡西門慶一次性交總要費上許多時間，因此性交結束後常常也就到了進食的時間，更遑論性交過後可能還睡了一覺。第79回就是這種情形，西門慶和王六兒交合之後，一覺睡到三更方醒，「婦人開了房門，叫丫鬟進來，再添美饌，復飲香醪，滿斟暖酒，又陪西門慶吃了十數杯。不覺醉上來，纔點茶來漱了口。」不過在《金瓶梅》裏，交合後的進食常常不只是生理的需求而已，在很多地方往往是滿意心情的延續。這一點從西門慶兩戰林太太即可得到很好的印證，在第69回小說寫他們：「復飲香醪，再勸美酌。」在第78回則是：「這

西門慶滿心歡喜，起來與他留連痛飲，至二更時分。」這都是在性欲飽足之後，回過頭來重新填補口腹之欲。一個更鮮明的例子在第 52 回，這天應伯爵和謝希大來西門家作客，一整日穿流不息的飲宴活動中，西門慶在中間穿插一場和妓女李桂姐的性交，不正好說明食與色的緊密互動？然而換個角度想，這場一時興起的交媾，對西門慶而言不也就是其中一道特別的佳餚嗎？

對此，我們可以從書中找尋證據，最好的例子，就在於作者交待性交時間的習慣用語。在《金瓶梅》及一般色情小說中，這個問題最公式化的寫法，莫過於誇稱陽具在陰戶出入數百（或數千）回，足足搗了一個時辰（或兩個時辰）才鳴金收兵。可是在《金瓶梅》的某些段落，可不是這麼交待，例如第 18 回：「婦人於是頑了有一頓飯時」；第 42 回：「一上手一陣往來擻打，何止數百回。擻打的連聲響亮，其喘息之聲，往來之勢，猶賽折床一般，無處不聽見。……西門慶和老婆足幹搗有兩頓飯時，纔了事。」第 78 回：「呷弄够一頓飯時」；第 79 回：「兩個說話之間，又幹够兩頓飯時，方纔精洩。」雖然從小說中這些習慣用語來看，尚不足以證明在笑笑生的無意識裡，是否真把性交看作一頓飲食饗宴，不過由於整部《金瓶梅》著重描寫飲食與性交活動，因此用一頓飯、兩頓飯來交待性交時間，或不免讓讀者平添臆想，如是則性交行為便多了一層飲食意涵。

不管怎麼說，飲食和性交在這部小說裏，確實有一種緊密的互動關係。一場飲食的結束，常常就是另一場性交的開始；一場性事的終了，往往又開啟下一場精美的饗宴。問題在於：如此頻繁的進食和交合行為，是否正是西門慶早亡的原因呢？人們常說西門慶死於縱欲無度，但是這裏的放縱除了指「性」的過量之外，是不是也該把「食」的過度計算進去呢？事實上在中國古代的房中養生典籍裏，對此早有清楚的交待，因為房中醫學幾乎不能避開性交的各種損益行為[8]。尤其是早從《皇帝內經》開始，就強調酒醉飢飽不得行房，例如《素女經》就說：「又醉飽而交接，喘息氣亂則傷肺，令人咳逆上氣，消渴喜怒，或悲慘慘，口乾身熱而難久立。」[9]《玉房秘訣》也說：「新飲酒，飽食，穀氣未行以合陰陽，腹中彭亨（澎脹），小便白濁，以是生子，必顛狂。」[10]此外如明人養生典籍也反映出一樣的觀念，著名如李漁《閒情偶寄》便說：「飲寒醉飽，四時皆非取樂之候。」[11]

8　郝勤撰：《陰陽·房事·雙修——中國傳統兩性養生文化》（成都：四川人民出版社，1993 年），「補益之道」，頁 201-239。

9　〔清〕葉德輝輯：《素女經》。《叢書集成續編》（上海：上海書局，1994 年），子部，第 81 冊，頁 451。

10　〔清〕葉德輝輯：《玉房秘訣》。《叢書集成續編》，子部，第 81 冊，頁 459。

11　〔清〕李漁撰：《閒情偶寄》（臺北：長安出版社，1979 年），頁 355。

回來看西門慶，他在第 67 回曾向應伯爵訴苦道：「像我晚夕身上常時發酸起來，腰背疼痛。」而應伯爵的回應是：「你這胖大身子，日逐吃了這等厚味，豈無痰火？」所謂胖大身子，顯然就是飲食太豐的成績；至於痰火，其實和飲食的精美沒有太直接的關係，根本就是縱欲過度、體氣虛弱所致。如果用《素女經》的觀點來解釋，由於西門慶每次行房前都先進服大量飲食，長期下來自然會有「腰脊疼痛」、「身體浮腫」的毛病，因此他的死只能說是自取滅亡。何況西門慶得胡僧的春藥後，往往可以延長交合時間，但是這個好處在房中醫學家看來卻非美事，漢代竹書《天下至道談》就把房事沒完沒了、毫無節制的行為視為「七損」之一，並說「為之不已，曰楬（竭）。」[12]所以，過度地放縱自己的食欲和性欲，同樣都是促成他早亡的原因。

(三)婦人手藝

前面提到，藉著吃吃喝喝挑動性欲，幾乎已經成為小說中常見的造愛前戲，因此和西門慶有一手的婦人總是要在這上頭下些功夫。雖然西門慶家的餚饌多有專人治理，不然就是外頭採買回來，然而有些時候，為了讓飲食內容（及形式）平添興味，這些婦人偶爾也自己剔甲下廚。

先說潘金蓮。小說在第 8 回寫道，自從武大死後，西門慶和婦人過了一段恩愛時光，不料後來西門慶說成孟玉樓親事，接下來又忙著張羅西門大姐婚事，因而把金蓮拋閃在一邊。雖然如此，這婦人卻天天倚在門首盼著情郎，一日並且親手做了一籠裹餡肉角兒，等著西門慶來吃。結果西門慶沒這個福分享用，反倒是女兒秋菊偷吃了一個，挨金蓮惡狠狠地打了一頓。為什麼呢？因為這籠肉角兒雖然平常，可卻是婦人向情郎獻殷勤的寶貝，一個非自己親生的野丫頭哪有資格享用奉愛情之名成就的美饌呢？有趣的是，這籠肉角兒最後竟是進了玳安的肚子，為什麼這回金蓮又捨得了呢？很簡單，因為西門慶既然不來，能為金蓮傳言帶信的小廝，當下成為婦人唯一的希望，這個時候她自然也就大方得很。

至於李瓶兒，在小說中也曾經親自下廚款待西門慶，看這段描寫：

> 於是湯水嗄飯，老媽廚下一齊拿上。李瓶兒親自洗手剔甲，做了些蔥花羊肉一寸的扁食兒。銀鑲鍾兒盛着南酒，繡春斟了兩盃，李瓶兒陪西門慶吃。西門慶止吃了上半甌，就把下半甌送與李瓶兒吃。一往一來，迭連吃上幾甌，真個是：年隨情少，酒因境多。（第 16 回）

---

12 長青撰：《房事養生典籍——馬王堆漢墓帛書》（西安：西北大學出版社，1993 年），頁 44。

和金蓮不同的是，瓶兒夫家家境豐厚，因而家中飲食自有老媽子張羅，不過為了表現情意，婦人在這裏也是親手治了幾道菜餚。當然，蔥花羊肉和扁食兒都不是什麼了不起的大菜，但是吃在嘴裏，美味可在心坎上。瓶兒親自剔甲下廚的例子唯此一椿，不過她的本事恐怕不止於此，最起碼，她還會整治泡螺兒。小說在第 68 回一段西門慶和妓女鄭愛月兒的談話，證明她有這個技藝，只見西門慶說：「前日多謝你蛇螺兒。你送了去，倒惹的我心酸了半日。當初有過世六娘他會揀，他死了，家中再有誰會揀他！」這話委實不差，因為在前一回粉頭差人送泡螺兒來時，應伯爵便道：「我頭裡不說的，我愁甚麼，死了一個女兒會揀泡螺兒孝順我，如今又鑽出個女兒會揀了！偏你也會尋，尋的都是妙人兒！」由此可見，一道好手藝有時確能博得愛人的青睞與疼惜，李瓶兒如此，鄭愛月兒也是一樣。

有趣的是，從潘金蓮、李瓶兒兩個例子來看，她們的親自下廚都是在初遇西門慶之時，之後就不見她們洗手剔甲。箇中原因其實不難推敲，畢竟男女初識之際，婦人才德向來深受注目，不過由於這些淫婦幹的是殺夫通姦的營生，自無德行可言，唯一能展現「才能」的地方不是在床上，便是在廚房了，因此為了打動情郎的心，兩人都想藉著巧手變些花樣出來。至於嫁來西門慶家以後，由於家中自有專人整治膳食，因此親自下廚為全家人做飯，在大家子裡自然是不可能的事。像在第 40 回，瓶兒所謂月娘「擺下飯了，又做了些酸笋湯」，這兒提到的湯，恐怕也就是大娘吩咐廚房做下的。然而由於妻妾爭寵，藉著整治泡螺一類的小點心搏得情郎喜歡，怕也是常見的事了。

潘金蓮、李瓶兒之外，書中另一個要角王六兒，也能整辦一些菜色出來。在第 37 回，寫她和西門慶頭一遭偷情，雖然有牽頭馮媽媽幫忙買了許多雞魚下飯，並且來廚下替她安排端正，但婦人還是親自烙了一筋麵餅，並且用手揀肉絲細菜兒裹著餵西門慶吃。烙餅當然不難，但是王六兒的功夫也不只如此而已，西門慶死後，第 98 回寫到陳經濟和愛姐在酒店相會，結果兩人接連睡了兩次，第二天早上，便見「王六兒安排些雞子肉圓子，做了個頭腦，與他扶頭。」根據朱國禎《涌幢小品》的記載：「凡冬月客到，以肉及雜味置大碗中，注熱酒遞客，名曰頭腦酒。」[13] 看來簡單易做，其實這道滋補聖品也可以相當複雜[14]，同樣需要一番好手藝。

提到精於庖廚的婦人，就絕不能忘卻宋惠蓮，她最令人稱奇的本事，在第 23 回透過潘金蓮口裏交待出來：「那二錢買個豬頭來，教來旺媳婦子燒豬頭咱們吃。只說他會燒的好豬頭，只用一根柴禾兒，燒的稀爛。」結果惠蓮十分驚異，口中嘖道怎麼金蓮就曉

13 〔明〕朱國禎撰：《涌幢小品》（臺北：新興書局，1973 年），卷 17，「頭腦酒」條，頁 16。
14 翁雲霞撰：《食髓知味——金瓶梅的另類飲食》（臺北：商智文化有限公司，1998 年），頁 16-18。

得她有這才幹。當然,這訊息肯定是由西門慶那兒得來的,因為前一回就已見他對月娘說道:「他做的好湯水,不教他上大竈。」那麼這道佳餚是怎麼治理的呢?小說這麼寫道:

> 於是起身,走到大廚竈裡,舀了一鍋水,把那豬首蹄子剃刷乾净。只用的一根長柴安在竈內,用一大碗油醬并茴香大料,拌着停當,上下錫古子扣定。那消一個時辰,把個豬頭燒的皮脫肉化,香噴噴五味俱全。將大冰盤盛了,連姜蒜碟兒,教小廝兒用方盒拿到前邊李瓶兒房裡。(第23回)

西門慶怎麼知道惠蓮燒得好豬頭?又怎麼曉得她做的好湯水?想來極有可能是婦人私下獻過殷勤。因此從這幾個例子看來,製作甜食點心非但可以展現婦人的手藝和心意,也能讓自己在眾姬妾中脫穎而出。同樣的道理對妓女亦然,小說雖然接連寫了李桂姐、吳銀兒、鄭愛月兒等被西門慶梳櫳過的青樓女子,但是唯獨鄭愛月兒是西門慶備加呵護的。為什麼?難道僅只因她為西門慶指引了林太太這條門路?還是她特別懂得溫存之道?恐怕都不是,答案在於她特別懂得於小處用心。例如前面提到的,第67回她差人送來一盒菓餡頂皮酥、並自己親手揀的酥油泡螺,這就讓西門慶非常感動。尤其是用汗巾裹著的、一包粉頭親口嗑的瓜仁兒,更讓西門慶倍覺珍惜。平常應伯爵搶了他的吃食,西門慶頂多笑笑就過去了,可這回他卻禁不住罵了起來:「怪狗才,你害饞癆饞痞?留些兒與我見見兒,也是人心!」不過是價廉的瓜子兒罷了,西門慶的反應是否太激烈了?何況應伯爵所言「你尋常吃的够了!」也有幾分道理。事實上西門慶激動的原因在於,無論是鄭愛月兒親口嗑的瓜仁兒、王六兒烙的麵餅、李瓶兒的葱花羊肉並扁食角兒、潘金蓮的裹餡肉角兒,婦人在整治過程中都投入了自己的愛欲、都寄託了自己對情郎的相思,因此西門慶在品嚐時,吃下肚的不只是食物的美味,還包括蘊藏在其中的性愛渴望。所以這些美食吃在旁人嘴裏,只是一道可口的餚饌罷了,不會有什麼特別的感受,唯有西門慶親身品嚐時,那股性愛的氣味才會從口中傳入體內。透過美食,除了享受烹調的口感,還能享受性的歡愉,無怪乎西門慶那麼在意那包瓜仁。擴大來講,像潘金蓮那樣噙酒哺在情郎口裏、或是吞了滿口瓜仁兒哺與男人吃,又是另一種獨到的烹調了,那滋味嚐在嘴裏,恐怕全是濃郁的性愛芳香。甚至,婦人們為西門慶挾菜餵食、以及一遞一口兒飲酒,廣義來講都是又一度的烹調加工,食物和美酒也因此有了新的氣味。前面說酒精的刺激主要是「生理」性的,美饌的刺激則是「心理」性的,立論基礎即在此。

擅長處理飲食男女主題的智利作家依莎貝拉・阿言德(Isabel Allende),曾在她的小說《春膳》(*Afrodita*,1997)提到:「春膳是連結貪吃和好色的橋樑。」不過她也強調:「我不知道男人的情況如何,但就女人而言,所有春膳都必須以真情真意為藥引,否則就

不能發揮作用。」[15]由此觀之，小說中這些婦人整治出來的佳餚美饌，在性心理上都具備「春膳」的特色。從這個角度來看，顯然更能理解《金瓶梅》裏緊密扣合的飲食和性交活動。

二、最美的食物：肉體

(一)以食物喻肉體

讀者當都記得，金蓮住處樓上三間，正中是供養著佛像，兩邊稍間則是堆放生藥香料。西門慶死後，潘金蓮和陳經濟一對丈母女婿先在廂房勾搭得手，一日，婦人走來樓上觀音菩薩前燒香，不想經濟正好也拿鑰匙上樓開庫房尋藥材香料。結果兩人撞在一塊兒，當下擁抱親嘴呷舌，且趁四下無人，在一張春椅上就交媾起來。寫到這裏，作者安插一首《水仙子》詞見證這場性交：

> 當歸半夏紫紅石，可意檳榔招做女婿。浪蕩根插入蓖麻內，母丁香左右偎，大麻花一陣昏迷。白水銀撲簌簌下，紅娘子心內喜，快活殺兩片陳皮！（第82回）

由於這場性事就發生在堆放藥材的房間內，因此這首詞全用藥材來譬喻，譬喻的對象包括女性的陰毛（蓖麻、大麻花）、陰唇（母丁香、陳皮）、和男性的精液（白水銀）。雖然難免予人不倫不類之想，卻也生動而富創意[16]。這些藥材雖然談不上是美饌，但都可以經由口中服用治病，就功能來講也算是吃食了。

可是《金瓶梅》除了拿藥材比喻人體器官，也常藉各種餚饌譬喻肉體的芳美，甚至藉食物提供性暗示。最誇張的地方出現在第49回，作家先是這麼形容他一手打造出來的胡僧：「生的豹頭凹眼，色若紫肝；戴了雞蠟箍兒，穿一領肉紅直裰；頦下髭鬚亂拃，頭上有一溜光檐。」——活脫脫是個男根模樣！由於這號人物的出場任務，乃是為西門慶提供春藥，於是小說接著寫西門家為和尚準備的飯食，和其他場景對照起來可以說是大不相同，許多食物不只奇怪，而且充滿各種性的含意。最明顯的性暗示莫過於那道「一龍戲二珠湯」——花觔滾子肉暗指陰莖，兩個肉圓子則比喻睪丸。此外，那個小說中未再出現過的「團靶鈎頭雞脖壺」也很奇怪，至於「打開腰州精制的紅泥頭，一股一股邊

---

15 〔智〕依莎貝拉，阿言德（Isabel Allende）撰，張定綺譯：《春膳》（臺北：時報文化公司，1999年），頁28、197。

16 不過，這首詞在「崇禎本」和張竹坡「第一奇書本」悉遭刪除，顯然刪者嫌其輕浮。

出滋陰摔白酒來，傾在那倒垂蓮蓬高脚鍾內」，白酒在這裏顯然暗指精液，倒垂蓮蓬高脚鍾則指女陰，因此這個舉措根本就是性交射精的象徵。另外值得注意的是，這裏一連出現三道魚，分別是一碟頭魚、一碟舞鱸公、一碟光溜溜的滑鰍，從神話－原型批評的觀念解讀，烹魚、吃魚在民歌裡向來暗喻男女合歡或交配[17]，這裏的安排不知是否別有所指。至於一碟寸扎的騎馬腸兒，指的應是某種香腸，不過所謂的「騎馬」，或許也有交合之意。

撇開這個誇大的形容，回來看看比較正常的段落。早在小說開頭第 1 回、潘金蓮剛出場的當兒，我們便見到街坊幾個浮浪子弟，終日在街上這麼嘲戲著武大郎和潘金蓮：「這一塊好羊肉，如何落在狗口裡！」因為婦人生得很有顏色，武大卻是「三寸丁、谷樹皮」。接著在第二回，作家安排西門慶和潘金蓮的邂逅，當他從隔壁賣茶王婆口中聽見，婦人嫁的丈夫正是賣炊餅的武大郎時，也是禁不住叫起苦來嘆道：「好一塊羊肉，怎生落在狗口裡！」同樣是用羊肉形容婦人的秀色可餐。這個完全襲自《水滸傳》的橋段，經《金瓶梅》整個依樣搬演之後，用「好羊肉」、「肥羊肉」比擬女子的說法，便在後來的色情小說延襲下來。不過要注意的是，每當這麼使用的時候，絕對都意含相當強烈的性暗示，亦即羊肉是以菜餚的形式，出現在一個（或一群）飢腸轆轆、好食貪色的男人面前。[18]

然而在《金瓶梅》裡，羊肉比擬的是什麼樣的女子呢？回來看看第 1 回，當小說言及浮浪子弟每每以羊肉形容金蓮之際，忽見敘述者這麼插話道：「人人只知武大是個懦弱之人，却不知他娶得這個婆娘在屋裡，風流伶俐，諸般都好，為頭的一件好偷漢子。」接著他更引詩為證：「金蓮容貌更堪題，笑蹙春山八字眉。若遇風流清子弟，等閑雲雨便偷期。」作者的意思是，說金蓮是塊羊肉，除了因為她生得嬌媚欲滴，令人忍不住想要親嚐芳澤之外，還因為她是個賣弄風騷、好偷漢子的淫婦，風流子弟皆可與之共赴雲雨。這麼看來，小說裡羊肉比擬的是如金蓮這般風流淫婦，於是我們可以說，羊肉和女人一樣，都是以菜餚的形式出現（呈現）在好吃、貪色的男人面前。如此一來，《金瓶梅》某些描寫就可以有饒富興味的解釋，例如前面提到第 16 回李瓶兒洗手剔甲，親自為西門慶做了些「葱花羊肉」——這道菜餚顯然就別有喻意了，因為李瓶兒和潘金蓮一樣，都是專偷漢子並且謀害親夫的婦人，向情郎獻上一盤羊肉，等於是向西門慶奉上自己貪歡

17　聞一多撰：〈說魚〉，《聞一多全集》（北京：三聯書店，1982 年），卷 1，頁 117-138。

18　《金瓶梅》出現過的各式菜餚中，豬肉料理最為普遍，這或許和中原漢人的飲食習慣有關。清人袁枚的《隨園食單》（廣州：廣東科技出版社，1983 年）便說：「豬用最多，可稱廣大教主。宜古人有特豚饋食之禮。」（頁 38）不過豬肉向來罕有性的聯想，不若在小說中出現比例次高的羊肉料理，它的好幾次登場都有性的暗示。

的肉身。果然,小說接著寫道:

> 西門慶看他醉態顛狂,情眸春戀,一霎的不禁胡亂。兩個口吐丁香,臉偎仙杏,李瓶兒把西門慶抱在懷裡叫道:「我的親哥!你既真心要娶我,可趁早些。你又往來不便,休丟我在這裡日夜懸望。」說畢,翻來倒去,攪做一團。真個是:傾國傾城漢武帝,為雲為雨楚襄王。(第16回)

談到羊肉,談到李瓶兒,第19回另有一個例子亦很有趣。話說李瓶兒因為等不到西門慶迎娶入門,於是糊里糊塗地招贅了蔣竹山,沒想到婦人因為在西門慶手中經歷過狂風驟雨,因此對蔣竹山的床上表現很不滿意。一天,婦人把他買來的淫器都用石頭砸個稀爛,並且氣呼呼地罵道:「你本蟲蟮,腰裡無力,平白買將這行貨子來戲弄老娘!我把你當塊肉兒,原來個中看不中吃蠟槍頭,死王八!」李瓶兒在這裏,也是用「肉」來形容她對這個男人的性期待,尤其從「中看不中吃」一句形容來看,顯然這裏所指正是性的力度不足。雖然世俗相傳蟲、鱔一類水族都有旺盛的性繁殖力,但是這裏的比喻並非著眼於此,而是藉其形體突出「腰間無力」的腎衰特質。

　　至於小說中最常以食物為喻的器官,則是女子陰戶,這方面的譬語共有三種。首先是潘金蓮,小說第4回寫西門慶和她二度偷情的時候,有這麼一段形容文字:「少頃,婦人脫了衣裳。西門慶摸見牝戶上並無毳毛,猶如白馥馥、鼓蓬蓬發酵的饅頭,軟濃濃、紅縐縐出籠的果餡,真個是千人愛萬人貪一件美物。」[19]這裡用「白馥馥、鼓蓬蓬發酵的饅頭」描其肌膚白皙無瑕,藉「軟濃濃、紅縐縐出籠的果餡」寫其白裏透紅的視覺感受,兩個比喻都凸出了喻體的柔軟特質。另外一處形容是在鄭愛月兒身上,小說第59回寫道:「西門慶見粉頭脫了衣裳,肌膚纖細,牝淨無毛,猶如白麯蒸餅一般,柔嫩可愛。」用白麯蒸餅形容,同樣是強調了潔白柔嫩的特色,而且和潘金蓮一樣都沒有恥毛。

　　西門慶對皙白肌膚的耽愛,在第三章已經提到過了,他會喜歡李瓶兒、收用如意兒,都和她們擁有一身白淨玉膚有著直接關係。在第27回,寫到西門慶和李瓶兒私語翡翠軒,只見他把婦人按在一張涼椅上,「倒攛着隔山取火。幹了半晌」,情濃之時對李瓶兒說道:「我的心肝,你達不愛別的,愛你好個白屁股兒,今日儘着你達受用。」另外在第50回,也著意強調了李瓶兒的白皙臀部,可見西門慶之所以喜歡肛交(或後位體交),

---

19　此處引文據「崇禎本」,見〔明〕佚名撰,齊煙、汝梅校點:《新刻繡像批評金瓶梅會校本》(香港:三聯書店,1990年),頁60-61。因為「詞話本」並不見饅頭、果餡的說法,僅道:「少頃,婦人脫了衣裳。西門慶摸見牝戶上并無毳毛,猶如白馥馥、鼓蓬蓬、軟濃濃、紅縐縐、緊緻緻、千人愛、萬人貪,更不知是何物!」

為的就是可以面對白花花的臀部，或許此舉真可以為他創造性交合的快感。其實不只是臀部，西門慶對白淨的肌膚一直就有好感，例如在第 75 回，小說唯一一次寫他與孟玉樓行房，便見西門慶哄她道：「我的兒，你達不愛你別的，只愛你這兩隻白腿兒。就是普天下婦人選遍了，也沒你這兩隻腿兒柔嫩可愛。」在同一回，敘述者除了將如意兒身子比擬成「綿瓜子」（——又是一道白滑軟綿的美食），同時也見西門慶對如意兒說：「我的兒，你達達不愛你別的，只愛你這好白淨皮肉兒，與你娘的一般樣兒。」[20]然而令西門慶情有獨鍾的，不只是對於白皙的視覺享受，另外還包括了柔嫩、綿軟等觸覺反應，所以書中用新出爐的饅頭、剛出籠的菓餡、甫蒸好的麵餅來形容婦人陰戶，除了因為這三者具備上述的特質，也更藉這些具體的食物形象，幫助（男性）讀者揣想秀色可餐的婦人肉體，作者在這上頭的比喻倒是別有用心的。

　　既然談到糕餅，有趣的是，糕餅在小說中實在出現得太頻繁了，因此小說顯得處處提供性的聯想。尤其是第 59 回，當我們看到鄭愛月兒親手揀攢各樣菜蔬肉絲，用「酥油和蜜餞麻椒鹽荷花細餅」捲就好送到西門慶口中時，或許只覺得這是一道精緻的妓家美食，直待接下來寫道妓女「肌膚纖細，牝淨無毛，猶如白麵蒸餅一般，柔嫩可愛。」才驚覺之前這道蒸餅原來竟有這般的性暗示！又，第 37 回王六兒為西門慶烙了一筋麵餅，一樣用手揀肉絲細菜兒裹捲了遞與西門慶吃，前後兩個例子對照來看，此舉豈不是為即將登場的性愛交響樂奏出序曲？至於西門慶為什麼特別偏愛酥油泡螺，答案似乎也有了想像空間，這道一樣具有白皙、滑潤、芳香特色的乳製品，其特質既近似於李瓶兒皙白無瑕的肥臀，又宛若鄭愛月兒纖細光滑的下腹，因此西門慶對它的偏愛，絕非只因這是兩位婦人的拿手美食，也不只是單純地疼愛兩人而已，而是此物能夠招喚他藏諸無意識深處的性愛狂想。

　　除了女陰，胸部當然是另一重要的性象徵，小說也曾用食物來形容她，對象則是鄭愛月兒。見這段敘述：

> 西門慶就着鍾兒裡酒，把穿心盒兒內藥吃了一服。把粉頭摟在懷中，兩個一遞一口兒飲酒咂舌，無所不至。西門慶又舒手向他身上摸弄他香乳兒，緊緊就就，賽麻團滑膩。一面攤開衫兒觀看，白馥馥猶如瑩玉一般。揣摩良久，淫心輒起，腰間那話，突然而興。解開褲帶，令他纖手籠撚。（第 59 回）

麻團，即油炸的糯米團子，無論味道如何，總之這裏交待它有滑膩的口感。除此之外，

20　如意兒和主母李瓶兒的體格特質確實是很接近的，因為在小說第 13 回有這麼一段交待：「自此為始，西門慶過去睡了來，就告婦人，說李瓶兒怎的『生得白淨，身軟如綿花瓜子一般』……。」

它的色澤同時又是白馥猶如瑩玉一般，兩種感覺揉合在一起，當然不禁讓西門慶淫心輒起。值得一提的是，在第 2 回，作者曾經用「露賽玉酥胸無價」，輕輕點畫了潘金蓮的酥胸，這兒的「露賽」雖不確知是什麼東西，但顯然是藉草木之嫩稗形容胸部的柔美。加上玉酥是指其潔白酥軟，看來和前面的麻團有著共同的性質，都是令人垂涎三尺的「美食」。

不過這些「食物」美則美矣，如果對象沒有食的欲望，終究只是一個了無生命的物質。何謂食的欲望呢？這裡當然是指愛欲之火。蘿拉‧艾斯奇弗（Laura Esquivel）的小說《巧克力情人》（Como agua para chocolate，1989）有段非常傳神的敘說：

> 彼得把眼光拉下來，釘在蒂塔的胸脯上。她停止工作，直起身子，很驕傲地挺起胸部，讓彼得看得更清楚些。在成為被審查的對象後，兩人的關係就永遠改變了。在這次以眼光透過衣物的探索之後，所有的事情都不再相同。蒂塔清楚地知道火爐會改變元素的性質，一塊麵糰可以變成糕餅，同樣地，沒有經過愛欲之火的乳房是沒有生命力的，只是一個無用的**麵糰**。[21]

火爐會改變食物元素的性質，同樣的，愛欲也會轉換肉體的一般意義。一襲姣好的身軀如果缺乏愛欲之火的關照，充其量不過是具臭皮囊罷了。《金瓶梅》內的婦人固然個個嬌豔美麗，但若不是西門慶對她們充滿性愛的欲望，純粹的胴體在他眼裏又怎麼能化作誘人的美食呢？同理，愛欲若是缺乏餵哺，必定會造成強大的飢餓感。就拿潘金蓮和陳經濟來說，兩人在家裏早就眉來眼去，只可惜礙著人前不便行事；後來在第 55 回，小說寫西門慶上京，這麼一個天上掉下來的好機會，當然讓一對飢腸轆轆的男女春情蕩漾了起來，於是作者這麼寫道：「兩個遇着，就如餓眼見瓜皮一般，禁不的一身直鑽到經濟懷裡來，捧着經濟臉，一連親了幾個嘴，咂的舌頭一片聲響。」

除了女體的譬喻之外，小說中亦有關於男根的比擬：

> 那金蓮記挂經濟在洞兒裡，那裡又去顧那孩子？趕空兒兩三步走入洞門首叫經濟，說：「沒人，你出來罷！」經濟就叫婦人進去瞧蘑菇：「裡面長出這些大頭蘑菇來了。」哄的婦人入到洞裡，就折跌腿跪着，要和婦人雲雨。兩個正摟着親嘴。（第 52 回）

---

21 蘿拉‧艾斯奇弗這本書在臺灣有譯本，即胡怡紡譯：《巧克力情人》（臺北：吳氏圖書公司，1993年），頁 56。不過，胡氏的譯本在這一部分顯得不夠傳神，所以此處並未採用。由於蘿拉‧艾斯奇弗在另一本書 Intimas suculencias 曾經引錄過自己這段文字，所以文中譯文採用的是此書的中譯本——湯世鑄譯：《內心深處的美味》（臺北：皇冠文化出版公司，1998 年），頁 79。

毫無疑問，蘑菇的形象特徵非常類似於男根，而陳經濟又誇稱其大，因此這裡正是一語雙關！除了拿來比擬人體器官，食物有時還能傳達其他的性交暗示。例如第 23 回，寫宋惠蓮和西門慶在花園藏春塢睡了一夜，結果第二天起來，便有小廝平安開婦人玩笑，說道：「我聽見五娘教你醃螃蟹，說你會劈的好腿兒。嗔道五娘使你門首看着拴籬箕的，說你會呷的好舌頭。」這是十分低俗的性攻擊，不過一般人或許不解醃螃蟹所指。然而只要回顧一下這場性交的開場：「西門慶脫去衣裳，剩白綾道袍，坐在床上。把老婆褪了褲，抱在懷裡，兩隻腳蹺在兩邊，那話突入牝中。兩個摟抱，正做得好。」原來小廝是借此物諷刺婦人腰褲不牢，動不動就劈開雙腿和男人行房。[22]

　　最後必須一提的是春藥。眾所周知，自從西門慶在第 49 回得胡僧藥開始，他的性冒險也就日益擴大。春藥可以是外敷的，但從第 59 回，小說寫道西門慶自袖中取出藥來，不想鄭愛月兒只道是香茶也要取來吃，後來被西門慶以「補藥」為託辭才混過去，可知：原來西門慶的春藥（和補藥）是口服的，因此廣義來講也可以算是一種食物。然而西門慶的春藥，在小說中明顯是一種具有壯陽效果、亦即可以延長交合時間的藥品，這在那個獻房中術即可驟貴、進春藥即得倖於帝[23]的時代，實在不是什麼了不起的寶貝。問題是，《金瓶梅》鋪陳了那麼多美饌，介紹了那麼多種茶與酒，然而真正具有春藥性質的食物竟很罕見！就酒而言，除了第 27 回提到的「藥五香酒」，別處再也沒有提到類似的補酒[24]。就食物而言，除了在第 76 回提到的「頭腦酒」、第 71 回出現過的「頭腦湯」以外，好像也看不見真正的春膳。換句話說，西門慶家裡的飲食用度，基本上從未根據「食補」原則治辦──假設我們相信部分食物確實具有滋陰補陽效果的話。

　　最可能的推論，或許可以說成是西門慶得了胡僧藥，自然再無借助春膳的必要。何況食補的效果本來就比較緩慢，不像胡僧的春藥：「每服一厘半，陽興愈健強。一夜歇十女，其精永不傷。」然而必須說明的是，古人所謂食療藥補之功，其實鮮少直接涉及壯陽情事，多半只是尊生保健秘方。可是對西門慶這般暴發戶商人來說，看他放縱性欲，全然不遵節欲惜精之道，就知道他在飲饌方面，也絕無可能是個把守養生戒律的人。他只圖性交時間長久，在乎能否夜御數女，既然食物不能提供這些保證，管它什麼藥補食療呢？因為就性交活動而論，西門慶對於性的貪歡完全是感官的享樂，不但從頭到尾都

22　小說中一共出現四次吃螃蟹的場景：一次在第 11 回，妓女李桂姐差人去外頭買來一錢螃蟹供嫖客吃；另外在第 35 回、第 58 回，都是吳月娘帶領各房娘子並女客圍著吃螃蟹；一次是第 61 回，常時節老婆送來了四十個特製脆炒螃蟹。這幾處的螃蟹是否都有隱喻關係，讀者自有聯想空間。

23　〔明〕沈德符撰：《萬曆野獲編》，卷 21，「秘方見倖」條，頁 546-547。

24　不過自從第 49 回得到胡僧藥以後，由於胡僧指示用藥時必須配著燒酒喝下，所以西門慶飲下的酒等於都有藥酒的功效。

與養生無關，而且簡直就是一種放肆的耗損。諸如《天下至道談》、《黃帝內經》、《素女經》等古代房中醫書反覆申論的「七損八益」觀念，根本不會引起西門慶的興趣，因為他志不在此，他企求的是性交本身的歡愉，而非藉由性交還精補腦、修為養生。所以，小說第 13 回寫他和李瓶兒一同把玩「內府畫出來的春宮畫」，並說兩人經常依樣搬演——但是像白行簡〈天地陰陽交歡大樂賦〉所謂：「或高樓月夜，或閑窗早春，讀素女之經，看隱側之鋪。」[25]就斷無可能發生在他身上。於是同樣的情形也反映在飲食行為上，在這方面西門慶的脾性同樣是一味放縱，與他同時代的何良俊總結前人之說提出的諸多飲食禁忌——包括強食、強飲、食而過飽、飲而過量等等[26]——恰恰都是《金瓶梅》的飲食習慣。既然飲饌也以放縱為美事，那麼西門慶又怎麼可能藉著食療、藥補行尊生之道呢？

(二)視男女若飲食

以食物喻肉體的寫法，在《金瓶梅》或許不是頭一次，但是用食物比喻人體的性器官（及性象徵），並且使得書中所陳美食因此具備性的暗示，《金瓶梅》可是箇中翹楚，並且極有可能影響了之後情色文學的寫作[27]。

根據學者的研究，明、清之際出版的色情小說中，確實有著相承的寫作習慣。據粗略的整理，有以「櫻桃」形容口唇的；有以「蓮藕」形容臂膀或兩腿的；有以「雞蛋」形容睪丸或乳房的；有以「麵團」、「涼粉」形容女臀的；有以「王瓜」、「貫腸」形容陽具的；至於女子陰戶，則有「餃子」、「蚌肉」、「蒸餅」、「饅頭」諸種用法[28]。不過，這些色情小說是否和《金瓶梅》一樣，自覺地將飲食、男女互為隱喻，倒是相當值得懷疑，它們使用的譬語往往只有形容詞的功能，而非別有用意，因此小說中食物和性交的互動並不強烈。

前一節談到「以食物喻肉體」，既然人體可以被當作食物，那麼性交活動則猶如飲食行為，所以這裏接著談談「視男女若飲食」的寫作意識。《金瓶梅》中的每一場性事，幾乎毫無例外的，都凸出強調兩造深邃的歡愉。亦即是說，男女雙方都沉醉在彼此肉身的佔有與享用，因而在性交結束後總要呈現一種滿意的飽足感。前文談到，西門慶和婦

25　〔唐〕白行簡撰：〈天地陰陽交歡大樂賦〉。《叢書集成續編》，子部，第 81 冊，頁 465。

26　〔明〕何良俊撰：《四友齋叢說》（北京：中華書局，1997 年），卷 32，「尊生」，頁 289-297。

27　不過也有學者認為，《金瓶梅》的情色描寫是承先有之，啟後不足；亦即《金瓶梅》與中篇文言小說或有不少聯繫，但對後世色情小說的影響並沒有如想像中大。陳益源撰：〈淫書中的淫書〉，《古典小說與情色文學》（臺北：里仁書局，2001 年），頁 55-85。

28　陳益源撰：〈食慾與色慾——明清豔情小說裡的飲食男女〉，《古典小說與情色文學》，頁 277-304。

人造愛之前，總是免不了要吃吃喝喝，待有點意思了，他便開始舒手把弄婦人身子，尤其是對方的酥胸和女陰，並且往往將之聯想成可口的美食。就寫作技法而言，這一點固然可以說是作者喜以食物譬喻肉體，但就文本情境而論，卻呈現出西門慶視肉體如美食的性交／飲饌心理。所以，在吃吃喝喝、捏捏揉揉之後，西門慶常會禁不住地想要「品嚐」婦人肉體——用的是他的嘴巴。見這則例子：

> 西門慶又要玩弄婦人的胸乳，婦人一面摘下擦領子的金三事兒來，用口咬着，攤開羅衫，露出美玉無瑕，香馥馥的酥胸，緊就就的香乳。揣揣摸摸良久，用口犢之，彼此調笑，曲盡于飛。（第19回）

好一個「用口犢（嬻）之」！真不愧色中餓鬼。但是他也不喜自己一人進食，常常也要婦人吃點「東西」，於是在好幾個地方，都可見他吩咐女子為他口交。先看李桂姐這個例子：

> 原來西門慶走到李瓶兒房裡，吃了藥出來。把桂姐摟在懷中，坐于腿上，一徑露出那話來與他瞧。把桂姐唬了一跳。便問：「怎的就這般大？」西門慶悉把吃胡僧藥，告訴了一遍。先教他低垂粉頸，款啓猩唇，品咂了一回。然後……。（第52回）

再看鄭愛月兒這個例子：

> 揣摩良久，淫心輒起，腰間那話，突然而興。解開褲帶，令他纖手籠撡。粉頭見其偉長粗大，唬的吐舌害怕。雙手摟定西門慶脖心，說道：「我的親親，你我今日初會，將就我，只放半截兒罷；若都放進去，我就死了。你敢吃藥養的這等大！不然，如何天生恁怪剌剌兒的，紅赤赤、紫漲漲，好呵磣人子！」西門慶笑道：「我的兒，你下去替我品品。」（第59回）

《金瓶梅》全書五十餘次著意描寫性交的段落中，寫到口交的便超過二十次，可是在這些段落中，從來沒有西門慶為婦人口交的記錄，小說中除了接吻咂舌，另外只見到他口嚐婦人酥胸，至於性器官口交全是婦人所為。從前引這兩個例子來看，常常是男女兩人先親嘴咂舌，然後西門慶露出腰間那話兒，便命婦人下去替他品弄。當然，有時性交進展到一半，西門慶也會停下來要求婦人為他口交。例如他與如意兒這場雲雨：

> 西門慶乘酒興服了藥，那話上使了托子，老婆仰臥炕上，架起腿來，極力鼓搗，沒高低擺硼。擺硼的老婆舌尖冰冷，淫水溢下，口中呼達達不絕。夜靜時分，其

聲遠聆數室。西門慶見老婆身上如綿瓜子相似，用一雙胳膊摟着他，令他蹲下身子，在被窩內呷鬘髮，老婆無不曲體承奉。（第 67 回）

西門慶這個興（性）趣，潘金蓮是最清楚的了，她簡直可以說是書中最擅長「餵」、也最好「食」的女角。說到餵人，第 73 回寫她一面「把舌頭放在他口裡含着」，瀕臨仙境之際還「一面把奶頭教西門慶呷」，就是最好的例子。說到自食，小說在第 10 回提到：「西門慶且不與他雲雨，明知婦人第一好品簫。」清楚交待她耽愛口交。例如在第 18 回，潘金蓮見漢子在床上睡得正濃，「不覺淫心輒起，放下燭臺，用纖手捫弄。弄了一回，蹲下身去，用口吮之。」第 72 回，西門慶從東京面聖領職回來，兩人雲雨過後，婦人還「那話把來品弄了一夜，再不離口。」接著在同一回裏，潘金蓮又和西門慶睡了兩次，也都提到她不住地把玩男根。第 73 回，婦人見西門慶才和春梅睡過，那話兒綿軟無力，竟又蹲身在被底，「把那話用口吮咂，挑弄蛙口，吞裏龜頭，只顧往來不絕。」她的努力，終於在稍後為自己創造暢美的性高潮。到了下一回，寫潘金蓮和西門慶一覺起來，婦人見他那話兒還直豎一條棍相似，竟又忍不住想要品弄。在這裏，作家不但把她的功夫全部托出，同時也刻劃出她的「饞嘴」形象，所以接著就寫西門慶靈犀灌頂、春意透腦。看這一段：

這婦人真個蹲向他腰間，按着他一隻腿，用口替他吮弄那話。約吮够一個時辰，精還不過。這西門慶用手按着粉項，往來只顧沒稜露腦搖撼，那話在口裡吞吐不絕，抽拽的婦人口邊白沫橫流，殘脂在莖。……一面說着，把那話放在粉臉上，只顧偎揉，良久又吞在口裡，挑弄蛙口；一回又用舌尖舐其琴弦，攪其龜稜；然後將朱唇裹着，只顧動動的。西門慶靈犀灌頂，滿腔春意透腦，良久精來，連聲呼：「小淫婦兒，好生裹緊着，我待過也……」言未絕，其精邁了婦人一口，一面婦人一口口接着都咽了。正是：自有內事迎郎意，殷勤愛把紫簫吹。（第 74 回）

西門慶喜好女子為之口交、以及潘金蓮偏愛品簫吞精，終究屬於非常態的性行為，不能將之和吃飯喝酒混為一談。問題是：餵、食性器官的雙方究竟作何想法？因為無論從生活意義、或是從道德意義來講，性器官這樣的「食物」恐怕都還是不潔的，那麼追逐不潔究竟是一種什麼樣的想頭？

應該這麼說，口交在這兒除了為兩造帶來因陽具摩擦造成的性快感，但是更刺激的性享受主要還是透過特殊的餵／食行為展現的性別政治學。對大多數男性來說，「身懷偉物」是潛意識裡最深層的渴望，因此包括《金瓶梅》在內一切以服務男性讀者為主的情色文學中，一面要極力凸出男子陽具的碩大，一面又要把女性描繪成「陽具妒羨」癖

的患者[29]，《金瓶梅》裡每每可以看到婦人對西門慶纍纍陽具的驚呼。然而這尚只是露陽而已，進一步要求婦人口交又不一樣了，因為口交時婦人的姿勢不是跪著即是趴著，西門慶則坐在椅子、床沿、或枕頭上，一面品味一面賞翫，心態上是居高臨下的主宰者，當然很能滿足男性家長的統御心理和征服想像。看他常對婦人說：「我的兒，你下去替我品品。」從這句話的字面意義和實質意義來看，上／下呈顯出彼此身分的差異，所以西門慶和婦人之間的餵／食行為，反映的正是權力的統治／臣服關係。

西門慶是集合官僚、商賈雙重身分的男性家長，因此在官／民、富／貧、男／女、主／僕等主要社會關係中，永遠是屬於壓迫的、勝利的、享受既得利益的那一方。於是在家裏，我們看到他作為「爹」的權威，下人自不必說，即使妻妾犯了錯，他也是一句話就教人脫了衣服跪在地上[30]。因此在這樣的權力關係中，婦人為了迎合西門慶的喜好，為之口交就不意外了。弔詭的是，西門慶「餵」的舉措，說得更準確點其實是甘願「被吃」，因為他拿來餵對方的是自己的肉身、自己的陽具；然而這和潘金蓮在做愛時喜歡把舌頭放在男人口裡含著，高潮將來之際「一面把奶頭教西門慶呷」又有什麼不同？我們或許可以這麼講：潘金蓮將胸乳餵哺西門慶，是把它當作另一種意義的美食，餵的一方、吃的一方各有快感。但是難道不能這麼說：既然西門慶要求婦人口交反映的是男性家長的優越身分，那麼同理可證，潘金蓮的舉止豈非反映了女性的位卑處境？解決這個問題其實不難，徵結在於誰餵了什麼？誰吃了什麼？以女胸而言，由於它的特質是潔淨綿軟，且為婦女主要的性象徵，對男伴自有莫大的吸引力，是故當潘金蓮以胸乳餵哺西門慶的同時，既在心理上刺激了男性的性交欲望，也在生理上激化了女性的性交感受。至於陽具，不管小說把它描摹得如何生龍活虎，如何侈稱婦人迷戀西門慶的性器官，都不能改變它同時作為排泄器官的事實，因此小說裡的婦人為西門慶口交多半還是迎合屈從之意。倒是西門慶喜於把陽具餵給婦人這個事實，倒顯現出他在無意識深處的父權暴力，既然他在第 27 回會用腳去污弄潘金潘的陰核，於是命令婦人吸吮更不潔的排泄器官也就不令人意外了。

當然，有些女性可能真的耽愛吞裹男性陽具的快感，以《金瓶梅》來說，潘金蓮和王六兒對此的喜好，都是作家著意交待過的。第 10 回講潘金蓮：「西門慶且不與他雲雨，明知婦人第一好品簫。」第 37 回講王六兒有兩項性偏好：一是喜歡肛交，另一項就是「積

---

29 眾所周知，弗洛伊德向來藉此解釋女性在性愛過程中的被動性和自卑感，但是由於此說不免有失偏頗，且半個世紀來受到不少批駁，因此本文在此不擬強調弗氏的學說主張，僅限於揭示此類寫作特性而已。

30 例如第 12 回，因為懷疑金蓮和琴童私通，當場要她赤身跪地拷問再三；又如第 19 回，因要責問瓶兒招贅蔣竹山一事，也是拿了馬鞭要她脫了衣服跪下。

年好啞鬢髮」。所以就這兩名婦人而言,前面的推斷不見得全部適用。但是其他婦人就不見得了,這裡不妨比較兩個例子,前引第 74 回提到潘金蓮為西門慶口交,結果「其精邀了婦人一口,一面婦人一口口接着都咽了。」第 78 回提到西門慶射精之後扯出陽具正待要抹,結果賁四嫂子「蹲下身子,雙手捧定那話,吮咂的乾乾淨淨,纔繫上褲子。」潘金蓮為西門慶口交是出於主動,而且從頭到尾沒有發生性器官交合,因此即便認為婦人猶有向男人示好之意,也不能否認她未從中得到快樂。但是賁四嫂子的例子就不同了,她在第 77 回首次和主子通姦的報償是「五六兩一包碎銀子,又是兩對金頭簪兒」,所以第二次性交過後,她馬上對西門慶說:「休抹,等淫婦下去替你吮淨了罷!」果然她也自西門慶那兒得到「二三兩銀子盤纏」。賁四嫂子吞吮西門慶陽具殘流的精液,為的是更進一步討好主子,和享受「美食」一點關係都沒有[31],在這裡吞精的愉悅全然不在於口腹的滿足,而是成功完成一次性交(易)後的售後服務。[32]

附帶一提的是,有學者認為繼《金瓶梅》以後,明、清色情小說廣泛利用飲食情境渲染男女性事[33]。這話固然不差,但是深究起來,色情小說非但不著重於飲食男女之間的隱喻關係,且在「視男女若飲食」方面有誇大功效的嫌疑。就拿「吞精」來講,也許有人會根據穿鑿附會的房中術,把它說成是滋補的「營養品」,然而只要看古代醫書從未強調口交,就可知道此舉由於無法「採陰補陽」,證明婦人口交吞精絕對不是一個「吃」的問題。《金瓶梅》的作者想必也知道這一點,所以在這幾處僅僅點到為止,只交待婦人如何「體諒」西門,並不觸及精液滋味療效。但是色情小說就不同了,看《浪史奇觀》第三十一回這段描寫:

> 兩個熱鬧多時,文妃口中胡言亂語,陸珠也不問他,狠命抽了一會,也覺快活難熬,陽精大洩,流到池中。許多金色鯽魚亂搶吃了,都化為紅白花魚,如今六尾花魚即此種也。文妃笑道:「這些魚兒也多愛你,怎的卻就化了花魚也?」陸珠笑道:「嫂嫂你便不知,人有不同,若是風流俊俏的人,他這一點精液,憑你醜婦吃了,也多化為豔女,況這魚兒。」文妃笑道:「心肝,這毬兒真個好妙藥也!」便去含弄龜頭,弄得陸珠死去活來,大叫道:「來了!」不覺放了文妃一口,文

---

31 若從滋補的角度來講,這個說法也不成立,因為古代房中醫書從不強調口交,因為此舉無法採陰補陽,所以婦人口交吞精絕對不是一個「吃」的問題。

32 這和第 72 回如意兒奉命吞下西門慶的尿是一樣的道理,詳見後文的討論。

33 陳益源撰:〈食慾與色慾──明清豔情小說裡的飲食男女〉,《古典小說與情色文學》,頁 277-304。

妃都嚇了。笑道：「如今吾也化為豔女子！」[34]

再看看《夢紅樓夢》第六十三回，寫寶玉為黛玉口交這一段：

> 黛玉全身又酥麻暈眩，說道：「寶二哥，真是多麼髒啊，怎麼不嫌噁心呢！」寶玉
> 一邊用嘴唇揉搓，一邊說道：「如何便嫌噁心，我卻覺得是美食呢。如何更嫌噁
> 心，似你這等無瑕，依我的意願，若能吞下去時就吞下去呢，還說什麼噁心！」[35]

以這兩則例子來看，前者把男性精液寫成養顏妙藥，後者則是把女性分泌物寫成瓊漿玉液，都是誇大不實的渲染筆法，且都不是《金瓶梅》的風格。

回過頭來，《金瓶梅》在第 70 至 79 回，寫西門慶的性生活簡直就是一場混戰，但見他一人連戰潘金蓮、王六兒、如意兒、賁四嫂子、林太太、來爵老婆等婦人，雖然每次角色不同，然而始終不變的是，性交雙方總是那麼熱情地啃食彼此！或者說，總是那麼飢渴地想要吞食對方！在這裡，每一場性交都呈現日趨極端的面貌，一種堪稱是「愈放浪，愈美麗」的面貌。但是，小說早在第 53 回，就見到西門慶腰痛腎虛的癥候；到了死前的第 78 回，作者更是在西門慶情濃樂極、精液邈如湧泉的當頭提示讀者：「不知已透春消息，但覺形骸骨節鎔。」所以到第 79 回、西門慶和王六兒的最後一場性事，可以說是卯足全力、花招百出，簡直就像性交伎倆的百科圖錄（——這是西門慶在小說中最逞強賣弄的一節，也可算是最歡愉快樂的一次性交），但是就在交合之後，只見他「醉眼朦朧，一覺直睡到三更天氣方醒。」醒來雖如往常再添美饌、復飲香醪，可是不過吃了十數盃酒，又不知不覺地醉了上來。接著頭頂瑞雪回家，被下人送到潘金蓮房裏，就再也沒有真正清醒過來。

宛若一朵盡力盛開的花朵，一旦綻放它全部的美麗，整個根葉惟有等待枯萎。這不禁令人聯想起弗洛伊德在《自我與本我》提出的主張，雖然他的說法已經有點過時了：

> 在性活動中，性欲物質的排放在某種程度上是和軀體及種質的分離一致的。這就
> 說明了在死亡和追求完全的性滿足之間的相似性，說明了死亡和某些低等動物的
> 交配活動相一致這個事實。這些生物在再生產活動中死亡，因為當愛欲通過滿足
> 過程而被排除之後，死亡本能就可放手實現它的目的了。[36]

34　〔明〕風月軒入玄子撰：《浪史奇觀》。《中國古豔稀品叢刊》（臺北：丹青出版社，1988 年），
　　第 5 輯，頁 2。

35　〔清〕佚名撰，明輝譯：《夢紅樓夢》（臺北：金楓出版公司，1998 年），頁 115。

36　〔奧〕弗洛伊德（Sigmund Freud）撰，車文博編：《弗洛伊德文集》（長春：長春出版社，1998
　　年），第 4 卷，頁 167-168。

弗洛伊德相信,性欲物質(sexual substances)一旦經由性交得到徹底地釋放,另一種相似的極樂——亦即死亡的召喚也就距離不遠。在西門慶來說,飲食的貪婪和性欲的放縱雖然是個漸進的過程,但是一旦當它攀上頂峰,體內的死亡本能也就可以放手實現它的目的,所以他到第 79 回「非死不可」。書中另一個例子是龐春梅,在她離開西門家之前,飲食和性的享用顯然並不過度,待她嫁入周守備府,成為堂堂守備夫人以後,在食和色兩方面只能用放蕩來形容,因此死亡的召喚當然也很急促。所以,用弗洛伊德的理論來講,當人們的性交活動宛如暴飲暴食、甚至視男女之事猶如暴發般飲食饗宴的時候,那個服膺於快樂原則的「本我」也就出面接收一切。既然本我當家,那麼同樣隸屬快樂原則的死亡衝動,也就在不遠的地方等著我們。「樂極生悲」用在這裡可以有新的解釋。

三、口的功能及其隱喻

(一)性愛前戲三部曲

　　人類的口,既是用來傳達思想的工具,也是感受外界的入口,我們藉由啃咬、咀嚼、吞食等行為體驗世界,並且與之發生聯繫。《金瓶梅》作為一部世情小說,自然離不開頻繁的吃吃喝喝,因為飲食本就是日常生活最不起眼、卻又最重要的生活成分,是故閱讀小說的每一個當下,幾乎都可見到書中男女張著大口進食。此外,就如前一節所強調的,在過度耽於兩性交媾的情況下,人體在性愛活動中儼然成為一道更加可口的美食,因此交媾本身不但猶如品膳嘗鮮,作為身體器官之一的口,在性愛過程中也從來沒有閒過。於是乎口的「進食」功能在小說裡也就具備廣、狹兩義:狹義的進食僅僅是指維繫生理機能運作,進而滿足追求精緻美食的品味;廣義的進食則另外包括對性交伴侶的肉體貪戀,至於性愛高潮過後那種暢快的飽足感,則是這種意義下的進食行為的終極企望。

　　本文前兩節試圖針對飲食之於性交活動的附加價值進行有趣的解讀。接下來這一部分,則打算從「口」的功能出發,看它除了擔負一般性(狹義)進食任務之外,在性交過程中還有什麼事情可忙。藉此,或將可以更深入地理解《金瓶梅》裡飲食、男女的內在聯繫。

　　前文不只一次提到,小說中每一場性愛活動之前幾乎都離不開吃吃喝喝。因此,作為性交的「前戲」,飲食過程中的勾搭調情便顯得十分重要。西門慶與他的幾個婦人,都懂得飲食是性交之前必要的暖身,他們往往一面享受餚饌,同時「一遞一口兒吃酒」,或是胡亂說些淫話。在這過程中,性交雙方逐漸會有些肌膚的碰觸,俟酒過三巡、淫欲烘燒得差不多了,接著自是共效于飛。當然,在各自進用美饌香醪的同時,婦人多半不

會忘記為情郎夾菜、遞菜，因為這樣總能讓對方更覺餚饌豐味美。就如同前面看到過的，王六兒和鄭愛月兒都曾經殷勤地捲就各式菜蔬肉絲，用麵餅裹好了遞給西門慶吃。所以，餵／食可以說是性交前戲的第一部曲，也是嘴巴在性愛活動中先行擔負的功能。

　　然而這般餵／食固然流露了婦人的濃情蜜意，也讓男人倍覺窩心，但是畢竟不夠煽情！也就是說，情意是感受到了，不過淫欲還不至於因此被挑動起來，如果食物轉由婦人的櫻桃小口來輸送，那效果可就不一樣了。看這個例子：

> 西門慶將一隻胳膊支婦人枕着，精赤條擩在懷中，猶如軟玉溫香一般。兩個酥胸相貼，玉股交桩，臉兒厮搵，嗚咂其舌。婦人把嗑了瓜子穰兒，用碟兒盛着，安在枕頭邊，將口兒噙着，舌尖密哺送下西門慶口中。不一時，甜唾融心，靈犀春透。婦人不住手下邊捏弄他那話，打開淫器包兒，把銀托子帶上。西門慶因問道：「我的兒，我不在家，你想我不曾？」婦人道：「你去了這半個來月，奴那刻兒放下心來？晚間夜又長，獨自一個又睡不着。隨問怎的暖床暖鋪，只是害冷，伸着腿兒觸冷伸不開。手中丫的酸了，數着日子兒白盼不到，枕邊眼泪不知流够多少！」
> （第 72 回）

這回寫西門慶在外頭鬼混一日，到晚來家決定睡金蓮房裏，只見男人脫靴解帶，婦人摘下首飾、換上睡鞋，接著要做什麼，已經讀了幾十回故事的讀者都可以毫不費力地揣度出來，何況文章馬上寫道兩人酥胸相貼、玉股交疊……，可是就在這個關頭，金蓮卻停了下來，抓一把瓜子放在枕邊，「親口」（而不是親手）餵給西門慶吃。這個舉措的真正目的，當然不在於進食，而是一種赤裸裸地調情，它讓之前的「嗚咂其舌」增加了激情的成份，所以非但不是性交前戲的暫停，反而還是意味深長的延續。無怪乎西門慶吃了之後，覺得「甜唾融心，靈犀春透。」可是很明顯的，讓他吃過之後有這種感受的，絕不是瓜子仁兒，而是金蓮性感的朱唇和唾津！所以在滿心歡喜之餘，很難得地見他向婦人拋出那句問話：「我的兒，我不在家，你想我不曾？」

　　小說有很多地方提到，男女兩人在吃過飯菜、用了醇酒之後，馬上就是接吻及撫摸。回到這個例子，以口餵食的主要目的既然不在食物本身，而是性關係雙方因此而來的唇與唇的親密接觸，那麼我們可以這麼講：以口餵／食不是開啟了接吻的序幕，便是豐富了接吻的內容。由此可見，接吻顯然是繼餵／食之後性交前戲的第二部曲，也是口在性愛活動中擔負的第二個功能。

　　不要忘了，當金蓮用「口兒噙着」瓜仁兒餵西門慶吃下的同時，她還「不住手下邊捏弄他那話」，足見這是口手分工的性挑逗！同樣的例子在惠蓮那裏也出現過，小說第23 回便寫道：「（惠蓮）走向前，一屁股坐在他懷裡，兩個就親嘴咂舌頭做一處。老婆

一面用手撏着他那話，一面在上嚼酒哺與他吃。」另外一個例子在第 35 回，只不過執其事者換成了男孩：「西門慶吐舌頭，那小郎（書童）口裡嚼着鳳香餅兒，遞與他。下邊又替他弄玉莖。」話說回來，撇開男童不論，小說裡敢於直接向西門慶調情的女人並不多，多半只是被動地遵從西門慶的指示（如意兒堪作最好的例證），所以對西門慶來說，潘金蓮自有一種難以駕馭的性吸引力，宋惠蓮更有另一種張狂的誘惑力。巧合的是，兩名婦人都有一雙別人難以望其項背的小腳，而小腳在古代又是女人最突出的性象徵，作者此番安排很難讓人相信是無心插柳之舉。

說到瓜子兒，這可是潘金蓮最酷嗜的零嘴。小說的第 1 回，在她還是武大郎妻子的時候，便見她：「每日打發武大出門，只在簾子下嗑瓜子兒。一徑把那一對小金蓮故露出來。」一看便是個不正經的婦人。接著嫁來西門慶家，在第 15 回那個「佳人笑賞玩燈樓」的場景，又寫她和玉樓兩個樓上看燈：「探着半截身子，口中嗑瓜子兒，把嗑了的瓜子皮兒都吐下來，落在人身上。」再次藉著瓜子兒寫金蓮一派輕浮放蕩。作者的細膩之處在於，這個在小說前半部用來提示金蓮本性的菓仁兒，到後來竟然成為一種刺激情欲的「春膳」！金蓮用她含著淫情的溫柔，把浸著唾津的瓜子仁兒輕輕用舌遞送到西門慶口中，雖然它不像胡僧藥一般能夠令男人「金鎗不倒」，但絕對是一帖上乘的性愛催化劑。所以不只在第 72 回，別的地方也見得到：

> 西門慶向前一手摟過他脖子來，就親了個嘴，說：「怪小油嘴，你有這些賊嘴賊舌的。」金蓮道：「我的兒，老娘猜不着你那黃貓黑尾的心兒！」一面把嗑了的瓜子仁兒，滿口哺與西門慶吃。兩個又咂了一回舌頭，自覺甜唾溶心，脂香滿唇，身邊蘭麝襲人。西門慶於是淫心輒起，摟他在床上坐。他便仰靠梳背，露出那話來，教婦人品簫。婦人真個低垂粉項，吞吐裹沒，往來鳴咂有聲。（第 67 回）

從性交的一般過程來講，在兩方的生殖器交合之前，身體其他部位會先有親密接觸，它們常常是擁抱、接吻及撫摸。但是在接吻之前，這種性的愛撫範圍是比較表面的，可能是玉手、可能是臉頰、也可能是頸項，但是一旦發生接吻行為，性的激素發生化學變化之後，性的愛撫面積也就跟著擴大到胸部、臀部、乃至於生殖器，為接下來的交合奠定心理和生理的良好基礎。所以，小說裡在餵／食、接吻兩道手續完成以後，接下來總是見到西門慶淫欲萌發，不是摸弄伴侶的酥胸，便是要求婦人為他口交。這便使得口交成為性交前戲的第三部曲，也是嘴巴在性愛活動中擔負的第三個功能。

一般人或許以為，口除了用來發聲說話，最主要還是負責吞飲進食，可是由上面的說明可以清楚見到，小說裏性交的「前置作業」幾乎離不開口這個器官！為了強化這一點，不妨看看下面這個更完整的例子，它發生於西門慶和鄭愛月兒之間：

兩個說話之間，相挨相湊。只見丫鬟拿上幾樣細菓碟兒來，都是減碟，菓仁、風菱、鮮柑、螳螂、雪梨、蘋婆、蚫螺、冰糖橙丁之類。粉頭親手奉與西門慶下酒。又用舌尖噙鳳香餅密送入他口中。又用纖手掀起西門慶藕合緞襖子，看見他白綾褲子。西門慶一面解開褲帶，露出那話來教他弄。粉頭見根下束着銀托子，那話狰獰跳腦，紫漲光鮮。西門慶令他品之。這粉頭真個低垂粉頸，輕啓朱唇，半吞半吐，或進或出，嗚咂有聲。品弄了一回，靈犀已透，淫心似火，欲求媾歡。粉頭便往後邊去了。……兩個雲雨歡娛，到一更時分起來。丫鬟掌燈進房，整衣理鬢，復篩美酒，重整佳肴。（第77回）

在這之前，妓女和西門慶已經有好幾次交合經驗，而且在第68回，便見西門慶說：「我兒，你既貼戀我心，每月我送三十兩銀子與你媽盤纏，也不消接人了，我遇閑就來。」顯然已有包養之意。因此這回他冒著大雪復來院中，求歡之意可謂不言自明。可是，西門慶雖然先前已和吳二舅在絨綫舖吃了點心，但是來到這裏，妓家還是安排美食，到最後鄭愛月兒和西門慶終於得以獨處，兩人說些閒話，準備培養做愛氣氛之際，丫鬟重新端出減碟菓仁等菓品，這時看到「粉頭親手奉與西門慶下酒」，顯然是一種貼心的餵／食行為。但還不止於此，接著她「又用舌尖噙鳳香餅密送入他口中」，促成了四片肥唇交疊的接吻事實。然後西門慶禁受不住，解開褲帶命她品弄。最後才是一般理解的性交：生殖器交合。[37]

由於在《金瓶梅》裏，完全沒有西門慶為婦人口交的例子，就連吸齅婦人胸部也僅止一、二例，所以這裏所謂口在性交前戲中的功能角色，其實只適用婦人身上。有趣的是，前面說過書中男女除了性交前要飽食一頓，性交結束後往往也仍是吃吃喝喝，這個事實在前面這段引文又一次得到印證。只見兩人雲收雨散之後，仍舊復篩美酒、重整佳肴，這時的口雖然才從性交戰場退了下來，但是馬上又要負責生物功能性的進食活動。作為一個媒介物，我們從這個例子看到口在進食與性交之間的任務轉換，也因此獲知食、色兩者的互動關聯。

根據這般「性愛前戲三部曲」，得以察見口在性交前期的不同功能。就餵／食而言，口在這裏是消化道的入口，食物經過這裏的咀嚼、吞吐送入腹中，既可以獲致生理的飽足，又能夠召喚性的飢餓感。但是接吻則不同了，口在這裏不再是消化道的入口，而是性器官的延伸，是陰戶以外的另一個「性象徵」。雙方口唇的接觸不但令人愉悅，而且激發大量的賀爾蒙，為隨後的性器官交合鋪好一條舒適的道路。然而到了口交階段，口

37　第77回這兒的例子，其實和前引第59回那一幕非常近似，人物、場景都一模一樣。

在這裏既不是消化道的入口，也不是性器官的延伸，而是根本就充當了性器官的角色！尤其是女子為男子口交這一方式，女子的口腔根本取代了陰道的功能。《金瓶梅》裏有一個例子反映了這個現象，前引第 74 回提到：「（潘金蓮）約吮夠一個時辰，精還不過。這西門慶用手按着粉項，往來只顧沒稜露腦搖撼，那話在口裡吞吐不絕，抽拽的婦人口邊白沫橫流，殘脂在莖。」可見在功能上，西門慶根本是把潘金蓮的口視為陰道！而且這裏的文字用法，也和一般生殖器交合的段落十分相似，比較第 52 回，對象同樣是潘金蓮，小說這麼寫道：「（西門慶）在上頗作抽拽，只顧沒稜露腦，淺抽深送不已。」足證這兩種交合方式，對西門慶而言並沒有明顯的差異。

前面提到，《金瓶梅》裡的婦人中，耽美口交的有潘金蓮和王六兒兩人，至於其他粉頭，基於示好的緣故也不排斥為西門慶提供此項服務。在小說裏，潘金蓮對西門慶的陽具尤其貪戀，對此我們可以將之視為意圖拴縛男子的心，畢竟西門慶甚好此道，但是運用一點精神分析學說，倒能窺知這種性交方式的心理背景。弗洛伊德在他的《性學三論》[38]裏，把人格發展分為五個時期：口腔期、肛門期、生殖器期、潛伏期、青春期（生殖期）。在這一系列的演變過程中，幼兒逐漸由「自戀」（器官戀）轉向「戀他」（對象戀），但是前期的性心理也可能在無意識裏殘存下來。和口交有關的是口腔期性心理殘餘。口腔期發生在出生到一周歲左右，主要是指嘴或唇的一種節律性的重複吸吮動作，包括吸吮嘴唇、舌頭、其他可觸及的皮膚部位（尤其是拇指）。弗洛伊德強調，吸吮母乳（或替代品），是使幼兒獲得這種快樂最早和最重要的活動，所以這種快樂在一開始是出於營養需要。但是當孩子們長出牙齒，吸吮被咀嚼取代之後，他們不再把別人的身體當作吸吮對象，而是吸吮自己身體的一部分，因為它更方便、且能獨立於尚不能控制的外部世界，所以是一種自發的快樂追逐。弗洛伊德堅持認為吸吮（拇指）是性的表現之一，雖然這個行為慣常出現在嬰兒早期，但也許持續至成熟，甚至終其一生都具有這個習慣。原因在於，不論是口腔期的吸吮滿足、肛門期的排便快感、還是生殖器期對陰蒂或陰莖的性喜好，都會在所謂的潛伏期（即六、七歲到青春期來臨前這段發育時間）受到壓抑。這些被驅逐到無意識區的快樂因子，在成人之後也許不再出現，但經常以別的形式存留下來。就如弗洛伊德提到的例子，好吮的特徵若是持續下去，長大後或許會貪迷接吻，甚至養成吸菸喝酒的強烈動機。

當然，文學作品即便陳列了書中人物的性傾向或性喜好，作家卻毋庸交待箇中深層的心理因由。但是除了推測潘金蓮、王六兒貪好口交是為拴縛男人的心，也可以藉由精

38　〔奧〕弗洛伊德撰，車文博編：《弗洛伊德文集》，第 2 卷，頁 501-601。以下引文悉出此篇，茲不贅註。

神分析學說，揣度口唇為什麼成為婦人另外一個性快感區。

至於西門慶，由於他從來沒有為性伴侶施行口交，因此他對被人口交的耽溺除了可從前面討論過的父權心態入手，由弗洛伊德建立起的一系列夢境解析理論，或許可以另外提供一些補充。弗洛伊德說：「本來是與生殖器相聯的各種感覺和意向，卻表現於那些至少不受非議的其它身體部位。」例如臀部之於臉頰、陰唇之於嘴唇、鼻子之於陰莖⋯⋯等等[39]。前面曾經引述過一則例子，說西門慶「用手按着（婦人）粉項，往來只顧沒稜露腦搖撼，那話在口裡吞吐不絕。」顯然這裏婦人的雙唇正在執行陰唇的功能。於是對西門慶來說，婦人的陰唇和嘴唇可以互為象徵——當她們餵他進食的時候，當她們為之口交的時候，攪拌著他舌頭、包裹著他陽具的朱唇，剎時便成為陰唇的化身！由於這個例子的主角是潘金蓮，而她又是全書最懂得以口餵、且最擅長以口食的婦人，那麼回頭翻看小說第二回藉西門慶視角刻畫出來的那張小口：「香噴噴櫻桃口兒！」這裡強調的秀色可餐，也無妨想成是作家別有所指了。

(二)口的包容與攻擊

說到婦人為西門慶口交，有時候不一定全是性的意涵，面對男人的陽具，婦人有時也別有心思。見這個例子：

> （潘金蓮）纖手不住只向他腰裡摸弄那話。那話因驚，銀托子還帶在上面，軟叮噹毛都魯的，纍垂偉長。西門慶戲道：「你還弄他哩，都是你頭裡唬出他風病來了。」婦人問：「怎的風病？」西門慶道：「既不是風病，如何這軟癱熱化起不來了？你還不下去央及他央及兒哩！」婦人笑瞅了他一眼，一面蹲下身子去，枕着他一隻腿，取過一條褲帶兒來，把那話拴住，用手提着，說道：「你這廝頭裡那等頭睜睜、眼睜睜的，把人奈何昏昏的，這咱你推風病裝佯死兒！」提弄了一回，放在粉臉上偎挼良久，然後將口吮之，又用舌尖挑舐其蛙口。那話登時暴怒起來，裂瓜頭凹眼圓睜，落腮鬍挺身直竪。西門慶一發坐在枕頭，令婦人馬爬在紗帳內，儘着吮咂，以暢其美。俄而淫思益熾，復與婦人交接，婦人哀告道：「我的達達，你饒了奴罷，又要撮弄奴也！」是夜二人淫樂，為之無度。（第28回）

發生在這個場景之前的故事，正是「潘金蓮醉鬧葡萄架」那齣經典戲碼。為了金蓮吃瓶兒肚裏孩子瞎醋一事，西門慶安排了他慣施的性懲罰，結果因為用力過猛，把淫器硫黃圈子折斷在婦人牝內，害得金蓮「目瞑氣息，微有聲嘶，舌尖冰冷，四肢不收，軃然於

39　〔奧〕弗洛伊德撰，車文博編：《弗洛伊德文集》，第1卷，頁560。

袵席之上矣。」不料西門慶把婦人扶到房間之後,兩人並肩疊股而坐,一遞一口兒吃酒,很快又萌生新的淫欲。原先還「頭目森森然,莫知所之矣」的金蓮,竟然又像沒事一樣,伸手向他腰裏摸弄那話,沒想竟然沒有什麼反應,於是才派生出這場對白來。

　　有趣的是,西門慶的陽具在這裏完全被「擬人化」了!先是西門慶說「他」被謔出風病,要金蓮下去哄一哄;而婦人聽了,竟也真的把陽具當成一個活生生的人,先是嗔怪「他」推瘋症、裝佯死,後又獻上朱唇好好地舒弄一番。看得仔細些:金蓮先是取過一條褲帶兒來,把那話拴住,像是負氣地對之略施薄懲;接著開口道:「你這廝頭裡那等頭掙掙、眼掙掙的,把人奈何昏昏的,這咱你推風病裝佯死兒!」完全把「他」看作一個頑皮的孩子。然而,金蓮口中道的「這廝」,既是陽具,但又何嘗不是陽具的主子西門慶?她取過一條褲帶把那話拴住,擬人來看是在懲治陽具,事實上則是責罰西門。而她對「這廝」所說的話,也正對應先前在第 27 回向西門慶「那廝」說的——「我的達達,你今日怎的這般大惡?險不喪了奴之性命。今後再不可這般所為,不是耍處。我如今頭目森森然,莫知所之矣!」所以罵歸罵,婦人對「這廝」還是十分疼愛的,雖然莽撞的「他」(們)方才險些害金蓮送了性命,但是也能為自己帶來性的歡樂,所以輕輕罵幾句之後,仍要回來好好安撫之。怎麼安撫呢?當然是用婦人的「口」——「提弄了一回,放在粉臉上偎揉良久,然後將口吮之,又用舌尖挑舐其蛙口。」那話自然登時暴怒起來。[40]

　　第 61 回提到西門慶先和王六兒在外要了一遭,結果來家被潘金蓮察見那話兒綿軟無力,因此狠狠地發了一場脾氣,這裏又把西門慶那話兒稱呼作「不語先生」:

> 婦人探出手來把褲子扯開,摸見那話軟叮當的,托子還帶在上面,說道:「可又來!你臘鴨子煮到鍋裡,身子兒爛了嘴頭兒還硬,現放着不語先生在這裡強道!和那淫婦怎麼弄聳,聳到這早晚纔來家?弄的怎軟如鼻涕濃瓜醬的,嘴頭兒還強哩!」(第 61 回)

有趣的是,西門慶也曾把自己的陽具給擬人化:

> 那西門慶把那話露將出來,向月娘戲道:「都是你氣的他,中風不語了。」月娘道:「怎的中風不語?」西門慶道:「他既不中風不語,如何大睜着眼說不出話來?」(第 21 回)

40　擬人描摹還不止一處,作家在第 49 回也是用類似「裂瓜頭凹眼圓睜,落腮鬍挺身直豎」的手法,將胡僧的形象描成男根一般:「生的豹頭凹眼,色若紫肝;戴了雞蠟箍兒,穿一領肉紅直裰;頦下髭鬚亂拃,頭上有一溜光檐。」

潘金蓮和西門慶既然都把男根擬人化了，因此婦人為之而行的口交，在這裏就不只是性愛前戲。雖說潘金蓮在口頭上伴罵著西門慶那話兒，但既然這厮即彼厮，所以她用朱唇為之的吸吮撫弄，就是一種對男人的體諒及包容。用自己的口安頓男人的心──以吞裏男根的形式──這也堪是潘金蓮特有的「伺候」了。

　　口交雖然是人類社會發展已久的性交方式（包括高等文明在內），但其中也有一定的危險性。別的不說，男性的陽具遭婦人含納包容固是美事，但這被視作「命根子」的玩意可是肉做的，雖說婦人的唇舌柔軟可愛，不過用來啃咬咀嚼食物的牙齒卻是堅硬無比，將自己「寶貝」置於他人口中，不也有潛在的威脅嗎？在《金瓶梅》裏，確實出現過一次這樣的威嚇。那是在第 75 回，西門慶已經和如意兒約好晚夕進房裏來，然則一來奸情已遭金蓮識破，二來又盤算回金蓮房裏取淫器包兒，所以就笑嘻嘻地只顧坐在床上，摟著婦人並央告她放自己過隔壁房裏歇一夜。金蓮雖然不情願，卻也自知奈何不了西門，兩相妥協之後，讓男人只准拿了銀托子走。結果西門慶的腳才剛往門外跨，便被婦人叫回來問道：「莫非你與他停眠整宿，在一鋪兒長遠睡？」西門慶聽了之後，隨便敷衍兩句便又要走，金蓮看他走得慌，自己也忍不住動了氣，恐嚇式地吩咐道：「我許你和他睡便睡，不許你和他說甚閑話，教他在俺們跟前欺心大膽的。我到明日打聽出來，你就休要進我這屋裡來，我就把你下截咬下來！」金蓮所謂的「下截」，指的正是西門慶的陽具，而負責執刑的劊子手，就是每每讓西門慶淫心蕩漾的櫻桃小口。雖然當時西門慶沒有回應，不過他應當還能記得，前天才剛讓他靈犀灌頂、滿腔春意透腦的美物，竟搖身一變成為攻擊性的武器，雖然只是警告的性質，但自有一定的威脅力度。

　　這麼看來，婦人的口要成為的「聖母」，還是結束男子雄風的「潑婦」，她們心中自有定見。最好的例子在第 82 回，那時西門慶已死，陳經濟在房裏隔著窗和金蓮說話。正說著，這女婿站在灶上，「把那話弄的硬硬的，直豎的一條棍，隔窗眼裡舒過來」，惹得丈母娘罵道：「怪賊牢拉的短命！猛可舒出你老子頭來，唬了我一跳！你趁早好好抽進去，我好不好拿針刺與你一下子，教你忍痛哩。」確實，那話兒再怎麼直豎硬挺也是肉做的，一根針刺便能要它痛極。可陳經濟自知投著潘金蓮的好，所以不但沒收回去，反而還鬼混道：「你老人家這回兒又不待見他起來！你好歹打發他個好去處，也是你一點陰騭。」果然，婦人罵了句：「好個怪牢成久慣的囚根子！」便立在窗邊用朱唇吞裏吮哑他那話來，沒多久這小郎君便「一點靈犀灌頂，滿腔春意融心。」如同陳經濟不怕陽具針刺一樣，西門慶也不信下截真會被咬下，男性家長對此是充滿自信與驕傲的。西門慶願意被吃、敢於放膽把「寶貝」交到婦人口裡，證明他從不顧慮陽具遭吞沒或被傷害的潛在危險。他不但樂意把陽具餵給婦人，而且絕大多數是命令婦人口交，原因就在於他清楚知道：「餵人」的一方在地位上高過於「被餵」的一方──即便餵的是自己的

「命根子」！從他每一次口交的欲想都能有求必應，就可明瞭這些婦人早已接受男尊女卑的權力關係。

　　不過談到「咬」這個舉措，《金瓶梅》中倒是沒有見過「情咬」的例子。所謂的情咬，是指在性交過程中，不自覺咬住伴侶嘴、舌、頸或其他部位的性行為，有些人認為這未嘗不是一種愛戀的表示，也可能是性交高潮來臨時的無意識行為，然而如果情節過於嚴重，也稱得上是一種變態的施虐狂。可是小說中完全見不到這般的性交高潮反應，頂多就是「婦人則目瞑氣息，微有聲嘶，舌尖冰冷，四肢不收，軃然於衽席之上矣。（第27回）或則：「弄的婦人雲鬢髷鬆，舌尖冰冷，口不能言。」（第77回）雖然情咬不是婦女性高潮來臨時的普遍反應，但小說裡完全未提也很耐人尋味。或許因為在《金瓶梅》的性交關係中，婦人總是被支配、被擺佈、甚至是受壓擠的一方，這個被動身分在無意識中限制了女子的高潮反應，因此像情咬這般可能存有攻擊力道的舉措，不知不覺就被壓抑了下來。當然，這只是一種推論，或許作者根本沒有意識到這個問題也不一定。

(三) 「前戲」之外……

　　前面主要是討論口在性交前期的三大功能，及其同時存在的包容性及攻擊性，但是除此之外，它在小說裏還有其他任務。尤其剛才提到，人類的口既是感受外界的入口，也是用來傳達思想的工具，在一般日常生活中總能看見人們藉著口發些議論，嚼些舌根，但是在性交過程中，口也不住地表現個體的心思主張[41]。只不過，有些是無意的，有些是有意的。

　　所謂無意，嚴格來講是指在性愛過程中，尤其是指性高潮來臨時從無意識領域冒出來的話。在《金瓶梅》裡，西門慶總是喜歡於行房時聽婦人發些淫聲、喚些浪語，即便對自己正經老婆也是一樣。看第21回這一幕：「西門慶情極，低聲求月娘叫達達，月娘亦低幃暱枕，態有餘妍，口呼親親不絕。」這個毛病到後來日漸嚴重，仿佛若不這麼配合的話，吃了春藥的他還不易精過。例如第52回便見他對潘金蓮說：「潘五兒，小淫婦兒，你好生浪浪的叫着達達，哄出你達達屄兒來罷！」第75回也同樣對如意兒道：「章四兒，你好生叫着親達達。休要住了，我丟與你罷！」西門慶一聲令下，婦人自然領命配合，小說寫金蓮是「口中艷聲柔語，百般難述」，如意兒是「口中顫聲柔語，呼叫不絕」。然而這兩個例子都不發生在高潮前夕，前者是「良久，西門慶覺精來……」，後者是「足頑了一個時辰，西門慶方纔精泄……」，顯然婦人只是投著男子的喜好，有意識地發些淫聲浪語，離高潮（射精）還遠得很呢。倒是金蓮這個例子，小說寫到西門慶精

41　比較可惜的是，小說很少交待西門慶與婦人在性交前的性挑逗內容，否則以下的討論會更有趣。

來之際，「那婦人在下邊，呻吟成一塊，不能禁止。」這裏的「呻吟成一塊」，就有理由視之為無意識語言了，只是作者一筆掠過。

　　至於一些交待比較清楚的地方，其實也不容易判斷。例如在 27 回，潘金蓮挨告道：「大髻髮達達，……淫婦的祕心子癢到骨髓裡去了，可憐見，饒了罷。」第 50 回，也見王六兒浪叫：「大髻髮達達，淫婦今日可死也。」第 51 回，又是潘金蓮沒口子叫：「親達達，罷了！五兒的死了。」第 59 回，則見鄭愛月兒輕聲說道：「今日你饒了鄭月兒。」這些求饒式的言語，乍看之下或許很像無意識語言，不過若是回到文本仔細察看，恐怕並不盡然。一來是婦人或許承受不住性交苦痛，二來則是有意迎合西門性好，所以才有這般又苦又樂的矛盾反應。最好的例證在第 78 回，西門慶和如意兒這一段，先看到西門慶問婦人：「我會合不會？」又看他教婦人答話：「你說是熊旺的老婆，今日屬了我的親達達了。」雖然婦人配合答些男子喜歡聽的話，小說也道：「兩個淫聲艷語，無般言語不說出來。」然而不要忘了，如意兒在性交過程中，西門慶可是同時在她身上安了三個燒酒浸的香馬兒，要不是那香燒到肉根前，婦人也不會「蹙眉齧齒，忍其疼痛，口裡顫聲柔語，哼成一塊。」（當然，婦人在性交時說浪語、發淫聲，也極可能是自身獲致了性交的歡愉，不過這類情事在小說中委實很難判斷。）

　　相較於這些枕邊淫話，性交過程中另外有些話語，它們的意圖就十分明顯了。先看這個例子：

> （惠蓮）走向前，一屁股坐在他懷裡，兩個就親嘴咂舌頭做一處。老婆一面用手撏着他那話，一面在上嗜酒哺與他吃。老婆便道：「爹，你有香茶再與我些，前日你與的那香茶都沒了。」又道：「我少薛嫂兒幾錢花兒錢，你有銀子與我些兒，我還他。」（第 23 回）

　　在這時刻，宋惠蓮是西門慶新刮上手的奴才，所以一遇到機會，婦人自要趁著伺候家主之便，討些香茶、銀子（甚至是頭面衣服首飾）。關於這一點，書中幾個婦人都有同樣的自覺。例如王六兒，當她才剛和西門慶發生奸情，便主動和老公韓道國說道：「到他明日，一定與咱多添幾兩銀子，看所好房兒。也是我輸了身一場，且落他些好供給、穿戴！」果然，王六兒不但如願以償，還添上了婢女。即使是第 79 回的臨別一役，西門慶在臨走前還不忘向袖中掏出一紙帖兒遞與婦人，說道：「問甘夥計鋪子裡取一套衣服你穿，隨你要甚花樣。」如意兒也是一樣，雖然她一開始讓西門慶勾搭是為了能保住飯碗，但是當她確定西門慶有心於她，也就開始向男人需索。例如在第 75 回，兩人還在性愛前戲階段，便見她委婉地向西門慶討頭面；接著相擁上床，就在「氣喘吁吁，被他合得面如火熱」這個當下，她竟不忘再次暗示：「這衽腰子，還是娘在時與我的。」結果西門

慶也很識趣，說道：「我的心肝，不打緊處，到明日，鋪子裡拿半個紅緞子，與你做小衣兒穿，再做雙紅緞子睡鞋兒穿在腳上，好伏侍我。」

不過話說回來，王六兒和如意兒兩個，說好聽點是西門慶的情婦，說難聽點，她們和西門慶之間的關係就像妓女和恩客，因此每一場性交其實都是一場性的買賣。所以西門慶每次總會賞些碎銀子給婦人，或是承諾送些衣服首飾等等物事，這反映出他典型的嫖客性格。問題是，最常向西門慶要錢使、最常向西門慶討好處的婦人，並不是外面這些粉頭，而是第五個小妾潘金蓮！這不免令讀者感到奇怪。

先看第 52 回，這兒是西門慶在外吃了酒歸家，恃著新得的胡僧藥，要求金蓮和他「幹個後庭花」。婦人雖不喜歡肛交，卻也只能勉強應命：「婦人在下，蹙眉隱忍，口中咬汗巾子難捱。」西門慶看她賣力，主動提及：「到明日，買一套好顏色妝花紗衣服與你穿。」可她還覺不足，憶起昨日見李桂姐穿了件「玉色綾掐羊皮金挑的油鵝黃銀條紗裙子」，便也要男人買來給她。再看第 74 回，這裏寫道她一覺醒來，見西門慶那話兒還直豎一條棍似的，便蹲向他腰間替他吮咂。結果就在西門慶「精欲泄之際」，她竟停下來向男人要李瓶兒留下的皮襖。西門慶本想換一件王招宣府中當的皮襖予她，誰想金蓮硬是不依，反倒理直氣壯地辯道：「怪奴才，你是與了張三、李四的老婆穿了？左右是你的老婆，替你裝門面的，沒的有這些聲兒氣兒的！好不好，我就不依了。」於是西門慶只好順婦人之意，把那件值六十兩銀子的皮襖轉手讓她，這才讓金蓮繼續原先的工作，直至西門慶「靈犀灌頂，滿腔春意透腦。」由這兩個例子來看，潘金蓮要想從男人那裏得些好處，總是留到床上才說，因為唯有到那時候，男人的快樂掌握在她手中（或是口中），她才可能予取予求。然而西門慶一房妻妾中，唯有潘金蓮有此行徑，固然我們可以說李瓶兒、孟玉樓、吳月娘手中都有錢使，不像潘金蓮必須自力救濟。但是話說回來，相對於西門慶的嫖客性格，若道潘金蓮多少有些妓女心理恐怕也不過分。從這方面來看，她雖然貴為西門慶的妻妾，但實際上並不比西門慶外面的姘頭、妓女高尚到哪裏去。

總而言之，婦人的口在性交過程中確實有著多樣化的功能。單就表情達意來講，它既可以發些淫聲浪語討漢子喜歡，又可以趁男人享用歡愉之際為自己掙些利益。像是在第 61 回，寫道王六兒和西門慶偷情，透過後生胡秀的耳朵，讀者聽見婦人聲聲叫喚起來：先是「老婆口裡百般言語都叫將出來，淫聲艷語，通做成一塊。」接著又聽她說，心甘情願讓西門慶在自己身上燒香馬兒。然後又是自己不要老公，只願一生跟著西門慶。結果男人明明已經被感動了，她還不忘賭上個誓：「我若說一句假，把淫婦不值錢身子就爛化了。」兩人弄了一個時辰了事，西門慶在王六兒身上燒了三處香，然後重篩暖酒再上佳餚，兩人又「說」了些情話，又「吃」了幾鍾酒才真正結束這場饗宴。

然而除此之外，性交過程中另外有些話語也有強烈的意圖，那便是針對別的競爭對

手而為的言辭挑撥和攻擊。先來看看宋惠蓮和西門慶在床上的對話：

> 西門慶道：「我兒，不打緊處，到明日替你買幾錢的各色鞋面。誰知你比你五娘
> 腳兒還小！」老婆道：「拿什麼比他！昨日我拿他的鞋略試了試，還套着我的鞋
> 穿。倒也不在乎大小，只是鞋樣子周正纔好。」……只聽老婆問西門慶說：「你
> 家第五的秋胡戲，你娶他來家多少時了？是女兒招的，是後婚兒來？」西門慶道：
> 「也是回頭人兒。」老婆道：「嗔道恁久慣老成，原來也是個意中人兒，露水夫妻！」
> （第 23 回）

再看看第七十五回，如意兒和西門慶在床上的對話：

> 如意兒笑道：「爹沒的說，還是娘的身上白。我見五娘雖好模樣兒，也中中兒的
> 紅白肉色兒，不如後邊大娘、三娘倒白淨肉色兒，三娘只是多幾個麻兒。倒是他
> 雪姑娘生的清秀，又白淨，五短身子兒。」

由第一個例子，明顯可以看出惠蓮對金蓮的不屑。首先，她以自己的「三寸金蓮」，把
潘金蓮最引以為傲的小腳比了下去。其次，潘金蓮最不堪的「回頭」出身，又被惠蓮一
句「原來也是個意中人兒，露水夫妻！」給刺個正著。這兩句話看似說得漫不經心，卻
反而顯得全不把人放在眼裏，因而種下日後被逼自縊的因子。至於第二個例子，倒是見
得如意兒的老成。她自知一身白皙的肌膚，是誘惑主子的最大本錢，因此很技巧地先將
已故的主母李瓶兒拱至無人能及的地位，其次輕輕地點出金蓮美則美矣，可惜皮膚不夠
白淨，甚至比不上月娘、玉樓、雪娥以及她自己。這個壓制他人的例子，表面看來只是
客觀品評人物，卻直攻金蓮要害。如果這話和惠蓮一樣被金蓮知悉，如意兒的下場恐怕
不會那麼好過。

　　惠蓮的禍從口出，很快地便讓金蓮找到報復的機會。一天，惠蓮的丈夫來旺自東京
幹事回家，自雪娥處得知老婆被西門慶奸淫過了，竟然趁醉口出狂言，威脅要殺害西門
慶和潘金蓮（——又是一起禍從「口」出的例子）。結果家主西門慶在如何懲治來旺一事上，
思慮完全擺盪於金蓮和惠蓮兩個婦人之間，因此陷入書中極為罕見的反覆。金蓮自知惠
蓮心繫來旺，於是極力慫恿漢子了斷奴才性命，好一石二鳥地打擊西門慶和惠蓮的感情；
然而惠蓮卻憑恃西門慶對自己的寵愛，藉著勾勒兩人長眠整宿的遠景，誘使家主將來旺
外放他地。兩個女人的角力，幾乎就要在一場性愛中判出勝負，西門慶不但應允要把來
旺自官府放出來，還打算替他尋上一個新老婆，並且盤算著要買下對面喬家房子，讓惠
蓮作他第七個小妾。不想惠蓮得了西門慶的話後，到後邊竟對眾丫鬟媳婦露出口風，話
一傳到金蓮耳裏，幾番冠冕堂皇的教訓改變了西門慶的心意，結果來旺遭遞解徐州，惠

蓮也含恨自縊。

在這場激烈的混戰中,吳月娘曾因西門慶誣陷來旺一節,忿忿不平地講了句氣話:

> 「如今這屋裡亂世為王,九條尾狐狸精出世。不知聽信了甚麼人言語,平白把小厮
> 弄出去了!你就賴他做賊,萬物也要個着實纏好。拿紙棺材糊人,成個道理?怎
> 沒道理昏君行貨!」(第26回)

問題並不在於金蓮是否九尾狐狸精出世[42],蠱惑西門慶,而是她逗弄口舌的伎倆確實無
人能及。例如第72回,之前曾經提到,金蓮在這回抓了一碟瓜子兒安在枕邊,一面用口
噙著送到西門慶嘴裏,一面下邊用手捏弄漢子那話兒。結果西門慶感其情深意長,問婦
人想不想他?只見金蓮先是傳神地慨嘆空閨難守,後竟話鋒一轉,提及西門慶「吃着碗
裡看着鍋裡」的心——亦即他假守靈之名與如意兒私通一事。金蓮厲害的地方在於翻出
舊帳,抱怨先是一個惠蓮、後是一個瓶兒害得西門慶不搭理她;其次她說斯人皆香消玉
殞,唯獨剩她一個「老實的」還在身邊,暗示男人應好好珍愛她;然後說西門慶是「風
裡楊花,滾上滾下」,竟又勾搭上如意兒來;最後則一針見血地指出:「他隨問怎的,
只是奶子。現放着他漢子,是個活人妻。不爭你要了他,到明日又教漢子好在門首放羊
兒剌剌。你為官為宦,傳出去甚麼好聽?」直接觸及早年來旺威脅殺主一節。所以,我
們才在後面看到西門慶問如意兒身世,看到西門慶要婦人向金蓮磕頭,這些地方都見證
了潘金蓮的口舌功夫。

值得一提的是,長久以來,爛嚼舌根、搬弄是非始終是女人的負面形象之一,而且
在文學作品中,這類婦人往往還都是深藏機心的角色[43]。如果說這是男性作家在潛意識
裏對女性的一種恐懼,或許會被譏刺為是想當然爾的解答,不過如果借用一點神話-原
型批評的研究成績,這個推論恐怕還是頗有說服力。「大母神原型」(the archetype of the Great
Mother)的研究讓我們知道,世界各地有關原始女神的形象,不約而同地都包含正面特徵
和負面特徵。其中,女人據以容納和防護、滋養與生育的女性基本特徵,在許多文明地
區紛紛是以「容器」的形式呈現出來。然而研究發現,早期的女人瓶常常是沒有嘴的,
作為原始女神的典型特徵,學者認為這個現象該如此解釋:「嘴作為撕裂和吞噬的侵害
象徵,是危險的負面女性基本特徵所特有的。……對於嬰兒般的人來說,原型女性還只
是無言的存在。原型女性以其豐盈的容器占有了一切,嘴作為收取的器官,對於她是沒

42　第75回又再一次見到月娘在背地裡將金蓮形容成「九條尾的狐狸精」。

43　例如《紅樓夢》裏的王熙鳳,小說雖然把她寫得口齒伶俐,但也提示她是一個城府很深的女人。

有必要的，因為這位『善良』的女性不是一位吞噬者，而是一個豐足的賜予者。」[44]然而擴大來講，人類的口不只具有撕裂和吞噬的功能，它同時也是用來說話、藉以表情達意的器官。這個特徵在早期原始女神那裏被刻意隱藏，正好反映人類（無論男女[45]）無意識中對女性嘴巴負面功能的恐懼。

　　回到《金瓶梅》來講，婦人的負面形象自然也包括了搬弄口舌，小說中除了看到婦人為了一己之私構陷敵手，口舌之劍往往也是她們最厲害的殺人武器。然而男性對此似乎是無計可施的，例如在第 75 回，月娘和金蓮兩個因為爭搶漢子衍發一場唇舌激戰，戰況之激烈，就連一向好性的月娘都紫漲了雙腮罵道：「那沒廉恥趁漢精便浪，俺們真材實料不浪。」可是西門慶事後竟只能各自勸解，就連 76 回金蓮激他：「你是個男子漢，若是有張主的，一拳扐定，那裡有這些閑言悵語？」他也只說：「罷麼，我的兒！我連日心中有事，你兩家各省這一句兒就罷了。你教我說誰的是？」有趣的是，這些辱罵總離不開衣裙底下的勾當，例如在第 24 回，惠蓮和惠祥兩個奴才媳婦大吵一架，雖說原因起於上房和灶下的任務分工不得協調，但是從一開始，惠祥便咬定惠蓮仗著自己是「爹的小老婆」，才如此拿翹張狂目中無人，最後甚至嚴辭攻擊惠蓮道：「我不說你罷，漢子有一拿小米數兒，你在外邊，那個不吃你嘲過？」無怪乎「崇禎本」評點家在此處批道：「惠蓮只灶上要茶一語，遂使生平所做一齊傾出，況士行乎！」[46]真個是人言可畏！

44　〔德〕埃利希·諾伊曼（Erich Neumann）撰，李以洪譯：《大母神》（北京：東方出版社，1998年），第 10 章，頁 119-147；引文部分為頁 121-122。

45　這是一個十分複雜的現象，《大母神》曾有解釋：
　　「我們已多次觀察到這樣一個基本的心理事實：人的意識被經驗為『男性』，男性已與意識相認同，而且它的演進無論在何處，都發展出一個父權的世界。
　　另一方面，如我們已經指出的，無意識，即在人類歷史與個人發展的進程中意識由之而產生的心理底層，在與無意識的關係中，被經驗為母性的和女性的。這並不是說，所有的無意識內容都微地表現為女性。無意識包括男性的和女性的力量、傾向、情結、本能和原型，正如神話中有男神和女神、魔鬼、精靈、動物以及其他等等。但一般而言，意識象徵地視無意識為女性的，而其本身則是男性的。
　　因此意識發展的諸階段呈現為在母體中萌生，像孩子依賴於母親，像情人兒子與大母神的關係，最後，也像男性英雄對大母神的英勇鬥爭。換言之，意識與無意識的辯證關係採取了母性——女性同男孩鬥爭的象徵神話形式，在這裏，男性的逐漸壯大與人類發展進程中意識日益增強的力量相一致。
　　男性意識從女性母性無意識中解放出來，對於人類來說是一場艱難而痛苦的鬥爭，因此顯而易見的是，女性負面因素並不是來自對『男人』的焦慮情結，而表現為一種全人類、男人和女人相同的原型經驗。因為女性參與了意識的發展，她也具有一種象徵的男性意識，而且能夠把無意識經驗為『負面女性』。」（頁 148-149）底線部分為筆者所加。

46　〔明〕佚名撰，齊煙、汝梅校點：《新刻繡像批評金瓶梅會校本》，第 24 回，頁 314。

　　不過西門慶也不是全然束手無策，有時他也會「教訓」這些多嘴的婦人，特別是針對潘金蓮。例如在第 61 回，金蓮猜著西門慶和王六兒有些首尾，便忍不住說了些譏諷的話，後來兩人上床繾綣交歡，正當婦人禁受不得、瞑目顫聲沒口子亂叫的時候，西門慶得意地說話了：「小淫婦兒，你怕我不怕？再敢無禮不敢？」這或許會令人聯想到第 27 回那個凌虐場景——潘金蓮因為在西門慶面前言語冒犯了李瓶兒肚裏的孩子，結果惹來西門慶葡萄架下的性傷害。但是這裏不太一樣，因為她侵犯的只是漢子的風流帳，所以西門慶的「恐嚇」反而像一場配合好的遊戲。所以到第 72 回，金蓮又在男人面前說如意兒壞話，接著西門慶在行房時同樣故技重施，一面令婦人呼叫大東大西，一面問道：「你怕我不怕？再敢管着？」兩場性交的結局都是殢雨龍雲恩愛不絕，看來西門慶的教訓只是另一種激情儀式罷了！

　　於是，關於口的功能——當然這裏只談書中婦人——表面上看僅僅是吞吐食物和表達思想，但是這兩者又可再做細分。口的吞吐物既包括了日常饌食，也蘊含枕邊伴侶的性器；口的發聲除了作為一般人際溝通，在床笫間又常有矯意造情、編派是非之用。沒有想到，口齒（唇舌）的咀嚼、撕裂、吞裏等生物功能，以及發聲、達意、交際等社會功能，竟因此在兩性性交戰場上有了擴大闡釋的空間。

　　最後附帶一提的是，方才提到女人據以容納和防護、滋養與生育的女性基本特徵，在許多文明地區紛紛是以「容器」的形式呈現出來。諷刺的是，在《金瓶梅》裏，婦人的口在小說中也有容器的功用，只不過這裏的角色竟是「尿壺」。這一部分在書中出現兩次，第一次是由潘金蓮擔當，第二次則是如意兒。第 72 回敘述潘金蓮和西門慶雲雨過後，一來為了拴住漢子的心，二來久曠幽懷淫情似火，所以那話兒把來品弄了一夜。結果西門慶欲下床溺尿，婦人還捨不得放，便說：「我的親親，你有多少尿？溺在奴口裡，替你咽了罷！省的冷呵呵的熱身子你又下去，凍着倒值了多的。」由此觀之，潘金蓮這個突發奇想的舉措，不論究竟出自真心還是只為討好漢子，倒也堪稱一絕。所以西門慶非但越發歡喜無已，在第 75 回也要如意兒依樣照辦，而這婦人也爽快地回道：「不打緊，等我也替爹吃了就是了。」問題在於，金蓮這突如其來的「創意」雖然滿足了西門慶的男性家長心態，為自己掙得漢子的疼愛，但是同時也大大貶抑了自己的層次，使口成為男性排泄物的處理站。至於如意兒這齣續集故事，表面上看好像是她不遑多讓，事實上卻是和金蓮一起沉淪至最不堪的境況。尤其糟糕的是，她的「接棒」使得金蓮溺尿不再只是個案一件，這個自我降格的負面特質，反而因此帶有普遍性，婦人形象到這裏可以說被完全醜化。作者本身對婦人的沉淪顯然也十分痛心，於是忍不住藉敘述者之口發了一場議論：

看官聽說：大抵妾婦之道，蠱惑其夫，無所不至。雖屈身忍辱，殆不為恥。若夫正室之妻，光明正大，豈肯為此！（第72回）

溺尿這個舉措，和前面提到的吞精同是口交的後續發展。以吞精來說，婦人為了表示她的溫柔體貼，便不要漢子拿巾帕擦拭，寧可自個兒下去以口吮之。至於溺尿，乍看之下和吞精一樣，都是為了表現對性伴侶的溫婉情意，但是由於吞食內容的「價值」不同，其中也就有了格調差異。以精液和尿液作一比較，我們或可勉強說精液是性愛的產物，就如有些色情小說喜把男性和女性的性分泌物稱呼為「蜜汁」一樣，所以口在這裏呈納的是性愛的果肉（果汁），然而尿液卻是人體的排洩物，是吸收器官棄之無用的剩餘渣滓，因此口在這裏純粹只是承載廢物，而且是骯髒的廢物。當然，這裡並不是宣揚吞精的正常性及必要性，面對同樣是由男體排放出來的物品，這裏只是從精液和尿液兩者的「製作過程」入手，說明其中可能存在的價值差異。因為唯有藉由這種比較，才更可以看出溺尿不只是污濁了自己的口唇，而且反映出人格的墮落。

第五章　無盡的放縱與耗損
——西門慶與晚明商人的享樂「美學」？

　　經過前面幾章的討論，毫無疑問可以確定，《金瓶梅》這部充斥大量情色段落的文本，需要細節化的飲食描寫以為對應。換句話講，食和性儼然就是構成這部小說的基本原料。雖然過去的文學研究者較少著力於此，極端一點的甚至因此不肯接受它的文學成就，但是社會學家、人類學家反倒可以清楚發現它的價值，並且輕易看出在整部小說裏，食和性兩者不但互為糾纏，飲食心得和性愛經歷更是交互作用[1]。

　　接下來的問題是，前面說《金瓶梅》出現那些奢華鋪張的飲食排場、真槍實彈的性愛畫面，反映的是晚明以降日漸澆漓的社會現象。然而，設若晚明社會的消費主力是商賈和士人，兩者同樣醉心於飲饌之歡，同樣縱情於性愛之美，但是他們享樂的動機、賞玩的意趣是否一致呢？

　　和前朝比較起來，明、清時期儒生和商人的關係是十分密合的，文人文集中出現那麼多商人的墓誌銘、傳記、壽序，就是「士商相雜」最好的證明。而且從這些文集當中，確實可以看到士商的往來相當頻繁，許多士人不但出身商賈之家，甚至常為商人利益發言。因此自余英時以來[2]，愈來愈多研究晚明的學者相信，儒、商兩者的界線其實已難劃分。不過平心而論，如此的「想當然爾」需要更嚴密的專文研究方能證實，只是這個問題本文在此無意肩負。然而晚明文人崇尚享樂是實，富賈貪歡浮華亦絕不假，透過《金瓶梅》裏的暴發商人西門慶，也許可以回答相關的一連串問題。

1　K. C. Chung, ed., *Food in Chinese Culture*. New Haven and London: Yale Univ. Press, 1977, p.248-252.

2　余英時撰：《中國近世宗教倫理與商人精神》（臺北：聯經出版公司，1987 年），下篇，〈中國商人的精神〉，頁 95-166。

一、晚明文人的精緻生活情調

(一)古來之飲食觀

先從飲食談起。中國自古以來,就是一個擅長烹調飲膳的民族,早在周朝便已發展出進步的飲食文化。《詩經》中有不少詩篇,就記錄了周朝貴族的燕饗活動,可以看見當時的飲食內容已經相當精采。例如《大雅·行葦》就曾提到:

> 肆筵設席,授几有緝御。或獻或酢,洗爵奠斝。醓醢以薦,或燔或炙。嘉殽脾臄,或歌或咢。[3]

這裡除了快意的喝酒,還可看到他們大快朵頤地享用燒(燔)烤(炙)出來的牛、羊百葉(脾)及牛、羊的舌頭(臄),沾淋味美汁多的肉醬(醓醢),難怪大夥吃了之後高興得要唱歌打鼓。此外在《小雅》裏也有很多描寫周朝貴族宴會的樂章,其中記錄的飲饌種類也很不少,除了剛才看到的牛肉、羊肉,另外還有水族世界的珍品。見《小雅·魚麗》所載:

> 魚麗于罶,鱨、鯊;君子有酒,旨且多。
> 魚麗于罶,魴、鱧;君子有酒,多且旨。
> 魚麗于罶,鰋、鯉;君子有酒,旨且有。
> 物其多矣,維其嘉矣!
> 物其旨矣,維其偕矣!
> 物其有矣,維其時矣![4]

這頓飯裡,提到的魚類便有鱨、鯊、魴、鱧、鰋、鯉等六種,稱得上是相當豐富。如果再翻閱《詩經》當中為數眾多的頌詩,更可察見周天子祭祠宗廟時擺出的供品排場,直可說是琳瑯滿目。生活在這樣的物質文明底下,儒家對飲食自是相當重視,《禮記·禮運》就說:「夫禮之初,始諸飲食。」[5]而且全書談論飲食的地方很多。孔子對於飲食也有他的講究,《論語·鄉黨》除了提到「食不厭精,膾不厭細」,還舉出魚餒而肉敗不食、色惡不食、臭惡不食、失飪不食、不時不食、割不正不食、不得其醬不食……等等,

---

3　《十三經注疏》(臺北:藝文印書館,1985 年),第 2 冊,《詩經》,卷 14,頁 1088。

4　《十三經注疏》,第 2 冊,《詩經》,卷 9,頁 341-342。

5　《十三經注疏》,第 5 冊,《禮記》,卷 21,頁 416。

形塑一套完整的儒家飲食觀[6]。由此觀之,孔子是以積極的態度面對飲食大欲。可是孟子卻不然,他不主張讀書人靠近廚房,《孟子·梁惠王上》這麼說道:「見其生不忍見其死,聞其聲不忍食其肉,是以君子遠庖廚也。」[7]

孟子式的「仁」固有其學術立論基礎,但是「君子遠庖廚」一語,也使得文人疏於探討飲食烹調之術,讓後人不易窺知傳統的飲食觀念。即便如此,先秦以來仍舊留下一些飲食文字,扣除出現在詩人文集、筆記中的隻言片語,以及偏向飲食技術、植物栽種的本草農書,倒也有不少專門談論飲食及烹調技藝的飲膳專著。

根據《隋書·經籍志》的記載,兩漢及魏晉南北朝已有不少「食經」、「食方」、「食法」一類的烹飪著作,可惜的是大部分都亡佚了。一直要到北魏賈思勰的《齊民要術》,由於其中兩卷記載了不少食品製法,因此可以說是現存最早、也最完整的一部飲食文獻。接下來比較著名的專書,有唐代的《食譜》、《膳夫經手錄》,以及宋代的《膳夫錄》、《玉食批》、《本心齋疏食譜》、《山家清洪》、《中饋錄》等諸種。在這些飲膳著作中,韋巨源的《食譜》主要是記錄唐代宮廷食品,鄭望的《膳夫錄》保留了一些隋唐宮廷菜餚,《玉食批》則是皇帝賜給太子的菜單,它們共同的特色是只記菜名,鮮少交待烹調方法,所以內容簡略。至於楊曄的《膳夫經手錄》主在介紹食物外形,間或穿插一點本草知識,但既沒有敘述烹調方法,也沒有開列菜單食譜。陳達叟的《本心齋疏食譜》篇幅精短,雖然僅只羅列二十道菜單,但是每道菜都留下簡單的製法,並且附上十六字的贊詩。至於南宋林洪的《山家清供》,是以蔬食為記載重心,在這部收錄一百零五種菜餚的食譜中,從原料的選取到烹調的過程都有非常詳細的交待。另外《中饋錄》成於浦江吳氏,共計列出六十六條菜式,分成脯鮓、製蔬、甜食三大類,同樣是有詳盡的烹調過程,而且製法簡單,或可反映民家常見的菜式。

從上述幾部飲膳書籍,儼然已可看出由簡而繁的發展軌跡,不過即便如林洪的《山家清供》已有詳細烹飪過程,但是畢竟篇幅有限,不易反映當時人的飲食觀。其實中國古來即重飲食養生,唐代醫學家孫思邈在《備急千金要方》便說:「安身之本,必資於食,救疾之速,必憑於藥。不知食宜者,不足以存生也;不明藥忌者,不能以除病也。」[8]宋人對於飲食用度也很在意,普遍認為飲饌必須遵循一定的準則,北宋文學家黃庭堅就作過一篇〈士大夫食時五觀〉的短文,呼籲君子本守「計功多少,量彼來處」、「忖己

6　《十三經注疏》,第7冊,《論語》,卷10,頁89。

7　《十三經注疏》,第7冊,《孟子》,卷1下,頁22。

8　〔唐〕孫思邈撰:《備急千金要方》(臺南:大時代出版社,1969年),卷26,〈食治〉,「序論第一」,頁464。

德行,全缺應供」、「防心離過,貪等為宗」、「正事良藥,為療形苦」、「為成道業,故受此食」等「五觀」,主張士人莫要過度追求豐美的餚饌,飲膳當思農人辛苦,好將心力置於國計民生之道[9]。因此養生觀念恐怕早就內化到作者心中。例如《山家清供》開篇第一條「青精飯」,除了交待製作程序,最後還不忘強調:「久服延年益顏。」[10]其他條目也有類似講究食療效果的情形。元人賈銘撰《飲食須知》也是著眼於養生目的,他在序裡說:「飲食藉以養生,而不知物性有相反相忌。叢然雜進,輕則五內不和,重則立興禍患,是養生者亦未嘗不害生也。」作者歷觀諸家本草疏注,發覺損益之說彼此矛盾,令人莫衷一是,所以決定「專選其反忌彙成一編,俾尊生者日用飲食中便於檢點耳。」[11]此外,元朝仁宗延祐年間負責掌管皇帝營養、衛生工作的「飲膳太醫」忽思慧,曾經進獻皇帝一部以本草學為理論依據的《飲膳正要》,既然是太醫給皇上的建言,那麼全書自是以養生保健為重了。

明代專門性的飲食著作中,以茶書佔最大宗,大約近四十種[12],文人之間尤其喜歡以茶會友[13]。至於食譜類的書籍,扣除單講海味、蔬果一類的著作,屬於綜合性的飲食專書分別有韓奕的《易牙遺意》、劉基的《多能鄙事》、高濂的《遵生八牋·飲饌服食牋》、張汝霖的《饕史》、張岱的《老饕集》等等。在這些食譜中,要以高濂《遵生八牋·飲饌服食牋》最為重要,內容也最詳實,因為從書名來看,既然〈飲饌服食牋〉乃「遵生」八牋中的一個環節,自要提倡飲食養生之道。事實上,作者在該牋的開頭即道:

> 高子曰:飲食活人之本也!是以一身之中,陰陽運行,五行相生,莫不由於飲食。故飲食進則穀氣充,穀氣充則血氣盛,血氣盛則筋力強。脾胃者五臟之宗,四臟之氣皆稟於脾,四時以胃氣為本由。飲食以資氣,生氣以益精,生精以養氣,氣足以生神,神足以全身相須以為用者也。人於日用養生,務尚淡薄,勿令生我者害我,俾五味得為五內賊,是得養生之道矣。[14]

很顯然的,高濂開宗明義便宣示他的寫作動機在於推廣養生之道,那麼牋中羅列的食譜

9　〔宋〕黃庭堅撰:《士大夫食時五觀》(臺北:藝文印書館,1966 年)。

10　〔宋〕林洪撰:《山家清供》(臺北:藝文印書館,1966 年),頁 16。

11　〔元〕賈銘撰:《飲食需知》(臺北:藝文印書館,1970 年)。

12　伊永文撰:《明清飲食研究》(臺北:洪葉文化事業公司,1998 年),頁 372-373。

13　吳智和撰:〈明代文人集團的飲茶生活〉,財團法人中國飲食文化基金會編:《第一屆中國飲食文化學術研討會論文集》(臺北:財團法人中國飲食文化基金會,1993 年),頁 279-307。吳智和撰:〈明代的茶人集團〉,財團法人中國飲食文化基金會編:《第三屆中國飲食文化學術研討會論文集》(臺北:財團法人中國飲食文化基金會,1994 年),頁 313-335。

14　〔明〕高濂撰:《遵生八牋》(臺北:臺灣商務印書館,1979 年),〈飲饌服食牋〉上卷,頁 1。

也應該要立意於養生功效。然而扣除上卷的「序古諸論」，其他內容其實和純粹的食譜無啥差別，在「茶泉」、「湯品」、「熟水」、「粥糜」、「果實粉麵」、「脯鮓」、「家蔬」、「野蔬」、「釀造」、「甜食」、「法製藥品」、「神秘服食」等分類底下，除了「茶泉類」有些總論性質的介紹，全牋泰半都是各種嘉餚美饌的製作方法，並不特別說明養生功效。也就是說，如果撇開「遵生八牋」這個養生保健體系，且也無視作者夫子自道的著書動機，〈飲饌服食牋〉在「客觀」上根本就只是一部蒐錄超過四百條美食製法的食譜！

　　同樣的情形，也發生在明刊本《居家必用事類全集》身上。中國古代很早就有「日用百科」型的民間類書，例如南宋的《事林廣記》，除了載錄日常生活應用常識，同時也保留不少飲饌內容（尤其是茶果類和酒麴類）。至於明代才刊刻梓行的《居家必用事類全集》，則是一部更完備的日用百科，除了有一般黃曆常見的趨吉避凶、陰陽禍福、治病良方、夢寐解析等生活秘訣，還包括讀書方法、信箋寫作、禮儀規範、為政要務、吏學指南等較為專門的實用知識，顯然設定的閱讀對象並非一般讀者。重要的是，在該書的己、庚兩集共收錄近四百條食物製法，如果同樣撇開它所依附的「日用百科全書」的形式，自然也可以獨立成一部食譜。

　　不過無論如何，《遵生八牋》總算是標舉著「養生保健」的大旗，即使〈飲饌服食牋〉根本就是一部尋常食譜，然而作者主張飲食養生的立場仍是清楚的。不像明朝初年的兩部食譜《易牙遺意》、《多能鄙事》，作者韓奕和劉基完全沒有說明他們的編撰動機。

　　為什麼食譜作者吝於發表自己的飲食觀呢？這個問題可以從兩方面來解釋。首先，前面提過，自從孟子呼籲「君子遠庖廚」之後，文人便似乎恥於談論飲膳烹調，這門藝術也就被視為「賤伎」。長久以來雖然有零星的食譜著作，但是要不托言養生保健，要不就安安靜靜地出版，生怕話說多了就會降低自己的知識水平。例如賈思勰在所著《齊民要術》的序裏，便謙遜地說道：「鄙意曉示家童，未敢聞之有識；故丁嚀周至，言提其耳，每事指斥，不尚浮辭，覽者無或嗤焉！」[15]其次，在中國士人的主流觀念裏，儉約仍是一項責無旁貸的美德，黃庭堅所謂的「食時五觀」，說穿了其實根本無關養生修為，只是強調飲水思源、避奢尚儉罷了。至於明朝開國首重修養生息，大儒方孝孺所謂：「汝飲而食，當思爾職；行而有得，斯無愧色……毋以一食而忘天下，毋以苟安而忽永圖。」[16]絕對不是某個「先天下之憂而憂」的個案，而是國初的普遍認知。此外如龍遵敘撰《食

15　〔北魏〕賈思勰撰：《齊民要術》（臺北：藝文印書館，1970年），頁7a。
16　〔明〕方孝孺撰：《遜志齋集》（臺北：臺灣商務印書館，1968年），卷一，〈雜銘〉，頁9。

色紳言》，在「飲食紳言」的部分大談戒奢侈、戒多食、慎殺生、戒貪酒，也算得上是時代的呼聲了[17]。因此在這兩個前題下，《易牙遺意》、《多能鄙事》之所以完全沒有留下寫作旨意，也許都是不願予人興倡飲食之想。畢竟即使略作解釋，或也不免「此地無銀三百兩」之諷。

至於元、明以來飲膳著作託言養生，並不牴觸這個禁忌，因為早自先秦以來，養生幾乎已經成為中國人共同的生活信念。從積極面講，養生保健可謂是追求長生不老的現世功夫；從消極面講，養生保健起碼是維繫生命久長的基本工作。前引《論語·鄉黨》所謂魚餒而肉敗不食、色惡不食、臭惡不食、失飪不食、不時不食、割不正不食、不得其醬不食……，除了有禮儀的考量，主要還是從飲食健康的角度出發，因此自然也有它的養生道理。此外像先秦另一部典籍《呂氏春秋》也說道：「食能以時，身必無災。凡食之道，無飢無飽，是之謂五藏之葆。口必甘味，和精端容，將之以神氣，百節虞歡，咸進受氣，飲必小咽，端直無戾。」[18]這裏同樣是從消極面談飲食養生。所以，元、明以來食譜、食經寄言養生功效並不值得奇怪，因為飲食養生之道早已成為中國人的基本認知。

(二)晚明文人的生活主張

方才提到明朝初年崇尚儉省，但是正如在第二章便提到過的，明代自嘉靖朝以後，隨著生產力的提升以及商品經濟的繁榮，整體社會用度已然邁向高度消費的境況。單以飲食花費來說，「尋常燕會，動輒必用十肴，且水陸畢陳；或覓遠方珍品，求以相勝。」[19]到了萬曆時期，「富室召客，頗以飲饌相高，水陸之珍常至方丈。至於中人亦慕效之，一會之費，常耗數月之食。」[20]在這個情形下，時人對飲饌的觀點自然也有了變化，雖然當初《易牙遺意》的作者韓奕、《多能鄙事》的作者劉基沒有交待他們的飲食觀，但是為之作序的後人就免不了「越俎代庖」了，或言：「豈古人約於品而詳于法，今人疏于法而侈於品與？」[21]或是宣稱飲食技藝：「綜其事至微細，若無關於天下國家；然跡

17　〔明〕龍遵敘撰：《食色紳言》（臺北：藝文印書館，1965 年），〈飲食紳言〉，頁 1-17。

18　〔秦〕呂不韋撰：《呂氏春秋》（臺北：臺灣中華書局，1965 年），卷 3，〈季春紀〉，「盡數」，頁 5a。

19　〔明〕何良俊撰：《四友齋叢說》（北京：中華書局，1959 年），卷 34，〈正俗一〉，頁 314。

20　〔明〕韓浚等撰：《萬曆嘉定縣志》（臺北：臺灣學生書局，1987 年），卷 2，〈疆域考下〉，「風俗」條，頁 150。

21　〔明〕周履靖撰：〈敘〉，〔元〕韓奕撰：《易牙遺意》（臺北：藝文印書館，1966 年），頁 1b。

民生日用之常，則資用甚切。」[22]有趣的是，《多能鄙事》這篇敘文恰好作於嘉靖年間。

　　晚明優渥的物質條件，為一個時代的享樂風潮提供了絕佳的根基。雖然前面幾章都是談論商賈如何奢華、怎樣舖張，但是不要忘了，文人階層始終都是引領風騷的角色。尤其明朝中葉以後，皇帝不理政事，官僚機構只能勉力維持國勢於不崩，在朝為官者縱然有心也無處使力；加上科舉制度積弊已深，為數眾多的落第文人不得妥善的安置，造成文人階層普遍有理想破滅的挫折感。以歷史經驗來看，晚明僵而未化的封建統治機構，固然足以召喚文人「隱跡於山林」的集體潛意識，然而和歷朝文人不同的是，他們大半沒有像陶淵明一樣歸隱田園，反而是讓晚明商業經濟所提供的世俗享樂，引領他們醉臥於綺麗多彩的浮華世界，並且美其名曰「隱心於市儈」。為什麼這些文人一個個走上這條獨特的隱逸道路？當然是受美好的物質用度所引誘。

　　明代特有的「市隱」，今天看來其實根本意在享樂，可是他們自有其一派瀟灑，分明是耽溺於物，卻要說成「寄情」於物。見袁小修這段話：

> 古之隱君子不得志于時，而甘沉冥者，其志超然出塵之外矣，而獨必有寄焉然後快。蓋其中亦有所不能平，而借所寄者力與之戰，僅能勝之而已。或以山水，或以麴蘗，或以著述，或以養生，皆寄也。寄也者，物也，借怡于物，以內暢其性靈者，其力微，所謂寒入火室，煖自外生者也。[23]

據其言而觀之，小修所論其實不差，歷來遭到貶官、放逐等等不得志於時的文人，哪個不是藉著遊山玩水、品茗飲酒、著書作文來排解心中抑鬱之氣？問題在於，前朝文人還只是寄情於山水花草，晚明文人卻不限於此，另外還寄情於禽魚、鳥獸、書畫、器冊、琴棋、古董、酒茗、蔬果，尤其是寄情於女子、孌童、嘉餚。兩者不同之處在於，大自然的山光水色乃是任人自取，不必偏廢分文；然而晚明文人所借之「物」，往往都有一定的世俗代價（價格）。但是在小修的解釋下，兩者竟然變得沒什麼分別了。

　　沈春澤為《長物志》所作的序，也提到了這種寄情哲學：

> 夫標榜林壑，品題酒茗，收藏位置圖史、杯鐺之屬，於世為閒事，於身為長物，而品人者，於此觀韻焉，才與情焉，何也？挹古今清華美妙之氣於耳目之前，供我呼吸；羅天地瑣雜碎細之物於几席之上，聽我指揮；扶日用寒不可衣、饑不可

22　〔明〕范惟一撰：〈敘〉，〔明〕劉基撰：《多能鄙事》。《續修四庫全書》（上海：上海古籍出版社，1995 年），第 1185 冊，子部雜家類，頁 1。

23　〔明〕袁中道撰：《珂雪齋近集》（臺北：偉文圖書出版公司，1976 年），卷 6，〈贈東奧李封公序〉，頁 496。

食之器，尊踰拱璧，享輕千金，以寄我之慷慨不平。[24]

好一個「以寄我之慷慨不平」！把所有怪誕作為都給合理化了。不得志於時，要隱；心中慷慨不平，也唯有隱！而且為了不讓自己的生命空空蕩蕩，這種隱還非得找個東西來寄託。如此一來，相較於前朝隱者生產出來的山水遊記，晚明文人則是展現了他們對古董、書畫、器具、香茗、蔬果、碑帖等等「長物」的風流知識。專門著作如袁中郎的《瓶史》，記錄了他對瞻瓶貯花的癖好，他甚至說：「吾觀世上語言無味面目可憎之人，皆無癖之人也。」[25]又如屠隆的《考槃餘事》，則是「評書論畫、滌硯修琴、相鶴觀魚、焚香試茗、几案之珍、巾舄之制，靡不曲盡其妙。」[26]自作之外，也有耗費心力於編書者，例如前述曾為《多能鄙事》作序的周履靖，就曾編輯《夷門廣牘》一百二十六卷，收書八十六種，分成藝苑、博雅、食品、娛志、雜占、禽獸、草木、招隱、閒適、觸詠十門。雖然所收諸書真偽雜出、分門不實，但是這個舉措終究反映了當時的文人風尚及賞玩意趣。

即便不論「寄情於物」是基於什麼原因，此番依附勢必要有充分的閒暇方行。對此，晚明文人倒是毫不避諱，他們非但不擔心未將心力用於文章經濟，反而認為擁有閒暇才能換來修為：「熟知閒可以養性，可以悅心，可以怡生安壽，斯得其閒矣。」[27]所以在高濂的《遵生八牋》裏，特別開闢了〈燕閒清賞牋〉，不但遍考鍾鼎銅器、書畫法帖、陶瓷古玩、文房器具，他如焚香、鼓琴、栽花、種竹之術也敘述得十分詳整，而且還交待了花草植物的栽種及品賞方法，內容可謂應有盡有。也許有人認為，〈燕閒清賞牋〉僅僅意在提供一種生活中的養生之道，然而，如果不是當時文人對物別有所寄，恐怕也發展不出燕閒清賞的潮流。

這股潮流持續到明亡以後，對生活的品味發展成為一種生活的知識。就以李漁的《閒情偶寄》來說，雖然作者在〈凡例七則〉裏提出「四期三戒」——一期點綴太平、一期崇尚儉樸、一期規正風俗、一期警惕人心、一戒剽竊陳言、一戒網羅舊集、一戒支離補湊[28]——但是全書卻是以他豐富多彩的生活知識作為基礎。《閒情偶寄》含十六卷，共分「詞曲」、「演習」、「聲容」、「居室」、「器玩」、「飲饌」、「種植」、「頤養」八部：「詞曲部」、「演習部」是他一生戲曲知識的總結；「聲容部」展現他對女

24　〔明〕沈春澤撰：〈序〉，〔明〕文震亨撰：《長物志》（臺北：藝文印書館，1966 年），頁 1。

25　〔明〕袁宏道撰：《瓶史》，《袁中郎全集》（臺北：世界書局，1964 年），「隨筆」，頁 21。

26　〔清〕錢大昕撰：〈序〉，〔明〕屠隆撰：《考槃餘事》（臺北，藝文印書館，1968 年），頁 1a。

27　〔明〕高濂撰：《遵生八牋》，〈燕閒清賞牋〉上卷，頁 1。

28　〔清〕李漁撰：《閒情偶寄》（臺北：長安出版社，1979 年），頁 1-5。

人恣色、修容、治服、技藝的品鑒賞玩；「居室部」是他對住家規劃及器具陳設的意見；「器玩部」則是他對骨董名器、几案椅杌、茶具酒具、碗碟燈燭、屏軸箋簡等等生活長物的講究；「飲饌部」則是他的美食心得；「種植部」反映他對花草樹木的驚人知識；「頤養部」則是述說他的養生保健之道。和高濂的《遵生八牋》比較起來，《閒情偶寄》的內容雖說同樣包羅萬象，但是頗有掠前人之美的嫌疑。不過李漁這本書條理比較清楚，而且強化了敘述者的主觀意識，讓生活之美成為一種必需，也讓生活之美成為一種知識。

袁小修等人雖然為生活享樂找到合理的藉口，但是文人對生活享樂的耽溺其實是很直捷的。尤其是灑脫如袁中郎者，更能侃侃道出生命中的五大「快活」：

> 然真樂有五，不可不知。目極世間之色、耳極世間之聲、身極世間之鮮、口極世間之談，一快活也。堂前列鼎、堂後度曲，賓客滿席，男女交舄，燭氣薰天，珠翠委地，金錢不足，繼以田土，二快活也。篋中藏萬卷書，書皆珍異，宅畔置一館，館中約真正同心友十餘人，人中立一識見極高如司馬遷、羅貫中、關漢卿者為主，分曹部署，各成一書，遠文唐宋酸儒之陋，近完一代未竟之篇，三快活也。千金買一舟，舟中置鼓吹一部、妓妾數人、游閒數人，浮家泛宅，不知老之將至，四快活也。然人生受用至此不及十年，家資田地蕩盡矣，然後一生狼狽，朝不謀夕，托缽歌妓之院、分飧孤老之盤，往來鄉親，恬不知恥，五快活也。……士有此一者，生可無愧，死可不朽矣。[29]

中郎這番敘述，或多或少總有自命瀟灑的成分，不過從他所謂「目極世間之色、耳極世間之聲、身極世間之鮮、口極世間之談」來看，確乎是極端的享樂主義了。難怪張岱也自陳：「少為紈褲子弟，極愛繁華，好精舍，好美婢，好孌童，好鮮衣，好美食，好駿馬，好華燈，好煙火，好梨園，好鼓吹，好骨董，好花鳥，兼以茶淫橘虐，書蠹詩魔。」[30]兩人在揮霍生命、追求享樂的方向上是十分一致的。

從袁小修和袁中郎的日記、遊記來看，很顯然他們完全「隱遁」於遊憩逸樂之中，既不願介入複雜的現實問題，也無意向更大的權威挑戰，僅僅志在精緻的生活享受而已。早有論者注意到，晚明這些文人意不在「隱」，而在於「逸」；除了寄情於物，即便讀書也非關知識探索，僅僅是一種閒情逸致的浸淫罷了[31]。重要的是，晚明文人不但「耽

29　〔明〕袁宏道撰：〈龔惟長先生〉，《袁中郎全集》，「尺牘」，頁1-2。
30　〔明〕張岱撰：《瑯嬛文集》（臺北：淡江書局，1956年），卷5，「自為墓志銘」條，頁138-139。
31　陳萬益撰：〈論李卓吾與陳眉公──晚明小品作家的兩種典型〉，《晚明小品與明季文人生活》（臺北：大安出版社，1988年），頁85-115。

於逸」，甚至根本就是「精於逸」，他們非只把生活享樂昇華成一種美學，而且將之發展成一種知識學。關於前者，除了三袁的文章，張岱的幾部筆記堪稱箇中代表。翻開他的《陶庵夢憶》及《西湖夢尋》，除了見他遊山玩水、乘轎登舟之樂，還可看到他把觸角伸向茶樓酒肆、妓院歌館等遊憩處所，且對市井諸如放燈迎神、鬥雞養鳥、打獵遊興等活動瞭若指掌，甚至花卉彩石、工藝書畫亦無所不精。不要忘了，張岱寫《陶庵夢憶》及《西湖夢尋》是在明亡以後，照理說他是以憶夢、尋夢的心情追索故事，但是面對曾有的生活享樂，筆下全然生出一種不捨的美感來，大異於他的紀傳體史著《石匱書》。至於後者，剛才已經提到過了，包括袁中郎的《瓶史》、屠隆的《考槃餘事》、周履靖的《夷門廣牘》、高濂的《遵生八牋‧燕閒清賞牋》、乃至於李漁的《閒情偶寄》，都是把遊逸享樂「知識化」的典型。

晚明文人這種耽於逸且精於逸的現象，驕傲的向後人展示他們的富貴、他們的閑暇、以及他們所自豪的生活品味。清初知識分子遭逢亡國之痛，對於前人此番樣貌自然痛心疾首，但是自從民國初年周作人氏提倡晚明小品以來，這些行徑反因小品之美而有了正當性。有些學者甚至認為，生活的「解脫」乃晚明散文得以「解放」的契機[32]。此外也有史家為之辯護，宣稱晚明文人的享樂／沉淪，全是因為文人在官僚機構無法發揮創造力之故，畢竟鮮少有人能在行政工作中獲致成就及聲名[33]。總而言之，對應起明代社會自嘉靖朝以來的奢華浮誇，晚明文人的生活型態及生命情調固然形之有因，但在客觀上，他們確實創造了一個過度講究生活「品味」的享樂時代。

(三)餚饌在精不在豐

晚明文人這種「品味」人生、「鑑賞」風流的生活主張，從表面上合理化了他們的享樂事實，也美化了他們的生活形象。因此在飲食用度上，自然也呈現一種精緻的美感。試舉兩例以為比較：

> 松江斡山人沈宗正，每深秋設斷於塘，取蟹入饌。一日見二三蟹相附而起，近視之，一蟹八跪皆脫，不能行，二蟹昇以過斷。因嘆曰：「人為萬物之靈，兄弟朋友有相爭相訟，至有乘人危困而擠陷之者。水族之微，乃有意如此。」遂命拆斷，

32 周志文撰：〈散文的解放與生活的解脫——論晚明小品的自由精神〉，《晚明學術與知識分子論叢》（臺北：大安出版社，1999 年），頁 221-239。

33 〔美〕牟復禮（Frederick W. Mote）、〔英〕崔瑞德（Denis C. Twitchet）編，張書生等譯：《劍橋中國明代史》（北京：中國社科出版社，1992 年），第 9 章，「隆慶和萬曆時期」（黃仁宇撰），頁 590。

終身不復食蟹。[34]

陸容生活於明代前期，這篇短文是非常傳統的文人筆記。關於筆記（小說）的「正統」定義，其實到清朝以來都沒有動搖過，不外乎就是寓勸戒、廣見聞、資考證者。這篇文章寫松江沈氏酷喜食蟹，一日，親見兩隻螃蟹合力攀附一受傷同伴越過斷具，因而思及人類手足同胞只知相殘，遠不及區區水族來得偉大，便決定終身不食蟹。平心而論，這則筆記談的道理十分平常，不必非把它看成教仁教愛的故事，反正就是一則掌故，讓人讀完覺得有點新奇、發些感慨就罷了。倒是晚明小品作家張岱，也有一篇關於食蟹的文章，不過風格就完全不一樣了：

> 食品不加鹽醋而五味全者，為蚶、為河蟹。河蟹至十月與稻粱俱肥，殼如盤大，墳起，而紫螯巨如拳，小腳肉出，油油如蟆蟹。掀其殼，膏膩堆積如玉脂珀屑，團結不散，甘腴雖八珍不及。一到十月，余與友人兄弟輩立蟹會，期於午後至，煮蟹食之，人六隻，恐冷腥，迭番煮之。從以肥臘鴨、牛乳酪，醉蚶如琥珀，以鴨汁煮白菜如玉版，果蓏以謝橘、以風栗、以風菱。飲以玉壺冰，蔬以兵坑筍，飯以新餘杭白，漱以蘭雪茶。緣今思之，真如天廚仙供，酒醉飯飽，慚愧慚愧。[35]

張岱出身晚明官宦世家。這篇〈蟹會〉是他非常著名的美食小品。和陸容那篇不同的是，這裏不談什麼人生道理，僅僅是輕鬆寫意地把品嚐秋蟹當作一件美事來談。關於這道珍味，作家只用四十幾個字，便完全托出它的色、香、味、形、藝，令人讀了不禁怦然心動。張岱曾經把祖父張汝霖編纂的食譜《饕史》，重新增刪修補改以《老饕集》的名義出版，因此他對吃自然十分在行。但是懂得品味美食，不代表就能作好美食小品，張岱這一類的文章短則短矣，然卻悉從生活經驗出發，短小雋異的文字把那耽歡於美饌的飲食情境襯映得清新脫俗，因此讀來很有一股風流滋味。所以，若單以這兩篇文章為鏡，張岱可以說把飲食文章的性格，從風土民情般的異聞，轉變成饒具美學興味的散文，飲饌書寫在這裏有了文學意蘊。

飲饌書寫之美，固然是要仰賴寫作的文字功夫，但是作家品味人生的享樂態度，以及文人刻意經營出來的生活美學，才是飲饌書寫美感的真正來源。以張岱〈蟹會〉的例子來看，文中所提用來佐以肥蟹的餚品，可全都是上乘之選，一般人要像張岱那樣吃得精緻從容，倒也不是一件易事。從馬克思主義人類學的角度來講，食物是可以用來區隔

34　〔明〕陸容撰：《菽園雜記》（北京：中華書局，1985 年），卷 13，頁 167。
35　〔明〕張岱撰：《陶庵夢憶》（臺北：漢京文化事業有限公司，1984 年），卷 8，「蟹會」條，頁 75。

族群的媒介，不同的階級絕對是用各異的吃法享用不一樣的食物。例如張岱曾在〈乳酪〉一文中提到：「乳酪自䮕儈為之，氣味已失，再無佳理。」[36]——由此可以見得他真是個老饕。但是，為了得嚐新鮮乳酪而「自豢一牛」，可就是上流社會的飲食考究了。再舉他的名篇〈西湖七月半〉[37]為例，讀者總是容易順著作家筆到之處，一同鄙薄那些或是圖看熱鬧、或是展示閒暇、或是賣弄富貴的「七月半之人」。尤其當他寫到月如鏡新磨，山復整妝，湖復換面的時候，見「向之淺斟低唱者出，匿影樹下者亦出，吾輩往通聲氣，拉與同坐。韻友來，名妓至，杯箸安，竹肉發。月色蒼涼，東方將白，客方散去。」讀者又忍不住為張岱一夥人喝采。但是跳開這幾句文字——張岱本人不正也是向我們展示他的富貴、他的閒暇、以及他所自豪的生活品味嗎？試問：什麼階級的人會在城門關上之後，仍舊悠閒的乘船湖中招妓品餚飲酒？

張岱文章的美感以及他生命的適意，悉來自優渥的生活條件。當然，這麼講並不是指責他們的階級出身，這裏要凸顯的是：晚明小品之所以美，固然有其文學內部的原因，但是晚明活絡的商品經濟、上流社會集體的享樂風潮、以及文人發展出來的那一套生活美學，才是使得小品精采可期的外部因由！和前朝比較起來，晚明文人普遍具有一種「新」的階級優越感，帶著那一套新的生活美學，他們再不像前人一樣只敢關起門來享受生活，而且避諱談論飲膳經驗。相反的，他們不但落落大方地即時行樂，並且認真地咀嚼生活的甘甜，寫意地品嚐餚饌的精美。在「公安三袁」的性靈小品裏，在張岱的美食文章中，都可以見到一個自信的「我」。這個「我」挾著他的經濟優勢、仗著他的文學品味、憑著他悠哉享樂的生活體驗，瀟灑地出沒於讀者眼前。假若把每篇文章中這單一的「我」拼疊起來，就可呈現晚明文人整體的階級面貌，以及他們面對物質享用的堅定信念。反過來講，如果這個「我」、或是「我」所代表的那個階級對於生活享樂的企圖不夠，也許我們就沒有晚明小品，沒有張岱的美食文章，可能也就看不到李漁的《閒情偶寄》，看不到袁枚的《隨園食單》。

晚明文人特殊的生活美學，讓人生的一切美好有了歌頌的理由和價值。換句話說，在品味、鑑賞、寄情等等名目底下，飲膳用度原則上是但求精細不求豐厚，這一點在李漁的《閒情偶寄·飲饌部》、袁枚的《隨園食單》那裡都可以得到有力的證明[38]。當然，

36　〔明〕張岱撰：《陶庵夢憶》，卷4，「乳酪」條，頁34。

37　〔明〕張岱撰：《陶庵夢憶》，卷7，「西湖七月半」條，頁62-63。

38　〔清〕袁枚撰：《隨園食單》（廣州：廣東科技出版社，1988年）：「嘗見某太守宴客，大碗如缸，白煮燕窩四兩，絲毫無味，人爭誇之。余笑曰：『我輩來吃燕窩，非來販燕窩也。』可販不可吃，雖多奚為？若徒誇體面，不如碗中竟放明珠百粒，則價值萬金矣。其如吃不得何？」（「戒耳餐」條，頁20。）這裡很明顯地是批評那些徒誇體面的富人，認為這些人只曉得擺弄排場，不

傳統的飲食養生觀念依然深植人心，例如前面提到在《閒情偶寄‧頤養部》，便見李漁提出諸如太飢勿飽、太飽勿飢、怒時哀時勿食、倦時悶時勿食等的意見。古來飲食觀念都離不開養生保健，雖然晚明文人頗好美食佳餚，但是養生原則並非擱置不顧，只是較不為人注意罷了

　　晚明社會享樂主義風潮的滋長，還有來自商賈階層的唱和，但是文人和商人奏出的音律是否同調，卻是需要慢慢推敲的學問。尤其是傳統以來的飲食養生觀念，以及文人特別講究的飲饌美學，到底有沒有為商人階層所繼承，更是歷來缺少論者注意的，本章第三節就是打算回答這個問題。不過暫且先把飲食丟開，接下來要用同樣的手法，探討晚明時人對於性的看法。

二、晚明文人的房中養生實踐

(一)古來之房中見解

　　中國人面對性愛的態度，向來就是比較戒慎的，但是這既不代表人們對男女交合不感興趣，也不代表中國沒有發展出自己的性愛主張。平心而論，儒、釋、道三家都有各自的性愛觀點，但是相對於「只做不說的儒家」及「只說不做的釋家」，所謂「既做又說的道家」[39]顯然在這方面交出不少成績。加上綜合醫書裏收錄的房中養生篇要，我們可以說這兩者合力建構起中國獨樹一格的性學（Sexology）體系。

　　所謂的「房中術」，就是古代方士所說的房中節欲、養生修煉之術。根據傳說，道教早在春秋戰國時期就已開始修行「玄素之道」（亦即房中術），但是先秦時人留下的房中意見，多半只是隻言片語，後人很難從中管窺當時的性學見解。但是到了兩漢，這門研究男女性交活動的學問已然取得一定的學術地位，因為在班固的《漢書‧藝文志》裏，「方技」類下共分四門，除了醫經、經方、和神僊（仙），另外一門正是房中。班固記載下來的房中著作共有八家，計一百八十六卷，可惜的是，這些專門討論房事生活的著作今天全部佚亡，篇目僅能提供後人一個玩味的空間。不過即便如此，史家對待房中典籍

懂得享受美食。又如：「余嘗過一商家，上菜三撤席，點心十六道，共算食品，將至四十餘種。主人自覺欣欣得意，而我散席還家，仍煮粥充飢。可想其席之豐而不潔矣。」（「戒目食」條，頁20-21。）這裡則是批評暴發戶商人的鋪張與虛擲，同樣反映袁枚對餚饌「在精不在豐」的要求。雖然袁枚的生活年代距明亡已有半個世紀之久，不過這個生活態度當還是晚明發展下來的。

39 樊雄撰：《中國古代房中文化探秘》（桂林：廣西民族出版社，1993 年），第 5 章，「儒、道、釋的性愛觀」，頁 73-92。

的態度顯然是很尊重的，他總結說：

> 房中者，性情之極，至道之極，是以聖王制外樂以禁內情，而為之節文。傳曰：
> 「先王之作樂，所以節百事也。」樂而有節，則和平壽考。及迷者弗顧，以生疾而
> 隕性命。[40]

這段文字向來不易解釋，後來配合考古資料的出土，學界總算才有心得。它的文意是說，因為房中既是「性情之極」，又是高深難掌握的「至道」，所以聖王要制外樂以禁內情，以外樂誘導那種不懂房中規律而恣意行房者，抑制那種放縱至極之情性者；所以聖王要「為之節文」——為房中之事制造法則（「節」），撰述文辭，著成房中之書（「文」）。這房中之書，同於先王所作之《樂》（《樂經》），乃百事之法則也。人們懂得掌握了房中法則，則會行房樂而有法則，和平壽考。反之，那種不按聖王之「節文」行房之迷者，則會生病殞命[41]。由此可見，作為一名史家，班固非但沒有把房中術視為旁門左道，沒有把房中典籍看成無稽之談，反而還把它視為一門方技，視為一個醫學分科，這個取捨等於開啟了房中的學術地位。在此之後的《隋書·經籍志》、《唐書·經籍志》，也都載錄了當朝流行的房中著作，足見這個觀念已經逐漸形成一種共識。

《漢書·藝文志》所錄八家房中秘籍雖然都已失傳，不過，1973 年在湖南長沙馬王堆三號漢墓出土的大批帛書、竹簡、木箋，倒是為後人填補了這個空窗。這些新近出土的簡牘帛書，包括三十多種古代文獻，其中有十五本是失傳已久的醫書。令人驚喜的是，在這十五部古代醫書中，屬於房中醫學的便有五部，它們分別是《十問》、《合陰陽》、《天下至道談》、《養生方》、《雜療方》。

《十問》是竹簡書，「十問」亦即十次問答，每次問答都見作者安排兩位神話或英雄人物，藉由對話討論兩性交合或房中養生道理，包括食補滋陽、鞏固精關、氣功導引等等。《合陰陽》也是竹簡書，系統討論了兩性交合方法，可以說完整地介紹了性交的全部過程。有趣的是，這裡總括了許多性交的專有名詞，例如性交時的前戲稱作「戲道」；性交之前的女體反應謂之「五欲之徵」；性交過程女方發出的聲音則謂「五音」；性交中陰莖抽送的十種動作稱之為「十動」；至於「十節」指的是十種性交姿勢；「十脩」是指交合動作的十種狀況；「八動」則是男女交合時的八種動作神態；「十已」則是交媾結束後的快感反應。重要的是，《合陰陽》提出了「吾精以養女（汝）精」的觀念，

40　漢·班固等撰：《漢書》（北京：中華書局，1962 年），卷 30，藝文志第十，頁 1779。
41　長青編撰：《房事養生典籍——馬王堆漢墓帛書》（西安：西北大學出版社，1993 年），〈前言〉，頁 11。

正是後世房中家及養生醫學家大力倡議的「採氣說」。《天下至道談》也是竹簡，顧名思義，「天下至道」指的是房事生活的養生之道。它也提到了五音、五徵、五欲、十動、十脩、八動、八道、十勢、十己，也強調將房中術與氣功導引相結合，不過這部書最有價值之處，在於首先提出了「七孫（損）八益」的房室養生之法。「七損八益」的觀念，在後來晚出的《皇帝內經》中也曾提及，不過由於書中敘述簡單，千百年來一直頗有爭議，直到《天下至道談》的出土才解決了這個疑團。至於《養生方》和《雜療方》，則是涉及陽萎等性疾病的治療方法，也提到不少補益方劑，不過因為這兩部著作破漏殘缺的地方太多，難以窺其全貌，茲不論述。

馬王堆漢墓出土的這些房中醫書，一般推論應該作於秦、漢之際。在這之後的《黃帝內經》，大約也是成書於同一時期，也是部重要的醫學著作。《皇帝內經》討論了人體的生長發育及生殖功能，指出女子二七（十四歲）時「天癸至」（月經初潮）；三七（二十一歲）發育成熟；四七（二十八歲）身體盛壯；五七（三十五歲）開始衰老；六七（四十二歲）面焦髮白；七七（四十九歲）「天癸竭」（停經）。男子則是二八（十六歲）「腎氣盛，天癸至」（精洩）；三八（二十四歲）「腎氣平均，筋骨勁強」；四八（三十二歲）「筋骨隆盛，肌肉滿壯」；五八（四十歲）「腎氣衰，髮墮齒槁」；六八（四十八歲）面焦鬢白；七八（五十六歲）筋不能動；八八（六十四歲）「天癸竭」（精少腎衰）[42]。精闢地論述了人體腎氣對生長發育以及子嗣生殖的關係。基於這個道理，《皇帝內經》主張節制房事，尤其反對酒醉行房。因為維持身體健康的精、氣、神是否暢旺，完全取決於腎的功能是否良窳，古代養生家之所以提議節欲保精，就是著眼於這個事實。

魏晉南北朝時期的房中著作亦有不少，葛洪的《抱朴子·遐覽》、以及《隋書·經籍志》都列舉出一些篇目，可惜大多亡佚。幸運的是，日本人丹波康賴所撰之《醫心方》，摘引了此一時期的《素女經》、《玄女經》等書，讓後人得以從中一探此時的房中理念。

《素女經》（《玄女經》）[43]是假托皇帝與素女或玄女的對話，討論男女在性生活的諸種疑難問題[44]。所以一開始就見素女說：「凡人之所以衰微者，皆傷於陰陽交接之道爾。」掌握此道，可得五欲之快樂，反之則身命將夭，所以不可不慎。其次書中說到：「男女相成，猶天地相生也。天地得交會之道，故無終竟之限；人失交接之道，故有夭折之漸。」所以男女不可長不交接。至於交接之「道」（原則）和交接之「法」（技巧），書中都有

42　〔唐〕王冰撰：《黃帝內經》（臺南：光田出版社，1969年），卷1，「上古天真論一」，頁1b-2a。

43　有學者懷疑，《素女經》和《玄女經》至隋朝已合為一書，參宋書功撰：《中國古代房室養生集要》（北京：中國醫藥科技出版社，1991年），頁154，注釋1。

44　〔清〕葉德輝輯：《素女經》。《叢書集成續編》（上海：上海書局，1994年），子部，第81冊，頁447-453。以下引文茲不贅註。

清楚交待。另外也提到交合過程中女子的生理反應——包括五徵、五欲、十動等等。所謂「五徵」，主要是指女子在性交過程中的生理變化；「五欲」是從女子性交過程中的生理變化，觀察女子的心理期望；「十動」則是女子在性交過程中，萌發快感的十種動作反應。這些內容，和馬王堆漢墓帛書《合陰陽》、《天下至道談》等多有重覆，不過也有繼承的發展。至於「四至」、「九氣」之說，前者是指男子陰莖衝血的四種程度，用來區分男子的性亢奮指數；後者是對女子「五徵」、「五欲」之說的進一步發揮。還有所謂的「九法」，則與《合陰陽》提到的「十節」、《天下至道談》講述的「十勢」差不多，都是介紹不同的性交體位。至於「七損」、「八益」的講法，倒和竹書敘述略有出入，這一部分留待後文單獨討論。

　　不過，兩漢以降對於養生之學最有成就的，還是要推晉朝的葛洪。據《隋書·經籍志》和《唐書·經籍志》的記載，葛洪曾經撰寫過一卷《玉房秘術》；《新唐書·藝文志》也說葛洪撰有一卷《葛氏房中秘術》，可惜都已失傳。即使如此，這幾部史書畢竟證明葛洪曾經留下房中秘籍，雖然後人無緣窺探箇中風貌，但是在他的《抱朴子》內篇裏，除了闡揚道家理論、介紹煉丹技術之外，另外還有不少房中養生論述，堪稱上接兩漢房中理論，下開唐宋養生之學。

　　葛洪的第一個功績，是收錄了不少當時流傳過的各種房中著作。《抱朴子》內篇中的〈遐覽〉，便見他記載了《玄女經》、《容成經》、《入內經》、《天門經》、《內室經》、《子都經》、《彭祖經》、《元陽子經》、《六陰玉女經》、《陳赦經》等等[45]。至於葛洪的第二個功績，則是他對「陰陽之術」的貢獻，尤其是他強調，要想健康長壽，必須具備服藥、行氣、擅引房中之術三個條件：「服藥雖為長生之本，若能兼行氣者，甚益其速……。然又宜知房中之術，所以爾者，不知陰陽之術，屢為勞損，則行氣難得力也。」[46]此外在內篇〈微旨〉也提到：「人不可以陰陽不交，坐致疾患。若欲縱情恣欲，不能節宣，則伐年命。善其術者，則能卻走馬以補腦，還陰丹以朱腸，采玉液於金池，引三五於華梁，令人老有美色，終其所稟之天年。」葛洪在這裏強調了房事生活的必要性，說明人不可以陰陽不交，否則會因鬱悶而導致疾病。至於善求其術者，「則能卻走馬以補腦」，是指善房中術者自能防止精洩以補腦氣，可以說是道教房中養生學一貫的理念。當然，對於市井流傳：聞房中之事、能盡其道者，「可單行致神仙，並可以移災解罪，轉禍為福，居官高遷，商賈倍利。」這種講法，葛洪也直斥為「巫書妖妄過差之言」！他說，陰陽之術「高可以治小疾，次可以免虛耗而已。」任何誇大其辭的說

45　〔晉〕葛洪撰：《抱朴子》（臺北：臺灣中華書局，1965年），卷19，〈遐覽〉，頁1-6。
46　〔晉〕葛洪撰：《抱朴子》，卷5，〈至理〉，頁3b。

法，都是有心人士欺世盜利的手段。[47]

　　葛洪之後，最著名的房中醫家是唐代的孫思邈。孫思邈的醫學著作，主要是《備急千金要方》和《千金翼方》各三十卷，尤其《備急千金要方》第二十七卷有一篇〈房中補益〉，堪稱是專論房事生活的經典性學文獻[48]。〈房中補益〉首先提到，「年至四十，須識房中之術。……兼之藥餌，四時勿絕，則氣力百倍，而智慧日新。」遜思邈強調習房中術的目的絕非務於淫佚，而是「意在補益以遣疾」。其次，他還提到男女交媾之法，指出交合前「必須先徐徐嬉戲，使神和意感良久，乃可令得陰氣」；交合過程必須弱而內迎，堅急出之，「不可高自投擲，顛倒五藏，傷絕精脉，生致百病，但數交而慎密者，諸病皆愈，年壽日益，去仙不遠矣。」除了強調交合但不洩精，也主張運用採氣之法。再次，文章中也列出了性生活的理想周期。他說：「人年二十者，四日一洩；三十者，八日一洩；四十者，十六日一洩；五十者，二十日一洩；六十者，閉精勿洩，若體力猶壯者，一月一洩。」孫氏這個建議當然僅供參考，不過隨著體力漸衰而減緩交合頻率，確實是至為緊要的房中養生觀念。又，文中也詳細列舉各種交合禁忌，雖然部分主張看來荒誕，不過在較早的《素女經》、《玄女經》即已見得。

　　除了《備急千金要方》，唐代還有不少房中著作透過一部綜合性醫書《醫心方》保存了下來。《醫心方》係日本人丹波康賴於西元 982 年編撰（約值北宋初年），內容雖然豐富詳實，不過卻是輯錄中國唐代以前眾多醫書而成。重要的是，許多早已失傳的古代醫書，特別是談論房中養生、氣功導引的典籍，多賴這本書才得流傳至今；加上編者於書中每條文字都注明出處，因此參考價值很高。至於《醫心方》談論房中養生的內容，主要集中在第二十八卷的「房內」篇，除了摘錄《抱朴子》內篇、《千金要方》的重要內容，其他像是前面提到的《素女經》、《玄女經》，以及《玉房秘決》、《玉房指要》、《洞玄子》、《養生要集》、《產經》、《大清經》、《蝦圖經》等房中典籍，也都在引錄之列。

　　《玉房秘決》一書，早在葛洪的《抱朴子》內篇〈遐覽〉即見載錄，然卻不題撰人。但是《新唐書·藝文志》作《沖和子玉房秘訣》十卷，題唐人張鼎撰，想來《醫心方》即是根據此本輯出。這部著作和前朝房中典籍一樣，強調交合時當「安心定意」，但是最重要的，還是在於凸出「極情逞欲」、交接方法（姿勢）不當、侵飽、侵酒、當溺不溺、當大便不大便的情況下若是強行交合，將會引發各種疾病。又舉出男女交合七種忌諱，

47　〔晉〕葛洪撰：《抱朴子》，卷6，〈微旨〉，頁5b。

48　〔唐〕孫思邈撰：《備急千金要方》，卷27，〈養性〉，「房中補益第八」，頁488-491。以下引文茲不贅註。

並說明因此受孕產子的諸種後果。這些都是在既有的房中知識基礎上，進一步將之系統化、理論化的作為[49]。《洞玄子》一書推測也是唐人所為，這部著作雖然同樣繼承前人房中成果，不過比較有趣的是，它在性交體位方面發揮了更多的想像力。早在《合陰陽》裡，就記錄了十種性交姿勢（「十節」），全是模擬動物仿生學體態；至於晚出的《玄女經》，則是記載了九種交合體位，大致上也與「十節」相去不遠；到了《洞玄子》一書，卻已發展出三十法來，扣除前面四種屬於「戲道」（前戲），其餘二十六種都是各式各樣的交合姿勢[50]。由此看來，明代盛極一時的春宮畫冊，怕都是根據這些房中秘籍依樣畫葫蘆而來，巧的是，明版房中書《素女妙論》也在這方面多加著墨[51]。

時序進入宋代之後，最明顯的變化是房中書籍減少了。前面提到，包括《漢書·藝文志》、《隋書·經籍志》、《唐書·經籍志》等史書都載錄了不少房中秘籍，但是自《五代史》、《宋史》以降，幾乎不見史志目錄登載房中著作，一般目錄學專書也少見記錄，房中知識的發展儼然呈現一種停滯（甚至倒退）的狀態。究其原因，恐怕離不開宋明理學的桎梏，因為在程、朱學說主導時代空氣的情況下，史家不敢在史著目錄中載錄房中圖籍，藏書家也不好公然展示房中著作，所以乍看之下，房中醫學好像進入宋代就式微了。不過，倒是可以從某些醫書及道藏著作中，看到一些討論房事養生的零星意見，其中要以北宋張君房的《雲笈七籤》、南宋陳自明的《婦人大全良方》、元代朱震亨的《格致餘論》、及李鵬飛的《三元延壽參贊書》等還有一探的價值。

張君房的《雲笈七籤》是部道家類書，旨在總結前朝《道藏》的成果，獨創性也因此十分不足。在該書的第十一、十二卷裏，是全書討論房事養生的段落，除了強調呼吸吐納、服食丹藥為長生之本，主要論點還是不離節欲、固精之說[52]。陳自明的《婦人大全良方》，是自古以來最專門、也最齊全的一部婦科醫書，共分調經、眾疾、求嗣、胎教、妊娠、坐月、產難、產後等八門，關於書中的房事見解，則是出沒於卷九的「求嗣」、和卷十的「胎教」兩門。陳自明在「胎教門」強調，子嗣化生來自於陰陽交合之功：「男女構精，萬物化生，天地陰陽之形氣寓焉。語七八之數。七，少陽也；八，少陰也，相

49 〔清〕葉德輝輯：《玉房秘訣》。《叢書集成續編》，子部，第 81 冊，頁 457-460。以下引文茲不贅註。

50 〔清〕葉德輝輯：《洞玄子》。《叢書集成續編》，子部，第 81 冊，頁 461-464。以下引文茲不贅註。

51 〔荷〕高羅佩（R. H. van Gulik）撰，李零、郭曉惠等譯：《中國古代房內考》（上海：上海人民出版社，1990 年），頁 361-368。

52 〔宋〕張君房撰：《雲笈七籤》（臺北：臺灣商務印書館，1965 年），頁 62-100。

感而流通。故女子二七天癸至，男子二八天癸至，則以陰陽交合而兆始故也。」[53]所以男女交合，存在絕對的合理性及必要性，不可妄加禁制。作者以前朝醫書為本，進一步討論了產子禁忌、男女受胎要則、妊娠胎教、凝形殊稟、氣質生成、轉女為男等法，基本上也還只是《備急千金要方·房中補益》的延續。至於朱震亨的《格致餘論》，是元代著名的醫學著作，共收醫論四十一篇，其中涉及房事養生的有〈飲食色欲箴序〉、〈色欲箴〉、〈房中補益論〉等三篇[54]。朱震亨先習儒，後改攻醫，是朱熹四傳弟子許謙的學生，或許是受到嫡傳的理學薰陶，他的房中意見主要是以節欲為主。

　　李鵬飛的《三元延壽參贊書》，是元代另一部重要的養生著作，雖然收錄於《道藏》之中，但是內容涉及起居、飲食、服藥、導引和房中等內容，而且徵引大量前朝醫學文獻，所以倒是一部不折不扣的養生典籍。全書共分五卷，房中養生論述大多集中在卷一「天元之壽」[55]，開篇即說：「元氣有限，人欲無涯」，如果人們「不修人道，貪愛嗜欲，其數消滅，只與物同也，所以有老病夭殤之患。」以此為基礎，作者接著在〈欲不可絕〉、〈欲不可早〉、〈欲不可縱〉、〈欲不可強〉等篇項，分別說明不可禁絕男女交合、不宜早婚新娶、不應放縱性欲、（有病之人）不得強力入房、不得服丹石壯陽等事，大體上來講仍是發揮了前代房中醫書的精神，只不過分類比較詳細，敘述也清楚得多。此外，卷一還有一篇〈欲有所忌〉，討論男女交合時的生理及心理禁忌。前朝房中醫書在這個課題雖然早有著墨，但是作者在這裏竟洋洋灑灑整理出十八事來，也許不能說是面面俱到，但終究是十分周延了。分析書中所述，飽食、醉酒、強忍大小便等情況下當禁房事；又，氣惱、恐懼、心驚等情況下不宜交合；以及在疲勞、倦怠的情況下不得行房，女子月事未絕不得交接，疾病未癒、大病初癒的情況需禁房事──這些雖然都是前朝養生學家提到過的，但是李鵬飛將之總括起來，並且交待十分詳細，也稱得上對房中醫學做出貢獻。至於在〈嗣續有方〉，則見作者指出交合不孕的緣故，主要是男子腎經不暖、或女子氣血勞傷的問題，這一分析也是科學而實事求是的。最後一篇是〈妊娠所忌〉，除了強調胎教的重要性，另外也提到妊娠期間應當儘量避免行房，以免影響腹中胎兒健康，這些都是很有見地的主張。

　　縱觀以上這幾部醫書及道藏著作，我們不得不承認，宋、元時人面對性交的態度，

53　〔宋〕陳自明撰：《婦人大全良方》（臺北：臺灣商務印書館，1977 年），卷 10，〈胎教門〉，頁 9b。

54　〔元〕朱震亨撰：《格致餘論》（臺北：藝文印書館，1967 年），〈飲食色欲箴序〉，頁 1；〈色欲箴〉，頁 1b-2a；〈房中補益論〉，頁 57b-58b。

55　〔元〕李鵬飛撰：《三元延壽參贊書》，卷 1，「天元之壽」。《四庫全書存目叢書》（臺南：莊嚴文化事業公司，1995 年），子部第 259 冊，道家類，頁 178-184。以下引文悉自此出，茲不贅註。

和南北朝及隋唐人士存在很大的不同。漢魏以降由於方士遍起，導致房中技術大盛，因此道士普遍有著「御女多多益善」的主張。到了唐代醫學家孫思邈那裏，看他《備急千金要方·房中補益》說道：「數數易女，則得益多。……但能御十二女而不施瀉者，令人不老，有美色。若御九十三女而自固者，年萬歲矣。」顯然他也受到魏晉風潮的感染。這種「御女多多益善」的想法，當然偏激不足取，但是從白行簡的〈天地陰陽交歡大樂賦〉看來，漢魏隋唐時人確實是以積極的態度面對性事，否則這篇歌詠性愛之美的性文學經典，恐怕不會在這時出現。反過來講，宋元時人也許真是受到理學影響，不但沒有房中專著（起碼到目前還沒有證據），就連收在醫書及道藏的房室保健篇章，也都清一色主張清心寡求、節欲養生，所以他們可謂是以消極的態度面對性事。這一點是必須理清楚的。

(二)明代文人的房事養生主張

受到理學的影響，明代的房中著作也少，因而明人的房事養生主張，主要體現在醫書及一般養生書籍裏。

首先看徐春甫的《古今醫統大全》。徐春甫是明代嘉靖時人，曾入太醫院任醫官，對老年醫學及養生學尤有心得。至於他的著作《古金醫統大全》，全書共一百卷，其中第九九至一百卷為「養生餘錄」[56]，以房中養生之術為其大宗，然主要內容幾乎全襲自李鵬飛的《三元延壽參贊書》，個人新意不多。他在書中提到「養生五難」之說，認為名利不滅、喜怒不除、聲色不去、滋味不絕、神慮精散，是邁向養生的五大障礙。因為飢飽過度則傷脾，思慮過度則傷心，色欲過度則傷腎，起居過度則傷肝，喜怒悲愁過度則傷肺。其中，徐春甫似乎特別重視食欲和色欲對養生的為害，因說：「厚味脯臘，醉臥饜飫，以致聚結之疾；美色妖嚴，嬪妾盈房，以致虛損之禍。」是故他強調：「先除欲以養精，後禁食以存身。」

再來看看萬全的《萬氏家傳養生四要》。萬氏係弘治至萬曆時人，為著名的兒科及婦科醫生，主要醫學著作都收錄在《萬密齋醫學全書》當中──包括他的養生學專著《萬氏家傳養生四要》。相對於前面徐春甫提到的「養生五難」，萬全則是提出「養生四法」：

> 養生之法有四：曰寡欲，曰慎動，曰法時，曰卻疾。夫寡欲者，謂堅忍其性也；
>
> 慎動者，謂保定其氣也；法時者，謂和於陰陽也；卻疾者，謂慎於醫藥也。堅忍

56　〔明〕徐春甫撰：《古今醫統大全》（臺北：新文豐出版公司，1978 年），卷 99、100，頁 6917-7076。以下引文悉自此出，茲不贅註。

其性則不壞其根矣，保定其氣則不疲其枝矣，和於陰陽則不犯其邪矣，慎於醫藥則不遇其毒矣。養生之要，何以加於此哉！[57]

這裡所謂的「堅忍其性」，雖然所指的含意非常廣泛，但絕對包括節欲性欲的意思。至於如何才能做到節欲，萬全強調關鍵在於「謹獨」，亦即獨居靜處時要戒淫念、禁女色。他另外說道：「交接多，則傷筋，施泄多，則傷精。肝主筋，陰之陽也，筋傷則陽虛而易痿。腎主精，陰中之陰也，精傷則陰虛而易舉。陰陽俱虛，則時舉時痿，精液自出，念慮雖萌，隱曲不得矣。」[58]所以，萬全對於以御女為長生之術的道家內丹說法，非常不能苟同。他認為當性交過度的時候，體內徒然只有「渾濁之氣」、「渣渣之精」，哪裏還能奪氣歸元、還精補腦？如果硬要行之，非唯不足以養生，反而是害生了！此外，他在另外一本醫書《廣嗣紀要》裡[59]，則更進一步指出節欲不但可以養生，而且還有優生的效果。過去的醫書談到優生學，多半是從交合的天時、地利條件入手，很少從節欲方面討論優生之道，這一點倒是萬全獨特的貢獻。

上一節曾經談到，高濂的《遵生八牋》是部有意為之的養生著作，全書不只總結自古至今各種養生理論，並且深入食、衣、住、玩等生活領域，形塑一套具體主張。所以關於飲食養生部分，我們看到有〈飲饌服食牋〉，此外關於房事保健部分，則在〈延年卻病牋〉裏作了說明。

〈延年卻病牋〉提到高濂的延壽主張有三，其中第一項是「色欲當知所戒論」，這裏集中發揮了他的房中思想[60]。高濂的養生主張非常簡單，除了節欲還是節欲：「故養生之方，首先節慾，慾且當節，況欲其慾而不知所以壯吾欲也，寧無損哉？」此外藉著五行學說，他也強調：「夫腎為命門，為坎水。水熱火寒，則靈臺之焰藉此以滅也。使水先枯竭則本無以主，而肝病矣。木病則火無所制，而心困矣；火焰則上燥，而脾敗矣，脾敗則肺金無資。」一旦五行受傷，大本即去，想要長生也就不可能了。不過高濂也很清楚，人的元氣有限，欲望無窮，欲念一起，熾若炎火。所以對於自己的說法，他知道不過是「嚼過飯」——老生常談罷了，所以只好拉扯出前朝著作以為幫襯。然而說來說去終究是那一套，不如看他篇末編的歌訣，反倒還有些意思：

57　〔明〕萬全撰：《養生四要》，卷 1，〈寡欲〉。《萬密齋醫學全書》（北京：中國中醫藥出版社，1999 年），頁 7。

58　仝前註，頁 9。

59　〔明〕萬全撰：《廣嗣紀要》，卷 2，〈寡欲〉。《萬密齋醫學全書》，頁 297-299。

60　〔明〕高濂撰：《遵生八牋》（臺北：臺灣商務印書館，1979 年），〈延年卻病牋〉下卷，「色慾當知所戒論」，頁 1a-5a。

> 高子曰：色欲知戒者，延年之效有十：「陰陽好合，接御有度，可以延年。入房有術，對景能忘，可以延年。毋溺少艾，毋困青童，可以延年。妖豔莫貪，市賊莫近，可以延年。惜精如金，惜身如寶，可以延年。勤服藥物，補益下元，可以延年。外色莫貪，自心莫亂，可以延年。勿作妄想，勿敗夢交，可以延年。少不貪歡，老能知戒，可以延年。避色如仇，對欲知禁，可以延年。」

類似的主張，在龍遵敘《食色紳言》可以看到更極致的發揮。《食色紳言》分成兩部分，一是「飲食紳言」，一是「男女紳言」。「飲食紳言」大談戒奢侈、戒多食、慎殺生、戒貪酒；那麼「男女紳言」鼓吹節制性欲、甚至滅絕性欲，自然不令人感到意外。所不同的是，龍氏在這裏完全扳起道學家的面孔，不斷強調女色壞人，並且誇言其勢猶如毒水猛獸，男子須以漢武帝、梁武帝、宋高宗為榜樣，學范景仁、劉元城等斷絕性欲，潔身獨臥方能達到養生之境。同樣是引經據典，龍遵敘在這裏卻是大聲疾呼禁欲之必要，其他醫書或養生書籍雖然也見鼓勵節欲，但總不至於像他那麼理所當然地強調：「慾心一萌，當思禮義以勝之。」[61]所以與其說他是養生學家，不如把他的主張視作道學家說教。

回頭看另一部醫書《景岳全書》。這部書的作者是晚明時人張介賓，《景岳全書》收錄張介賓大部分的醫學著作，至於他的房事養生主張，集中在第三十九卷「婦人規」下篇的子嗣類[62]。這裏開篇就提到，天有不生之時，地有不毛之域，因此人自然也有不嗣的情況。他把繁衍子嗣的辦法歸納出來：「其法曰天時，曰地利，曰人事，曰藥食，曰痴病。」關於天時一項，張氏認為，古人所謂擇吉日良辰及避丙丁日行房之說全不可信，不過大寒大暑或雷電霹靂確實會影響受胎——這股科學的信念倒是非常難得。至於地利一項，除了承襲前人舊說，列出不當的交合環境之外，作者特別從遺傳學觀點，申論孕婦本人體格心智對胎兒起的遺傳因素。至於人事一項，張介賓在這裏強調男女交合需掌握「十機」。何謂「十機」呢？「一曰闔辟乃婦人之動也」，析論男女交合最好的受孕時機。「二曰遲速乃男女之會機也」，說明兩造如何掌握交媾動作的遲速，共同追求高潮來臨。「三曰強弱乃男女之畏機也」，強調男女體魄有強有弱，唯有互相調撫方能避其勞傷。「四曰遠近乃男女之會機也」，則是討論男根插入女陰時宜深宜淺等的問題，並說明不能深入必和精氣匱乏有關。「五曰盈虛乃男女之生機也」，主張平時既要蓄積陰精，也要有所排泄。「六曰勞逸乃男女之氣機也」，是指精疲力竭時不宜行房，

61　〔明〕龍遵敘撰：《食色紳言》，〈男女紳言〉，頁1。
62　〔明〕張介賓撰：《景岳全書》（臺北：臺灣商務印書館，1980年），卷39，「子嗣類」，頁48-67。

以免損傷身體。「七曰懷抱乃男女之情機也」，說明性交必須建立在兩情相悅的基礎上，愛情是最好的激情良方。「八曰暗產乃男子之失機也」，非常難得的指出胎兒流產固和婦人體質有關，但若男子縱慾過度，所孕胎兒亦不易保。「九曰童稚乃女子之時機也」，陳言男女不宜早婚早交，方能確保孕子品質。「十曰二火乃男女之陽機也」，說明男女雙方唯有在彼此都精神暢足，腎氣飽滿的情況下行房，才能達到順利產子的目的。

平心而論，張介賓「十機」的說法，堪稱是明代最完整的房中養生意見，不但吸收了前代房中醫學的精華，對於一些糟粕迷信的部分，也能加以批判分辨，因此很有參考價值。至於剩下的藥食一項，提到房中藥方應該因人而開，不得人云亦云跟著服用。另外像疾病一項，除了談到常見的婦科疾病，也指出男性陽痿之緣由及療法，都是很有價值的見解。

不過總的看起來，宋、元以來的房中主張，似乎還是節慾、禁慾一派較佔上風，其中雖有《景岳全書》論述較為持平，不過理學的影響仍是很明顯的。然而在事實上，道教內丹派的勢力一直維持不衰，以女陰為爐鼎、採女子舌津、乳汁、淫液以為丹藥的養生修煉大法，也始終有人積極實踐，所以藉御女以養生的觀念，其實早從魏晉以來的房中專書，到後來唐代的《備急千金要方》、《玉房秘決》都可以看得到。加上入元以來，喇嘛教及印度密教中關於男女雙修的宗教崇拜也傳進中國[63]，導致此風日甚。據載，明人夏言曾向上進言拆毀皇宮中的密教神像[64]，沈德符自稱曾在內庭見過「歡喜佛」[65]，可以想見這種風氣延燒至明代。

不過話說回來，同樣是談論房中養生，這兩派的意見確實是矛盾的，對此李漁說得很公允[66]：

> 行樂之地，首數房中。而世人不善處之，往往啟妒釀爭，翻為禍人之具。即有善御者，又未免溺之過度，因以傷身，精耗血枯，命隨之絕。是善處不善處，其為無益於人者一也。至於養生之家，又有近妼、遠色之二種，各持一見，水火其詞。噫！天既生男，何復生女？使人遠之不得，近之不得，功罪難予，竟作千古不決之疑案哉！

這段文字說得很好，房中之事不管擅長與否，都有或明或隱的威脅，而且面對性愛到底

63　〔荷〕高羅佩（R. H. van Gulik）撰，李零、郭曉惠等譯：《中國古代房內考》，頁 345-349、455-489。
64　〔明〕田藝蘅撰：《留青日札》（臺北：廣文書局，1961 年），卷 3，「佛牙」條，頁 138-140。
65　〔明〕沈德符撰：《敝帚軒剩語》（臺北：廣文書局，1969 年），卷中，「春畫」條，頁 92-94。
66　〔清〕李漁撰：《閒情偶寄》，卷 16，〈頤養部〉下，「節色慾」第四，頁 353-357。以下引文悉出此篇，茲不贅註。

是要禁欲?還是多多益善?兩派養生家根本還辯不出一個勝負來。倒是李漁認為,「天地之不可相無,猶天地之不可使半也」:

> 是天也者,用地之物也,猶男為一家之主,司出納吐茹之權者也。地也者,聽天之物也,猶女備一人之用,執飲食寢處之勞者也。果若是,則房中之樂,何可一日無之?但顧其人之能用與否。我能用彼,則利莫大焉。

前一節在論及明人飲食之道時,就曾經提到李漁的《閒情偶寄》。雖然此書和高濂的《遵生八牋》不同,所述議題並非全置於「養生」框架下,但是長期以來,養生早就內化成一種生活實踐,因此書中自有一些房中見解。基本上講,李漁認為男女交合是一件美事,在肯定愛欲的基礎上,他進而提出一些節欲的條件。在生理方面,他和前代房中醫書所述一樣,認為飢、寒、醉、飽均非取樂之時。但是如果情不能禁,必欲遂之,那麼寒可為也、飢不可為也,醉可為也、飽不可為也(——這和前人所論略有出入)。因為:「寒之為苦在外,飢之為苦在中;醉力酒力可憑,飽無輕身之足。」這是他主張「節飢飽方殷之欲」的依據。他的邏輯也有道理:「交媾者,戰也,枵腹者不可使戰;並處者,眠也,果腹者不可與飢。飢不在腸,而飽不在腹,是為行樂之時矣。」此外,他也說要「節勞苦初停之欲」。勞極思逸本是人之常情,可是如果喘息未定即赴溫柔之鄉,「是欲使五官百骸、精神氣血、以及骨中之髓、腎內之精,無一不勞而後已,此勞身之道也。」問題在於,何時發病雖不可知,但是許多疾病卻是著胎於此,所以不可不慎。最好是休息一、兩天(起碼睡個一、兩場覺)後再行燕爾。

至於在心理方面,李漁的發揮就更多了。首先他說要「節快樂過情之欲」。為什麼呢?因為樂極總會生悲,登極樂之境當防憂慮之患。憑心而論,此說根本就是文人自持之道,所以他也消遣自己:「但能慮患之人,即是可以不必行樂之人。」那麼這話也就多餘了,倒是把觀念放在心上也不很差。其次他說要「節憂患傷情之欲」。因為,憂愁困苦之際本就無事娛情,若是貪好房中之樂勉而行之,「體雖交而心不交,精未洩而氣已洩。」於身於心都非好事。他還比喻道,如果勉強愁人歡笑,那種歡笑之苦豈不更甚於愁嗎?所以他說憂中行樂最好可以免了。再次,他還說要「節新婚乍御之欲」。因為初次交鋒,兩方必然存有高度期待,因此「一夕之為歡,可抵尋常之數夕;即知此一夕之所耗,亦可抵尋常之數夕。」所以他建議,最好將新婚乍御的對象,以尋常女子視之,方不致大動其心。關於這一點,自是從心理反應入手,知道人們大樂當前容易逾常,所以提出這般的勸解,倒也合情合理。最後提到「節隆冬盛暑之欲」。他說此者尤難,因為「冬夜非人不煖,貼身惟恐不密,倚翠偎紅之際,欲念所由生也。三時苦於裭襀,九夏獨喜輕便,袒裼裸裎之時,春心所由蕩也。」於是,要人在隆冬盛暑節欲,他也覺得

不近人情。可是他說，偏偏此非保身之道（雖然不見解釋），最好還是小心為之。

　　雖然李漁不以養生著名，可是就像前面說的，養生知識早就化為日常實踐，所以他在〈飲饌部〉介紹美食，基本上仍不離養生之道。〈頤養部〉雖然還稱不上房中文字，但畢竟也是文人對於男女交合的見解，自有參考價值。

(三)陰陽交合禁忌

　　關於陰陽交合禁忌，前述諸家房中醫書都曾論及，不過這裡針對這個問題集中整理。首先看看「七損八益」。

　　「七損」及「八益」之說，首先見於馬王堆漢墓帛書《天下至道談》。它們的內容如下：

> 八益：一曰治氣，二曰致沫，三曰智（知）時，四曰畜氣，五曰和沫，六曰竊氣，七曰寺（待）贏，八曰定傾（傾）。
>
> 七孫（損）：一曰閉，二曰泄，三曰渴（竭），四曰勿，五曰煩，六曰絕，七曰費。[67]

書中說到，如果不懂得用八益去七損，「則行年卅而陰氣自半也，五十而起居衰，六十而耳目不蔥（聰）明，七十下枯上涚（脫），陰氣不用，溧泣留（流）出。」也就是說，竹書作者以四十歲為人生一大關卡，認為人若不能行七損八益之道，四十歲將會陰氣減半；五十歲則起居能力衰微；六十歲便耳不聰目不明；七十歲便下體枯萎上體虛脫，鼻涕口涎失禁，性功能完全喪失。那麼治八益之道為何呢？

> 治八益：旦起起坐，直脊，開尻，翕州，印（抑）下之，曰治氣；飲食，垂尻，直脊，翕周（州），通氣焉，曰致沫；先欲兩樂，交欲為之，曰智（知）時。為而奐（軟）脊，翕周（州），咖（抑）下之，曰蓄氣；為而物（勿）亟勿數，出入和治，曰和沫；出臥，令人起之，怒擇（釋）之，曰積氣；幾己，內脊，毋瞳（動），翕氣，印（抑）下之，靜身須之，曰侍（待）贏。已而灑之，怒而捨之，曰定傾（傾），此胃（謂）八益。[68]

這番治八益之道，經過許多學者的研究，對於它的內容已能大概掌握。它的語譯是：早晨起床後，坐於床上，脊背挺直，臀部鬆弛，提肛導氣，引氣通至前陰，這稱為「治氣」。

67　〔漢〕佚名撰：《天下至道談》，雲飛子編：《中國房內秘籍》（石家莊：河北科學技術出版社，1994 年），第 2 冊，頁 13b。

68　仝前註，頁 15b-16a。

然後咽液，鬆肛直脊；再提導肛氣，使氣通前陰，稱為「致沫」。性交前，男女雙方先嬉戲撫弄，使雙方達到性興奮再性媾，這稱為「知時」。交合時腰脊放鬆，提肛斂氣，導氣下行，稱之為「蓄氣」。交合時抽送動作頻率不要急快，要和緩溫柔，這叫作「和沫」。當感覺要射精時，即刻將陰莖從陰道內抽出睡臥，這稱為「積氣」。將近結束時，做深呼吸，將內氣由脊背處督脈向上導引運行，身體不動，再吸氣，將運上頭頂之氣循任脈下行，這一步不須用意而要任氣自然下走，這稱為「待贏」。性交時陰莖尚勃起便中斷停止，性交後運氣於身，這稱為「定傾」。這些就叫作「八益」。[69]

　　由此看來，《天下至道談》所謂的八益，乃是一套完整的房中修鍊功夫，從導引練氣到性交結束後的導氣還精，中間有著相關聯的各層步驟。《皇帝內經》提及的「八益」之說，大致上與之相同，但是《素女經》所載「八益」，似乎是指八種有益養生的八種性交姿勢（方法），立意精神都不一樣。不過這個異同可以暫時不管，因為既然談的是陰陽交合禁忌，重點應該在於「七損」。《天下至道談》這麼說道：

> 七孫（損）：為之而疾痛，曰內閉；為之出汗，曰外泄；為之不已，曰楬（竭）；秦（臻）欲之而不能，曰帶；為之楬（喘）息中亂，曰煩；弗欲強之，曰絕；為之秦（臻）疾，曰費；此謂七孫（損）。[70]

這段文字語譯如下：兩性交媾時因動作粗暴不得體而致陰莖或陰戶疼痛，叫做「內閉」。交合時汗出淋漓不止，傷津損陽，叫做「外泄」。性交頻繁無度，精耗殆竭，叫做「竭」。急欲性交，卻因陽萎不舉而失敗，叫做帶（怫）。性交時感到氣緊息促，胸悶心煩，叫做「煩」。男女有一方沒有性要求而強行對方交合，有違天道而猶陷絕地，叫做「絕」。交合時動作急速，致使既無性快感又精氣耗竭，叫做「費」。[71]

　　以「七損」為基礎，後代房中醫學繼續對交合禁忌做出重要補充。然而在領略各項交合禁忌之先，男子尤應曉會固精之要，因為在古來房中養生學的觀念裡，陰精一直被視為性命根本，每次行房若能握固不洩，方能還精補腦，反之則會如臨深坑。《素女經》即道：「御女當如朽索御奔馬，如臨深坑，下有刃，恐墮其中。若能愛精，命亦不窮也。」前引《抱朴子》內篇〈微旨〉也強調，善求房中交合之術者，「則能卻走馬以補腦」，這裏的「卻走馬」指的即是避精不出。另外像《備急千金要方·房中補益》也說：「能

69　郝勤撰：《陰陽·房事·雙修——中國傳統兩性養生文化》（成都：四川人民出版社，1993年），頁223-224。

70　〔漢〕佚名撰：《天下至道談》，雲飛子編：《中國房內秘籍》，第2冊，頁18b。

71　郝勤撰：《陰陽·房事·雙修——中國傳統兩性養生文化》，頁224-225。

百接而不施瀉者，長生矣！」至於固精之法，各家交待或詳或略，《洞玄子》的說法是：「陽鋒深淺如孩兒含乳，即閉目內想，舌柱下腭，踞脊，引頭，張鼻，歙肩，閑口，吸氣，精便自上，節限多少，莫不由人，十分之中只得洩二、三矣。」很顯然的，這種還精之功還要配合氣功導引之法，否則成效不大。

既然固精不出，由一夫多妻制延伸而來的見解也就見怪不怪，唐代的《玉房指要》即妄言：「但接而勿施，能一日一夕數十交而不失精者，諸病甚愈，年壽自益。」「數數易女則益多，一夕易十人以上尤佳。」[72]《玉房秘決》也說：「欲行陰陽取氣養生之道，不可以一女為之，得三若九若十一，多多益善。」因為如果只御一女，「女陰氣轉微，得益亦少也。」倒是宋、元以來受到理學的影響，節欲的主張是比較高漲的，許多房中醫學家都對縱欲者提出警告。然而這些警告雖然有理，不過理學在後使力的痕跡又很明顯，因此這些主張並不凸出。倒是明人萬全在《廣嗣紀要》提到：「蓋男子之形樂者氣必盈，志樂者神必蕩。不知安調則神易散，不知全形則盈易虧，其精常不足，不能至於溢而瀉也。」說明了縱欲會導致精液品質下降。因此他呼籲：「故求子之道，男子貴清心寡欲以養其精；女子貴平心定氣以養其血。」[73]這段話的特色在於，萬全是從優生學的角度教人節欲，就像明人張介賓在《景岳全書》提到的：小產「總由縱欲而然」[74]。這都使得縱欲禁忌有了道德以外的著力點。

其次是飲食禁忌。早從《皇帝內經》開始，就強調酒醉飢飽不得行房。後來像是《備急千金要方》便提到：「醉飽交接，小者面黚咳嗽，大者傷絕藏脉損命。」《玉房秘訣》列出的合陰陽七忌也提到：「新飲酒，飽食，穀氣未行以合陰陽，腹中彭享（膨脹），小便白濁，以是生子，子必顛狂。」《三元延壽參贊書》也說：「飽食過度，房室勞損，血氣流溢，滲入大腸，時便清血，腹痛，病名腸癖。」「大醉入房，氣竭肝傷，丈夫則精液衰少，陽痿不起；女子則月事衰微，惡血淹留，生惡瘡。」雖然明人李漁《閒情偶寄·頤養部下》提到：「寒可為也，飽不可為也；醉可為也，飢不可為也。」但要注意的是，李笠翁已先強調：「飢寒醉飽，四時皆非取樂之候。」若要在四者之中硬做取捨，才是尤忌飢飽行房。[75]

飲食禁忌之外，在婦女月事未絕時行房同樣不可。《備急千金要方》即載：「婦女月事未絕而與交合，令人成病，得白駁也。」《玉房秘決》更說：「月經之子兵亡。」

72　〔清〕葉德輝輯：《玉房指要》。《叢書集成續編》，子部，第 81 冊，頁 456。

73　〔明〕萬全撰：《廣嗣紀要》，卷 2，〈寡欲〉。《萬密齋醫學全書》，頁 297。

74　〔明〕張介賓撰：《景岳全書》，卷 39，「產育類」，頁 17a。

75　〔清〕李漁撰：《閒情偶寄》，卷 16，〈頤養部〉下，「節色欲」第四，頁 353-357。

《三元延壽參贊書》亦道：「月事未絕而交接，生白駮，又冷氣入內，身面萎黃，不產。」由此可見，女子月事期間行房十分不宜，不但對男性而言會得白駮（小便白濁），對女性及胎兒亦有傷害，所以歷代房中醫家都主張禁止。值得補充的是，《三元延壽參贊書》另外提到「妊娠有忌」的觀念，強調妊娠期間不宜房事，這也符合現代醫學的看法。

至於生理方面也有禁忌。首先是疾病禁忌。《三元延壽參贊書》就說：金瘡未差而交會、或新病可而行房，都會敗壞血肉。其次，身體疲勞時也不可交合，這一點在《素女經》等書中即曾再三交待，《玉房秘決》便說：「勞倦重擔，志氣未安，以合陰陽，筋腰苦痛，以是生子，子必妖孽。」《三元延壽參贊書》亦道：「遠行疲乏入房，為五勞虛損。」所以李漁才會建議：節勞苦初停之欲。再次，許多醫書都強調不可忍大、小便行房。《玉房秘決》即道：「當溺不溺以交接，則病淋，少腹氣急，小便難，莖中疼痛，常欲手撮持，須與乃欲出。」又：「當大便不大便而交接，即病痔，大便難至，清移日月，下濃血，孔旁生創如蜂穴狀，清上傾倚，便不時出，疼痛臃腫，臥不得息。」《三元延壽參贊書》也說：「忍小便入房者，得淋，莖中痛，面失血色，或致胞轉，臍下急痛死。」另外，也有不少醫家認為，剛洗完澡不宜交合，例如《玉房秘決》就說：「新沐浴，髮膚未燥，以合陰陽，令人短氣，以是生子，子必不全。」

此外，交合的心理狀態也須注意。《三元延壽參贊書》即道：「忿怒中盡力房事，精虛氣節，發為癰疽。恐懼中入房，陰陽偏虛，發厥，自汗盜汗，積而成勞。」不過交合時的情緒禁忌，尚不僅指極度忿怒而已，喜樂太甚也要留意，例如在《素女經》、《玄女經》、《玉房秘決》等書，就同時強調大喜大怒對交合、產子都很不宜。對此李笠翁看法亦然，他既說要「節憂患傷情之欲」，也說要「節快樂過情之欲」，就是一個最好的例證。

以上這些交合禁忌，包括性交活動導致的「七損」，以及飢寒醉飽、月事未絕、疾病初癒、勞苦初停、當溺不溺、當大便不大便、新沐浴而行房，以及大喜大怒之時逕行陰陽，都是比較符合科學精神的交合禁忌，直到今天都很受中醫學重視。但是除此之外，古人還提出不少其他的交合禁忌，如今看來不但匪夷所思，有些甚至荒謬可笑。

古代房中醫書，向來喜歡討論男女交合時的時辰禁忌。例如《玉房秘訣》就將之視為首要禁忌：「晦朔弦望，以合陰陽，損氣；以是生子，子必刑殘，宜深慎之。」除此之外，它還舉例說道：日入之子口舌不祥、日中之子顛病、晡時之子自毀傷……，凡此種種口氣都十分篤定。這些說法雖然荒誕，然而歷代房中書籍都有補充，除了解釋成是封建迷信，也有學者分析此和傳統「天人感應」的觀念有關[76]。不過在明人張介賓的《景

76　樊雄撰：《中國古代房中文化探秘》，頁177-178。

岳全書》那裏，這種選擇良辰吉日（及避丙丁日）的說法就遭到挑戰：

> 凡交會下種之時，古云宜擇吉日良時，天德月德及干支旺相，當避丙丁之說，顧以倉猝之頃，亦安得擇而後行？似屬迂遠，不足憑也。然惟天日晴明、光風霽月、時和氣爽、及情思清寧、精神閒裕之況，則隨行隨止，不待擇而人人可辨。於斯得子，非惟少疾，而必且聰慧賢明。胎元稟賦，實基於此。[77]

張介賓駁斥了行房講究良辰吉時之說，轉而強調天日晴明、光風霽月、時和氣爽之時，有利情思清寧、精神閒裕，是交合產子的絕好條件，這個觀念顯得比較合乎科學。不過他也說：「犯天地之晦冥，則受愚蠢迷蒙之氣；犯日月星辰之薄蝕，則受殘缺刑尅之氣；犯雷霆風雨之慘暴，則受狠惡驚狂之氣；犯不陰不陽、倏熱倏寒之變幻，則受奸險詭詐之氣。」這就和前人沒有什麼差別了。

除了時辰禁忌，交合地點也多忌諱。像《備急千金要方》所謂：交合「又避日月星辰、火光之下，神廟佛寺之中，井竈圊廁之側，塚墓尸柩之傍，皆悉不可。」都可以在其他房中醫書看到類似講法。這些多半都是缺乏根據的無稽之談，沒有太大的參考價值，不過對道教外丹派來說，在煉丹房交合可是會「走了真鉛」的，這在明代小說中倒是曾經有過描寫[78]。

古人關於交合禁忌的見解不止這些，但是這裡已舉其大要，剩下未見引列的部分，多半沒有什麼價值。例如古人忌諱點燭行房，《備急千金要方》載道：「暮無燃燭行房。」《玉房秘訣》亦稱：「人生傷死者，名曰火子，燃燭未滅而合陰陽，有子必傷死市中。」《三元延壽參贊書》說得更嚴重：「然（燃）燭行房，終身之忌。」類似這種禁忌，古人都沒有交待理由，今人也找不著科學根據，只能嗤之以鼻、或者聊備一格了。

總括來看，中國自古發展起來的房中養生知識，確實累積很高的成就。雖然就像李漁說的：「至於養生之家，又有近妊、遠色之二種。」令人感到無所適從。不過撇開交合技巧不談，歷來房中醫家的確留給後人許多性交知識——尤其是行房的忌諱，以及遠離災病的房中守則。前面談到，或許是受到理學的影響，入明以來房中著作相對地少了很多，部分收錄在綜合性醫書的房中知識，多半也是偏向提倡節欲，部分文人如龍遵敘者，更是主張戒多食、戒貪酒、節性欲。不過，這絕不代表晚明社會的生活風貌，就是一篇謹慎篤實的克己文章；相反地，我們從文學藝術作品之中、尤其是從《金瓶梅》裏面，反而看到完全不同的景色。問題是，前述這一套為明代文人所接受、並且戮力實踐

77　〔明〕張介賓撰：《景岳全書》，卷39，「子嗣類」，頁49a-49b。以下引文亦同。
78　〔明〕凌濛初撰：《拍案驚奇》，卷18〈丹客半黍九還·富翁千金一笑〉。

著的房中養生主張，到底有沒有被西門慶一類的晚明商人所承繼下來？透過《金瓶梅》，或許會有意想不到的答案。

三、《金瓶梅》食、色情調的「模擬」與「變形」

(一)西門慶：自命風雅的小丑

通過前面的討論，可以初步掌握明季文人總結的飲食觀及性愛觀；然而既言食、色兩者是《金瓶梅》的主要元素，接著我們就要看看小說是否實踐了這些理念。不過在這之前，我們須要重新審視西門慶的發跡歷程，以便確認他的階級屬性。

小說在第 2 回提到，西門慶「原是清河縣一個破落戶財主，就縣門前開着個生藥鋪。」後來因為發跡有錢，「專在縣裡管些公事，與人把攬說事過錢，交通官吏。」鄉里都稱他做「西門大官人」。接下來的十餘回裏，分別寫到西門慶勾搭潘金蓮、孟玉樓、李瓶兒的經過，最後也全部把這些婦人娶了來家，然而重要的是，憑仗著孟玉樓及李瓶兒的嫁妝，西門慶的財富因此累積得更多。不過，西門慶再怎麼有錢有勢，終只是個清河縣的小土豪，離開清河也就沒有呼風喚雨的本事。但是小說寫到第 17 回，西門慶親家陳洪因提都楊戩的案子牽連出事，進而禍延西門慶自身的時候，他的命運反而有了轉機。

陳洪吃上官司之後，叫兒子陳經濟帶著家私投靠岳丈西門慶，並且送了五百兩銀子做人情。西門慶於是派來保帶五百石白米上京，企圖賄賂蔡京弭平自己的案事，結果西門慶的名字，果然被處理此事的右丞相李邦彥改成「賈慶」，幸運地逃過這場株連。這次的機會，讓西門慶打通了往來朝廷的路徑。第 27 回，先見西門慶花了三百兩金銀，打造了好幾座高尺有餘的「四陽捧壽」銀人；又打了兩把金壽字壺，尋了兩副玉桃杯；以及從杭州買回來的蟒衣，送去給蔡京當壽禮。到了第 30 回，這項投資果然讓西門慶從一介鄉民，躍升為山東提刑所的理刑副千戶，連負責進獻生辰禮物的家人也都封了職。自此之後，西門慶不再只是一個地方上的惡霸，而是交通朝中權貴、決定人民生死的國家官僚。到了第 55 回，又逢蔡京壽辰，有了上次的經驗，西門慶這次砸下更大的本錢。包括：大紅蟒袍一套、官綠龍袍一套、漢錦二十疋、蜀錦二十疋、火浣布二十疋、西洋布二十疋、其餘花素尺頭共四十疋，獅蠻玉帶一圍，金鑲奇南香帶一圍，玉杯犀杯各十對，赤金攢花爵杯八隻，明珠十顆；又梯己黃金二百兩。結果蔡京滿心歡喜，不但單獨接見西門慶，而且還讓西門慶拜了乾爹。透過蔡京的庇蔭，西門慶在第 70 回升任正千戶提刑官，並且得以入朝面見聖容，成為一個連太監、要臣都需巴結交好的熱門新貴。

由此可見，西門慶不只是一個土豪惡霸，不只是一個放官吏債、從事長途販運的商

人，他還是天子轄下的官員。所以，把西門慶這一類人物稱為「官商」，倒也不失為客觀的論斷[79]。官商的形成有兩個方向：一是官吏從事商業活動；一是商人藉著捐資加入官僚體系。關於前者，開國之初雖然曾經禁止，但是中葉以後此風反而十分盛行。見這一例：

> 吳人以織作為業，即士大夫家，多以紡績求利，其俗勤嗇好殖，以故富庶。然而可議者，如華亭相在位，多蓄織婦，歲計所積，與市為賈，公儀休之所不為也。[80]

賣官鬻爵本來就是歷代皆有之事，明代亦然。不過，這種官爵起初只是一種榮譽名銜，但到後來就真的有些實權了。看這段記載：

> （我朝）設官分職，各有定員，惟有功德才能者授之。初無倖取之路也，當時人有定業，各勤其事。近年始有納粟冠帶之制，然止於容其身而已，無有職任也。今倖門一開，趨者如市。恩典內降，始則及於京師技藝之人，今則漸及於無庸吏胥矣。武階蔭敍，始則及於內使有功之家，今則濫及於外方白丁矣。或待選未到，便得授官；或外任雜流，驟遷京職。以至廝養賤夫，市井童稚，皆得以夤緣而進。列文階者，叨職京官，除授有司；戴武弁者，世襲錦衣，虛儋伯爵。名器之濫，一至于此。[81]

此乃憲宗成化年間的事，晚明情況自是更為嚴重。當然，西門慶的例子不太一樣，他是直接向太師蔡京活動，而據蔡京說，正巧昨日朝廷欽賜了他幾張空名告身劄付，所以安排西門慶在山東提刑所做個理刑副千戶。比較起來，這兩種官商還是有所差別，官吏參與商業經營者，本質上還是官；商賈藉由捐資獲致官銜者，本質上還是商。說得更清楚一點，前一種官商的性格，官的成份要比商的成份大得多；後一種官商的性格，商的色彩要比官的色彩強得多。從《金瓶梅》來看即可知道，西門慶基本上還是一個不折不扣的商人。

　　這一類的商人，當然有他們的傲慢，一般人對他們也是恭謹得很。且不舉西門慶的例子，明人洪亮吉提到一則故事，就傳神地描繪了時代的畫像：

> 歲甲午余館揚州權署，以貧故，兼肆業書院中。一日薄晚，偕中至院門外，各跨

---

[79] 陳詔撰：〈西門慶——明代官商的典型〉，《金瓶梅小考》（上海：上海書店出版社，1999 年），頁 58-68。

[80] 〔明〕于慎行撰：《穀山筆麈》（北京：中華書局，1984 年），卷 4，〈相鑒〉，頁 39。

[81] 黃彰健校勘：《明憲宗實錄》（京都：中文出版社，1984 年），卷 247，成化 19 年 12 月，頁 4185-4186。

一石狻猊，談徐東海所著《讀禮通考》得失。忽見一商人，三品章服者，肩輿訪山長。甫下輿，適院中一肄業生趨出，足恭揖商人曰：「昨日前日並曾至府中叩謁安否，知之乎？」商人甚傲，微頷之，不答也。[82]

這個商人的「三品章服」，當然是捐納得來的，而他對那個肄業生的輕蔑，完全是一種階級的傲慢。但是在社會上，也有商人謹慎服侍的對象，看明人李夢陽的記述：

今商賈之家，策肥而乘堅，衣文繡綺縠。其屋廬器用，金銀文畫，其富與王侯埒也。又畜聲樂、伎妾、珍物，援結諸豪貴，藉其陰庇。今淮揚仕宦數大家，非有尺寸之階，顱石之儲，一旦累貲鉅百萬數，其力勢足以制大賈，揣摩機識，足以蔑禍而固福。四方之賈，有不出其門者亦寡矣。[83]

這裡說得很清楚，商賈巨富之所以巴結朝中權貴，主要是為了得到他們的庇蔭。然而李夢陽沒有提到的是，交通仕宦的另一個好處，是可以為自己創造更大的財富。

以《金瓶梅》為例，第 36 回寫道，透過太師府管家翟謙的介紹，蔡京假子蔡狀元從東京到滁州探親的時候，刻意繞了路來臨清向西門慶借盤纏。西門慶得到翟謙的訊息，自然曉得這是一個巴結權貴的機會，所以蔡狀元及一道來的同榜進士安忱才到臨清，便見來保拿著西門慶拜帖上船，先送上一分「嗄程，酒麪雞鵝嗄飯鹽醬之類」。次日，西門慶在家裡擺了酒宴，叫了四個唱的，臨走則送了蔡狀元：「金緞一端，領絹二端，合香五百，白金一百兩。」至於安進士則是：「色緞一端，領絹一端，合香三百，白金三十兩。」兩個人心滿意足地回去了。蔡狀元回京之後，晉升為揚州察院巡鹽御史。第 49 回，他又帶了蔡京之子蔡攸的舅子、陝西巡按御史宋盤同來臨清，西門慶又是各送了一大張桌席的厚禮：「兩罈酒，兩牽羊，兩對金絲花，兩疋緞紅，一副金臺盤，兩把銀執壺，十個銀酒杯，兩個銀折盂，一雙牙箸。」宋御史走後，西門慶留下蔡御史，叫了董嬌兒、韓金釧兩個妓女陪席。就在御史怡然滿足的時候，西門慶請他運用職權，先支給自己三萬引淮鹽。蔡御史聞言，便道：「這個甚麼打緊？」西門慶因此發了一筆財富。兩人餞別之時，西門慶又提起自己受託處理的苗青一案，結果蔡御史當場保證代向宋御史關說，要不了多久就放出苗青來。西門慶在蔡狀元身上的政治投資，明顯得到很高的經濟效益，這正是官商憑藉特權，破壞市場公平競爭原則的一個絕佳例證。然而，這在

82　〔明〕洪亮吉撰：《更生齋集》（臺北：臺灣中華書局，1965 年），甲集，卷 4，「又書三友人遺事」，頁 12b。

83　〔明〕李夢陽撰：《空同集》（臺北：臺灣商務印書館，1978 年），卷 40，「擬處置鹽法事宜狀」，頁 6a-6b。

小說裏只是其中一個例子而已，類似的交易還有許多，茲不再引。

　　商人對於仕宦的籠絡，主要是著眼於避禍固福。既然官爵可以用錢買得，朝中權貴可以用錢投資，那麼文人獨有的風雅——似乎也可以用錢堆積起來了。前文提到，晚明士商相雜的情形十分普遍，文人喜跟富商相交，商賈亦好與文人往來。然而，文人之所以喜歡跟商賈交遊，看重的是他們的經濟實力，因為富商可以對文人的生活及創作提供資助。至於商賈又為什麼要接近文人呢？這個問題就比較複雜了。簡單地說，雖然晚明社會幾乎已經是士商齊行，但是文人階層所具備的知識水平，所繼承的文化品味，為他們自身造就了功名以外的附屬價值，使得他們彷彿因此有了「境界」。換句話講，因為掌握了知識與文化，文人的生活因而形塑出一股雅趣，這便對商賈形成巨大的吸引力，也想將自己妝扮點風雅門面。所以除了與文人交好，富商也懂得用錢堆砌風雅，甚至倣效起文人的生活模式。見這個例子：

> 董玄宰三楚督學歸，怡情赴宴，一舊族子驟富，倣名公家營構精舍，中藏書畫、鼎彝、琴碁、玩好之物，充牣無序，又與算格、法馬、帳簿等交互錯置。因邀玄宰、眉公與張伯初輩花會談敍，飯後引入清談。主人各為誇指某物，矜所自來，某為的係真蹟，某件價值多少，玄宰閉目搖首曰：「太多太多，穢雜矣！」主人領意，急令各去其半，又問玄宰：「眼前清曠否？」仍曰：「正未正未！」再為割情裁減，幾至於無，復問：「如何？」玄宰目眉公曰：「兄意以為暢適否？」眉公曰：「畢竟不潔淨。」玄宰曰：「曉人。」主人曰：「如此尚多，乞示何法？」玄宰曰：「更無別法，如吾兄亦去之可耳。」滿室大噱。[84]

從這則典故來看，董其昌、陳繼儒等人都認為商賈只是仗著錢財，附庸好事而已，根本不懂什麼品味，不解何謂風雅。有趣的是，如果回到《金瓶梅》來看，就可發現西門慶除了努力學習做官，也極力倣效文人的生活模式。然而就像董玄宰、陳眉公對待那位驟富的舊族子弟一樣，笑笑生對待西門慶的態度也是極盡嘲諷之能的，西門慶一路下來不斷嘗試「模擬」文人情調，可是讀者看到的卻是一幕幕的「變形」圖畫。

　　首先翻到第 36 回。這裏提到，西門慶和蔡狀元初相見時，兩人互相問了對方尊號。結果西門慶在聽聞蔡狀元號「一泉」後，堅持不肯透露自己字號，並說：「在下卑官武職，何得號稱。」結果蔡蘊詢問再三，西門慶方才道出自己賤號「四泉」。書中雖然沒有提到「一泉」的命名典故，但是我們曉得，「四泉」此號的來由，乃是因為西門慶家

84　〔明〕花村看行侍撰：《花村談往》，卷 2，「封君公子」。轉引自陳萬益撰：《晚明小品與明季文人生活》，頁 75-76。

門前有四口井之故——這就完全透露出西門慶的市井性格。有趣的是，到了第 70 回，西門慶上東京請領新職，在何太監家結識了接替他理刑副千戶職位的何永壽，兩人行禮過後，自要問起對方字號，這時我們曉得何永壽的號是「天泉」。天泉乃天上甘泉，正好襯托何永壽出身宦家的身分，比起地下的四口井水（四泉），的確顯得西門慶出身的賤微。可是到了第 72 回，西門慶的姘頭林太太要兒子拜西門慶作義父，當他得知王三官號「三泉」，「便一聲兒沒言語」的生起悶氣來；結果到了第 77 回，從妓女鄭愛月兒口中聽說，王三官為了避西門慶的忌諱，把原先的號改成「小軒」，他竟又滿心歡喜起來。

西門慶本為一介草包，胸中沒有半點墨水，第 58 回就見他對溫葵軒說：「只因學生一個武官，粗俗不知文理，往來書柬無人代筆。」可是當他發跡之後，也學起人家蓋起書房來，甚至還安排了書童服侍。不過諷刺的是，從來也不見西門慶在書房看書，倒是常看他和書童在書房調情戲鬧（第 35 回）。同樣的，他的假子王三官也弄了一個書院，並且取名為「三泉詩舫」。從他出身仕宦之家，以及他為那幅「愛月美人圖」題詠的詩來看（第 77 回），可知他多少還認得一些字，因此嚴格講起來，西門慶的文化水平其實不如他的乾兒子。作家笑笑生在這幾人字號上的輕描淡寫，背後倒是傳遞不少諧擬之意。君不見第 49 回，兩個妓女韓金釧、董嬌兒竟然也都有號，蔡御史甚且還就董嬌兒「薇仙」的號，拈起筆來在扇子上題作一首詩，可謂滑稽至極。

說到第 49 回，又見作者嘲諷了西門慶模擬的文人風雅。這裏寫到，蔡御史第二次留宿西門家，兩人喝完酒，聽罷戲，打發眾人賞錢之後，家人收了傢伙，關上角門，兩個妓女盛妝打扮進來給御史磕頭。小說家接著這麼寫道：

> 蔡御史看見，欲進不能，欲退不可，便說道：「四泉，你如何這等愛厚，恐使不得！」西門慶笑道：「與昔日東山之游，又何別乎？」蔡御史道：「恐我不如安石之才，而君有王右軍之高致矣。」（第 49 回）

這番比擬著實不倫不類，官員召妓本是一大忌諱，何況是私下為御史安排了兩個妓女！但這就是西門慶洋洋得意的風雅、就是西門慶自以為是的豪興，荒謬的是，在蔡御史眼裏，這一切彷彿真的有了韻致。

此外，文人「一諾千金」的美德，在《金瓶梅》裏也有新的示範。猶記得在第 55 回，寫西門慶上東京慶賀蔡京壽誕，一天在苗員外家作客，因見兩個歌童生得好看唱得好聽，不禁讚嘆兩句。沒想到，苗員外沒多久便把兩個歌童送了過來，西門慶又驚又喜，感動得對兩個歌童說道：

> 我與你員外千里相逢，不想就蒙員外情投意合，十分相愛，就把歌童相許。那時

酒中說話，咱也忘却多時。因為那歸的忙促，不曾叩府辭別。正在想着，不意一諾千金，遠蒙員外記憶。我記得那古人交誼，止有那范張結契，千里相從，古今以為美談。如今你們那個員外，委的也是難得！（第55回）

西門慶這裡所舉「范張結契」的例子，是民間流傳已久的故事，馮夢龍亦曾將之改編作話本小說[85]。故事是說，漢朝時人張劭辭別老母來到洛陽應舉，某晚投店宿歇，聞鄰房有瘟病之人聲喚，遂不顧危險自願照養。患病之人名為范巨卿，亦是應舉赴選之人，因感張劭義行，兩人義結金蘭，相約明年重陽佳節，范巨卿登堂拜見張母，以表通家之誼。不料一年之後，范氏忘了盟誓，重陽當日鄉人送茱萸酒至，方才憶起去年之約。然而千里之隔，豈是一日可到？若不如期，自己又將成失信之人。范巨卿尋思無計，聞古人云魂能日行千里，於是自刎而死，魂駕陰風特來赴雞黍之約。這段古今美談，講的是兩個讀書人信守然諾的示範，至於《金瓶梅》這一橋段，不過是苗員外為了巴結西門慶，硬將酒後戲言當真履行的一段故事。這個舉動固然也可以說是「一諾千金」，但是西門慶將兩個俗賈之間的互動，比擬成明代版的「范張結契，千里相從」，就未免太可笑了。有趣的是，這個「義行」西門慶後來也依樣效響，第74回寫宋御史極力稱讚西門府上的「八仙捧壽的流金鼎」，結果過兩天，西門慶就主動把這個流金鼎送到宋御史那裏，並且藉此為大舅子吳鎧、及荊都監謀了要職。由此可見，由西門慶諧擬演出的明版「一諾千金」，根本就是笑笑生有意繪出的變形圖畫，這項「義行」完全建立在利益交換的基礎上。

像西門慶這一號人物，總認為品味是可以用錢堆積出來的，所以當他獲派山東提刑所的理刑副千戶之後，「一面使人做官帽。又喚趙裁率領四五個裁縫，在家來裁剪尺頭，趕造衣服。又叫了許多匠人，釘了七八條都是四指寬玲瓏雲母、犀角、鶴頂紅、玳瑁、魚骨香帶。」（第31回）正在亂時，應伯爵和吳典恩來向西門慶借鈔，西門慶見應伯爵走下來看匠人釘帶，便一逞賣弄說道：「你看我尋的這幾條帶如何？」伯爵極口稱讚誇獎，說道：

虧哥那裡尋的，都是一條賽一條的好帶！難得這般寬大。別的倒也罷了，只這條犀角帶并鶴頂紅，就是滿京城拿着銀子也尋不出來。不是面獎，就是東京衛主老爺玉帶金帶空有，也沒這條犀角帶。這是水犀角，不是旱犀角。旱犀角不值錢。水犀角號作通天犀，你不信，取一碗水，把犀角安放在水內，分水為兩處，此為無價之寶。又夜間燃火照千里，火光通宵不滅。（第31回）

85　〔明〕馮夢龍撰：《古今小說》，第16卷〈范巨卿雞黍死生交〉。

應伯爵接著問西門慶，一共使了多少銀子才得這個寶貝，果然西門慶得意非常地述了來由，並且趁著高興，滿口承應吳典恩借銀一事。接著過不了幾天，便見西門慶「每日騎着大白馬，頭戴烏紗，身穿五彩灑綫猱頭獅子補子員領，四指大寬萌金茄楠香帶，粉底皂靴，排軍喝道，張打着大黑扇，前呼後擁，何止十數人跟隨，在街上搖擺。」（第 31回）不過西門慶當官之後，雖然沒事總要往提刑院衙門中走走，升廳畫卯，問理公事。然而除了循私辦了幾件人命官司，讀者只見西門慶整天頂著這個官銜，與官員、太監、仕紳、商人一道飲酒吃飯。在西門慶諸多飲酒場合中，作家只傾向描寫家宴，但是文人飲酒向來免不了的行令，在書中倒不常見。少數的像是第 35 回，西門慶和應伯爵、謝希大、韓道國等人在家飲酒，吃不多時，應伯爵提議行令：「我擲着點兒，各人要骨牌名一句，見合着點數兒。如說不過來，罰一大杯酒，下家唱曲兒。不會唱曲兒，說笑話兒。兩椿兒不會，定罰一大杯。」

　　然而說笑話也好、唱曲兒也罷，顯然就是市井之風，和文人間的作詩制詞、賞風吟月，在層次上自然大有差距。這種情形，不禁令人想起《紅樓夢》第 28 回那個畫面，賈寶玉、薛蟠、蔣玉函等人在馮紫英家飲酒，賈寶玉獨出心裁地出了一個酒令：「如今要說出悲、愁、喜、樂四個字，卻要說出女兒來，還要注明這四個字的緣故。說完了，飲門杯。酒面上要唱一個新鮮時樣曲子，酒底要席上生風一樣東西，或古詩、舊對、《四書》、《五經》成語。」結果寶玉等人都作了來，唯獨「呆霸王」薛蟠，斷斷續續才謅出一首酒令來：

> 女兒悲，嫁了個男人是烏龜。女兒愁，繡房攛出個大馬猴。女兒喜，洞房花燭朝慵起。女兒樂，一根虬觚往裏戳。[86]

這是一首下流不堪入耳的酒令，但是曹雪芹藉著這首令，凸出了薛蟠的無賴性格。同樣的道理，《金瓶梅》第 35 回那段行令場景，也有同樣的用意在裏面，幾個毫無風雅可言的無賴一起喝酒，能助酒興的盡是一些市井笑話──這在書中許多飲酒場合都可以見得到。

　　笑笑生一面寫西門慶模擬文人雅致，一面刻畫西門慶及其幫閒朋友的市井習性，就是要道出「狗改不了吃屎」的道理。饒有意味的例子在第 68 回，西門慶約了應伯爵、李三、黃四到妓女鄭愛月兒家坐，更且三番四請的把溫葵軒也拉了來。席間，另一個妓女吳銀兒打聽了西門慶在此，便差人送了茶來，西門慶於是叫小廝去請吳銀兒同來。鄭愛

86　〔清〕曹雪芹原著，啟功等校注：《紅樓夢校注本》（北京：中華書局，1998 年），第 28 卷「蔣玉函情贈茜香羅　薛寶釵羞籠紅麝串」，頁 426。

月兒為了表示慷慨，也要家人去請，並說：「他若不來，你就說我到明日就不和他做夥計了。」不料應伯爵道：「我倒好笑，你兩個原來是販毧的夥計！」結果假正經的溫秀才竟掉書袋道：「南老好不近人情。自古同聲相應，同氣相求；本乎天者親上，本乎地者親下。同他做夥計，一般了[87]。」鄭愛月兒聽了這話，便消遣應伯爵亦和鄭春、鄭奉等當差供唱的同為一道——然而西門慶正是和應伯爵「同聲相應，同氣相求」之人，這一句話等於替作者把西門慶也罵進去了。尤其後文寫到，愛月兒要西門慶晚夕宿眠院中，西門慶竟然說：「今日一者銀兒在這裡，不好意思；二者我居着官，今年考察在邇，恐惹是非，只是白日來和你坐坐罷了。」西門慶當官之後，青樓妓院也不知走了多少回，怎麼這裡就正經起來了？果然話才說完，兩人交換些心裏秘密，不久仍然上床交歡，西門慶的本性顯露無疑。

　　所以，無論西門慶居著什麼官，扮著什麼文人門面，骨子裡他還是一個市井商人、還是一個無賴流氓。揭穿表皮那層風雅偽裝，底下藏的正是一名小丑本色，這一點在崇禎本評點家那裡也看得十分清楚。例如第51回，提到安忱帶著管磚廠的黃葆光主事拜見西門慶，安忱向主人介紹來客：「黃年兄號泰宇，取『宇泰定者發乎天光』之意。」接著黃主事亦問主人尊號，西門慶道：「學生賤號四泉，因小莊有四眼井之說。」這個對話反映出雅／俗對比的張力，果然崇禎本評點家便在這裡譏諷：「寫西門慶市井口談，令人絕倒。」[88]又如第57回，寫到西門慶為兒子官哥兒到寺廟裡喜捨五百兩銀，卻又忍不住在長老面前自誇起來：「實不相瞞，在下雖不成個人家，也有幾萬產業。忝居武職，交游世輩盡有。不想偌大年紀，……」結果崇禎本評點家在這裡又笑罵道：「謀己便誇，的真市井蘭亭。」[89]又，第55回言及蔡京管家翟謙帶領西門慶進入太師府，嚴格講起來，作家並沒有特別花費筆墨交待太師府的富貴氣派，但是評點家又忍不住在這裡提醒讀者：「西門慶家居亦可謂富貴矣，今以此相形，便覺純是市井暴發戶景象。」[90]還有前面提到過第57回的例子，西門慶自信滿滿地對月娘道出：「咱只消盡這家私廣為善事，就使強奸了嫦娥，和奸了織女，拐了許飛瓊，盜了西王母的女兒，也不減我潑天富貴！」崇禎本評點家也在這兒下了眉批：「是以聖人惡佞舌。西門慶口角逼真市井，妙。」[91]至

87　崇禎本這裡改道：「同他做夥計亦是理之當然。」〔明〕佚名撰，齊煙、汝梅校點：《新刻繡像批評金瓶梅會校本》（香港：三聯書店，1990年），第68回，頁929。

88　〔明〕佚名撰，齊煙、汝梅校點：《新刻繡像批評金瓶梅會校本》，第51回，頁667。

89　〔明〕佚名撰，齊煙、汝梅校點：《新刻繡像批評金瓶梅會校本》，第57回，頁745。

90　〔明〕佚名撰，齊煙、汝梅校點：《新刻繡像批評金瓶梅會校本》，第55回，頁721。

91　〔明〕佚名撰，齊煙、汝梅校點：《新刻繡像批評金瓶梅會校本》，第57回，頁747。

於第 60 回夾批揶揄西門慶的穿著「市井氣可笑」[92]，則是另外一個類似的例子了。

文龍的《金瓶梅》回評也喜歡在這上面著墨，茲舉一例為證：

> 文禹門云：西門慶家中規矩禮節，總帶暴發氣象。遞酒平常下跪，出門歸去磕頭；嫡庶姐妹相稱，舅嫂妹夫迴避；娼婦亦可作女，主母皆可呼娘；財東伙計相懸，女婿家奴無別；花家亦稱大舅，孟家仍有姑娘；潘家居然姥姥，馮家自是媽媽，市井之氣未除，豈當時之習俗如是呼？[93]

回過頭來看看他的飲食和性交活動，更可發現那全然是暴發商人的放縱與耗損，內容不但無關風雅韻致，而且毫無美感可言。如果說晚明文人有一套特殊的生活美學，有一套精緻的生活主張，這些在《金瓶梅》、在西門慶身上是完全看不到的。箇中原因，固然可能如楊義所說的那樣，由於文人作家是從書齋窺市井，所以不免要用諧擬（parody）的方式對人情世界進行嘲諷[94]；但西門慶在小說中的形象也可能正反映了晚明暴發商人的現實圖像。這個問題下文會有更進一步的討論。

(二)放縱飲饌，何來精美？

本章第一節討論古來飲食觀時，曾經提到「養生」是文人飲食的首要目標，即便晚明文人日趨講究餚饌的精美，卻也從未偏離飲食保健之道。所以高濂《遵生八牋·飲饌服食牋》雖然洋洋灑灑載錄了四百多條食譜，但仍安置於「遵生」、「養生」的中心思想下；我們見到李漁《閒情偶寄·飲饌部》侃侃而談飲饌道理，但在該書的〈頤養部〉下篇又見他從「止憂」談到「飲饌調息」。然而遺憾的是——這些主張並沒有在《金瓶梅》得到實踐！

問題不在於作者是否熟諳飲饌養生之道，而是商人西門慶不可能謹守飲饌養生之法。

有論者認為，既然飲食可以從養生的觀點加以實踐、既然《金瓶梅》細節化地描摹了飲食活動，所以小說必定會再現晚明飲食文化和飲食養生的盛況。論者並且煞有介事地歸納，指出書中人物「根據四季氣候變化，因時制宜，安排飲食。」「根據人物身體狀況，因人而異，調整飲食。」「食補兼顧，以養為主，祛病養生。」[95]事實上，這些說法完全無法成立。首先，一般人本來就是按照四季氣候變化安排飲食，所以我們和小

92　〔明〕佚名撰，齊煙、汝梅校點：《新刻繡像批評金瓶梅會校本》，第 60 回，頁 794。
93　第 46 回回評。黃霖編：《金瓶梅資料彙編》（北京：中華書局，1987 年），頁 456-457。
94　楊義撰：〈《金瓶梅》：世情書與怪才奇書的雙重品格〉，《中國古典白話小說史論》（臺北：幼獅文化事業公司，1995 年），頁 196-225。
95　黃強撰：〈金瓶梅與飲食養生〉，《國文天地》15 卷 2 期，1999 年 7 月號，頁 30-34。

說人物一樣，會在春夏之際吃些涼麵，會在酷暑吃些冰湃的水果，會在秋天吃螃蟹，會在冬天吃羊肉或是來上一碗黃熬山藥雞。問題是，任何一道食物都有它的營養成份，不能因為水果有清熱解暑之功、羊肉有補中益氣之效，就說西門慶等人懂得養生吧！其次，一般人本來就會針對身體狀況調整飲食，天氣寒冷要灌薑湯驅寒、胃腸虛弱宜進粥食……，這些都是日用生活常識，絕非針對養生刻意而為的難得舉動。再次，若說西門家善用食物調養身體，其實也沒什麼根據。因為中國本就是重視食療的民族，既然每一道菜都有營養，所以每一道食譜等於都有食療的效果。因此，若說每一次進食都有食療效果，在這個層次來講是說得通的，但假如說這就是養生實踐，那可就差得遠了。

　　舉例來看，西瓜這道夏季盛品雖然營養成份不高，但有通利二便之效；山藥雖可補脾腎、調筋骨，但是大鍋煮上整吃一天，怕也要叫人嘔上好一陣子。所以，要討論飲食是否合乎養生之道，重點不在於吃了什麼，而在於怎麼個吃法。如果將《金瓶梅》出現過的菜餚整理成書，就飲食文化的傳播來講自是好事，不過設若侈言其為養生食譜[96]，那就失之於糊塗了。就像在《紅樓夢》裏，賈母見兒孫們吃螃蟹樂得嘻嘻哈哈，特別吩咐兒孫們：「你兩個也別多吃，那東西雖好吃，不是什麼好的，吃多了肚子疼。」[97]吃些螃蟹、就著紹興酒是天下樂事，可是此物性寒，一旦吃多可就於身體有損了。

　　前文提到，歷來食譜作者率都強調養生、遵生原則，但是多半也只羅列食譜及其製法，至於飲食原則反而談的不多。但是明人對此其實留下不少意見，尤其是在醫書裏面。例如醫家徐春甫在《古今醫統大全》便道：「人知飲食所以養生，不知飲食失調亦所以害生。」說明水能載舟亦能覆舟的道理。又說：「百病橫夭，多由飲食。飲食之患，過於聲色，聲色可絕，而踰飲食不可廢一日。為益亦多，為患亦多。」徐氏在這裏強調，飲食對人助益雖大，但是為患同樣不少，尤其就飲食男女而言，男女之情或尚可禁，飲食之需斷無可止，所以潛在的危險反而更大。至於各項飲食忌諱，歷來醫書及本草著作皆有談論，徐氏的《古今醫統大全》也拉拉雜雜談了不少，但是文人何良俊的說法倒是整理出了大要：

> 太乙真人七禁文，其六曰：「美飲食，養胃氣。」……所謂美者，非水陸畢備異品珍羞之謂也，要在於生冷勿食、堅硬勿食、勿強食、勿強飲、先飢而食、食不過飽、先渴而飲、飲不過多，以至孔氏所謂食饐而餲魚綏而肉敗不食等語。凡此數端，皆損胃氣，非惟致疾，亦乃傷生，欲希長年，此宜深戒。而亦養老奉親與

96　李家雄、李志綱撰：《金瓶梅四季養生》（臺北：九思出版社，1999年）。

97　〔清〕曹雪芹原著，啟功等校注：《紅樓夢校注本》，第38卷「林瀟湘魁奪菊花詩　薛蘅蕪諷和螃蟹詠」，頁560。

　　觀頤自養者之所當知也。[98]

何良俊在這裏總結了前人的飲食意見，並且列出幾項飲食禁忌。很明顯的，強食、強飲、食而過飽、飲而過量——或者說強食而過飽、強飲而過量——正是《金瓶梅》最普遍的飲食習慣。

　　關於小說中具體的飲食情境，在第二章已經有過詳細的介紹，任何一個讀了《金瓶梅》的讀者，莫不有被一道又一道佳餚吞沒的心理威脅。前面摘錄過的段落自然不便贅引，這裏只隨便勾出一段文字即可：

> 不一時，韓道國到了，二人敘禮畢，坐下。應伯爵、謝希大居上，西門慶關席，韓道國打橫。登時四盤四碗拿來，桌上擺了許多嗄飯，吃不了，又是兩大盤玉米麵鵝油蒸餅兒，堆集滿滿的。把金華酒吩咐來安兒就在旁邊打開，用銅甌兒篩熱了拿來，教書童斟酒，畫童兒單管後邊拿菓拿菜去。酒斟上來，伯爵吩咐書童兒：「後邊對你大娘房裡說，怎的不拿出螃蟹來與應二爹吃？你去說，我要螃蟹吃哩。」西門慶道：「傻狗才，那裡有一個螃蟹！實和你說，管屯的徐大人送了我兩包螃蟹，到如今，娘們都吃了，剩下醃了幾個。」吩咐小廝：「把醃螃蟹搛幾個來，今日娘們都不在，往吳大妗子家去做三日去了。」不一時，畫童拿了兩盤子醃蟹上來。那應伯爵和謝希大兩個，搶着吃的淨光。」（第 35 回）

從這一段文字來看，一開始就說桌上擺了許多下飯，「吃不下」——足見分量已經過多。可是明明吃不下了，廚下照樣端出一大盤玉米麵鵝油蒸餅來。跟著篩了金華酒喝，可這時還有一個小廝，專門負責「後邊拿菓拿菜去」——顯然持續還上著佐酒菓菜。接著應伯爵理應吃撐了，但他卻還想螃蟹吃，結果此道橫物才一上桌，應伯爵、謝希大「兩個搶着吃的淨光」，拚勁完全不落人後。這是一頓書中很不起眼的飯局，但已足以說明「強食而過飽」的特色。

　　或許有人會質疑，西門慶的幫閒朋友固然強食、固然食而過飽，但是西門慶本人卻好像吃的不多，恐怕不宜混為一談。然而，西門慶表面上看起來雖吃的不多，但是即便沒有強食，他的飲食也絕對過量了，否則在第 67 回，不會見應伯爵對他說：「你這胖大身子，日逐吃了這等厚味，豈無痰火？」因為對西門慶而言，除了偶爾上衙門料理公事，其他時間不是約了幫閒朋友來家吃吃喝喝，便是在同僚的府邸吃飯飲酒，即便摸到姘頭那裡、或者留連青樓和妓女廝混，也總有齊齊整整的酒食等著他，誰說他這樣不是食而

98　〔明〕何良俊撰：《四友齋叢說》（北京：中華書局，1959 年），卷 32，〈養生〉，頁 290-291。

過量?更何況,西門慶每次在外頭吃了來家,總還要再搬演一次飲饌的戲碼(通常都是作為交歡的前戲),發福的體態見證的是不加節制的飲膳習性。

至於「強飲進而過量」的例子,書中更是不勝枚舉,常見西門慶喝到醉了、乏了還不肯罷手。例如第 63 回,李瓶兒剛死,許多親戚朋友來家弔唁,眾人飲酒直至三更時分,西門慶還不放客人走,反令小廝提四罈麻姑酒來,放在客人面前說道:「列位,只了此四罈酒,我也不留了。」一直到了五更時分,眾人齊起身,西門慶還「拿大杯攔門遞酒」。所以第 78 回寫西門慶老是害腰腿疼,應伯爵分析道:「哥,你還是酒之過。濕痰流注在這下部。」不管這個分析準不準確,西門慶飲酒過量的問題,應伯爵倒是看得很清楚。可是到了這個「不知已透春消息,但覺形骸骨節鎔」的地步,西門慶飲酒仍是不加節制,第 79 回寫他和王六兒吃喝調笑,並在床上儘力盤旋一場,結果一覺睡到三更起來,再添美饌,復飲香醪,西門慶又是一連吃了十數杯,結果自然醉了上來。

這樣看來,西門慶飲酒根本就像「拚命」一般,完全是暴發戶式的虛擲血本,嚴重觸犯強食、強飲、食而過飽、飲而過量等的養生忌諱。我們雖然眼看西門慶結交文人官僚,一心想要擠身上流社會,可是在飲食習慣上,他不但不遵守養生戒條,而且毫無韻致可言,習性全與文人雅興沾不上邊。拿飲酒來說,晚明雖然可見不少「酒經」,可是文人往往好賞、好品、好論而不強飲。且不說不善飲的袁中郎作了《觴政》,其他許多不善飲的文人,也總不忘在筆記裏談談酒的典故,賣弄一下酒的風流知識。例如顧起元就說:「余性不善飲,每舉不能盡三小琖,乃見酒輒喜,聞佳酒輒大喜。」對於何處有美酒,他可是清楚得很[99]。至於何良俊的說法,更可窺見文人飲酒興味:

> 余自號「酒隱」,又稱「酒民」。人問曰:「子不大飲,何忽有此號?凡人有強之酒者必推量窄,子何乃以虛聲自苦耶?」余曰:「不然。蓋盡余之量可得三升。苟主人惡勸,強以三大觥,則沉頓死矣。若任吾之適,持盂引滿,細呷而徐釃之,則自以為醍醐沆瀣不是過也。則是可飲三升而醉二參,孰謂余非酒民哉?」[100]

前面提到強食、強飲、食而過飽、飲而過量等的飲食養生忌諱,就是何良俊總結前人說法而來,因此這段引文自然呼應了他的養生主張。然而重要的是,何良俊在這裏強調喝酒要「細呷而徐釃之」,「任吾之適」慢慢享用。可是西門慶卻不然,非但不懂得品,反而放縱自己、並且拉著別人跟他一起狂飲。像西門慶那樣叫小廝提來四罈麻姑酒,要求客人:「列位,只了此四罈酒,我也不留了。」在文人看來當然是很無謂的舉動。

99　〔明〕顧起元撰:《客座贅語》(北京:中華書局,1987 年),卷 9,「酒」條,頁 303-305。
100　〔明〕何良俊撰:《四友齋叢說》,卷 33,〈娛老〉,頁 300。

　　也就是說，除了違反養生原則，飲饌作為一門藝術，在《金瓶梅》也是看不出美感的。西門慶雖然不是那種「大碗如缸，白煮燕窩四兩」的人，但在袁枚眼裡，恐怕還是只曉得擺弄排場，不懂得享受美食的富商而已。為什麼呢？也許有人認為，西門家的飲饌也堪稱精美了，他本人（以及應伯爵）對於吃更是十分講究，這個講法是不是有待斟酌？問題的核心在於，飲饌的美感不在食物本身，而在於享用者心中是否有那股意韻。前面提到，晚明文人對於餚饌的看法是「在精不在豐」，西門家的飲食內容固然太過豐盛，但色色都極精緻，樣樣都見用心，因此食物本身的精美不成問題。然而看看小說的飲食場景：西門慶的幫閒朋友不是爭搶食物，就是在席上說些低級無聊的笑話；至於西門慶本人除了看食客扯淡、下棋、打雙陸，就是趁左右不注意躲到後面和粉頭野合。這種飲食氛圍，和晚明文人的風流典雅大不相同，他們的享受完全著眼於生理機能，與精神層面的性靈饗宴絲毫無涉。這是暴發戶式的放縱與虛擲，屬於一種市井的狂歡，自然談不上所謂的「生活美學」。

　　這麼講來，作者在第 12 回描寫西門慶「十兄弟」到妓院吃飯的情景，絕對有言外妙意了。笑笑生說他們一個個不是「食王元帥」，就是「淨盤將軍」，酒菜上來人人低頭動嘴，「猶如蝗蝻一齊來」——完完全全把這些餓鬼給寫活了。當然，小說裡的西門慶作為一個富有的官商，既不會像應伯爵一樣害「饞癆饞痞」，也毋須和窮朋友白來創一樣吃起東西便生吞活剝，所以《金瓶梅》包括這一幕在內、反覆在書中出現的爭先恐後的用膳情境，多半是由他的幫閒朋友齊力演出。然要不要忘了，這一齣又一齣的滑稽戲碼畢竟是以他為中心所展開，所以作者貶抑消遣的筆墨，當然不是只針對這些幫閒兄弟而來。因為正如秀才溫葵軒說的：「自古同聲相應，同氣相求。」（第 68 回）雖然西門慶發了財、居著官，但是既然終日和這些人一起廝混，因此大家都是同聲相應、同氣相求的「夥計」。作者唯有藉由這些人，才能彌補描寫西門慶所受的限制，所以笑笑生表面上是畫這些人的醜態，事實上卻道盡西門慶的不堪。

　　飲食的美感指的是一種意韻，這種意韻當然是文人式的。例如《紅樓夢》第 41 卷提到妙玉請黛玉、寶釵、寶玉飲茶，只見妙玉用五年前從梅花上收的雪水煮了「老君眉」，拿鐫著「瓟𤫫斝」、「點犀盤」等隸字的珍器盛給黛、釵兩人喝，拿自己常日吃茶用的綠玉斗斟了一杯與寶玉。這時，寶玉自稱吃得了一大盞，妙玉卻笑話道：「一杯為品，二杯即是解渴的蠢物，三杯便是飲驢了。你吃這一海，更成什麼？」眾人吃了一口，果然覺得「輕淳無比，贊賞不絕。」整個過程呈現的都是文人式的品味。反之看《金瓶梅》，第 72 回寫潘金蓮點了一盞濃濃艷艷「芝麻、鹽筍、栗絲、瓜仁、核桃仁夾春不老、海青拿天鵝、木樨玫瑰潑滷六安雀舌芽茶」，西門慶呷了一口固然也覺「美味香甜」，可這卻是市井的喝茶風氣。第二章曾經談到，明人屠隆、高濂對於這種民間流行的「加味茶」

都很感冒，認為這種飲法破壞了茶中真味。不過從這個例子來看，明代商人的飲食習性確實和文人有很大的不同。

　　將《紅樓夢》與《金瓶梅》作個對比，確實更能看出兩者文人意韻的有無。例如同樣是吃螃蟹，《紅樓夢》寫女眷們陪著賈母到藕香榭賞桂花，丫頭們旁邊煽風爐煮茶、燙酒、蒸螃蟹，黛玉幾個捻起詩筆訪菊、詠菊、問菊，曹雪芹足足寫了一整回還未盡（第38卷）；《金瓶梅》以月娘為首的妻妾也曾共同品嚐蟹肉，大夥圍繞一個圈子，低頭專心吃著螃蟹，之前只聞月娘當小廝面前暗罵白來創，落後但見金蓮話裡刺著瓶兒心中事，笑笑生在此草草數筆而已（第35回）。同樣是平常的居家活動，《紅樓夢》寫寶玉和湘雲「真名士，自風流」割醒啖膻，接著大夥來到地坑屋內即景聯句，然後又是賞梅又制燈謎（第49、50卷），熱鬧中平添雅興；至於《金瓶梅》的家常宴客，幾乎總是先見應伯爵調笑妓女、要「乾女兒」和他親個嘴，然後大夥一面吃飯喝酒一面聽妓女彈琴唱曲，談笑中間穿插幾句黃腔，酒客妓女藉故打打鬧鬧，然後就是西門慶摟著粉頭罵著貧嘴的來客。再舉藝術活動為例，《紅樓夢》老祖宗賈母曾命：「叫芳官唱一齣〈尋夢〉，只用簫和笙笛，餘者一概不用。」結果眾客聽了鴉雀無聞，薛姨媽甚至說：「戲也看過幾百班，從沒見過只用簫管的。」（第54卷）又，中秋夜半月至天中，賈母道：「音樂多了，反失雅致，只用吹笛的遠遠的吹起來就夠了。」結果笛音趁著明月清風嗚咽悠揚的傳來，令人「煩心頓釋，萬慮齊除」。賈母尚且如此，又遑論黛玉、寶釵、妙玉的文化品味呢？然而在《金瓶梅》，西門慶諸人的藝術活動就是聽妓女唱些淫辭罷了。

　　晚明社會享樂主義的樂章，固然是由文人和商賈共同譜出，然而傳統的飲食養生觀念，以及文人特別講究的飲饌美學，乃至於饒富意韻的生活享樂型態，似乎沒有被商人階層所繼承吸收，因為從《金瓶梅》來看，驟得財富的商人只是賣弄富貴、貪圖物質花用之歡愉，他們根本無力迄及文人的風雅，即便模擬而為，反而淪為一幅變形的圖畫。《金瓶梅》既然以市井商人為其主體，縱使作家本身具備驚人的飲饌知識，西門慶諸人呈現的也只能是暴發戶的放縱。因此傳統的飲食養生觀念，晚明文人開啟的飲饌美學，以及對生活意韻的企求（或雕琢），在古典小說要到《紅樓夢》才算有了一個總結。因為相較於商賈的市井俗氣，大觀園人物有的是文人的雅致，是故晚明以來的性靈意韻，要在袁枚的《隨園食單》、在曹雪芹的《紅樓夢》才有可能得到發揮[101]。

---

101 其實《紅樓夢》中的飲食書寫，就篇幅而言尚不及《金瓶梅》的百分之一，可是卻受讀者的喜愛及學界的重視，原因就在於它呈現的是文人的美感。然而兩書反映的飲食文化風貌是沒有優劣之分的，不能因為《紅樓夢》表現出文人雅致，就否定了《金瓶梅》飲食書寫的價值。

(三)耗損精神,不顧養生

《古今醫統大全》提到,飲食、男女都是為患致病的根源:「厚味脯臘,醉臥饜飫,以致聚結之疾;美色妖嚴,嬪妾盈房,以致虛損之禍。」因此書中特別強調:「先除欲以養精,後禁食以存身。」自古以來,房中醫家對於性愛的看法雖然分近妍、遠色兩派,但是一般來講,兩者都不鼓勵過度放縱性欲。然而看看晚明社會,從皇室到民間,整個社會全然沉醉在性愛的天堂樂園,文人及理學家高聲疾呼節欲的重要,但是縱欲之徒大有人在。

如果說縱欲是房中養生的頭號禁忌,那麼西門慶可以說從一開始登場,就觸犯了這個忌諱。第三章曾提到,若以第 49 回得胡僧致贈的春藥為界,小說前半部負有建立西門版圖的任務,因此性的貪歡必須遵守情節發展機制,房事焦點主要集中在潘金蓮及李瓶兒身上;但是到了後半部,西門王國儼然成形,挾著官威、仗著財勢的西門慶開始恣意妄為起來,尤其在得了胡僧藥之後,更以為自己渾身是勁,以為總有消耗不完的精神氣力,所以開始玩著一場超越生死極限的性愛遊戲。第 59 回兒子官哥兒夭折之後,接下來的十回,西門慶一面迎接、安頓李瓶兒之死,一面還和鄭愛月兒、王六兒、潘金蓮、如意兒、林太太縱情淫亂。接下來的十回,也就是他生命的最終十回,自東京領了新職回來的西門慶更是貪得無厭,每一場交歡都使出渾身解數,每個婦人也像拚上生平所有力氣與他盤旋,因此這十回的性事簡直就像一場混戰!於是到了第 79 回,先是一個王六兒,再補上一個潘金蓮,西門慶終於難逃精亡氣竭的命運。

明代醫家萬全在他的《廣嗣紀要》,有一段非常重要的描寫:

> 男精女血,難成而易敗如此。夫以易敗之陰,從以無窮之欲,敗而又敗,故男不待於八八,女子不待於七七而早衰矣。嘗見男子近女,一宿數度,初則精,次則清水,其後則是血,敗之甚矣![102]

他在這裡看似危言聳聽地提到,某男子一宿數度,結果邁出的精液日漸稀薄,繼而出之以水,其後則是血……。這個說法並非誇飾,因為現代醫學都可證實這個現象。然而有趣的是,萬全的說法和《金瓶梅》裡西門慶死亡的場景十分相似:

> 這婦人趴伏在他身上,用朱唇吞裹其龜頭,只顧往來不已。又勒勾約一頓飯時,那管中之精,猛然一股邁將出來,猶水銀之瀉筒中相似,忙用口接,咽不及,只顧流將起來。初時還是精液,往後盡是血水出來,再無個收救。西門慶已昏迷過

---

102 〔明〕萬全撰:《廣嗣紀要》,卷 2,〈寡欲〉。《萬密齋醫學全書》,頁 299。

去，四肢不收。婦人也慌了，急取紅棗與他吃下去。精盡繼之以血，血盡出其冷氣而已，良久方止。（第79回）

此番描寫顯然比較生動，唯一不同的是，小說除了提到「精盡繼之以血」的現象，還說明精血盡出之後徒存冷氣而已，攬卷至此令人不寒而慄。萬全生活於弘治至萬曆年間，約與《金瓶梅》作者笑笑生同時，雖然沒有證據支持他曾經讀過這部小說，但是作為明代著名的醫學家，他和笑笑生分別在各自的領域刻畫出縱欲的下場，這頁歷史令人別有感觸。

此外，就中國這一套房中養生體系來看，固精不出、配合氣功導引以還精補腦，乃是（男子）性交最高服膺守則，即便《備急千金要方》、《玉房秘訣》偶有易女多多益善的講法，但是《玉房秘決》自己也說：「夫陰陽之道，精液為珍。即能愛之，性命可保。」然而顯而易見的，《金瓶梅》完全沒有跡象顯示西門慶習過這套氣功，相反地，幾乎每一場性事都見他暢美地邀出精液（——而且小說家似也有意特別凸出這個畫面）。即便少數如第50回者，寫西門慶找王六兒試胡僧藥，不料大戰一場精還未過，於是重整盔甲來到李瓶兒房裏；兩人交歡直有一個時辰，後來因為婦人害肚子疼，西門慶才呑口冷茶，接著精來一洩如注。又如第73回那場性事，潘金蓮已是淫水溢下一陣昏迷，西門慶卻因春藥之助精還不洩。可是兩人睡了一覺起來，這時婦人有意為之口交，只見西門慶仍然逞強放肆地說：「怪小淫婦兒，你不若哂哂，哂的過了，是你造化！」結果潘金蓮將之吞在口裏，挑弄蛙口、舌舐琴弦、攪其龜稜——吮够了一個時辰終於精來，其精邀了婦人一口，婦人用嘴接著全咽了下去（第74回）。

古人固精不出之說，雖然自有還精補腦的養生目的，但是撇開這一套房室修為，醫書也從優生的角度強調節欲惜精的必要。萬全《廣嗣紀要》便道：

> 故求子之道，男子貴清心寡欲以養其精，女子貴平心定氣以養其血。何也？蓋男子之形樂者氣必盈，志樂者神必蕩。不知安調則神易散，不知全形則盈易虧，其精常不足，不能至於溢而瀉也。此男子所以貴清心寡欲，養其精也。女子之性偏急而難容，情媚悅而易感。難容則多怒而氣逆，易感則多交而瀝枯。氣逆不行，血少不榮，則月事不以時也。此女子所以貴平心定氣，養其血也。[103]

醫家的主張很明白：男子如果縱欲過度，容易影響精子的品質；女子如果多怒易感，則會氣逆不行影響受孕。所以為了繁衍子嗣，男女都應善加調養身體。回到《金瓶梅》來，

---

103 仝前註，頁297。

西門慶可以說是無一日不淫樂，然而最終卻只留下官哥兒、孝哥兒兩個兒子[104]，這和他的縱欲絕對脫不了關係。此外，包括元代李鵬飛的《三元延壽參贊書》、明人張介賓的《景岳全書》也都提到，妊娠期間應該禁絕房事，否則會盜損婦人的胎元之氣。《景岳全書》說得好：「此外如受胎三月五月，而每有墮者，雖衰薄之婦常有之，然必由縱欲不節，致傷母氣，而墮者為尤多也。」所以張介賓特別強調：「豈知人之明產，而爾之暗產耶？」[105]我們看西門慶的妻妾不易受孕，吳月娘、潘金蓮也都曾流過產，想來或許都和西門慶的縱欲不節有關[106]；而且若將這個說法推演下去，就算胎兒順利產下恐怕也不易養活。於是，官哥兒在第59回的早夭，一來說明西門慶的精子品質不佳，二來似也證明官哥兒的胎元早就遭到盜損——翻開第27回，西門慶和李瓶兒在翡翠軒下那場性交，婦人已先透露自己懷有身孕，可是西門慶聞此消息雖然高興，但並沒有停下手腳，只是嘴上說說：「我的心肝，你怎不早說？既然如此，你爹胡亂耍耍罷。」

西門慶非但放縱性欲，而且全然不遵節欲惜精之道，看來也就絕無可能把守其他養生戒律。而且縱觀全書，西門慶對於性的貪歡完全是感官的享樂，不但從頭到尾都與養生無關，簡直就是一種放肆的耗損。於是《天下至道談》、《皇帝內經》、《素女經》等房中醫書反覆申論的「七損八益」觀念，根本不會引起西門慶的興趣，因為他「志」不在此，他企求的是性交本身的歡愉，而非藉由性交還精補腦、修為養生。所以，小說寫他和李瓶兒一同把玩「內府畫出來的春宮畫」，並說兩人經常依樣搬演；而不會寫他像白行簡〈天地陰陽交歡大樂賦〉所謂的：「或高樓月夜，或閑窗早春，讀素女之經，看隱側之鋪。」因為，春宮畫是一種性商品，功能在於刺激性欲；《素女經》則是房中醫書，功能在於宣揚房中養生道理。對西門慶這般商人階層來說，他們貪圖的是感官之樂，因此需要的正是腥羶的性商品，要他們像文人一樣費勁去讀《素女經》，等於是白繞了一大圈。何況，以西門慶的文化水平來說，這些商人還不一定看得懂呢！

接著看看西門慶觸犯的其他房中禁忌。

前面提到，歷代房中著作或是醫書都強調酒醉飢飽不得行房。《備急千金要方》便提到：「醉飽交接，小者面黯咳嗽，大者傷絕臟脈損命。」至於《素女方》、《玉房秘訣》則一致強調，新飽食飲，穀氣未行，若是此時以合陰陽，五臟六腑會有不同程度的損傷，生下來的子嗣也必犯顛狂之症，或有聾盲瘖啞等疾病。《三元延壽參贊書》則是把飲食過度、飲酒過量的後果分開討論：「飽食過度，房室勞損，血氣流溢，滲入大腸，

---

104 何況自張竹坡以來，一直存有官哥兒是「鬼胎」的說法，這都更加說明西門慶要有子嗣實在艱難。

105 〔明〕張介賓撰：《景岳全書》，卷39，「產育類」，頁18a-18b。

106 潘金蓮和陳經濟發生奸情後，很快地便懷了陳經濟的種——這事或可證明西門慶的精子品質不佳。

時便清血，腹痛，病名腸癖。」「大醉入房，氣竭肝傷，丈夫則精液衰少，陽痿不起；女子則月事衰微，惡血淹留，生惡瘡。」關於《金瓶梅》的情形，前一章已經交待得非常清楚，飲食和性交在小說裏永遠是相生相長，每一次飲食都暗示了稍後的性交，每一場性交也必定佐以豐富的飲食。所以對西門慶來說，幾乎毫無例外地，總是在醉飽之後與婦人行房，而且愈到小說後半段，他醉飽行房的頻率愈高。對應著醫書的講法，西門慶日後身上時常發酸，腰腿不時害疼，固然和縱欲過度有關，但是多少也顯示他的五臟六腑早已受損。又說官哥兒不時發些顛狂之症，甚至只活一年兩個月便早夭死去，想來亦和西門慶醉飽交接脫不了干係。

李漁也說過：「飢寒醉飽，四時皆非取樂之候。」但是四者相較起來，他則認為飢飽行房尤其忌諱。但在明代醫家張介賓的看法正好相反，他認為酒醉行房導致的禍害要來得更高：

> 凡飲食之類，則人之臟氣各有所宜，似不必過為拘執。惟酒多者為不宜。蓋胎種先天之氣，極宜清楚，極宜充實；而酒性淫熱，非惟亂性，亦且亂精。精為酒亂，則濕熱其半、真精其半耳。精不充實，則胎元不固；精多濕熱，則他日痘疹、驚風、脾敗之類，率已受造於此矣。故凡欲擇期布種者，必宜先有所慎。與其多飲，不如少飲；與其少飲，不如不飲，此亦胎元之一大機也。欲為子嗣之計者，其毋以此為後者。[107]

然而要西門慶不飲酒，根本是件不可能的事。就像書中常說的：「風流茶說合，酒是色媒人。」無論是新括上手的婦人，還是自己家裡養的老婆，酒簡直就是西門慶的催情秘方。更何況，胡僧的春藥還非得要燒酒配上才行，因此要他不飲著實不太容易。上引張介賓這番意見，重點在於他不只重申酒能亂性，而且強調「酒能亂精」；一旦精為酒亂，不但有損自己身體，並會導致「胎元不固」。剛才說道，西門慶子嗣艱難主要是因為縱欲過度，導致精子品質不佳；可是助長西門慶性欲的酒精，同時也會造成不孕或暗產。這麼看來，孝哥兒的出世就很稀罕了，說不定還真是薛姑子開給月娘的藥奏了效。

醫書中另一個反覆強調的忌諱，是月事未絕而行房。前引《備急千金要方》說得很清楚，這個行為對男子、婦人、胎兒亦都有害：「婦女月事未盡而與交接，既病女人，生子或面上有赤色凝如平者，或合身體，又男子得白駁病。」月事未絕行房的例子，在《金瓶梅》有一個很明顯的場景，那是在第 50 回，西門慶剛得了胡僧藥，而且才從王六兒那裏試了回來。可是因為藥力驚人，西門慶精還未過，因此便欲尋李瓶兒交歡。雖然

107　〔明〕張介賓撰：《景岳全書》，卷39，「子嗣類」，頁 60b-61a。

婦人怪道:「一個老婆的月經,沾污在男子漢身上,臕刺刺的也晦氣。」可是兩人終舊上床交接了一個時辰。「崇禎本」評點家在這兒批下「病根」兩字[108],張竹坡也說「瓶兒之死伏於試藥」[109];事實上在小說的第 61 回,負責診斷的何太醫就提到婦人的病因是「精沖了血」,因此西門慶可以說是親手把愛妾送上西天。書中雖然沒有提到,西門慶是否因此患有小便白濁之疾(白駁病),但是此番鬧劇遭受的報應也夠重了。

西門慶觸犯的交合禁忌,還包括在大喜大怒之際、勞苦初停之際行房。關於前者,乍看或許並不十分明顯,但是仔細辨別倒也不少。例如方才提到的第 27 回,西門慶聽聞李瓶兒懷了孩子,「滿心歡喜」之餘仍然遂行交歡;又如第 65 回,西門慶連日為著死了李瓶兒哀痛不已,結果夜晚碰上如意兒「一時興動」,抱著親嘴呫舌成其美事。至於後者,最明顯的例子在第 72 回,西門慶和何千戶進京領了新職來家,結果一路天候異常,折騰許久方才狼狽回到臨清。雖然西門慶當晚在月娘房裏歇了一夜,但是第二天馬上鑽進潘金蓮被窩,接連來了好幾場房中廝殺,何來見他「節勞苦初停之欲」?尤其不可思議的是,接下來幾回西門慶裡裡外外忙著官場往來事宜,「七事八事,心不得個閑」(第75 回),可是他不但沒有好好調養身體,反而接力似地和潘金蓮、如意兒、王六兒、林太太、鄭愛月兒、並新括上的賁四嫂、惠祥等人鬼纏,徹底地掏空了身子,一步一步走向最後的毀滅。

西門慶還有一個問題是服用春藥。關於春藥,明代最常提及的是「紅鉛」,也就是取童女月經煉製而成的辰砂。第三章曾經提及,這種春藥的效力雖然遭到明代醫學家李時珍的駁斥,但是宮內宮外競相趨之若鶩。明人沈德符雖然默認紅鉛的壯陽功能,但卻指出此物於身體有害,並且感嘆當朝聖君宰相盡墮其彀中。至於西門慶得來的春藥,由於胡僧不肯透露藥方,所以我們不知內容為何,然而即便不是紅鉛,多服春藥絕對也非什麼好事。李鵬飛的《三元延壽參贊書》即道:

> 或新病可而行房,或少年而迷老,世事不能節減,妙藥不能頻服,因茲致患,歲月將深,直待肉盡骨消,返冤神鬼。故因油盡燈滅,髓竭而亡。添油燈,壯補髓,人強何於鬼老來侵,總是自招其禍。

所謂「妙藥」即為春藥。這裏雖然沒有明白指出春藥之害,但是其中的觀念亦很簡單——但凡違反常態之事皆不可為。關於西門慶用藥一節,也許無從證明胡僧藥直接侵害了他的五臟六腑,但正因為此物的神奇功效,西門慶才會永無止盡的耗損自己的精氣。

---

108 〔明〕佚名撰,齊煙、汝梅校點:《新刻繡像批評金評梅會校本》,第 50 回,頁 649。
109 第 50 回回評。黃霖編:《金瓶梅資料彙編》,頁 165。

因此春藥和酒一樣，都是刺激性欲的妙物，如果西門慶沒有得到胡僧藥，性的貪歡或許尚不至於到放縱逞強的地步。所以無論服用春藥是否有害肉軀，既然它大大助長了縱欲的力道和理由，自然違反了房中養生的原則。因為就如沈德符一語道破的：「（春藥）名曰長生，不過供秘戲耳。」[110]

另外也有不少醫家認為，剛洗完澡不宜交合，例如《玉房秘決》就說：「新沐浴，髮膚未燥，以合陰陽，令人短氣，以是生子，子必不全。」這個說法看似有理，卻也不免有誇大之嫌，倒是《金瓶梅》在第 29 回發生過一場著名的「蘭湯午戰」，不過看起來倒還沒有染病之虞。此外，燃燭行房也是古代房中醫家強調的禁忌，這倒是西門慶奇怪的性癖好之一，然而這個說法始終不見什麼根據，可以不論。

最後附帶一提的是，西門慶最強烈的性喜好——口交和肛交，在唐人白行簡看來卻是不可取的。他在〈天地陰陽交歡大樂賦〉提到：「或逼向尻，或含口嗍，既臨床而伏揮，又騎肚而倒踔……夏姬掩□而恥作。」[111]這裡的意思是說，或是陰莖插入肛門交媾（逼向尻），或是女子含著陰莖口交（含口嗍），或是躺在床上伏身亂動，或是騎在肚子上倒戳，這些行徑連夏姬這樣的淫婦也不肯為。白行簡的說法當然值得商榷，既然他在賦中最常引用的《洞玄子》都發展出三十種性交姿勢了，這兒的講法難免讓人覺得大驚小怪。不過，白行簡此說所反映出來的，固然可能是個人的性愛偏好，但也不妨解讀成文人面對性愛的一種拘謹，因為要做到肆無忌憚地享受性愛歡愉，恐怕是西門慶之流市井商人的特權。唯有毫不保留的縱情聲色，才能追求性愛的極樂世界，如果一心耽念養生修為，性愛過程中也許就有障礙了。從這個角度講，西門慶的放縱或許就有了藉口——即使它的代價是無盡的耗損。

這種放縱，乍看之下或許還是和晚明文人「情寄於物」有著某種形似，只是缺少了一層美感。然而學者早已提到，晚明文人的放縱之美，終究也只是一種「異化」而已：

> 放縱之美剛好相反，生命是投向外物的，所謂「情寄於物」，寄託在外物上。而生命的價值與快樂，就在於它消耗在該一物件上的那個時候。例如茶淫、酒癖、花痴、書蠹，乃至以金錢為性命，以酣歌做道場，消磨在女人身上，放浪於山水之間，都是將生命投向一個外物。主體沒入對象，使其終遭消蝕。但在消蝕中，被吞蝕者並不覺得是被消蝕了，反而可能會覺得是自己「擁有」或「享用」了對象物，而大感快慰。……由這樣的對比來看，晚明文人所追求的高雅消閒生活，

110　〔明〕沈德符撰：《萬曆野獲編》（北京：中華書局，1959 年），卷21，「進藥」條，頁547。
111　〔唐〕白行簡撰：〈天地陰陽交歡大樂賦〉。《叢書集成續編》，子部，第81冊，頁466。

乃是一種名士高士生活的變貌，雖亦自稱為隱君子，實為隱逸傳統之異化，不可
不察。[112]

第三章曾經提到，西門慶在性交的過程中，經常有意識地向婦人宣示他的男性家長權威，
例如他問伴侶「我會合不會？」甚至在婦人身上燒香玩耍，在在說明他那性的冒險，附
帶的是權力的展現。可是愈到後來，他反而像是被性的吸力給牽著走，明明身子有病，
卻仍義無反顧地栽進性的漩渦，直至滅頂身亡。也就是說，生命主體完全沒入性愛之中，
導致最終遭到解消。然而在這過程裡，西門慶非但不自覺，更且洋洋得意地以為自己戰
勝了對手，以為自己又一次攀向極樂的高峰，可沒想到其實是墜入黑暗的深淵。

平心而論，文人階層的放縱與享樂亦是如此，同樣都是主體沒入對象而終遭消蝕。
然而，為什麼我們總會覺得，商人階層對飲食男女之事的放縱程度，尤勝文人階層一籌
呢？原因很簡單，因為在自我解消的過程中，文人留下了縱情的記錄；他們縱情的內容
也許並不那麼華美瑰麗，但是藉由文字自身的藝術感性，生活的美感、享樂的美學於焉
烘托了出來。換個角度來講，中國文人世世代代都在嚮往生活的「意境」，並且努力為
此實踐了一、兩千年，在這個意義上，晚明文人的享樂美學只是其中一種嘗試罷了。反
觀中國的商人階層則不然，他們從來毋須為享樂行為尋找藉口，也不真正在意心靈層面
的肯定和滿足，在沒有文化包袱的情況下，享樂當然就是一種放肆與撒漫。因此對以西
門慶為典型的晚明商人而言，放縱即是享樂的全部，因為唯有徹底放縱，才有可能觸及
生命的極樂。

雖然生命的極樂需以生命的耗損作為賭注，但是若不和魔鬼打交道，又豈知最終等
在那裏的答案是什麼呢？

---

112 龔鵬程撰：《飲食男女生活美學》（臺北：立緒文化公司，1998 年），頁 249-250。

第六章　結　語

　　《金瓶梅》裡令人眼花撩亂的飲食排場及性愛饗宴，乃至於《金瓶梅》的一切內容與形式，都必須視為晚明商業經濟的產物。晚明到底有沒有經歷一場所謂的「中國資本主義萌芽」？本書限於篇幅，不擬自縛手腳地受困於過去那場論戰的糾葛裡。然而擺在眼前的事實是：在舊的自然經濟過渡到新的商品經濟的過程中，的確造就出一批具備前現代性格的商人階層，他們龐大的消費能量及堅定的享樂意識，不但帶領晚明社會改變消費習慣，也衝絕了千年以來的儒家倫理。重要的是，晚明商人既「縱情」又「逾禮」的生活型態，不但是當時富貴人生的象徵指標，也是同時期小說《金瓶梅》的主要內容。此外就文類本身特性來看，小說（novel）作為以商人為主體的新興市民階級的產物，從它誕生的那一刻就得服膺於商品生產機制。因此，小說研究更需要社會史的基礎，《金瓶梅》研究也必須置於「晚明商業經濟與通俗小說的出版」的思考下展開。本書雖未另闢專章申論這個問題，但是在研究《金瓶梅》飲食書寫和情色書寫的全部過程裡，都沒有離開這個基礎信念。

　　審視《金瓶梅》的接受史便可清楚見到，由於前人費了許多功夫在「奇書」、「淫書」的爭辯，加上歷代政權或明或暗的禁毀刪節，使得《金瓶梅》詮釋和它的傳播形式一樣，長期處於一種私密的狀態。不過到目前為止，前人對於作者、版本、成書年代已然做了不少努力；以張竹坡的評點為基礎，二、三百年來也對西門慶及其風流故事提出一定的解析；這些都為當代學者的研究提供了足夠的基礎。不過，面對一部反映晚明社會內容的作品，具有現代視野的社會文化史研究固然日益增多，但是猶有許多新生地值得新一代讀者及研究者去勤耕深掘。例如古人早就提示我們飲食、男女乃人之大欲，但是作為《金瓶梅》兩大重心的食、色描寫，卻一直缺乏更深入的研究，這於是為本書的寫作提供一個入口。

　　在那個「世風以侈靡相高，人情以放蕩為快」的時代，《金瓶梅》的食、色場景一面讓人看了大快朵頤，一面令人為之臉紅心跳。當然，小說中的飲食內容需要整理爬梳，以還原出那個時代的侈靡風華；就好像小說中的性愛描寫也該分析討論，以拼貼出那個時代的放蕩情貌。不過，研究目光不能僅只於他們「吃了什麼」，而是要探究他們究竟「怎麼吃」？就如同不能只注意他們「做了什麼」，而是要思考他們究竟「怎麼做」？「為

什麼做」？很顯然，西門慶的飲食排場意在賣弄富貴，好向外人展現他的潑天威風；同樣的，西門慶的性愛饗宴意在逞弄精神，好向婦人展現他的男性家長權威。若把西門慶視為晚明暴發商人的一個典型，從他的飲食動向和性交習慣入手，當然可以比較清楚地捕捉到那個新興階層的志得意滿。除此之外，《金瓶梅》的飲食書寫與性愛書寫也另有它文藝上的功用，這種對於日常生活不厭精細的細節描寫，其實對於人物性格規劃是個很好的補充。尤其小說裡出入的婦人那麼多，如果從飲食情境切入，特別是從床笫之間入手，將更能掌握她們的性格。這個問題向來不受重視，但是經過分析便可發現此乃作者有意的經營。

然而食與色的探討不能分開陳列，因為兩者在《金瓶梅》完全是一種互動的狀態：美食不但常是性愛的媒介，而且在交媾的全部過程中，幾乎都有佳餚美酒貫穿其中；反過來看，小說除了把食物擬作肉體，而且視男女若飲食，肉身彷彿才是最令人流連垂涎的美味珍饈。所以，飲食與性交兩種行為，儼然為小說創造出「交歡」的快樂和激情。換句話講，食和性不但是構成這部小說的基本原料，在整部小說裡兩者甚至互為糾纏，飲食心得和性愛經歷一直不停地在進行交互作用。這一部分的研究可以說是本書的核心。

話說回來，侈靡的飲食和放蕩的性愛不只是西門慶的專利，也不是商人階層所獨有，晚明文人也同樣參與了這一場浮華的盛宴。我們不但從《金瓶梅》看到酒池肉林的場面，也從明人筆記及詩文集中看到文人享樂的影子。問題是：晚明社會這一場「士商相雜」的歷史聚會，雖然由文人創造出它所謂的「美學」意韻，不過這層美感追索卻和商賈無關。商賈富豪流連於美食、耽溺於性愛，但是這種無盡放縱的熱情，是一種生命的虛擲及耗損，美的嚮往反而是次要、甚至不曾真正被在意過的。因此，關於晚明社會的物質享樂情況，文人集團刻意經營出來的風雅形態並沒有為商人階層所繼承，在很多地方（例如在《金瓶梅》那裡），或許可以察覺商人刻意模擬文人品味的痕跡，不過多半都是一種滑稽的、變形的樣貌而已。作家刻意為之的「諧擬」（parody）戲法，讓讀者比對出士、商之間的同與不同：商人階層的「精采」來自放縱本身，文人階層的「意境」成於美的想望，兩者合力演了一場「放縱之美」的戲碼。談到晚明社會的綺麗風華，應該先把這一點弄清楚，否則不但看不懂《金瓶梅》，也掌握不了晚明社會的本質。

從《金瓶梅》飲食／性交書寫出發，除了看到作家端出來的一道道美味珍饈、看到小說人物在食與色交歡狀態下的快慰，對於西門慶這種暴發商人在飲食和性交上的放縱也做了一點分析，希望這不至於走得太遠。

論《金瓶梅》及其續書
之「鞦韆」意象運用

一、前言

　　鞦韆，在中國文學是十分常見的意象，多半在寒食、清明佳節作為婦女或兒童的遊戲出現。關於鞦韆的起源，南朝梁宗懍撰《荊楚歲時記》載：「春節，懸長繩於高木，士女袨服，坐立其上，推引之，名鞦韆。楚俗謂之施鈎，《涅盤經》謂之罥索。《古今藝術圖》曰：『鞦韆，北方山戎之戲，以習輕蹻者。』或云，齊桓公北伐山戎，之戲始傳中國。」[1]不管此說可不可信，總之到漢武帝時鞦韆已很風行，唐人高無際〈漢武帝後庭鞦韆賦并序〉提到：「鞦韆者，千秋也。漢武祈千秋之壽，故後宮多鞦韆之樂。」[2]至於唐宋以後，春天打鞦韆更為風行，文人詩詞極普遍地反映了此種風俗，茲拈兩例，例如杜甫〈清明〉：「十年蹴踘將雛遠，萬里鞦韆習俗同。」[3]陸游〈春晚感事〉：「寒食梁州十萬家，鞦韆蹴踘尚豪華。」[4]

　　然而不只寫風俗，由於鞦韆已是婦女在春天最重要的遊戲，故詩人更留心於婦人和鞦韆之間的微妙互動，例如李清照（？）〈點絳唇〉：「蹴罷鞦韆，起來慵整纖纖手。露濃花瘦，薄汗輕衣透。　見客入來，襪剗金釵溜。和羞走，倚門回首，卻把青梅嗅。」[5]當然詩人也不免藉鞦韆寄託情感，例如張先〈青門引〉：「乍暖還輕冷。風雨晚來方定。庭軒寂寞近清明，殘花中酒，又是去年病。　樓頭畫角風吹醒。入夜重門靜。那堪更被

1　〔梁〕宗懍撰，宋金龍校注：《荊楚歲時記》（太原：山西人民出版社，1987年），頁96。

2　〔清〕董誥等編：《全唐文》（上海：上海古籍出版社，1995年），卷950，頁4373。

3　〔唐〕杜甫撰，王學泰校點：《杜工部集》（瀋陽：遼寧教育出版社，1997年），卷18，頁383。

4　〔宋〕陸游撰，錢仲聯校注：《劍南詩稿校注》（上海：上海古籍出版社，1985年），卷37，頁2370。

5　此闋作者歸屬向來迭有爭議，歷來詞選所載文字亦有出入，引文參考何廣棪撰：《李易安集繫年校箋》（臺北：里仁書局，1980年），頁237。

明月,隔牆送過鞦韆影。」[6]唐宋詩詞類似描寫極為頻繁,此處引錄以上兩例,卻有別番用意。一,詞話本《金瓶梅》第 25 回「雪娥透露蝶蜂情　來旺醉謗西門慶」,寫到女眷打鞦韆以消春畫之困;然則崇禎本《金瓶梅》第 25 回改回目為「吳月娘春畫鞦韆　來旺兒醉中謗訕」,而且回首詩詞也被換成李清照(?)〈點絳唇〉。回目的調整,照應了本回前半部內容,以免讀者只把閱讀重心置於後半部;至於回首詩詞的調動,至少說明崇禎本《金瓶梅》編作者對此有所偏愛。二,《金瓶梅》、《紅樓夢》之間最重要的長篇世情小說《醒世姻緣傳》,也在第 97 回寫到婦人打鞦韆,旁鄰見狀作了一隻〈臨江仙〉詞寄來,第一句正是襲用張先〈青門引〉的最末句「隔牆送過鞦韆影」。《兩宋名賢小集》提到,張先有「雲破月來花弄影」、「浮萍破處見山影」、「隔牆送過鞦韆影」等名句,時號「張三影」[7],《醒世姻緣傳》作者看來也十分喜愛張先這篇詞作。

　　詩詞和小說不同,詩詞擅長摹寫某個瞬間的感情,小說足以承載更多的情節故事。因此鞦韆意象的運用,即便同樣基於寫實的必要,在詩詞和小說仍有不同;另外作為象徵或寄託的手段,在詩詞和小說亦有不同。本文主要藉由世情小說奠基之作的《金瓶梅》及其續書,探討鞦韆意象的運用可以呈現什麼樣的高下差異。

二、《金瓶梅》

　　在明清長篇世情小說中,《金瓶梅》第 25 回寫西門慶女眷打鞦韆,可能是箇中最成熟也最經典的一幕。詞話本在這一回開場先道:「話說燒燈已過,又早清明將至。」接下來——

> 先是,吳月娘花園中扎了一架鞦韆,至是西門慶不在家,閒中率眾姊妹們游戲一番,以消春畫之困。先是月娘與孟玉樓打了一回,下來,教李嬌兒和潘金蓮打。李嬌兒辭以身體沉重,打不的,卻教李瓶兒和金蓮打。打了一回,玉樓便叫:「六姐過來,我和你兩個打個立鞦韆看,如何?」吩咐:「休要笑。」當下兩個婦人玉手挽定彩繩,將身立于畫板之上。月娘卻教宋蕙蓮在下相送,又是春梅。正是:得多少紅粉面對紅粉面,玉酥肩并玉酥肩,兩雙玉腕挽復挽,四隻金蓮顛倒顛。那金蓮在上頭便笑成一塊。月娘道:「六姐,你在上頭笑不打緊,只怕一時滑倒,不是耍處!」說著,不想那滑板滑,又是高底鞋,跐不牢,只聽得滑浪一聲把金

6　唐圭璋編:《全宋詞》(臺北:明倫出版社,1970 年),頁 83。

7　〔宋〕陳思輯,〔元〕陳世隆補:《兩宋名賢小集》,收入四川大學古籍整理研究所編:《宋集珍本叢刊》(北京:線裝書局,2004 年),第 101 冊,卷 48,頁 290。

蓮擦下來。早是扶住架子，不曾跌著，險些沒把玉樓也拖下來。[8]

前面提到，寒食節、清明節打鞦韆是南北朝以來的社會風俗，古典詩詞於此著墨甚多，然而受限於篇幅，作家賣弄空間仍然有限。柳永〈拋球樂〉：「曉來天氣濃淡，微雨輕灑。近清明，風絮巷陌，烟草池塘，盡堪圖畫。豔杏暖、妝臉勻開，弱柳困、宮腰低亞。是處麗質盈盈，巧笑嬉嬉，手簇鞦韆架。戲彩毬羅綬，金雞芥羽，少年馳騁，芳郊綠野。占斷五陵游，奏脆管、繁弦聲和雅。」[9]自是一幅美景樂圖，然而所謂「麗質盈盈，巧笑嬉嬉」的具體內容，恐怕還要留給《金瓶梅》這段文字來補充，此乃小說這個文類佔的便宜。接下來，吳月娘對眾人道，打鞦韆最不該笑，她以前隔壁鄰居家的小姐就因為打鞦韆時貪笑，不小心「把身上喜抓去了」，結了婚後竟被夫家逐回。摹寫古代婦人春天打鞦韆玩樂，是寫實的必要，但因不慎所引發的危險，特別是禁笑的忌諱，於寫實也是必要。然而古典詩詞從來不談，畢竟大煞風景；不過正如崇禎本《金瓶梅》無名氏評點所道：「不笑不跌，有何趣味？」[10]所以只見金蓮毫不在意，反而怪孟玉樓不會打，說：「孟三兒不濟，等我和李大姐打個立鞦韆。」月娘只能吩咐小心，教玉簫、春梅在傍推送。

就在這時，恰好女婿陳經濟自外進來，月娘便命其助一臂之力——

> 這經濟老和尚不撞鐘，得不的一聲，於是撥步撩衣向前，說：「等我送二位娘。」先把潘金蓮裙子帶住，說道：「五娘站牢，兒子送也！」那鞦韆飛在半空中，猶若飛仙相似。那李瓶兒見鞦韆起去了，唬的上面怪叫道：「不好了，姐夫你也來送我送兒！」慌的陳經濟說：「你老人家倒且急性，也等我慢慢兒的打發將來。通像這回子，這裡叫，那裡叫，把兒子癆病都使出來了也沒些氣力使。」於是把李瓶兒裙子掀起，露著他大紅底衣，摳了一把。那李瓶兒道：「姐夫，慢慢著些，我腿軟了。」經濟道：「你老人家原來吃不得緊酒！先叫成一塊，把兒子頭也叫花了。」兩個打到半中腰裡，金蓮又說：「李大姐把我裙子又兜住了，早是又沒跐下我來。」都下來了。

這段文字續寫鞦韆之樂，然而作者在此透露更多訊息。首先，打鞦韆本是婦人遊戲，豈有喚女婿替丈母推送之理？無怪乎張竹坡在此批評月娘：「乃自己作俑，為無益之戲，

8　〔明〕蘭陵笑笑生撰，梅節校注：《夢梅館校本金瓶梅詞話》（臺北：里仁書局，2007 年）。以下引錄小說內文悉據此本。

9　唐圭璋編：《全宋詞》，頁 31。

10　〔明〕佚名撰，齊煙、汝梅校點：《新刻繡像批評金瓶梅會校本》（香港：三聯書店，1990 年），頁 318。

且令女婿手攬畫裙,指親羅襪,以送二妾之畫板,無倫無次,無禮無義!」[11]《紅樓夢》第 63 回雖也寫賈寶玉替佩鳳、偕鸞兩個女孩推送鞦韆,可那是因為寶玉從小便得自由出入女眷之中,因此可以不論。其次,作者一寫經濟「先把潘金蓮裙子帶住」,二寫「於是把李瓶兒裙子掀起,露著他大紅底衣,摑了一把」,恐有深意。除了欲描陳經濟心志已蕩,更有把讀者目光從鞦韆轉向婦人服飾的用意,一來所謂「猶若飛仙相似」和婦人揚在空中的鮮色裙子有關,二來這兩處描寫是要為下文寫惠蓮服飾預作準備[12]。

金蓮、瓶兒下來後,換成春梅和西門大姐兩個打,又是玉簫和惠蓮兩個打立鞦韆,看作家這一段文字──

> 這惠蓮手挽彩繩,身子站的直屢屢,腳跐定下邊畫板。也不用人推送,那鞦韆飛起在半天雲裡,然後抱地飛將下來,端的恰似飛仙一般,甚可人愛。月娘看見,對玉樓、李瓶兒說:「你看,媳婦子他到會打。」正說著,被一陣風過來,把他裙子刮起,裡邊露見大紅潞紬褲兒,扎著臟頭紗綠褲腿兒,好五色納紗護膝,銀紅綾帶兒。玉樓指與月娘瞧,月娘笑罵了一句「賊成精的」,就罷了。這裡月娘眾人打鞦韆不題。

前後兩段鞦韆文字,作家先用「猶若飛仙相似」形容金蓮,後用「端的恰似飛仙一般」形容惠蓮,顯係強調金蓮、惠蓮的同質性。事實上在惠蓮初登場的第 22 回,就見作家交待惠蓮本名金蓮,「月娘因他叫金蓮,不好稱呼,遂改名惠蓮」,並且強調她「比金蓮腳還小些」。至於「性明敏,善機變,會妝飾,龍江虎浪,就是嘲漢子的班頭,壞家風的領裡」等形容文字,也幾乎就是讀者印象中的潘金蓮。所以 25 回再藉「飛仙」形象凸顯兩人的共同特質。然而,此處設計還有更重要的用意,張竹坡說得好:「故又生一鞦韆,則春梅、惠蓮皆可與金、瓶、月娘諸人齊肩并立,共占春風毫無乘車載笠之異也。」[13]其實這裡和春梅沒有太直接關係(因為春梅不見發揮),作家主要是寫逞強猖狂的宋惠蓮,甚至可以說,這一回寫眾人打鞦韆為的是徹底墊高宋惠蓮。

這要從第 22 回說起,西門慶打定主意勾搭來旺老婆惠蓮,先派玉簫做牽頭,送了「一疋翠藍四季團花兼喜相逢緞子」給惠蓮,結果才偷第一遭便被金蓮視破。到第 23 回,顯然小廝平安也知道了,他先是消遣惠蓮:「我聽見五娘教你醃螃蟹,說你會劈的好腿兒。

---

11 黃霖編:《金瓶梅資料匯編》(北京:中華書局,1987 年),頁 141。

12 楊沂認為此回作者用「仙」、「飛仙」寫惠蓮(會憐),是要強調她作為仙女嫦娥的本質,這點恐怕不能服人,因為小說並不只用在惠蓮身上。詳參楊沂撰:〈宋惠蓮及其在《金瓶梅》中的象徵作用之研究〉,徐朔方編選:《金瓶梅西方論文集》(上海:上海古籍出版社,1987 年),頁 189-220。

13 仝前註,頁 140。

嗔道五娘使你門首看著拴簸箕的,說你會哂的好舌頭。」接著又撂下話:「耶嚓,嫂子!將就著些兒罷。對誰說?我曉的你往高枝兒上去了。」作家接下來補敘道,惠蓮自從和西門慶勾搭上了,「越發在人前花哨起來,常和眾人打牙犯嘴,全無忌憚。」接著寫宋惠蓮跟小販「要了他兩對鬢花大翠,又是兩方紫綾閃色銷金汗巾兒」,拿出銀子央賣四替他鑿,以便稱出七錢五分與小販。這個時候,西門慶貼身小廝走來說要替她鑿,接過銀子端詳許久,竟道:「這銀子有些眼熟,倒像爹銀子包兒裡的。前日爹在燈市裡,鑿與買方金鸞子的銀子,還剩了一半,就是這銀子。我記得千真萬真。」說明玳安也知道她和西門慶有首尾。然而惠蓮並沒有因為奸情敗露而稍微收斂,接下來作者提到:

> 自此以後,常在門首成兩價拿銀錢買剪截花翠汗巾之類,甚至瓜子兒四五升量進去,教與各房丫鬟并眾人吃。頭上治的珠子籠兒,金燈籠墜子,黃烘烘的。衣服底下穿著紅潞紬褲兒,錢納護膝。又大袖子袖著香茶木樨,香桶子三四個,帶在身邊。現一日也花消二三錢銀子,都是西門慶背地與他的。

第 24 回惠蓮膽量更大,尤其當她發現潘金蓮和陳經濟有些曖昧,竟也放膽跟陳經濟調起情來。這一回寫元宵節一簇男女上大街逛花燈、放花炮、走百病,惠蓮特別先回屋裡換了衣服——「挽了一套綠閃紅緞子對衿襖兒,白挑綫裙子。又用一方紅銷金汗巾子搭著頭,額角上貼著飛金,三個香茶翠面花兒,金燈籠墜子,出來跟著眾人走百病兒。」一路上只顧和陳經濟調戲,先是落了花翠又忙拾花翠,接著掉了鞋子且扶人兜鞋,惹得玉樓罵上兩句,才知道她是套著潘金蓮的鞋子穿——

> 惠蓮於是摟起裙子來,與玉樓看。看見他穿著兩雙紅鞋在腳上,用紗綠綫帶兒扎著褲腿,一聲兒也不言語。

玉樓顯然是看出了什麼。這一回的後半段,寫惠蓮因為拿喬而得罪惠祥,兩人在爭吵時惠祥說出:「你說你背地幹的那營生兒,只說人不知道。你把娘們還不放到心上,何況以下的人!」顯然惠祥也知道惠蓮與西門之事了。然而惠蓮還是毫無忌憚,作者交待——

> 後次這惠蓮越發猖狂起來,仗西門慶背地和他勾搭,把家中大小都看不到眼裡。逐日與玉樓、金蓮、李瓶兒、西門大姐、春梅在一處玩耍。

接著就是第 25 回這段惠蓮打鞦韆的文字,至此宋惠蓮那種愛慕虛榮、爭強誇耀的心理,很能透過她一路追逐時髦、賣弄光鮮的服飾襯託出來。第 23 回寫她「衣服底下穿著紅潞紬褲兒,錢納護膝」,第 24 回寫她「穿著兩雙紅鞋在腳上,用紗綠綫帶兒扎著褲腿」,

都是為第 25 回鞦韆架上、被風揚起的裙下風情這段文字──「裡邊露見大紅潞綢褲兒，扎著臟頭紗綠褲腿兒，好五色納紗護膝，銀紅綾帶兒。」──預先交待。有學者說：「只要將上述有關她的服飾描寫的文字總合在一起，便立刻能夠感知到這個人物性格的主要方面：輕浮、浪蕩。」[14]這話尚不到位，準確地說，惠蓮自第 22 回以來因為巴上西門慶而日逐得意的心，隨著第 25 回盪著鞦韆「飛起在半天雲裡」的時候，終於毫無顧忌地全部「露」見、公開示眾了。前一回玉樓看見惠蓮「穿著兩雙紅鞋在腳上，用紗綠綾帶兒扎著褲腿」，她的反應是「一聲兒也不言語」，這裡玉樓要月娘瞧瞧惠蓮的浮浪，更直接提示出她的不以為然。至於月娘笑罵一句「賊成精的」，亦很有趣，它幾乎是直接提醒讀者，連最駑鈍的月娘都看出惠蓮可能和西門慶有染了！所以，惠蓮的鞦韆飛得愈高，固然是徹底墊高了惠蓮，但這同時暗示她重重跌下來的可能──果然，作家馬上寫來旺回家、並從雪娥處得知箇中蹊蹺一節。

讀到這裡，誰還記得回首那一闋寫閨女的〈點絳唇〉？何況，本回所描諸種婦人風情，也和詞境相差甚遠。怪乎田曉菲說：「對照卷首詞，我們意識到這中國第一部描寫家庭生活的長篇小說，其實是對古典詩詞之優美抒情世界的極大顛覆。」[15]不過，小說強於詩詞之處正在於敘事的用心，詞話本《金瓶梅》第 25 回寫妻妾春晝鞦韆，一方面消極地滿足了寫實的需要，畢竟婦人每到寒食、清明不免鍾情鞦韆；另一方面還積極地提高了寫實的強度，以鞦韆為媒介再一次賦與婦人以鮮明的個性。除了月娘的昏憒不必多論，金蓮打鞦韆時的好強與不服輸，不禁讓人想到第 46 回她那句話──「想著前日道士打看，說我短命哩、怎的哩！說的人心裡影影的。隨他，明日街死街埋，路死路埋，倒在洋溝裡就是棺材。」至於惠蓮的性格與命運，更是藉由時起時落、忽高忽低擺盪著的鞦韆，讓人深刻體會到好景不常的道理。至於她在鞦韆上的得意，幾乎成為這五、六回劇情轉折的中線，人情與生命的熱／冷要開始反轉了。

令人不解的是，崇禎本《金瓶梅》竟然把惠蓮裙底風光、以及玉樓與月娘的對話全刪掉了，如此一來，前面幾回的鋪陳就無法在此形成一個極有張力的高潮，不知原因為何。學界一般以為，扣除開篇敘事方式、回首詩詞及書中韻文引用、以及 53 至 57 回的重製，詞話本和崇禎本的差異其實不大，沒想到前述詞話本這麼精心的修辭設計，竟然沒有被崇禎本看出來，堪稱重大敗筆！然而下面還有得刪，詞話本接著寫惠蓮丈夫來旺回家，與雪娥照了面──

14　顏湘君撰：《中國古代小說服飾描寫研究》（上海：上海世紀出版集團，2007 年），頁 140。
15　〔美〕田曉菲撰：《秋水堂論金瓶梅》（天津：天津人民出版社，2003 年），頁 79

來旺因問：「爹娘在那裡？」雪娥道：「你爹今日被應二眾人邀去門外耍子去了；你大娘和大姐都在花園中打鞦韆哩！」來旺兒道：「阿呀，打他則甚！鞦韆雖是北方戎戲，南方人不打他。婦女們到春三月，只鬥百草耍子。」

這段對話到崇禎本也不見了。來旺關於「戎戲」之說，並不讓人意外，曾作〈金瓶梅跋〉的謝肇淛，在筆記《五雜俎》曾記道：「南方好傀儡，北方好鞦韆，然皆胡戲也。」[16]除了說明鞦韆傳自北方，也證明鞦韆在北方有較高的接受度。倒是來旺對家人婦女打鞦韆的回應，可有兩種不同解釋：一是指鞦韆雖然流行於北方，不過南方人一般不玩它，我們北方婦人無妨試試南方人熱衷的鬥百草；或謂鞦韆雖然流行於北方，但我們南方婦人不應玩這種胡戲，鬥百草不就很有興味？由於書中人物主要活動於臨清、聊城、濟寧、東平府等，都是山東境內運河沿岸的城市，因此小說很明顯地是寫北人北地北事，在這個情況下，前解可能才是來旺的意思。

但崇禎本為什麼要刪卻這句話？最大的可能是，鞦韆恐怕並非如詞話本作者所以為，只在北方流行而已，為了避免不必要的誤會，崇禎本乾脆拿掉這段對話。眾所周知，學界關於《金瓶梅》作者之爭從未停歇，不過關於小說的傳播史，多數相信是由湖北麻城的收藏家劉承禧，提供給湖北公安的袁中道抄錄，再由浙江嘉興的沈德符抄回蘇州。不管作者是誰，北人或南人，將這個本子（詞話本）翻刻以推向市場的，確是江南文人和出版商無疑——沈德符提到小說刻本「未幾時，而吳中懸之國門矣」[17]，以及萬曆丁巳年「東吳弄珠客」的序，都可以支持這個講法。至於崇禎本，自從鄭振鐸根據插圖上署名的刻工，推斷「這部《金瓶梅》也當是杭州版」[18]以來，金學界多相信小說理應出於江南。如此一來，極有可能是生活於北方的詞話本作者，在不理解南方同樣時興鞦韆的情況下，安排來旺說了那樣的一句話；而生活於江南的崇禎本編作者，為了避免不必要的誤會則取消了這樣的一句話。雖只說是「可能」，但崇禎本截去這一段文字，會不會從側面提供《金瓶梅》作者南北之爭另一個參考？

離開第 25 回，《金瓶梅》第 92 回又見寫鞦韆，這回是陳經濟和西門大姐口角動手，結果大姐半夜裡用一條索子懸梁自縊。到次日早晨，大姐房門推不開——

經濟還罵：「賊淫婦，如何還睡？這早晚不起來！我這一踩開門進去，把淫婦鬢

---

16 〔明〕謝肇淛撰：《五雜俎》，收入《歷代筆記小說大觀》（上海：上海古籍出版社，2007 年，據明萬曆 44 年如韋軒刻本校點），卷 5，人部一，頁 1588

17 〔明〕沈德符撰：《萬曆野獲編》（北京：中華書局，1997 年），頁 652。

18 鄭振鐸撰，〈談《金瓶梅詞話》〉，原載《文學》第 1 卷第 1 期（1933 年 7 月），周鈞韜編：《金瓶梅資料續編：1919-1949》（北京：北京大學出版社，1991 年），頁 74-90。

> 毛都拔淨了。」重喜兒打窗眼內望裡張看，說道：「他起來了，且在房裡打鞦韆
> 耍子兒哩！」又說：「他提偶戲耍子兒。」只見元宵瞧了半日，叫道：「爹，不
> 好了，俺娘吊在床頂上吊死了！」

這是借鞦韆擺動的形象形容上吊之人，《紅樓夢》第 65 回說尤三姐「兩個墜子卻似打鞦
韆一般」[19]，一樣都是借鞦韆來回擺動的特質以行譬喻。然而美國漢學家浦安迪有不同
讀法，他認為第 25 回花園打鞦韆的歡樂場景，和第 92 回西門大姐上吊後如鞦韆般擺動
的屍身，應該對照起來看待，「這些連接上下文的一連串再現，使小說的個別主題有了
最豐富的意義。」[20]此即他日後所謂的「形象迭用」之說，他主張《金瓶梅》於許多物
件（包括鞋腳、動物等等）均有刻意重覆使用的情況，這便使得小說每個細節都有反諷設計
的可能[21]，鞦韆自然也不例外。

三、《金瓶梅》續書（與其他）

《金瓶梅》第一部續書，如果撇除沈德符所謂的《玉嬌李》不論，是紫陽道人的《續
金瓶梅》。這部書的內容以因果報應、輪迴轉世為主，但又大量夾雜其他敘述——「餘
文俱述他人牽纏孽報，而以國家大事，穿插其間，又雜引佛典道經儒理，詳加解釋，動
輒數百言，顧什九以《感應篇》為歸宿。」[22]小說一面影寫國家大事，一面又植入宗教
主張並詳加解釋，多數研究者因此認為它用戒世苦心包覆國族創傷[23]。因此，和《金瓶
梅》比較起來，它於世情摹畫的比例相對有限，不過即便如此，它也寫到女子玩鞦韆，
見第 10 回：

> 那日清明打鞦韆，接了常姐過來，在後園吊了一架彩繩花板，高樹在綠楊之外。

19　〔清〕曹雪芹、高鶚原著，馮其庸等校注：《革新版彩畫本紅樓夢校注》（臺北：里仁書局，2000
　　年），頁 1028。

20　〔美〕浦安迪撰，沈亨壽譯：〈《金瓶梅》藝術技巧的一些探索〉，中國金瓶梅學會編：《金瓶梅
　　研究第一輯》（南京：江蘇古籍出版社，1990 年），頁 248。

21　詳參〔美〕浦安迪（Andrew H. Plaks）撰，沈亨壽譯：《明代小說四大奇書》（北京：中國和平出
　　版社，1993 年），第二章「《金瓶梅》——修身養性的反面文章」，頁 41-148。

22　魯迅撰：《中國小說史略》，《魯迅全集》（北京：人民文學出版社，1981 年），第 9 卷，頁 183-184。

23　詳參胡曉真撰：〈《續金瓶梅》——丁耀亢閱讀《金瓶梅》〉，《中外文學》第 23 卷第 10 期（1995
　　年 3 月），頁 84-101；高桂惠撰：〈情慾變色：論丁耀亢《續金瓶梅》的德色問題〉，《追蹤躡
　　跡——中國小說的文化闡釋》（臺北：大安出版社，2006 年），頁 177-213；李惠儀撰：〈性別與
　　清初歷史記憶——從揚州女子談起〉，《臺灣東亞文明研究學刊》第 7 卷第 2 期（2010 年 12 月），
　　頁 289-344。

那眾婦人們也有單打的，雙打的，真如彩鳳斜飛，雙鴛同跨。打了一會，該常姐上去打，但見：「穿一件賽榴花滴胭脂的絳色紗衫，卻襯著淡柳黃染輕粉的比甲。繫一條轉鏡面砑雲影的雲光素練，敨映著點翡翠織細錦的裙拖。身子兒不長不短，恰似步月飛瓊；眉頰兒不白不紅，疑是凌波洛女。蝶粉初調，未向西鄰窺宋玉；鶯黃未褪，先來東閣竊韓香。恍疑紅杏出牆來，但恐青鸞隨霧去。」[24]

這裡描寫常姐的服飾、容貌、體態尚見用心，不負作為小說重要人物應有的待遇。話說回來，京中富室沈越家正鄰著李師師的樂府，那天正好聖駕遊幸，與師師在迎鑾閣飲酒憑欄──「也是天假其便，常姐正打鞦韆，真是身輕如燕舞，腰細似鶯流。一個小小紅妝，打的風飄裙帶，汗濕鮫綃，高高撮在那垂楊枝上，一上一下，正面對著閣上真龍。看箇不足，酒罷回宮去了不題。」知道皇上有意，於是李師師派人去沈家查訪，得知此姝係袁指揮家女兒，便使人先對沈越說：「是聖駕在樓上親見，要選貴人，如有造化生下太子，甚麼富貴沒有的？」不想沈越把話傳至袁家，袁指揮娘子哭道：「一生一世這點骨血，平空裡天吊下這箇禍來，生生的把一家拆散了，甚麼做娘娘！」不論入宮是福是禍，此處都說明鞦韆亦是媒介古代婦女未來禍福的重要物件。

前節提到，古時婦人於春天打鞦韆玩樂，實乃賞心悅目之事，然而不可不慎，特別忌諱在鞦韆上嬉笑，因為會有失足墜落、甚至處女落紅的危險。然而也不可過度，一旦鞦韆擺盪的弧度超過了圍牆的高度、超過了道德的限度，也可能帶來極大的危險。雖然，《續金瓶梅》寫常姐打鞦韆並不見得過度或越界，而是有許多「正好」──地點正好緊臨李師師樂府、時間正好發生在皇上遊幸時──不過這反而說明，鞦韆除了有誘使婦人離開閨房的魅惑力，更是婦人展現綺麗浪漫、風情萬種的絕妙載體。因此，有教養的婦人避之唯恐不及，出身較低的婦人則不免爭先恐後起來。

類似例子在明清世情小說甚多，《後紅樓夢》[25]第 18 回提到，一天眾人走到紫菱洲，看見一座鞦韆架子──「本身豎架是朱紅金漆描金雲龍，橫架是油綠綵漆描金雲蝠，一色的五色軟絲彩縧，挽手攀腰統是楊妃色、豆綠色的交綺繡花綢，映著這幾樹垂楊，飄飄漾漾十分好看。」難怪寶琴便想要玩。結果卻被李紈勸住了，她的理由有三：一是怕腿軟掉下來受傷，二是怕著了涼，「三則我們前日出去踏青，人家瞧見了，也不知是誰家的內眷。而今頑這個，牆外有勳戚人家子弟們瞧見了，便要傳說開去。」很明顯的，

---

24 〔清〕紫陽道人撰：《續金瓶梅》，收入《古本小說集成》（上海：上海古籍出版社，1994 年據康熙 17 年原刻本影印）。以下引錄小說內文悉據此本。

25 〔清〕逍遙子撰：《後紅樓夢》，收入《古本小說集成》（上海：上海古籍出版社，1994 年據浙江圖書館所藏清抄本影印）。以下引文悉以此版為主。

一堵牆雖然分隔了女／男、內／外，但是一架鞦韆卻能牽繫起女男內外各式情緣或孽障，因此有教養的名門閨秀必須提防這可能的禍福，必須主動杜絕它的誘惑。所以李紈叫梨香院的戲子來打鞦韆，姑娘們只負責觀看叫好而已——「也有許多的名兒，套花環、盤龍舞、鶯梭穿百花、丹鳳朝陽、雙仙渡海、一鴉凌空、側雁字、一帆風，各樣的打將起來，真箇翩翩有落電之光，飄飄有凌雲之意。」眾人正在打得有趣，只聽牆傳來陣陣喝采聲，慌得李紈立刻叫這些戲子下來，理由自是：「外面的人兒看著不雅相，不要疑心到我們身上來，不好再頑了。」真是任何一點嫌疑都不肯擔。

《後紅樓夢》是寫大家閨秀，再看另一個市井出身之中等官眷的例子。《醒世姻緣傳》[26]第 97 回寫到，懼內的狄希陳被妻子素姐、寄姐逼著在家裡紮起又大又高的一架鞦韆，「素姐為首，寄姐為從，家人媳婦、丫頭、養娘，終日猴在那鞦韆架上，你上我下，我下你上，循環無端打那鞦韆頑耍。」由於旁邊正是刑廳，因此寄姐等人的鞦韆略略高揚也就留住，「惟這素姐故意著實使力，兩隻手扳了彩繩，兩隻腳蹓了畫板，將那腰一蹲一伸，將那身一前一後，登時起在半空之中，大梁之上。素姐看得那刑廳衙內甚是分明，刑廳的人看得素姐極其真實，不止一日。」結果，刑廳的吳推官先後用〈臨江仙〉、〈清江引〉、〈醜奴兒伶〉填了三首詞寄給狄希陳，一開始還說「遙看俊貌擬傾城」，後來直指素姐「空有紅顏，面部居中止鼻梁」，引得婦人不住咒罵。狄希陳請來的周相公諫得好：「隔了一堵矮牆，打起鞦韆，彼此窺看，一連三次造了謌詞，這也是甚不雅。以後還該有些顧忌纔是。」結果寄姐一不做二不休，打定主意立刻拆掉鞦韆。

《金瓶梅》另一部續書是訥音居士的《三續金瓶梅》，這書一樣也寫到鞦韆，見第 5 回：

> 過了幾日，正值春光明媚，又到了元宵佳節。十三日是藍如玉的生日，西門慶叫在花園大捲棚擺酒，與藍姐慶壽。又是燈節，滿堂掛起羊角燈、紗燈、各色花炮；又搭了個盒子架；立了一架鞦韆。官人上坐，月娘春娘相陪，屏姐與孝哥打橫。……月娘春娘要看鞦韆，西門慶道：「不許亂搶，叫他們挨次打來我看。先是小玉打了個金雞獨立，果然飄灑；次是楚雲打了個童子拜佛，甚實好看；後是秋桂打了個雙飛雁兒，像個蝴蝶一般；末後是珍珠兒打了個過樑直柳，把月娘嚇得說：「丫頭，別打了，不是頑的！」珍珠才慢慢與楚雲、小玉、秋桂拿對打來。有詩為證：

26 〔清〕西周生撰：《醒世姻緣傳》，收入《古本小說集成》（上海：上海古籍出版社，1994 年據清初同德堂刊本影印）。以下引文悉以此版為主。

　　　　紅粉面對紅粉面，玉酥肩靠玉酥肩；下來閒處從容立，疑是蟾宮謫降仙。[27]

《三續金瓶梅》寫鞦韆，遠不如《金瓶梅》和《續金瓶梅》。首先時節不對，別人都是在寒食節、清明節祭鞦韆架嬉戲，這會兒卻是在元宵燈節，不合習俗且違常理（天氣猶寒）。其次，由於春梅回生之後正經八百地當起娘來，所以月娘、春娘從一開始就只打算「看」鞦韆（而非主角親身下場戲玩），作家既不像原書那般有所寄託，所以此處只能空洞地交待各種鞦韆花招，讀罷並不動人。再次，「有詩為證」兩句「紅粉面對紅粉面，玉酥肩靠玉酥肩」，襲自《金瓶梅》第 25 回，自是創意不足。所以，《三續金瓶梅》寫鞦韆既違反寫實的原則，也沒有打算以鞦韆作為補充婦人個性的媒介，故不如前面兩部書。

　　值得一提的是，和《三續金瓶梅》基本同一時期的《續紅樓夢》，倒是讓鞦韆有了新的「寫實」功能，讓鞦韆變成推進情節演進的新的媒介，或為明清世情小說中罕見的設計。

　　《續紅樓夢》[28]神仙人鬼混雜一堂，清人吳克歧提到當時讀者的直接反應：「人以其說鬼也，戲呼為『鬼紅樓』。」[29]不過小說最後幾回，倒放手一書賈府居家歡樂，其中亦有可觀之處。尤其第 28 回，寫寶玉眼看清明將至，提議立個「孩子社」，「到了那一天也都紮起風箏來，一個孩子一個風箏。」「再搭一個鞦韆架，有會打的打起鞦韆來，豈不有趣兒呢。」果然清明那天熱鬧非常，晴雯先放起一條大長蜈蚣風箏，隨後翠縷也放起一個劉海戲蟾的風箏來，可當其他人陸續放起風箏，唯獨雪雁、入畫放不起惜春帶來那個「翅如車輪，渾身盡是翠羽裝成，就和活的一般」的大青鸞風箏。不想惜春毫不費力地就放了起來，並且笑道：「我這隻青鸞，原是放了上去要接個仙人下來的。」果然不久青鸞背著仙人妙玉下凡來了。接著寶玉催眾人去打鞦韆，先是——「早見一個丫頭在鞦韆架上踹著踏板，左也打不起來，右也打不起來，招的眾人都笑起來。」其次翠縷摟了衣裳跳上踏板——「但見他腰肢嬝娜，衣袂飄揚，打出許多名色來：有什麼套花環、盤龍舞、鳳朝陽，又有什麼雙仙渡海、一鶚凌空、雁字一帆風的這些名色，看得眾人眼花撩亂，齊聲喝采。」翠縷打完後面不改色、口不發喘，這倒讓眾丫頭驚服之餘不敢上去獻醜，結果反是惜春跳了出來——

27　〔清〕訥音居士撰：《三續金瓶梅》，收入《思無邪匯寶》（臺北：臺灣大英百科股份有限公司，1996 年據道光元年抄本排印）。以下引錄小說內文悉據此本。

28　〔清〕秦子忱撰：《續紅樓夢》，收入《古本小說集成》（上海：上海古籍出版社，1994 年據浙江圖書館藏嘉慶 4 年抱甕軒初刊本影印）。以下引文悉以此版為主。

29　〔清〕吳克歧撰：《懺玉樓叢書提要》（北京：北京圖書館，2002 年據南京圖書館精抄本影印），頁 74。

只見惜春上了踏板，悠悠颺颺的打了起去，飄飄然有凌雲之勢，也將各樣的名色兒打出來，比翠縷打的更有奇妙，更又好看。喜的個寶玉拍手大笑道：「四妹妹，你真是成了仙了。」一語未了，只見惜春打了個一鶻凌空的式子，忽聽「咯嘣」的一響，繩兒裂斷，將惜春從半天雲裏跌了下來。唬得眾人魂不附體。未知惜春性命如何，且聽下回分解。

整個第 28 回，就只寫寶玉等人在清明節成立孩子社、放風箏、打鞦韆，用這樣的篇幅寫日常家庭生活，不但在《續紅樓夢》十分奢侈，就連《金瓶梅》、《紅樓夢》也不多見。而且在寫法上，放風箏是從晴雯、翠縷等人的七手八腳，寫到惜春毫不費力地放起大青鸞；打鞦韆是從某丫頭拿不著竅門，寫到翠縷腰肢嫋娜、衣袂飄揚，再鋪寫惜春引來眾人喝采，然後在寶玉「你真是成了仙了」一語成讖的驚呼中把情節推上懸疑高潮，極見層次。此外，作者在這回前半已先提到王夫人憂心惜春出家心意甚堅、寶玉等人又知惜春道行修行將有所得，故敏感的讀者已先知道風箏、鞦韆恐怕另有任務，果然風箏是為接引妙玉下凡度人、鞦韆是為提供惜春脫卻凡胎，翻到第 29 回一切豁然開朗。

打鞦韆並非日常活動，屬於春天（特別寒食、清明時節）才有的遊戲消遣，但對閨閣婦女而言只能偶一為之，所以世情小說沒有理由頻繁寫它。《金瓶梅》在第 25 回發狠寫了半回，除了用來補充小說人物的個性和心理，而且安排複雜的修辭設計，堪稱明清世情小說絕佳典範；至於第 92 回藉鞦韆擺盪的物理特性狀摹婦人上吊，只是單純的形容詞功能，可以不論。有趣的是，《續金瓶梅》並沒有和原書一樣，在寫鞦韆的時候收攏伏筆，但它著意於鞦韆隱藏的「越界」危險，也是一種突破，更晚出的《後紅樓夢》再次強調了這個層面。至於《三續金瓶梅》雖也寫鞦韆之樂，但主角全變成看人打鞦韆的觀眾，只見一片偽情假趣文字。倒是同時期的《續紅樓夢》，把鞦韆作為轉折情節、製造懸疑的關鍵物件，起到《金瓶梅》所沒有嘗試的敘事功效，在明清世情小說史上也可謂別出心裁了。

《金瓶梅》詞話本、崇禎本性交描寫比較研究
——以第 72 回到 79 回為中心

一、問題的提出

　　《金瓶梅》有兩大版本系統，一是有萬曆丁巳年東吳弄珠客序文之《新刻金瓶梅詞話》，後人習稱其為詞話本、萬曆本，另一是刻於明末且附有插圖之《新刻繡像批評金瓶梅》，後人慣稱其為崇禎本、繡像本。考察《金瓶梅》傳播史，清代讀者主要接受的是崇禎本，因為風靡一代的是張竹坡襲自崇禎本之《皋鶴堂批評第一奇書金瓶梅》，詞話本近乎不傳。然而 1931 年文友堂書店從北京琉璃廠購得的《新刻金瓶梅詞話》問世以來，學界發現崇禎本對詞話本進行不少的刪節（特別其中的說唱文本），於是在追求平民性的時代空氣下、在小說研究還偏重文獻價值的學術氛圍下，詞話本自然得到學者更多的青睞。不過 20 世紀後期以來，「金學」逐漸轉向文學性的探究，在版本誰先誰後的爭執之外、將小說視為社會文獻的學風之外，開始有人注意到兩個版本的文學性差異，「兩部《金瓶梅》，兩種文學」的說法逐漸恢復了讀者對崇禎本的注目。

　　我個人的《金瓶梅》研究也有類似的峰迴路轉。第一部專書《飲食情色金瓶梅》是以詞話本為依據，理由之一為：「詞話本關於飲食活動的描繪，在崇禎本系統遭到相當程度的刪節和省略，嚴重影響了研究所需的採樣。」[1]沒有多久，針對兩個版本的回目、回首詩詞、說唱文本進行對照，發現崇禎本之於詞話本顯然是一種「棄俗從雅」的嘗試，而一俗一雅的風格後繼有人。於是對崇禎本的重視提高了，並主張：「因為有兩部《金瓶梅》，所以存在兩種世情書寫，而且開展出晚明至清初兩種不同的世情小說寫作模式。」[2]相關成果集結為第二部專書《金瓶梅到紅樓夢——明清長篇世情小說研究》。然而 2012

1　胡衍南撰：《飲食情色金瓶梅》（臺北：里仁書局，2004 年），頁 7。
2　胡衍南撰：《金瓶梅到紅樓夢——明清長篇世情小說研究》（臺北：里仁書局，2009 年），頁 176-177。

年在臺灣舉辦的「國際金瓶梅學術研討會」上，拙文〈論《金瓶梅》及其續書之「鞦韆」意象運用〉提到，崇禎本對於詞話本的刪節，確實有些地方令人不知所以，甚至輕忽了詞話本有意為之的設計[3]。承上，我再次興起比對兩版本的念頭，這回打算從性交描寫入手。

不過，性交描寫的比對難登大雅之堂，即便這是關於兩個版本文學性的學術研究。而且，《金瓶梅》的性交描寫頗為不少，其中更有強大的情色張力，若以全書為範圍恐怕不是一篇論文可以勝任，勢必有所取捨。本文選定以 72 到 79 回為討論中心，是因西門慶在第 70 回升轉山東提刑所正千戶掌刑，赴京見朝引奏謝恩，真正意氣風發不可一世；於是自 72 回以後，小說家一面亟寫其與官場中人往來酬酢，一面又強化他對漁色的貪歡陷溺。何況，西門慶從東京返回清河是政和七年（1117）11 月 24 日，在潘金蓮床上精盡昏迷是政和八年（1118）1 月 13 日，前後五十天一件又一件事接連寫來，花團緊簇的文字堆出了第 79 回精盡而亡的高潮。又，在這八回之中，具體而微的性交描寫達十四、五處，其中雖沒有「葡萄架下」、「午後蘭湯」等著名情色橋段，但是誇張的、幾近變態的性行為和性心理更為彰顯。既然情節具有相對完整性，性交描寫又很凸出，以下的舉證便以小說第 72 到 79 回為主。

又，崇禎本乃據詞話本改寫，是本文討論之前提。

二、性交描寫中的飲食

比對《金瓶梅》兩版本第 72 到 79 回的性交描寫內容，首先發現崇禎本對詞話本只有零星的文句刪節和個別的文字潤改，並沒有實質的擴寫和改寫。而所謂的刪節和潤改，也不同於它在回首詩詞上的抒情化置換、將詩的旨意改得朦朧模糊，乍看只是撤去枝節拖沓的文字而使其更加精進效率而已，大抵符合劉輝早年對崇禎本的全面性觀察：「濃厚的詞話說唱氣息大大的減弱了，沖淡了；無關緊要的人物也略去了；不必要的枝蔓亦砍掉了，使故事情節發展更為緊湊，行文愈加整潔，更加符合小說的美學要求。」[4]然而，崇禎本刪改掉詞話本的文字，主觀上固然可能是圖求精省俐落，但客觀上往往把詞話本裡有意味的埋伏給截掉了。這在飲食和服飾方面最為明顯。

先談飲食，前文提到，崇禎本全書在飲食內容做了不少刪節，嚴重影響對《金瓶梅》飲食文化研究的採樣。一個很好的例子在第 72 回，晚上西門慶進了潘金蓮屋裡，詞話本

3　胡衍南撰：〈論《金瓶梅》及其續書之「鞦韆」意象運用〉，陳益源主編：《2012 臺灣金瓶梅國際學術研討會論文集》（臺北：里仁書局，2013 年），頁 687-704。該文同時收入本書附錄一。
4　劉輝撰：《金瓶梅論集》（臺北：貫雅文化公司，1992 年），頁 154-155。

寫道——

> 西門慶坐在床上，春梅拿淨甌兒，婦人從新用纖手抹盞邊水漬，點了一盞濃濃豔豔芝麻、鹽筍、栗絲、瓜仁、核桃仁夾春不老、海青拿天鵝、木樨玫瑰潑滷六安雀舌芽茶。西門慶剛呷了一口，美味香甜，滿心欣喜。[5]

崇禎本卻大筆一揮，整段文字只剩下「叫春梅點了一盞雀舌芽茶與西門慶吃」[6]。這中間的差異在於，據詞話本可知，潘金蓮要春梅奉上的是加上香料及乾鮮果品沖製而成的「加味」六安雀舌芽茶，可崇禎本卻換成了「單品」（六安）雀舌芽茶。明人屠隆曾說：「茶有真香，有佳味，有正色，烹點之際不宜以珍果香草奪之。」又說：「若必曰所宜，核桃、榛子、杏仁、欖仁、栗子、雞豆、銀杏、新筍、蓮肉之類，精製或可用也。」[7]可見品茗固有講究，但花果調拌出來的「茶飲料」也很受歡迎，這反映的是明代兩種不同的飲茶習慣。詞話本寫西門慶喝了這般加味茶飲料之後，「美味香甜，滿心欣喜」，崇禎本連這個味覺反饋都省掉了，恐是意識到單品雀舌芽茶至多醇淨，不至於「美味香甜」。可見崇禎本在有意無意間，改換了小說人物原有的飲茶偏好。

崇禎本另有一處改動，因圖文字簡要，反而見其失誤。第77回寫西門慶雪天來妓女鄭愛月兒處，詞話本寫道——

> 這西門慶到於房中，脫去貂裘，和粉頭圍爐共坐。房中香氣襲人。只見丫鬟來放桌兒，四碟細巧菜蔬，安下三個姜碟兒。須臾，拿了三甌兒黃芽韭菜肉包的一寸大的水角兒來。

結果崇禎本把「香氣襲人」之後三句刪去，只剩下「須臾，丫頭拿了三甌兒黃芽韭菜肉包的一寸大的水角兒來」。看起來是精省文字，但忽略了詞話本於細節上的留心——「四碟細巧菜蔬」固然空洞，看似可以略去，但其實自有結構上的功能，負責對應著下面的「三個姜碟兒」。品味黃芽韭菜肉包水餃，須有薑絲提味方佳，這明顯是詞話本的細心，所以丫鬟先安下三個姜碟兒，而三個姜碟兒得有四碟細巧菜蔬來襯。此處崇禎本以為刪去枝蔓，殊不知倒顯得妓家不精於食了。

5　〔明〕蘭陵笑笑生撰，梅節校注：《夢梅館校本金瓶梅詞話》（臺北：里仁書局，2013 年修訂一版八刷），頁 1191。以下凡引詞話本內文，悉據此書，頁碼茲不另註。

6　〔明〕佚名撰，齊煙、汝梅校點：《新刻繡像批評金瓶梅》（香港：三聯書店，1991 年），頁 1001。以下凡引崇禎本內文，悉據此書，頁碼茲不另註。

7　〔明〕屠隆撰：《考槃餘事》（臺北：藝文印書館，1968 年），卷 3，「擇果」條，頁 19。

　　《金瓶梅》的研究者，大都注意到飲食和性交是西門慶最放肆的生理享受[8]，而且，飲食活動和性交活動往往有密切互動，性交前戲總有豐盛的酒食助興，性交中途常見親暱的餵食行為，性交結束也偶見再添美饌、復飲香醪。然而不知道為什麼，崇禎本不但經常把性交前戲的酒食內容略過，而且連性交過程中餵食調情一節也略去。例如第 75 回寫西門慶進李瓶兒房裡，如意兒連忙為其張羅酒菜，詞話本寫道——

　　　　於是燈下揀了一碟鴨子肉，一碟鴿子雛兒，一碟銀絲鮓，一碟掐的銀苗豆芽菜，一碟黃芽韭和的海蜇，一碟燒臟肉釀腸兒、一碟黃炒的銀魚，一碟春不老炒冬笋，兩眼春檮。不一時，擺在桌上，抹得鍾箸乾淨，放在西門慶面前。

結果崇禎本只草草用一句話交待——「於是燈下揀了幾楪精味菓菜擺在桌上」。接下來詞話本寫道——「這西門慶見無人在跟前，教老婆坐在他膝蓋兒上，摟著與他一遞一口兒吃酒。老婆剝菓仁兒，放在他口裡。」不想崇禎本把後面兩句刪了，也許是覺得重了前面一句「一遞一口兒吃酒」？同樣的情形不少，例如第 79 回寫西門慶與王六兒交歡，詞話本寫道——「西門慶摟婦人坐在懷內，那話插進牝中，在上面兩個一遞一口飲酒咂舌頑笑。婦人把菓仁兒用舌尖哺與西門慶吃，直吃至掌燈。」此處崇禎本也將「婦人把菓仁兒用舌尖哺與西門慶吃」一句拿了，若不是因為覺得與前句互犯，崇禎本編者怕是對性交過程中的餵食調情存有偏見？

　　另一個餵食的例子更有張力，詞話本第 72 回寫西門慶晚夕入潘金蓮房中，結果婦人還未睡去，「正在房內倚靠著梳櫳兒，腳登著爐臺兒，口中嗑瓜子兒等待。」見西門慶進來，先是命春梅奉上前文提到的加味六安雀舌芽茶，而後打發上床。兩人酥胸相貼，臉兒厮搵，嗚咂其舌，接著「婦人把嗑了瓜子穰兒，用碟兒盛著，安在枕頭邊，將口兒噙著，舌尖密哺送下西門慶口中。」令人不解的是，崇禎本竟將金蓮嗑瓜子兒等待、以及口噙著瓜子穰兒用舌頭哺餵西門慶這兩處文字全給刪了！談起潘金蓮的輕佻形象，讀者印象最深的自是放浪地嗑瓜子兒，詞話本第 1 回寫金蓮初登場，便是——

　　　　這婦人每日打發武大出門，只在簾子下嗑瓜子兒。一逕把那一對小金蓮故露出來，勾引的這夥人日逐在門前彈胡博詞、扠兒機，口裡油似滑言語，無般不說出來。

又如詞話本第 15 回寫金蓮和去樓笑賞玩燈樓，也是——

8　王平撰：〈金瓶梅飲食文化描寫的當代解讀〉，《山東師範大學學報（人文社會科學版）》2011
　　年第 6 期（總第 239 期），頁 32-38。

那潘金蓮一徑把白綾襖袖子摟著,顯他遍地金掏袖兒,露出那十指春蔥來,帶著六個金馬鐙戒指兒,探著半截身子,口中嗑瓜子兒,把嗑了的瓜子皮兒都吐下來,落在人身上,和玉樓兩個嘻笑不止。

所以詞話本第72回寫潘金蓮「正在房內倚靠著梳櫳兒,腳登著爐臺兒,口中嗑瓜子兒等待」,等於活靈活現地又一次凸出了婦人的形象,崇禎本將之刪去實無道理。何況,前引第1、第15回兩段文字,崇禎本不但都照錄下來,而且該版無名氏的評點,甚至在第1回嗑瓜子處夾批「好消遣」一語,更在第15回那段文字上按下眉批:「金蓮輕佻處,曲曲摹盡。」由此看來,崇禎本第72回刪除這段描寫,顯然是藝術上的失誤。如此一來,下文寫金蓮將嗑好的瓜子仁用舌頭餵進西門的口裡,崇禎本也就沒有留下的理由。問題在於,崇禎本或許是因為反對性交過程中這種餵食調情行為,才把前面寫金蓮嗑瓜子兒等待這個形象略去,因為詞話本凡涉及此細節處,崇禎本幾乎不留。除了前引幾個例子,詞話本第67回寫西門和金蓮性交前戲時,又提到「一面把嗑了的瓜子仁兒,滿口哺與西門慶吃」,果不其然崇禎本又將它刪掉了,只說兩人又咂了一回舌頭云云。這樣的心理雖不易判查,但至少可以解釋前述那個藝術失誤

三、性交描寫中的服飾

性交活動總是要從寬衣解帶開始,因此凡寫性交,免不了要帶上服飾。《金瓶梅》於服飾描寫上的注重,可謂開啟世情小說的寫實原則,無論主要婦人的初登場,或是西門妻妾出席宴會時的爭奇鬥豔,作家莫不留心,且詞話本及崇禎本皆然。

回到小說第72到79回,詞話本關於性交描寫的諸段落中,某些細節上的服飾交待較為仔細。例如第75回寫西門慶教如意兒坐在他膝蓋上,摟著一遞一口兒吃酒,西門慶「一面解開他穿的玉色紬子對衿襖兒鈕扣兒并抹胸兒,露出他白馥馥酥胸……」,結果崇禎本改作「一面解開他對衿襖兒,露出他白馥馥酥胸……」,省去了對衿襖子的質地交待、鈕扣、以及裡面的抹胸。估量崇禎本作者的意思是,此時此刻如意兒身上衣裳的質料其實無關緊要[9];解開人家衣服自然要從鈕扣入手;而既然下句都見其酥胸了,那麼抹胸自然也一併卸了。接下來,詞話本寫兩人吃喝一回酒後,決定睡下,於是「如意兒便把鋪蓋抱在床上鋪下,打發西門慶上床解衣,替他脫了鞋襪。」崇禎本這裡卻把最後一句「替他脫了鞋襪」略去不提,許是覺得前句既言「解衣」,後句等於也是贅述。以上

9　第78回也有一個類似的例子——西門慶見丫鬟都不在屋裡,於是在炕上斜靠著背,「扯開白綾吊的絨褲子,露出那話來……」,崇禎本只寫「扯開褲子,露出那話來……」。

兩處的刪節理由雖可推敲，然而刪了並不見得更好，崇禎本這般多此一舉，雖無妨礙也無助益。

　　不過，有些地方的刪節就可斟酌了。例如第 77 回寫西門慶私通賁四娘子，詞話本對婦人的服飾有所交待──「那婦人頭上勒著翠藍銷金箍兒，髮髻插著四根金簪兒，耳朵上兩個丁香兒，上穿紫紬襖，青綃絲披襖，玉色綃裙子。」崇禎本卻好生生地截掉了其中「髮髻插著四根金簪兒，耳朵上兩個丁香兒」兩句。正所謂「女為悅己者容」，賁四娘子既有意勾搭家中主人，自要裝扮得花枝招展，詞話本那幾句服飾交待就屬四根金簪、兩個丁香最為醒目動人，崇禎本將之省略，等於把箇中重量減去一半。更壞的刪節在第 78 回，西門慶要吃任醫官給他的延壽丹，於是到如意兒處討人乳，詞話本寫道──

> 那如意兒，節間頭上戴著黃霜霜簪環，滿頭花翠，勒著翠藍銷金汗巾，藍紬子襖兒，玉色雲緞披襖兒，黃綿紬裙子，腳下沙綠潞紬白綾高底鞋兒，妝點打扮比昔時不同；手上戴著四個鳥銀戒指兒，坐在傍邊打發吃了藥。

不想這一大段文字，崇禎本將之縮減為：「那如意兒節間打扮著，連忙擠乳，打發吃了藥。」原文已經提到「妝點打扮比昔時不同」，且這不同不僅因為過年，而是如意兒自李瓶兒死後，一路在枕席之間巴結西門慶，在第 75 回就得到西門慶的承諾：「你若有造化，也生長一男半女，我就扶你起來，與我做一房小，就頂你娘的窩。」從孩子的奶媽到有望成為西門妻眷，此時的如意兒該有飛上枝頭之樂。既然第 74、75 回都見她向西門慶要頭面服飾，那麼第 78 回的她難道不該盛裝示人、笑傲奴婢？詞話本頗擅「服裝政治學」，可惜崇禎本不察。

　　《金瓶梅》既有「服裝政治學」，另有「色彩心理學」，早在小說前半部，就提示西門慶對於白／紅反差的性迷戀心理。西門慶喜歡婦人有一身白皙的肌膚，他對李瓶兒、孟玉樓、如意兒雪瑩瑩的身體都曾不吝讚美。此外，西門慶又特別鍾情於紅鞋，不但在宋惠蓮死後收藏婦人一雙「大紅四季花嵌八寶緞子白綾平底繡花鞋」，詞話本第 28 回更直接對潘金蓮說：「我的兒，你到明日再做一雙兒穿在腳上。你不知，親達一心只喜歡穿紅鞋兒，看著心裡愛。」崇禎本此處也是一樣寫法。而白／紅對比顯現出來的情欲張力，作家在第 29 回呈現得最明顯，西門慶先是看見潘金蓮「赤露玉體，止著紅綃抹胸兒，蓋著紅紗衾，枕石鴛鴦枕，在涼席之上睡思正濃」，不覺淫心頓起便欲交合。為什麼「淫心頓起」？詞話本有說明──

> 原來婦人因前日西門慶在翡翠軒誇獎李瓶兒身上白淨，就暗暗將茉莉花蕊兒攪酥油定粉，把身上都搽遍了，搽的白膩光滑，異香可掬，使西門慶見了愛他，以奪

其寵。西門慶於是見他身體雪白，穿著新做的兩隻大紅睡鞋。一面蹲踞在上，兩手兜其股極力而提之，垂首觀其出入之勢。

崇禎本這裡的文字也沒什麼出入。原來，這場「蘭湯午戰」的起點，正是西門慶被潘金蓮白身子、紅睡鞋的色彩反差，給挑起了無意識裡的性愛欲望。而這樣的欲望，在此後不斷地被填補，奇怪的是，崇禎本在第 72 到 79 回一直有意忽略。

最誇張的例子在第 75 回，西門慶又一次來到剛得手的如意兒屋裡，性交前戲，便見西門慶誇獎如意兒：「我的兒，你達達不愛你別的，只愛你這好白淨皮肉兒，與你娘的一般樣兒。我摟著你，就如同摟著他一般！」吃喝之後，上床性交，詞話本寫道——

> 老婆氣喘吁吁，被他舔得面如火熱。又道：「這襪腰子，還是娘在時與我的。」西門慶道：「我的心肝，不打緊處。到明日，鋪子裡拿半個紅緞子，與你做小衣兒穿，再做雙紅緞子睡鞋兒穿在腳上，好服侍我。」老婆道：「可知好哩！爹與了我，等我閒著做。」……這西門慶見他言語兒投著機會，心中愈發喜歡，搊著他雪白的兩隻腿兒——穿著一雙綠羅扣花鞋兒——只顧沒稜露腦……

不想崇禎本先把西門慶「再做雙紅緞子睡鞋兒穿在腳上」一句刪了，自然，也就把後面「穿著一雙綠羅扣花鞋兒」給刪了。詞話本的意思再清楚不過，西門慶愛戀如意兒白皙的肌膚，為什麼主動提起「再」做雙紅睡鞋，原是覺得綠睡鞋與婦人雪白的兩隻腿兒不搭襯。此番安排，與第 29 回潘金蓮把身上搽得白膩光滑、腳套紅睡鞋爭寵一節遙遙相對，互文好看，卻不曉得崇禎本為什麼裁掉了？更甚的是，小說在第 78 回又寫到西門慶與如意兒交歡，詞話本寫道：「西門慶令他關上房門，把裙子脫了，上炕來仰臥在枕上，底下穿著新做的大紅潞紬褲兒，褪下一隻褲腿來。」很明顯，這裡所謂「新做的」大紅潞紬褲兒，不定就是上回西門慶許下的「鋪子裡拿半個紅緞子」所做，此處安排自有暗示婦人投其所好之意，如同第 75 回寫她為西門慶吞尿一般。遺憾的是，崇禎本又把「底下穿著新做的大紅潞紬褲兒，褪下一隻褲腿來」兩句刪除，如此一來，等於把如意兒的用心減去不少。

第 79 回的例子，更可證明崇禎本忘卻了小說家在第 29 回安排白膚／紅鞋反差的初衷。這一回寫西門慶心中想著何千戶娘子，於是到王六兒處尋歡，詞話本交待婦人洗完身子，「換了一雙大紅潞紬白綾平底鞋兒穿在腳上」，兩人上床共效于飛。良久，西門慶有了新發現，詞話本寫道：——

> 燈光影裡，見他兩隻腳兒穿著大紅鞋兒，白生生腿兒蹺在兩邊，吊的高高的，一往一來，一衝一撞，其興不可過。因口呼道：「淫婦，你想我不想？」

西門慶對白／紅反差的性迷戀心理，到此處等於寫到一個高潮，強度更勝第29回。重要的是，這一回寫西門慶與王六兒交歡，西門慶的「招式」簡直是第27回葡萄架下潘金蓮的翻版，俱為用婦人腳帶拴吊其雙足賣個「金龍探爪」；王六兒的「服飾」則又是第29回蘭湯午戰潘金蓮的複製，同樣一雙大紅鞋對應著白生生腿兒。這是西門慶與王六兒最後一場性交，性事一結束，便啟動西門慶與潘金蓮最終回的亂狂，這場性交的設計直可說是老謀深沉，王六兒和潘金蓮的情色形象、之於西門慶的意義因此有了重疊[10]。無奈，崇禎本把一前一後「換了一雙大紅潞紬白綾平底鞋兒穿在腳上」、「兩隻腳兒穿著大紅鞋兒」兩個句子都刪了，等於把詞話本有意為之的潘、王疊影給矇掉了。

四、性交描寫中的其他

除了飲食和服飾，《金瓶梅》性交描寫中仍有不少地方，可見崇禎本對詞話本進行了改動。其中有些改得合理、或者可以為其找出理由；有些則明顯辜負了作者的苦心。

所謂改得合理，是指詞話本的描寫流於誇飾或存在謬誤，崇禎本因而改動。例如第73回，寫西門慶新試潘金蓮為其製作的白綾帶，陽具一經婦人挑弄，詞話本道：「只見奢稜跳腦，挺身直舒，比尋常更舒七寸有餘。」陽具竟比平常多出七寸，絕係天方夜譚，因此崇禎本將七寸改為「半寸」，等於是改去了原來的誇飾。至於第74回，寫潘金蓮為西門慶口交，到了性交高潮，詞話本道：「西門慶靈犀灌頂，滿腔春意透腦，良久精來，連聲呼：『小淫婦兒，好生裹緊著，我待過也……』言未絕，其精邀了婦人一口……。」既然「言未絕」便射精，這句話應該只說一次，尚不至於「連聲」復沓，所以崇禎本便將「連聲」兩字拿掉，修正了原來的謬誤。

有些修改可以推敲理由，例如方言、俗語有礙讀者理解，崇禎本就盡量不採錄。第72回，寫到潘金蓮在性交過程中命西門慶不許再私會如意兒，婦人的長篇厥詞中有一句話：「若不依，我打聽出來，看我嚷的塵鄧鄧的不嚷。我就擯兌了這淫婦，也不差甚麼兒！」崇禎本將其中一句「看我嚷的塵鄧鄧的不嚷」刪了，大概因為「塵鄧鄧」係屬方言俗語恐不易理解之故[11]。接下來潘金蓮又罵「你這破答子爛桃行貨子」，崇禎本將「破答子」一詞拿掉，恐也是類似的考量。至於西門慶的回應：「你這小淫婦兒，原來就是六禮約！」整句都被崇禎本省掉了。梅節對「六禮約」的解釋是：「六禮：冠、婚、喪、

10　田曉菲也注意到，第79回寫西門慶和王六兒交歡，是第27回西門慶和潘金蓮交歡的「重寫」，可惜她並沒有把第29回這一幕聯繫起來。參〔美〕田曉菲撰：《秋水堂論金瓶梅》（天津：天津人民出版社，2003年），頁235。

11　李申撰：《金瓶梅方言俗語匯釋》（北京：北京師範學院出版社，1992年3月）釋道：「塵鄧鄧，本塵土飛揚貌。引申為沸反盈天。」（頁222）

祭、鄉飲酒、相見等六種禮儀規範。『六禮約』下藏『則』字，諧『賊』。」[12]崇禎本大概覺得「六禮約」有費解之虞。方言俗語之外，崇禎本也不喜歡勸世格言，許是嫌其陳腔爛調。例如第 79 回，寫完西門慶和潘金蓮那場致命的交合後，詞話本於警世詩「二八佳人體似酥，腰門仗劍斬愚夫雖然不見人頭落，暗裡教君骨髓枯」之前，另有一長段格言，崇禎本就將其省略。

套語的刪卻也是一樣。例如第 72 回寫潘金蓮打發西門慶上床歇宿，「端的暖衾暖被，錦帳生春，麝香靄靄。」這幾個句子崇禎本都省略了。接下來寫兩人「口吐丁香，蚌含□珠」，崇禎本也沒有錄。再則西門慶進潘金蓮屋裡，婦人在燈下摘去首飾，換了睡鞋，「兩個被翻紅浪，枕敧彩鴛，並頭交股而寢」，崇禎本也把「被翻紅浪，枕敧彩鴛」拿掉了。以上濫熟的句子都屬於概念式的語言，失去了滿足審美想像的作用，留著實無用處。但在此回，這一大段性交活動的起點，同樣理由的刪節卻發生失誤。小說寫西門慶進房，潘金蓮正倚靠著梳檯、腳登著爐檯、嗑著瓜子兒等待，結果「見西門慶進來，<u>慌的輕移蓮步，款蹙湘裙</u>，向前接衣裳安放。」崇禎本這裡把「慌的輕移蓮步，款蹙湘裙」給刪了，想來也是不喜套語的緣故，可它把最重要的「慌」字一併拿掉，等於疏忽了潘金蓮急切又意外的心情。

然而有些刪節許是錯殺，例如第 78 回寫西門慶進賁四娘子屋裡，婦人請他進紙門內坐，接著是一段環境描寫：「原來裡間槅扇鑲著後半間，紙門內又有個小炕兒，籠著旺旺的火，桌上點著燈，兩邊護炕，從新糊的雪白，<u>掛著四扇吊屏兒</u>。」崇禎本把最後一句給刪了，想來只可能是粗心。此外，有些文句看似可有可無，例如第 72 回寫西門慶進潘金蓮房裡，就在春梅為主子脫靴解帶之後、西門金蓮交股而寢之前，詞話本插了一句：「春梅向桌上罩合銀荷，雙掩鳳檯，歸那邊房中去了。」這段交待被崇禎本刪除了，理由或許為了簡省文字，但接下來的情節，分明可見性交雙方有極其私密的淫聲穢語，詞話本預先交待春梅的退場，或許才更合宜？

也即是說，很多時候詞話本著意於細節處理，可惜崇禎本並不認帳。例如第 73 回，經過和西門慶激烈的性交活動後，潘金蓮達到性交高潮，詞話本寫道──

> 停不多回，<u>婦人兩個抱摟在一處</u>，婦人心頭小鹿突突的跳，登時四肢困軟，香雲撩亂，於是抽出來，猶剛勁如故。婦人用帕搭之，便道：「我的達達，你不過卻怎麼的？」西門慶道：「等睡起一覺來再耍罷。」婦人道：「<u>我也挨不的</u>，身子已軟癱熱化的。」

12　〔明〕蘭陵笑笑生撰，梅節校注：《夢梅館校本金瓶梅詞話》，頁 1202。

沒想到，崇禎本先是刪去「婦人兩個抱摟在一處」，這個在性交高潮來臨後的最「標準」的肢體反應。接下來，又把婦人力氣用盡之後說的「我也挨不的」拿掉，只讓她乾乾地吐一句「身子已軟癱熱化的」，使原本完整的情緒被截了一半，最重要的心理回應莫名被阻絕。不過，若要說崇禎本辜負作者的細節經營苦心，最具代表性的例子恐是第 75 回，這回西門慶探問身體微恙的孟玉樓，繼而決定臨幸心存委曲的婦人，詞話本寫道——

> 這西門慶說著，把那話帶上銀托子，插放入他牝中。婦人道：「我說你行行就下道兒來了。」便道：「且住，賊小肉兒不知替我拿下了不曾。」遂伸手向床褥子底下摸出絹子來，預備著抹搽。因摸見銀托子，說道：「從多咱三不知就帶上了這行貨子了，還不趁早除下來哩。」那西門慶那裡肯依。

從這段以後的文句得知，孟玉樓「這兩日好不腰酸，下邊流白漿子出來」，所以在西門慶冒然開始性交活動時，婦人先反應找絹子以備擦拭，實在是再合理不過的顧忌。而從在床褥子底下尋絹子的動作，讓婦人無意間摸見西門慶的銀托子，既不顯唐突又見其慧黠，實在是小說家精心的設計。沒想到這關鍵一段——「便道：『且住，賊小肉兒不知替我拿下了了不曾。』遂伸手向床褥子底下摸出絹子來，預備著抹搽。」——悉遭崇禎本刪除，實在令人失望。

最後，前面所談多半是性動作以外的枝節，屬於廣義的性交描寫。然而，崇禎本對於狹義的性交描寫，也就是涉及性交活動本身的描寫，雖然一樣改動不多，但仍可以窺出一點立場。例如，對於性交過程中的具像描寫（形象化描繪），往往愈是傳神愈見節制——78 回寫男女性具交合發出的聲響「猶若數鰍行泥淖中相似」，第 79 回寫男子性具「裂瓜頭凹眼圓睜，落腮鬍挺身直豎」，雖然令人會心一笑，但都遭到刪除。又如，書中不雅的性交對話雖多，有些偏於過分者也見節制——例如第 78 回，西門慶口中喃喃，就叫「葉五兒，不知道口裡會肏不會？」這裡是要如意兒發出淫聲浪語，然而「口裡會肏不會」實在鄙俗，也遭刪除。再如，書中性交描寫有不少處過於細微，崇禎本偶爾也加以節制——第 72 回，潘金蓮問西門慶：「達達，你把手摸摸，都全放進去了，撐的裡頭滿滿兒的，你自在不自在？都揉進去。」崇禎本將末尾一句「都揉進去」刪掉，也算略盡綿薄之力。第 79 回，寫西門慶：「將那話放入牝中。少時，沒稜露腦，淺抽深送；次後，半出半入，纔直進長驅。」崇禎本把後半段「次後，半出半入，纔直進長驅」省去，一來也許覺得與上文重覆，二來可能這樣的延宕恐怕交待過細。

崇禎本之所以刪改詞話本，主要為了剔除與情節無關的內容，這大概是學界一直以來的解釋。近來漸有學者主張，崇禎本在某些地方除了「刪」還有「補」，這樣的補寫

往往使人物或事件更具合理性[13]。不過據以上的討論可知，至少崇禎本於性交描寫上之刪節，從文藝的角度講確實辜負了詞話本原來的苦心，即便在立場上或有克制性想像氾濫的努力。當然，本文的工作僅以第 72 到 79 回為主，如此這般的推敲還需要更多證據。拿另一個有趣的現象來說——崇禎本似乎對「五短身子」的婦人存有某種偏執，詞話本第 75 回寫如意兒讚孫雪娥「生的清秀，又白淨，五短身子兒」，第 78 回交待賁四娘子「五短身材」，這兩處都被崇禎本刪了；而第 77 回介紹來爵媳婦惠元，一樣說她「五短身材」，崇禎本卻不見刪。箇中原因，委實不解，一樣要透過全書的比對才能說明清楚吧！

13　〔日〕荒木猛撰：〈關於崇禎本《金瓶梅》的補筆〉，《徐州師範大學學報（哲學社會科學版）》第 34 卷第 3 期（2008 年 5 月），頁 13-17。

國家圖書館出版品預行編目資料

《金瓶梅》飲食男女

胡衍南著.－ 初版.－ 臺北市：臺灣學生，2014.09
面；公分（金學叢書第 1 輯；第 10 冊）

ISBN 978-957-15-1625-7 (精裝)

1. 金瓶梅 2. 研究考訂

857.48   103011447

《金瓶梅》飲食男女

著　作　者：胡　　　衍　　　南
主　　　編：吳敢、胡衍南、霍現俊
出　版　者：臺 灣 學 生 書 局 有 限 公 司
發　行　人：楊　　　雲　　　龍
發　行　所：臺 灣 學 生 書 局 有 限 公 司
　　　　　　臺北市和平東路一段七十五巷十一號
　　　　　　郵 政 劃 撥 帳 號：00024668
　　　　　　電　話：(02)23928185
　　　　　　傳　眞：(02)23928105
　　　　　　E-mail：student.book@msa.hinet.net
　　　　　　http://www.studentbook.com.tw

定價：精裝 16 冊不分售
　　　新臺幣 20000 元

二 ○ 一 四 年 九 月 初 版

金學叢書 第一輯

❶ 《金瓶梅》原貌探索 　　　　　　　　　　　　　　　　　　魏子雲著

❷ 《金瓶梅》的幽隱探照 　　　　　　　　　　　　　　　　　魏子雲著

❸ 小說《金瓶梅》 　　　　　　　　　　　　　　　　　　　　魏子雲著

❹ 《金瓶梅》演義——儒學視野下的寓言闡釋 　　　　　　　　李志宏著

❺ 《金瓶梅》的時間敘事與空間隱喻 　　　　　　　　　　　　林偉淑著

❻ 《金瓶梅》敘事藝術 　　　　　　　　　　　　　　　　　　鄭媛元著

❼ 說圖——崇禎本《金瓶梅》繡像研究 　　　　　　　　　　　曾鈺婷著

❽ 《金瓶梅詞話》之詩詞研究 　　　　　　　　　　　　　　　傅想容著

❾ 崇禎本《金瓶梅》回首詩詞功能研究 　　　　　　　　　　　林玉惠著

❿ 《金瓶梅》飲食男女 　　　　　　　　　　　　　　　　　　胡衍南著

⓫ 《金瓶梅》之身體感知與性別辯證：一個漢字閱讀觀點的建構 　李欣倫著

⓬ 《金瓶梅》鞋腳情色與文化研究 　　　　　　　　　　　　　李曉萍著

⓭ 《金瓶梅》女性服飾文化研究 　　　　　　　　　　　　　　張金蘭著

⓮ 《金瓶梅詞話》女性身體書寫析論——以西門慶妻妾為論述中心 　沈心潔著

⓯ 後設現象：《金瓶梅》續書書寫研究 　　　　　　　　　　　鄭淑梅著

⓰ 《金瓶梅》詮評史研究 　　　　　　　　　　　　　　　　　李梁淑著